BRITTAINY C. CHERRY
Gegen den bittersten Sturm

BRITTAINY C. CHERRY

GEGEN DEN BITTERSTEN STURM

Roman

*Ins Deutsche übertragen
von Wiebke Pilz*

LYX in der Bastei Lübbe AG
Dieser Titel ist auch als E-Book und Hörbuch erschienen.

Die Bastei Lübbe AG verfolgt eine nachhaltige Buchproduktion. Wir
verwenden Papiere aus nachhaltiger Forstwirtschaft und verzichten
darauf, Bücher einzeln in Folie zu verpacken. Wir stellen unsere Bücher
in Deutschland und Europa (EU) her und arbeiten mit den Druckereien
kontinuierlich an einer positiven Ökobilanz.

Die Originalausgabe erschien 2021 unter dem Titel
»Eastern Lights«.
Copyright © 2021. Eastern Lights by Brittainy C. Cherry
Published by arrangement with Bookcase Literary Agency
The moral rights of the author have been asserted.

Für die deutschsprachige Ausgabe:
Copyright © 2021 by Bastei Lübbe AG, Köln

Redaktion: Ralf Schmitz, Köln
Umschlaggestaltung: © Zero Werbeagentur, München unter Verwendung
von Motiven von © Design Pics / Vince Cavataio / plainpicture
Gesetzt aus der Adobe Caslon
Druck und Verarbeitung: GGP Media GmbH, Pößneck
Printed in Germany
ISBN 978-3-7363-1467-2

6 8 10 12 14 13 11 9 7

Sie finden uns im Internet unter lyx-verlag.de
Bitte beachten Sie auch: luebbe.de und lesejury.de

Liebe Leser:innen,

dieses Buch enthält potenziell triggernde Inhalte.
Deshalb findet ihr auf der letzten Seite eine Triggerwarnung.

Achtung: Diese enthält Spoiler für das gesamte Buch!

Wir wünschen uns für euch alle
das bestmögliche Leseerlebnis.

Euer LYX-Verlag

Für alle, die alleine sind:
Mögest du eine Liebe in dir finden, die so stark ist, dass du,
auch wenn du allein bist, nie einsam bist.

PROLOG

CONNOR

Acht Jahre zuvor
Siebzehn Jahre alt

Jede große Geschichte begann mit »Es war einmal«. Es musste noch nicht einmal eine große Geschichte sein. Auch die mittelmäßigen begannen so. Zumindest begann meine so.

Es war einmal ein kleiner Junge, der eine Scheißangst davor hatte, den wichtigsten Menschen seines Lebens zu verlieren.

Einer meiner Lehrer hatte mir beigebracht, dass man sich auf zwei Dinge im Leben nicht vorbereiten kann, wie sehr man es auch versucht: die Liebe und den Tod.

Ich war noch nie verliebt gewesen, aber ich kannte die Liebe zwischen einem Kind und seinen Eltern. Wegen dieser Liebe hatte ich die Angst vor dem Tod erlebt. In den vergangenen Jahren war ich in einem See von Trauer geschwommen, der aus dem Nichts aufgetaucht war. Darauf war ich überhaupt nicht vorbereitet gewesen. Mein Suchmaschinenverlauf war voller Fragen, die kein Kind je stellen sollte.

Was passiert, wenn dein einziges Elternteil stirbt?

Wie hoch ist die Wahrscheinlichkeit, Krebs im dritten Stadium zu überleben?

Wie teuer sind experimentelle Therapieansätze?

Warum erhalten nicht alle die gleiche Behandlung?

Ganz zu schweigen von den zahlreichen Jobs, für die ich mich bewarb, um meiner Mom bei den Rechnungen zu helfen. Ich gründete sogar ein paar eigene Unternehmen, damit wir über die Runden kamen. Mom hasste es, dass ich so viel arbeitete. Ich hasste, dass sie Krebs hatte. Wir nannten das ein ausgeglichenes Maß an Hass.

Nach außen hin ließ ich mir nichts anmerken und war der Charmeur, der ich immer gewesen war. Alle in meiner kleinen Heimatstadt wussten, dass sie zu mir kommen konnten, wenn sie eine Aufmunterung oder einen guten Freund oder einen fleißigen Arbeiter brauchten. Ich war stolz darauf, so etwas wie ein fleißiger Klassenclown zu sein. Verdammt, ich brauchte es, denn wenn ich nicht herumalberte oder wie verrückt arbeitete, dachte ich zu viel nach. Und wenn ich zu viel nachdachte, würde ich untergehen.

Ich verbarg meinen Schmerz. Ich glaubte, wenn jemand wüsste, wie sehr ich litt, würde er sich Sorgen um mich machen. Ich wollte nicht, dass sich jemand Sorgen um mich machte – schon gar nicht meine Mutter. Sie hatte bereits genug am Hals und sollte sich auf keinen Fall auch noch Sorgen um mich machen, weil ich mir Sorgen um sie machte. Was sie natürlich nicht davon abhielt, sich Sorgen um mich zu machen. Das machen Mütter nun mal, wenn es um ihre Kinder geht. Sie machen sich Sorgen.

Unsere Beziehung war nur noch ein umeinander Herumschleichen. In dieser Hinsicht war Mom meine Komplizin – wir sorgten uns um die Sorgen des anderen. Und das wiederholten wir in Endlosschleife.

»Komm ruhig mit rein«, sagte Mom, als wir im Wartezimmer des Arztes saßen. »Du hast das alles schon zweimal mit mir durchgestanden, deshalb möchte ich, dass du mit ins Sprechzimmer kommst.«

Ich schluckte und nickte. Auch wenn ich nicht mit hineingehen wollte, würde ich sie nicht allein lassen.

Ich hasste den Geruch des Wartezimmers, nach Mottenkugeln und Pfefferminzbonbons. Als bei Mom vor Jahren zum ersten Mal Krebs diagnostiziert wurde, stopfte ich mir die Taschen mit diesen Bonbons voll, wenn ich sie zur Praxis begleitete. Jetzt wurde mir schon von dem Geruch übel.

Wir warteten auf Dr. Bern, um die Ergebnisse von Moms letzten Tests zu besprechen, um zu sehen, ob die Chemotherapie angeschlagen hatte, oder ob der Krebs gestreut hatte. Natürlich ging ich vor Anspannung fast an die Decke.

»Mrs Roe? Sie können jetzt wieder hereinkommen«, sagte eine Arzthelferin und lächelte uns an. Obwohl meine Mom sich schon vor Jahren von meinem zwielichtigen Vater hatte scheiden lassen, trug sie noch immer seinen Namen. Ich hatte ihr gesagt, sie solle ihn ändern, aber sie meinte, dieser Name habe ihr das beste Geschenk eingebracht – mich. Außerdem gefiel ihr, dass wir durch diesen Nachnamen verbunden waren.

Mom war so ein Softie.

Als wir das Sprechzimmer betraten, hasste ich, wie vertraut mir alles vorkam. Niemand sollte sich in einem Sprechzimmer so zu Hause fühlen. Ich hasste, wie ich mit zehn, elf und zwölf in diesem Wartezimmer gesessen hatte. Und ich hasste es, dass ich mit fünfzehn, sechzehn und siebzehn wieder dazu gezwungen war.

Mein dreizehntes und vierzehntes Lebensjahr nannte ich die Wunderjahre, denn wenn ich glücklich war, war ich wirklich glücklich, und meine Traurigkeit suchte mich nachts nur selten heim. Ich wünschte mir nichts mehr für meine und Moms Zukunft als mehr Wunderjahre.

Ich hasste die Anspannung, die die Erinnerungen an dieses Zimmer auslösten. Ich hasste alles an diesem Gebäude, von den schäbigen Stühlen bis zu der grellen Beleuchtung. Die Flecken auf dem Teppich stammten bestimmt aus den Neunzigern, und Dr. Bern war bestimmt schon über hundert Jahre alt. Er wirkte allerdings keinen Tag älter. Das musste ich ihm lassen.

Mom beschwerte sich nie darüber. Eigentlich beschwerte sie sich überhaupt nicht. Sie war einfach dankbar, dass sich ein Arzt um sie kümmerte, auch wenn die Versicherung es nicht tat. Ich fragte mich, wie es reichen Leuten erging. Gab es Cappuccino-Maschinen in ihren Wartezimmern? Gab es Mini-Kühlschränke mit gekühlten Getränken? Wurden Sie vor der Behandlung nach ihrer Versichertenkarte gefragt?

Musterte die Sprechstundenhilfe sie von Kopf bis Fuß, wenn sie herausfand, dass sie auf Unterstützung angewiesen waren?

Verschwand der Krebs bei ihnen schneller als bei den Armen?

Wäre Moms Leben anders verlaufen, wenn wir Geld gehabt hätten?

Wir setzten uns.

Mir war übel.

»Denk an was Schönes«, sagte Mom und drückte mein Knie, als wüsste sie, dass ich in Zweifeln und Wut versank. Wie machte sie das? Woher wusste sie, wann meine Gedanken aus dem Ruder liefen? Aber sie hatte es schon immer gewusst. Das war wohl eine mütterliche Gabe.

»Mir geht's gut. Und dir?«, fragte ich.

»Mir auch.«

Doch meine Mutter sagte selbst, wenn es ihr nicht gut ging, es gehe ihr gut, weil sie mich nicht unter Druck setzen wollte. Das kapierte ich einfach nicht. Sie durchlitt ihre zweite Krebserkrankung und sorgte sich trotzdem mehr um mein Wohlergehen als um ihr eigenes.

So sind Mütter wohl – Superfrauen, selbst wenn eigentlich sie Hilfe brauchen.

Die Uhr tickte nervtötend laut, während wir auf Dr. Bern warteten. Meine Fingernägel hätten nicht kürzer sein können, so wie ich an ihnen herumkaute, aber das war mir egal. Bevor ich Moms Laborergebnisse nicht kannte, würde ich mich auf nichts anderes konzentrieren können.

»Freust du dich schon auf deine Geburtstagsparty?«, fragte Mom und knuffte mich. Sie meinte die Party anlässlich meines achtzehnten Geburtstags, die völlig übertrieben sein würde. Im Ernst? Nein, ich freute mich kein bisschen. Und das würde sich auch nicht ändern, bis wir die Ergebnisse hatten, bis ich wusste, dass sie wieder gesund werden würde.

Aber ich log. Ich zwang mich zu einem Lächeln, weil sie es brauchte. »Ja, total. Das wird bestimmt super. Alle in der Stadt werden kommen. Ich glaube, ich konnte sogar Jax überreden.«

Jax war mein Boss, und ich war seine persönliche Nerven-säge, auch bekannt als sein bester Freund. Die meisten Leute in der Stadt verstanden den mürrischen Kerl nicht, ich schon. Das Leben hatte ihm ein beschissenes Blatt ausgeteilt, aber er hatte ein gutes Herz.

Eigentlich wusste Jax nicht, dass wir beste Freunde waren, weil er immer etwas länger brauchte, um die Wahrheit zu er-kennen, aber das würde schon noch kommen. Je mehr Zeit man mit mir verbrachte, desto mehr schloss man mich ins Herz.

»Natürlich kommt er. Er liebt dich«, stimmte Mom zu, denn trotz Jax' genervtem Gesichtsausdruck in meiner Gegenwart erkannte sie, wie sehr er mich mochte.

Entweder das, oder wir verschlossen beide die Augen vor der Wahrheit.

Dr. Bern betrat das Zimmer, und ich gab mein Bestes, um seine Gedanken von seinen Bewegungen abzulesen. Brachte er uns schlechte oder gute Nachrichten? Trug er eine Last auf seinen Schultern oder nicht? Würde er heute Nachmittag zum Teufel oder zum Engel?

Aber ich durchschaute ihn nicht.

Ich hatte einen Knoten im Bauch und wollte unbedingt wissen, was in den Papieren in seinen Händen stand.

»Hallo. Tut mir leid, dass Sie warten mussten.« Dr. Berns Stirn lag in Falten, und seine ewig grimmige Miene hatte sich tief in sein Gesicht eingegraben. Seine Schultern waren immer gebeugt, und ich wusste genau, was das bedeutete.

Er hatte schlechte Nachrichten.

Der Krebs war nicht verschwunden.

Stagnierte er? Hatte er gestreut? Würde sie sterben? Wie lange würde sie noch leben? Wie viele Tage blieben mir noch mit ihr? Würde sie meinen Hochschulabschluss miterleben, meinen Erfolg, würde sie …

Ich warf einen Blick auf Mom, und ihr liefen Tränen über die Wangen. Ich blinzelte ein paarmal, unsicher, warum sie jetzt schon weinte, warum sie zusammenbrach. Ich sah Dr. Bern an und bemerkte, dass ich eine Weile mit den Gedanken woanders gewesen war und überlegt hatte, wie viel Zeit mir noch mit meiner Mutter, meiner Seelenverwandten, meiner besten Freundin blieb.

Ja, ich war ein siebzehnjähriger Junge, und meine beste Freundin war meine Mutter. Ich wette, eine Menge anderer Idioten hätten genauso empfunden, wenn sie ihre Mutter zweimal beinahe an den leidvollen Kampf gegen den Krebs verloren hätten.

Schmerz.

Meine Brust.

Ich fühlte mich, als wäre ich unter einem Sattelschlepper begraben, der meine Luftröhre zerquetschte, sodass kein Sauerstoff mehr in meine Lunge gelangte. Ich bekam keine Luft. Mom weinte.

Ich bekam keine Luft, und Mom weinte.

Ich wollte auch weinen.

Ich spürte, wie mir die Tränen in die Augen stiegen, und schluckte schwer, in dem Versuch, stark zu bleiben. Ich musste stark bleiben; das machte man so als Mann im Haus – man bleibt stark, auch wenn man sich so fühlt, als würde das eigene Herz zermalmt.

»Hast du das gehört, Connor?«, fragte Mom, die zitternden Hände gefaltet.

Ich blickte in ihre Augen, und kurz glaubte ich, einen Funken Hoffnung darin zu erkennen. Auf ihren Lippen lag die Andeutung eines Lächelns, während ihr weiter die Tränen über die Wangen liefen. Mein Blick schoss zu Dr. Bern, und als sich unsere Blicke trafen, lehnte ich mich zurück.

Er hatte dasselbe hoffnungsvolle Funkeln im Blick wie Mom, – und er lächelte. Ich hatte nicht gewusst, dass Dr. Bern die Lippen überhaupt in diese Richtung bewegen konnte. Bisher war er immer der Überbringer von Übel und Finsternis gewesen, und jetzt lächelte er.

»Entschuldigung, könnten Sie das wiederholen?«, murmelte ich, zu ängstlich, das Land der Hoffnung zu betreten, bevor ich die Worte aus seinem Mund hörte.

Er setzte die Brille ab, beugte sich vor und schenkte mir sein Lächeln, von dem ich nicht gewusst hatte, dass es überhaupt existierte, dann sagte er: »Alles unter Kontrolle, Connor. Ihre Mutter ist in Remission.«

Ich sackte auf meinem Stuhl zusammen und wurde von Glücksgefühlen übermannt. Ein überwältigendes Glücksgefühl breitete sich in mir aus.

Der Krebs war verschwunden, Mom ging es gut, und nach

den schlimmsten Jahren meines Lebens konnte ich endlich wieder atmen.

»Mom?«

»Ja, Connor?«

»Ich fahre mit dir nach Disney World, verdammt.«

»Ausdrucksweise, Connor.«

»Tut mir leid, Mom.«

1

AALIYAH

Heute

»So, jetzt reicht es aber mit deiner deprimierenden Ausstrahlung, Aaliyah. Schau dich doch mal an. Du siehst schrecklich aus, von Kopf bis Fuß. Du hast so viel Scheiße gegessen, dass selbst deine Knöchel fett werden«, sagte Sofia und schüttelte angewidert den Kopf. Na toll, man fühlt sich sofort besser, wenn einem die Mitbewohnerin sagt, wie beschissen man aussieht.

Ich knurrte nur.

Sie verdrehte die Augen. »Siehst du? Das passiert, wenn man wochenlang herumliegt und wegen einem Typen heult, der einen betrogen hat. Du weinst buchstäblich einem Betrüger nach. Das ist peinlich. Jetzt krieg mal den Arsch hoch. Es ist Halloween. Wir betrinken uns.«

Dieses Gespräch brachte mich dazu, von der Couch aufzustehen und in ein Rotkäppchen-Kostüm zu schlüpfen. Sofia und ich waren nicht einmal richtig befreundet. Wir wohnten bloß seit ein paar Monaten zusammen und waren total unterschiedlich. Sie war ein Partygirl, während ich lieber zu Hause blieb und Comics las. In den vergangenen Wochen hatte ich jedoch nicht so klar gesehen wie sonst, weil Tränen auf die Seiten getropft waren.

Sofia hatte Mitleid mit mir. Das wusste ich, weil sie gesagt hatte: »Verdammt. Du bist echt voll am Arsch.« Was das anging, war sie ziemlich direkt.

An diesem Abend schleppte sie mich zu einem Mädelsabend, doch schon nach zehn Minuten ließ sie mich stehen, weil sie einen Kerl gefunden hatte, mit dem sie in einer Toilettenkabine herummachen konnte.

Ich hätte nichts anderes von ihr erwarten sollen. Sie war kaum mehr als eine Fremde und trotzdem meine beste Freundin.

Was für ein trauriges Leben, Aaliyah.

Nachdem ich eine Weile herumgestanden und mich in diesem überfüllten Raum seltsam allein gefühlt hatte, verließ ich Oscar's Bar, um frische Luft zu schnappen. Ich versuchte, Sofia zu erreichen, die seit etwa zwanzig Minuten nicht mehr an ihr Telefon ging. Der berüchtigte Sofia-Abgang. Vermutlich würde ich sie ein paar Tage nicht zu Gesicht bekommen, aber irgendwann würde sie wieder in der Wohnung auftauchen mit einer Schachtel Zigaretten, einem Haufen verrückter Geschichten und der Bitte um zwanzig Dollar, um Lotto zu spielen.

Die Oktoberbrise strich über meine Haut, während ich mit ansah, wie Thor Captain America einen Schlag auf den kantigen Kiefer verpasste. Wenn das kein Bürgerkrieg war, wusste ich es auch nicht. Ich beobachtete, wie sich die Situation vor meinen Augen entwickelte. Ich fühlte mich immer merkwürdig, wenn ich allein draußen Luft schnappte, weil ich nichts hatte, was mich ablenkte. Stand ich allein auf den Straßen New Yorks, hatte ich nie mein Smartphone vor der Nase, weil ich Angst hatte, irgendein Psychopath könnte vorbeikommen und mich umbringen.

Zumindest stellte ich mir das immer vor. Wenn ich mich

nachts mit dem Handy beschäftigte, würde ich umgebracht werden – Ende der Geschichte. Ich wusste, dass ich an blühender Fantasie litt, aber ich konnte einfach nicht anders. Vielleicht hatte ich zu viele Folgen *Criminal Minds* gesehen.

Immer wenn ich nach draußen ging, wünschte ich mir, ich wäre Raucherin. Nicht wegen des Geschmacks, und ich bezweifelte auch, dass mein Herz und meine Lungen mit dieser Angewohnheit zurechtkämen, aber ich hätte gern etwas gehabt, um meine Hände zu beschäftigen. Raucher wirkten immer, als mache es ihnen nichts aus, allein draußen zu sein, weil sie etwas zu tun hatten. Im Gegensatz dazu konnte ich nur Leute beobachten und, Junge, Junge, ich bekam wirklich etwas geboten, als ich Thor dabei zusah, wie er seine Faust in Captains Gesicht versenkte.

Auch Wonder Woman war da – obwohl an dieser Frau nichts wundervoll war. Captain war nach mir aus der Bar gekommen, und er hatte keine Angst, auf den Straßen New Yorks zu telefonieren, vielleicht weil es für einen Typen im Vergleich zu einer Frau unwahrscheinlicher war, belästigt und angegriffen zu werden. *Du kannst dich glücklich schätzen, Cap.*

Er holte sein Handy hervor, wurde aber durch Thor abgelenkt, der Wonder Woman wüst beschimpfte. Und damit meine ich, dass er jedes Schimpfwort benutzte, was ihm in den Sinn kam. Hure. Schlampe. Miststück. Flittchen …

Wonder Woman stand mit dem Rücken an der Mauer des Gebäudes, während Thor sie anbrüllte und sich bedrohlich vor ihr aufbaute. Sie war ohnehin eher klein, aber so wie er sich über sie beugte, wirkte sie sogar noch kleiner. Ihre Schultern waren nach vorn gebeugt, und ihre Knie zitterten, während sie seine Schimpfkanonade über sich ergehen ließ.

Ich verabscheute Männer, die glaubten, Frauen so behandeln zu können.

Als er sich der Szene bewusst wurde, in die auch ich seltsamerweise hineingeraten war, nahm Captain langsam das Handy vom Ohr. Bevor wirklich etwas passierte, zog sich mir der Magen zusammen.

Thor schubste Wonder Woman gegen die Ziegelmauer.

»Hey!«, rief ich. Kerzengerade und alarmiert stand ich da, als Wonder Woman zu schluchzen begann. Sie schubste ihn zurück, aber bevor sie etwas sagen konnte, landete seine Faust in ihrem Gesicht. Mir wurde übel. Er schubste sie nicht. Er ohrfeigte sie nicht. Nein, er ballte die Hand zur Faust und drosch sie ihr mitten ins Gesicht.

Ich hatte noch nie gesehen, wie jemand geschlagen wurde, und in dieser Nacht passierte es gleich zweimal. Es war ganz und gar nicht wie im Film, und es traf mich mehr, als ich gedacht hätte. Als sie aufschrie und sich das Gesicht hielt, spürte ich den Schmerz an meiner eigenen Wange.

Ich wollte noch etwas sagen und ging in ihre Richtung, doch Captain America war schon zur Stelle.

»Lass verdammt noch mal die Finger von ihr!«, brüllte er und marschierte auf die beiden zu. Er hatte einen Südstaatenakzent. Ich wusste nicht, warum, aber es überraschte mich. Eine tiefe, rauchige Stimme mit einem Südstaatenakzent.

»Kümmere dich um deine eigenen Angelegenheiten«, lallte Thor, offensichtlich betrunken und streitlustig.

»Wenn du eine Frau schlägst, wird es zu meiner Angelegenheit«, widersprach Captain. Er gab nicht klein bei und ging auf Tuchfühlung mit Thor.

Mach ihn fertig, Cap!, feuerte ich ihn innerlich an.

»Sie gehört mir. Verdammt noch mal, ich kann mit ihr machen, was ich will«, sagte Thor.

Sie *gehört* mir? Was für ein verdammtes Arschloch. Wer sagte denn noch so was? Von was für einem kaputten Planeten kam dieser Superheld, wenn er das für okay hielt? Er verhielt sich mehr wie Loki als wie der Held von Asgard.

»Alles in Ordnung?«, fragte Captain Wonder Woman und ignorierte den ungehobelten Kerl.

»Komm ihr nicht zu nah«, zischte Thor, packte die Frau am Handgelenk und riss sie hinter sich, sodass sie stolperte und fiel. Mit einem dumpfen Knall prallte sie auf den Betongehweg. Sie hatte den Fall mit den Händen bremsen wollen, rutschte über den Boden und schürfte sich dabei wahrscheinlich die Haut auf. Bei der Vorstellung überlief mich ein kalter Schauer.

Ihr Freund sah nicht einmal nach, ob es ihr gut ging, aber Captain tat es. Er ging zu ihr, um ihr aufzuhelfen, doch Thors Faust landete in seinem Gesicht und hielt ihn auf.

Wieder drehte sich mir der Magen um. Auch beim zweiten Mal war es nicht leichter mit anzusehen, wie jemand geschlagen wurde. Während sich diese Szene vor mir abspielte, brannte meine Brust, als stünde sie in Flammen. Am meisten verblüffte mich, wie viele Menschen vorbeigingen, ohne die brenzlige Situation zu beachten.

Captain wankte leicht, bevor er sich wieder aufrichtete. Er wollte dem Mädchen auf die Beine helfen, doch statt seine Hand zu nehmen, reagierte sie völlig gestört.

»Lass mich und meinen Freund in Ruhe, du Arsch!«, zischte sie, stand auf und peitschte ihn mit ihrem Lasso. Immer wieder holte sie aus, als versuche er nicht, sie vor ihrem Mistkerl von Freund zu beschützen.

Was für eine Ironie.

Die Peitsche knallte dermaßen aggressiv, dass ich mich dazu durchrang, einzugreifen, der Frau das Lasso aus der Hand riss und es beiseitewarf.

»Er wollte dir helfen!«, schnauzte ich sie angewidert an.

Sie verdrehte die blutunterlaufenen Augen, und ich wunderte mich, dass sie bei so viel Theatralik überhaupt noch etwas sehen konnte.

»Halt die Klappe. Komm, Ronnie. Wir gehen«, sagte Wonder Woman und nahm Thors Hand. Er legte den Arm um sie und küsste sie auf die Schläfe, als wäre ihre Beziehung nicht wahnsinnig toxisch. Ich hätte schwören können, dass sie beschwingt davongingen.

Halloween war echt seltsam.

Ich wünschte mir, Mario hätte das miterlebt. Ich fragte mich, wie er mit der Situation umgegangen wäre. *Ich wette, er hätte sich eingemischt. Ich wette, er hätte auch wie ein Superheld gehandelt. Ich wette …*

Nein, Moment. Scheiß auf ihn.

Warum dachte ich in diesem Augenblick an meinen Ex-Freund Mario? War ich betrunken? Nein, nur traurig. Komisch, wie austauschbar meine traurigen und betrunkenen Gedanken manchmal waren.

»Scheiße«, stöhnte Captain und rieb sich die Wange. Amerikas Liebling hatte eine ordentliche Tracht Prügel bezogen. Er steuerte wieder auf den Eingang der Bar zu, und ich tat etwas für mich Untypisches – ich mischte mich zum zweiten Mal in das Leben eines anderen ein.

»Hey, du hast was fallen gelassen«, rief ich und beugte mich hinab, um sein Handy und seinen Schild aufzuheben. Ich ging zu ihm, während er weiter seinen Kiefer massierte. Es war ein hübscher Kiefer, so wie man ihn sich bei Captain America vorstellte: kantig, fast göttlich perfekt.

Er wandte sich zu mir um, und mir stockte der Atem. Er war schön. Klar, Männer wollten sicher nicht unbedingt für schön gehalten werden, aber das war die einzig passende Beschreibung. Er hatte die blauesten Augen, die ich in meinem ganzen Leben gesehen hatte, fast so, als erstrecke sich der Ozean hinter seinen Lidern. Er hatte volle Lippen mit einem kleinen Amorbogen, und sein Bart war perfekt getrimmt. Leider war sein linkes Auge von dem Schlag bereits geschwollen, aber das schmälerte sein Aussehen überhaupt nicht. Abgesehen von einem Superhelden hätte er auch als Calvin-Klein-Model durchgehen können.

»Ich muss so aussehen, wie ich mich fühle.« Er lachte leise und schüttelte den Kopf, als er seine Sachen von mir entgegennahm.

»Wie bitte?«

»Dein Blick macht deutlich, dass ich so aussehe, als wäre ich verprügelt worden, was, nun ja, auch stimmt. Hast du das gesehen?«

»Aber hallo.« Ich schlang die Arme um mich und versuchte, das leichte Frösteln zu ignorieren. Ich musste hineingehen, bevor es zu kalt wurde. »Fürs Protokoll, Thor war ein Arsch, und was du getan hast, war anständig.«

Er breitete grinsend die Arme aus. »Das liegt am Anzug.« Sein Lächeln erlosch kurz, als er behutsam sein Auge betastete. »Obwohl ich mir den Ausgang anders vorgestellt hätte.«

»Lass mich raten. In deiner Vorstellung war die Frau dir dankbar, dass du sie vor einem gewalttätigen Mann gerettet hast?«

»Ja, so was in der Art.«

Ich zog eine Augenbraue hoch. »Du bist nicht von hier, oder?«

Er lachte. »Verrät mich mein Akzent?«

»Nein, die Tatsache, dass du in dieser Situation helfen wolltest. Die meisten New Yorker schauen weg und mischen sich nicht ein.«

»Ich war noch nie besonders gut darin, mich nicht einzu-

23

mischen. Außerdem würde meine Mama mich umbringen, wenn sie wüsste, ich hätte so was Beschissenes gesehen und wäre einfach weitergegangen.«

Ich wusste nicht, warum, aber mir gefiel, wie er Mama sagte. Er war ein echter Südstaatenjunge.

»Tja, tut mir leid, dass es nicht wie in den Comics ausgegangen ist.«

»Schon gut.« Er lächelte. »Vielleicht klappt es ja beim nächsten Mal.« Durch sein Lächeln schienen seine Augen noch heller zu werden. Er strich sich mit dem Daumen über die Nase und nickte mir zu. »Danke, Red.«

»Red?«

Er deutete in meine Richtung. Ich sah an mir hinunter und verdrehte die Augen wegen meiner Langsamkeit. Natürlich. Red ... wie in Little Red Riding Hood, also Rotkäppchen.

»Oh, klar. Danke dir, Cap, Kämpfer für das Gute.« *Kämpfer für das Gute? Lahmer ging es wohl nicht, Aaliyah?*

Er lächelte weiter, als seine Augen an meinem Körper auf und ab wanderten, nicht aufdringlich, sondern als würde er mich jetzt komplett wahrnehmen. Es ging schnell, und ich empfand es nicht als respektlos, weil ich dasselbe mit ihm gemacht hatte.

Dann trafen seine blauen Augen auf meine braunen. »Darf ich dich vielleicht auf ein Getränk einladen?«, fragte er trotz seines Veilchens. So viel Selbstbewusstsein, mich auf ein Getränk einzuladen, nachdem er Prügel bezogen hatte, war inspirierend. Wäre es umgekehrt gewesen, säße ich jetzt in der U-Bahn, würde meine Wunden lecken und mich tief in mein Loch verkriechen.

Vielleicht hätte so mein Werdegang als Schurke begonnen – verprügelt von Wonder Woman und Thor vor einer New Yorker Bar.

Nicht so Captain. Er wirkte selbstbewusst wie zuvor.

Ich zögerte kurz wegen der Einladung. Einerseits war Kontakt mit dem anderen Geschlecht gerade so ziemlich das Letzte, was ich wollte; andererseits würde ich sonst nach Hause fahren, Wein trinken und weinen, während ich Taylor Swift hörte, mir Fotos von Mario und mir ansah und unsere alten Nachrichten las.

»Oh Cap.« Ich trat zu ihm und klopfte ihm auf den Rücken. »Ich werde *dich* auf ein Getränk einladen. Du brauchst es mehr als ich.«

2

AALIYAH

Er bestellte sich einen Whiskey, was mich vermuten ließ, er müsse älter sein, als er aussah. Welcher Typ in meinem Alter trank Whiskey pur? Die meisten Jungs, die ich kannte, tranken Bier oder den billigsten Schnaps, den sie finden konnten. Ich mochte am liebsten Long Island Iced Tea, denn ich war ein Wildfang. Als ich in meine Tasche griff, um für besagtes Getränk zu bezahlen, hatte er schon den Barkeeper dazu gebracht, es auf seinen Deckel zu schreiben.

»Hey?«, beschwerte ich mich und sah ihn streng an.

Er zuckte mit den Schultern. »Tut mir leid. Aber wo ich herkomme, zahlt der Mann den Drink der hübschen Lady.«

Er nannte mich hübsch, und ich tat so, als hätte ich es nicht bemerkt. »Sie kommen aus dem Jahr 1918, Sir. Die Zeiten haben sich geändert.«

»Du kennst dich also mit Captain America aus.«

»Ich bin ein Comic-Nerd. Außerdem hatte ich eine Chris-Evans-Phase, in der ich – ehrlich gesagt – immer noch stecke.«

»Das kann ich dir nicht verübeln. Hast du mal seinen Hintern gesehen?«

»Das ist Americas Hintern«, scherzte ich und hob mein Glas. »Vielen Dank, aber nur, weil du mir ein Getränk ausgegeben hast, schulde ich dir gar nichts. Nicht meine Zeit, nicht meine Aufmerksamkeit und nicht meinen Körper.«

Er lachte und nickte. »Danke, dass du das klarstellst. Würde das auch andersherum gelten?«

»Oh nein.« Ich schüttelte den Kopf. »Du müsstest mir deine Zeit, deine Aufmerksamkeit und deinen Körper schenken.«

»Ganz schön fies.«

Ich zuckte mit den Schultern. »Ich mache die Regeln nicht. Ich befolge sie nur. Übrigens, wie alt bist du?«

»Fünfundzwanzig. Und du?«

»Zweiundzwanzig. Ich wusste, dass du alt bist, weil du Whiskey pur trinkst.«

Er lachte. »Ich bin gerade mal drei Jahre älter als du.«

»In drei Jahren kann sich viel verändern.«

»Da hast du nicht unrecht. Vor drei Jahren habe ich wahrscheinlich noch keinen Whiskey getrunken, aber irgendwann habe ich Geschäfte mit älteren Männern gemacht, die mir teuren Whiskey spendierten. Also habe ich mich angepasst.«

»Magst du Whiskey wirklich, oder hat man dir bloß weisgemacht, du müsstest ihn mögen?«

»Ah, die alte Frage, was man selbst entschieden hat und was aufgrund der Umstände für einen entschieden wurde.« Er tippte sich mit dem Zeigefinger ans Kinn. »Ich glaube, ich mag ihn, weil ich ihn mag.«

»Es ist aber auch möglich, sich an Dinge zu gewöhnen, an die einen die Gesellschaft heranführt.«

Er kniff die Augen zusammen und sah mich an, als wolle er ein Geheimnis lüften. Er blinzelte und wandte sich ab, um sein Glas zu heben, dann wanderte sein Blick zurück zu mir. Für einen Augenblick schienen wir die Einzigen in der überfüllten Bar zu sein. Ich verlor mich in seinen Augen – bis Bibo mich anrempelte und mich in die Realität zurückholte.

»Sollen wir uns einen Tisch suchen, wo wir die hier trinken können?«, fragte er aufmerksam. Selbst als der Vogel mich anstieß, hatte er den Blick nicht abgewandt. Er blieb auf mich konzentriert und machte es mir leicht, ihm meine Aufmerksamkeit wieder zuzuwenden.

»Wenn du in dieser überfüllten Bar einen Tisch findest, nehme ich sogar zwei Drinks mit dir«, scherzte ich, weil ich wusste, dass das an Halloween nahezu unmöglich war.

Er zog eine Augenbraue hoch und grinste mich fröhlich an. »Herausforderung angenommen. Mir nach.«

Ich tat wie geheißen, und wir drehten nicht eine, nicht zwei, sondern drei Runden durch die Bar. Erfolglos. Wir landeten neben einer Treppe im Obergeschoss, wo die Vorräte lagerten. Captain klatschte in die Hände und setzte sich auf die Treppe. Er klopfte auf die Stufe unter ihm und bedeutete mir damit, mich zu ihm zu setzen.

»Das ist aber kein richtiger Tisch«, sagte ich und nippte an meinem Long Island. »Das heißt, du hast die Herausforderung nicht bestanden.«

»Was macht einen Tisch zu einem *richtigen* Tisch?«, fragte er. »Das ist eine Vorstellung, die irgendein Mann – oder eine Frau – sich ausgedacht und dann allen davon erzählt hat.«

Ich lachte. »So betrachtet, ist so ziemlich alles nur eine Vorstellung.«

»Tatsachen gibt es nicht, nur Interpretationen.«« Er bedeutete mir, mich zu setzen, und das tat ich, denn ich fand diesen Typen wirklich lustig. Seit Wochen hatte ich mich nicht mehr amüsiert. Ich war nur traurig und einsam gewesen. Es war schön, für kurze Zeit etwas anderes zu fühlen.

»Stehst du auf Philosophie?«, fragte ich. Er wirkte überrascht, dass ich wusste, dass er sich auf Nietzsche bezogen hatte, doch er sprach mich nicht darauf an.

»Bevor ich mein Studium abgebrochen habe, habe ich einen Philosophiekurs belegt. Die großen Philosophen zu lesen und mich auf Sinnsuche zu begeben hat mein Leben komplett verändert. Du weißt schon, Sokrates, Platon, Aristoteles, Nietzsche. Ich könnte stundenlang Vorträge über sie halten.«

Irgendwie fand ich Nerds sexy. Eigentlich hätten diese beiden Vorstellungen einander ausschließen müssen, aber, ach, der sexy Nerd würde hoffentlich noch ein wenig bleiben.

»Okay. Dann bitte einen Vortrag über Aristoteles«, sagte ich und prostete ihm zu, bevor ich einen Schluck trank. »Sag mir ein paar deiner Lieblingszitate.«

Erfreut über die Herausforderung, setzte er sich auf. »Hoffnung ist Träumen mit offenen Augen.«

Mir gefiel, wie er die Worte aussprach. Aber es waren nicht nur die Worte, sondern was sie für ihn bedeuteten und wem er sie mitteilte. Captain sprach mit mir, als wäre ich die einzige Person, die in diesem Augenblick existierte, und das jagte mir Schauer über den Rücken.

Hoffnung ist Träumen mit offenen Augen.

»Hast du Tagträume?«, fragte ich.

Er lächelte und nippte an seinem Glas. »Das hoffe ich doch.« Er kratzte sich an der Wange und zog leicht die Nase kraus. »Wenn ich Philosophen zitiere, klinge ich allerdings wie ein Angeber. Deshalb sollte ich dich jetzt wohl besser darüber informieren, dass ich auch sehr gut schlechte Witze erzählen kann.«

Ich lachte. »Beweise.«

Er beugte sich zu mir, und seine Augen ließen mein Herz ein paar Schläge aussetzen. »Warum läuft eine Blondine nackt durch den Garten?«

»Keine Ahnung. Warum?«

»Damit die Tomaten rot werden.«

Ich prustete los und schüttelte ungläubig den Kopf. »Du hast recht – das ist ein echt schlechter Witz.«

»Zu welchem Arzt geht Pinocchio?«

»Sag schon.«

»Holz-Nasen-Ohren-Arzt.«

Ich brauchte einen Augenblick, um diesen Witz zu verstehen, aber dann lachte ich doch. »In deinem Kopf gibt es bloß diese beliebigen Zitate und schlechte Witze, stimmt's?«

Er tippte sich an die Schläfe. »Hier drin sieht es ziemlich gruselig aus. Die Anzahl nutzloser Fakten ist erschreckend, aber weil ich auch jede Menge gute Informationen habe, bleibt es einigermaßen ausgewogen.«

»Das habe ich bemerkt.«

»Bin ich durch die schlechten Witze ein weniger überhebliches Arschloch?«

»Ja, durch sie wirkst du eher bekloppt, aber Bekloppte sollen dieses Jahr ja angesagt sein.«

Erleichtert wischte er sich über die Stirn. »Gut, sonst wäre ich nämlich im Arsch.«

Ich lächelte ihn an, und er lächelte mühelos zurück. Eine Weile grinsten wir uns bloß an, aber die Stille war nicht unangenehm. Es fühlte sich befriedigend an, als wäre Schweigen mit ihm normal.

Dann nahmen wir das Gespräch wieder auf, und auch das fühlte sich normal an.

Wir sprachen über vieles, aber am meisten schockierte mich, dass ich so viel lachte. Meine Güte, ich konnte mich nicht erinnern, wann ich zum letzten Mal so frei und offen gelacht hatte.

»Äh, könntet ihr bitte die Treppe frei machen?«, sagte eine Kellnerin, die mit einem Tablett voll dreckigen Geschirrs vor uns stand.

Sofort standen wir mit unseren nun leeren Gläsern auf und machten Platz. Die Kellnerin murmelte leise etwas darüber, wie nervig manche Leute seien, und ich konnte es ihr nicht mal verübeln. Die Leute waren an Halloween sicher ziemlich anstrengend.

»Tja, die Drinks sind alle«, stellte Captain fest und wedelte mit seinem Glas in der Luft herum.

»Was für eine Schande. Es hat Spaß gemacht, sich mit dir zu unterhalten.«

»Wenn es nur eine Möglichkeit gäbe, *noch etwas* mit dir zu trinken«, sagte er kopfschüttelnd.

Ich grinste. »Wenn wir noch etwas trinken, zahle ich aber. Keine Widerrede.«

»Falls du dich weiter mit mir unterhältst, wenn du das Getränk bezahlen darfst, gebe ich auf und überlasse es dir.«

Braver Junge.

Durch den Cocktail hatte ich mich auf angenehme Art entspannt, aber ich würde jetzt trotzdem ein Wasser trinken. Ich hielt mich an die strenge Regel, nach jedem alkoholischen Getränk ein Wasser zu trinken. Ich ging nie aus, um mich zu betrinken. Meine Vorstellung eines gelungenen Abends war ein leichter Schwips. So war ich immer noch ich selbst, allerdings eine verbesserte Version.

Wir gingen zur Bar und bestellten. Ich bemerkte Captains Enttäuschung darüber, dass er nicht bezahlen durfte, aber er beschwerte sich nicht und stritt nicht mit mir darüber. Einerseits konnte ich nicht verstehen, warum er sich unbedingt mit mir unterhalten wollte, andererseits nahm ich an, dass es ihm vielleicht genauso leichtfiel wie mir.

Vielleicht genoss auch er die Mühelosigkeit.

»Mir ist gerade aufgefallen, dass wir uns schon eine halbe Stunde unterhalten, und ich weiß noch nicht einmal deinen Namen, Red.«

Mir wurde ein wenig eng um die Brust. Ich hatte es auch bemerkt, aber genau das gefiel mir. »Lass uns unsere Namen für uns behalten. Sonst verpufft vielleicht die Magie. Dann wird es … real, und im Moment komme ich mit der Realität nicht so gut klar.«

Er zog eine Augenbraue hoch, drängte mich aber nicht, ihm meinen Namen zu sagen. »Okay, dann nenne ich dich Red.«

»Und du bist für mich Captain. Abgekürzt natürlich Cap. Ich …«

»Heilige Scheiße!«, brüllte Captain. Er riss den Blick von mir los, schnappte sich unsere Getränke, flitzte nach links und ließ mich verdattert stehen. Als ich ihm mit dem Blick folgte und er sich an einem Tisch in einer Nische niederließ, die zwei Tinker Bells und ein Peter Pan gerade verließen, verstand ich. Ich musste lächeln, weil Captain sich so auf den Tisch gestürzt hatte. Ziemlich stolz klopfte er auf den Platz neben ihm.

Ich ging hinüber, glitt in die Nische und ließ, obwohl ich gern näher an ihn herangerückt wäre, etwas Platz zwischen uns.

»Da wir uns unsere Namen nicht verraten, nehme ich an, dass ich deine Nummer am Ende des Abends auch nicht bekomme.«

Ich schüttelte den Kopf. »Wahrscheinlich nicht.«

»Okay. Das heißt also, dass unser Gespräch heute Abend voraussichtlich unser letztes sein wird.«

»Ja.«

»Na dann …« Er beugte sich zu mir und strich mit dem Daumen über seine Unterlippe, seine Augen blitzten schelmisch. »Was war das Schönste, was dir dieses Jahr passiert ist?«

Ich lachte. »Das ist aber eine tiefgründige Frage.«

»Ich muss dir tiefgründige Fragen stellen, weil ich nie wieder die Gelegenheit dazu haben werde. Man sollte tiefgründige Fragen stellen, wenn sich die Gelegenheit bietet.«

Vor Aufregung wurde mir flau, und ich rutschte ein wenig

hin und her. Er bat mich darum, mich ihm zu öffnen, doch meistens hielt ich meine Gedanken verschlossen, wie in einem Tagebuch. Nur ich hatte den Schlüssel, und ich teilte sie mit niemandem. Ehrlich gesagt, schien auch niemand an meinen Gedanken interessiert zu sein.

Aber ihm erzählte ich sie trotzdem. Ich wusste nicht, ob es an meinem Schwips lag oder weil ich so von ihm fasziniert war, doch ich öffnete mich ihm.

»Ich habe ein Praktikum in meinem Traumjob bekommen. Es ist ein unterbezahltes und unterschätztes Praktikum, aber da ich nun schon mal einen Fuß in der Tür habe, schaffe ich es vielleicht, einen Job als Junior-Redakteurin bei dem Magazin zu ergattern.«

»Als Junior-Redakteurin? Du schreibst also?«

»Ich möchte Journalistin werden. Ich mache meinen Abschluss in Journalismus und hoffe, dass ich irgendwann einen Posten als Senior-Redakteurin bekomme.«

»Wirst du.«

Er klang so überzeugt, dass ich ihm fast geglaubt hätte.

»Ich weiß nicht. Die Branche ist ziemlich umkämpft, besonders in New York.«

»Liebst du es? Das Schreiben?«

»Ja.«

»Dann ist der Konkurrenzkampf egal. Kämpfe für deinen Traum.«

»Andere kämpfen aber auch für diesen Traum.«

Er lehnte sich zurück und legte den Arm auf die Lehne. »Wenn du darüber nachdenkst, dass andere dir deinen Traum nehmen wollen, verschwendest du sinnlos Energie. Du solltest dich nur auf dich selbst konzentrieren. Das Leben ist kurz. Wir haben keine Zeit dafür, darauf zu achten, was andere Leute machen. Das lenkt uns bloß von unserem Schicksal ab.«

Ich lächelte. »Du musst auch einen Traum haben.«

Er ließ den Blick durch die Bar wandern und schüttelte den Kopf. »Warst du schon mal auf dem Dach dieses Gebäudes?«

»Nein, noch nicht.«

»Der Ausblick ist der Wahnsinn. Ich komme mindestens einmal die Woche hierher, nur um da oben zu atmen und den Kopf freizubekommen.« Er stand auf, nahm sein Glas und streckte mir seine Hand entgegen.

Ich hob eine Augenbraue. »Du bist gerade erst durch die Menge gepflügt, um diesen Tisch zu erobern, und jetzt willst du ihn aufgeben, um auf das Dach zu gehen?«

»Manchmal muss man sich bewegen, wenn die Seele einem sagt, dass man sich bewegen soll«, antwortete er.

»Welcher Philosoph hat das gesagt?«

Er biss sich auf die Lippe und zuckte mit den Schultern. »Ich.«

Beeindruckend.

Wieder streckte er mir seine Hand entgegen. »Komm schon. Vertraust du mir?«

»Wenn mich jemand das fragt, macht mich das sofort misstrauisch.«

»Gut, so sollte es sein. Du kennst mich ja gar nicht. Vertrauen verdient man sich, und dazu war noch keine Zeit. Trotzdem möchte ich dir das Dach zeigen.«

Auch wenn es idiotisch war, ich wollte mit ihm hinaufgehen.

Ich nahm seine Hand und betete, dass das Pfefferspray in meinem BH an diesem Abend nicht zum Einsatz kommen musste. Als sich unsere Handflächen berührten, durchströmte mich eine Wärme, als wäre es das Natürlichste von der Welt, mit ihm Händchen zu halten.

Er zog mich durch die überfüllte Bar, und ab und an schaute

ich auf unsere Hände hinunter. Nach einer Trennung vermisst man die Kleinigkeiten: gemeinsam lachen, kuscheln, Händchen halten.

Schon spannend, dass Händchen halten in einer Beziehung so wenig bedeutet, und doch vermisste man es mehr als Worte, wenn es fehlte.

Als wir an einer Tür hinten in der Bar ankamen, schrillten meine Alarmglocken, und ich ließ seine Hand los. Er öffnete die Tür, und unser Blick fiel auf eine nicht enden wollende Treppe.

»Nach dir«, sagte er und deutete mit dem Kopf auf die Stufen.

»Oh nein.« Ich schüttelte den Kopf. »Ich gehe auf gar keinen Fall vor dir die Treppe hinauf. Wenn ich ehrlich bin, muss ich dabei an Serienkiller denken.«

Er verengte die Augen. »Vertraust du mir?«

»Nein.«

»Gut.« Er lächelte – und was war ich für eine verdammte Idiotin, denn teilweise vertraute ich diesem Lächeln tatsächlich. Das war sicher auch Ted Bundys Erfolgsgeheimnis gewesen.

Was für ein kruder Gedanke, Aaliyah. Noch kruder war jedoch, dass ich wusste, ich würde diese Treppe hinaufgehen.

»Ich gehe ein paar Stufen vor, damit du dich sicher fühlst«, sagte er. Er sah mich besorgt an. »Wenn das für dich in Ordnung ist. Sonst können wir auch zurückgehen und versuchen, einen anderen Tisch ausfindig zu machen.«

Um das ein für alle Mal klarzustellen – ich war keine Rebellin. Ich brach keine Gesetze, widersprach Autoritäten nicht, und in der U-Bahn bot ich Älteren immer meinen Sitzplatz an. Und diese Treppe hochzugehen kam mir aus irgendeinem Grund verboten vor.

»Dürfen wir dort hinaufgehen?«, fragte ich und bemerkte, dass niemand sonst das Treppenhaus, das ein wenig versteckt wirkte, auch nur eines Blickes würdigte.

»Also ich schon. Du bist halt meine Begleitung.«

»Warum darfst du dort hinaufgehen?«

»Ich arbeite mit dem Besitzer des Gebäudes zusammen.«

»Und was für eine Arbeit ist das?«

Er grinste und hob die Hände. »Red, wenn du dich unwohl fühlst, müssen wir nicht da hinaufgehen. Ich könnte aber auch versuchen, Tommy zu erwischen, damit er dich beruhigt.«

»Wer ist Tommy?«

»Der Besitzer der Bar.«

»Und du arbeitest mit ihm zusammen?«

»Nein. Tommy gehört nicht das Gebäude, aber er arbeitet mit dem Investor, und mit dem arbeite wiederum ich.«

Ich verengte die Augen und kaute an meinem Daumen – eine nervöse Angewohnheit. Er folgte meinem Finger mit den Augen, bevor er wieder mich ansah.

Ich räusperte mich. »Bist du sauer, wenn wir Tommy fragen?«

Er lachte und schüttelte den Kopf. »Ich wurde vorhin vor der Bar zusammengeschlagen, und nach diesem peinlichen Erlebnis hast du mich auf ein Getränk eingeladen und mich zum Lachen gebracht. Ich glaube nicht, dass du es heute Abend schaffst, dass ich sauer werde, Red. Komm mit.«

Wieder streckte er mir die Hand entgegen, um mich zum Büro im hinteren Teil der Bar zu ziehen, und ich nahm seine Hand wieder in meine.

Ich hatte nicht gewusst, dass ich seine Berührung vermisst hatte, bis ich sie zurückbekam.

Wir betraten das Büro, wo ein Mann hinter seinem Schreibtisch saß und gerade aufstehen wollte, als er uns bemerkte.

Er und Captain sahen sich an, und Tommy sagte: »Hallo …«

»Sag nicht meinen Namen!«, rief Captain und wedelte panisch mit den Händen.

Verwirrt runzelte Tommy die Stirn. »Okay, äh, was gibt's denn, *Kumpel?* Ich muss wieder in die Bar.«

»Ja, natürlich. Ich wollte nur kurz fragen, ob ich aufs Dach gehen darf.«

Tommy lachte leise. »Seit wann bittest du mich um Erlaubnis?«

»Ich möchte meine Freundin mit hinaufnehmen«, sagte Captain und deutete auf mich.

»Wenn du oben auf dem Dach mit Rotkäppchen schläfst, bringe ich dich um.«

Ich errötete, allerdings nicht so sehr wie Captain, der puterrot anlief. »Kumpel, das habe ich gar nicht vor. Ich möchte ihr den Ausblick zeigen.«

»Du meinst den Ausblick, bei dem deine schmutzigen Fantasien mit dir durchgehen«, scherzte Tommy, und Captains Wangen leuchteten noch intensiver. Zu sehen, wie die beiden miteinander umgingen, ließ meine Sorgen schwinden. »Nimm sie schon mit. Du bist sowieso viel öfter dort oben als ich.« Er sah mich an. »Ich entschuldige mich im Voraus für seinen Vortrag. Der Typ ist ein Loser.«

Captain lachte und klopfte Tommy auf den Rücken. »Ich hab dich auch lieb, Tom.« Captain wandte sich mir zu und sah mich fragend an, als warte er auf meine Reaktion.

Ich nickte und lächelte. »Gehen wir.«

Die Wendeltreppe hinaufzugehen war Training für mein Herz. Es dauerte eine Weile, bis wir oben ankamen, und ich keuchte, als wäre ich einen Marathon gelaufen. Captain war überhaupt nicht außer Atem, was an seinen Superkräften liegen musste.

»Ich sollte wohl häufiger ins Fitnessstudio gehen«, sagte ich schwer atmend.

»Das Fitnessgerät aus der Hölle«, erklärte er und legte die Hand auf den Knauf der Tür zum Dach. »Bist du bereit?«

»Ja.«

Er öffnete die Tür, und als wir hinaustraten, keuchte ich unwillkürlich.

»Meine Güte«, rief ich und blickte in den Nachthimmel. Wir waren so hoch oben, dass ich schockiert war, wie viele Stufen wir tatsächlich bewältigt haben mussten. Von unserem Standpunkt aus konnte man alles sehen. Ganz New York leuchtete vor dem Nachthimmel.

Es war atemberaubend. Von so hoch oben sah die Stadt einfach beeindruckend aus.

»Wow«, flüsterte ich.

»Ganz genau«, antwortete Captain und nahm meine Hand. Jedes Mal, wenn er das tat, gefiel mir seine Berührung ein bisschen besser.

Wir gingen an den Rand des Daches, und die Augen vor Begeisterung geweitet, deutete er auf die lebendige Stadt.

»Das ist es, das will ich machen. Ich bin zwar in der Immobilienbranche tätig, aber das ist nicht mein größter Traum. Mein größter Traum ist es, etwas zu erschaffen. Ich möchte etwas erschaffen, und ich möchte etwas bauen. Ich möchte Häuser bauen, wie das dort rechts, und sie in Luxuseigentumswohnungen für Einkommensschwache verwandeln. Stell dir mal vor, Red. Es wäre doch verrückt, etwas Luxuriöses für Menschen zu erschaffen, die so oft übersehen werden.«

»Die Idee ist großartig, aber würde das nicht eine Menge Geld kosten?«

»Ja.« Er klatschte in die Hände und lächelte breiter als den ganzen Abend zuvor. »Deshalb ist meine Mission, scheißviel

Geld zu verdienen. Wenn ich steinreich bin, ist es egal, wenn ich ein bisschen Verlust mache. Ich möchte den Leuten, die mit wenig aufwachsen, etwas zurückgeben. Oben auf den Dächern wird es Gewächshäuser geben, damit die Hausgemeinschaft im Sommer und Herbst ihr eigenes Gemüse ernten kann. Gemeinschaftsgärten könnten so viele Leben verändern. Das wäre großartig. Und für Kinder von Eltern, die zwei oder drei Jobs haben, könnten wir Aktivitäten anbieten, damit sie nicht auf dumme Gedanken kommen. Und in jeder Wohnung gibt es eine Badewanne, damit Alleinerziehende sich ab und an etwas Zeit für sich selbst nehmen können.« Er blickte über die Lichter der Stadt und verschränkte die Hände hinter dem Kopf. »Das wünsche ich mir so sehr. Ich möchte einfach helfen.«

Seine Leidenschaft konnte man ihm von den Augen ablesen. Jedes einzelne seiner Worte kam direkt aus seiner Seele. Wenn er über seinen Traum sprach, spürte ich, wie sich mein Puls beschleunigte.

Es ließ mich glauben, meine eigenen Lebensziele wären nicht groß genug.

»Das ist ein wunderschöner Traum«, sagte ich. Ich glaubte, er hätte nicht bemerkt, dass ich näher an ihn herangetreten war, weil mir die Wärme gefiel, die er ausstrahlte.

»Es wird wahr werden«, sagte er und nickte glücklich. »Und es wird wunderschön.«

»Wie kommst du zu diesem Traum?«

Er sah in meine Richtung und setzte sich dann auf den kiesbedeckten Boden. Ich setzte mich neben ihn. Er zog die Knie an und umschlang sie mit den Armen. »Ich bin in Armut aufgewachsen. Meine Mom war alleinerziehend, und wir besaßen praktisch nichts. Als sie ihre Krebsdiagnose erhielt, wurde es sogar noch schlimmer.«

»Ach du Scheiße. Das tut mir leid.«

»Schon gut«, sagte er und stieß mich leicht mit dem Knie an. »Es geht ihr gut. Zum Glück ist sie seit Jahren in Remission. Ich begeistere mich für dieses Thema, weil ich ohne viel Komfort aufgewachsen bin. Ich habe schon in jungen Jahren gelernt, mich durchzuschlagen und zu bekommen, was meine Mutter und ich brauchten. Aber ich weiß, dass ich mehr Glück hatte als die meisten. Ich lebte in einer kleinen Stadt, wo sich die Menschen gegenseitig halfen, und ich glaube, dass viele Mitleid mit mir hatten und meine unternehmerischen Bestrebungen unterstützten. Wo ich aufgewachsen bin, kümmerten sich die Menschen umeinander.«

»Also das komplette Gegenteil von New York.«

Er lachte. »Das komplette Gegenteil.«

»Das ist ziemlich nobel. Ich bin ohne viel Geld hier in der Stadt aufgewachsen und weiß, wie schwierig es sein kann, physisch und psychisch stabil zu bleiben. Mit einem Kind könnte ich mir das nicht vorstellen.«

»Ich wusste auch oft nicht, wie meine Mom das hingekriegt hat. Sie muss eine Superheldin sein.«

»Das liegt wohl in der Familie. Ich frage mich, wie Captain Americas Mutter wohl ist«, sagte ich und schlang die Arme um meine Knie.

»Ich würde sagen, sie ist wie Wonder Woman, aber weil die mir gerade den Hintern versohlt hat, bin ich kein so großer Fan mehr.«

Ich lächelte. »Du und deine Mutter, ihr seid euch nah.«

»Das mag seltsam klingen, aber sie ist meine beste Freundin.«

Das ließ mein Herz lächeln. Ein Junge, der seine Mutter liebte. »Und dein Vater?«

Seine Miene verdüsterte sich. Er schüttelte den Kopf. »Versager. Ist abgehauen, nachdem er meine Mutter betrogen hatte, als ich noch ein Kind war.«

»Hast du versucht, ihn zu finden?«

»Nein. Wäre er ein richtiger Mann gewesen, hätte er wohl versucht, *mich* zu finden. Ich habe achtzehn Jahre am selben Ort verbracht. Er wusste, wo ich war, und ist trotzdem nicht gekommen.« Er fummelte an seinen Fingern herum, wohl eine Angewohnheit, wenn er nervös war oder sich unwohl fühlte.

Das gefiel mir an ihm – dass ich so viele verschiedene Facetten von ihm in so kurzer Zeit gesehen hatte. Ich hatte ihn glücklich erlebt, ich hatte ihn begeistert erlebt, und ich hatte ihn düster erlebt. Das machte ihn menschlicher als die Superheldenfassade, die er sich für diesen Abend zugelegt hatte.

»Was ist mir dir? Wie ist dein Verhältnis zu deinen Eltern?«

Ich hatte mit dieser Frage gerechnet, war aber trotzdem nicht richtig darauf vorbereitet. Ich war zweiundzwanzig Jahre alt und immer noch nicht vorbereitet, wenn mich jemand nach meiner Familie fragte. Das lag nicht daran, dass mir das Thema unangenehm war. Ich hatte mich schon vor langer Zeit damit abgefunden, was mir zugestoßen und wie ich aufgewachsen war. Am meisten trafen mich die mitleidigen Blicke der anderen, wenn ich davon erzählte. Als hätten sie Schuldgefühle, als wären sie der Grund, dass ich keine Familie hatte.

»Ich bin im Heim und bei Pflegefamilien aufgewachsen. Meine Eltern kenne ich nicht.«

»Oh.« Er schwieg einen Augenblick und sah auf seine Hände. Als er wieder aufblickte, sah er mich nicht mitleidig an, wie ich es so oft bei anderen gesehen hatte. Stattdessen fragte er: »Was hat das mit dir gemacht?«

Seine Frage überraschte mich. Das hatte mich noch niemand gefragt. Die meisten Leute sagten formelhaft, wie leid es ihnen tue und dass ich nichts als Liebe verdiene. Sie sagten, dass man sich mit der Zeit seine eigene Familie schafft und es nicht so bleiben muss, wie es war. Gute und anständige Antworten. Aber sie berührten mich nicht.

Captains Frage war anders. Sie war tiefgründig und gleichzeitig sehr ehrlich. Aber ich war mir nicht sicher, ob mir das gefiel.

»Die Wahrheit oder eine nette Lüge?«, fragte ich.

Er ließ den Blick über die Lichter der Stadt schweifen, bevor er mich ansah. »Die Wahrheit. Immer die Wahrheit.«

»Mir fällt es schwer, Menschen zu vertrauen, garniert mit einem Schuss Co-Abhängigkeit. Ich gebe es ungern zu, aber ich träume wohl mehr als die meisten von der Liebe. Noch nicht mal von der romantischen Liebe, sondern von jeder Art Liebe. Von der Liebe meiner Freunde, der Bewunderung meiner Professoren oder meines Chefs. Ich möchte gemocht werden … geliebt werden. Weil ich irgendwo in meinem Kopf die Vorstellung habe, dass die Anzahl der Menschen, die dich lieben, dich zu einem wertvollen Menschen macht.«

»Du bist gefallsüchtig.«

»Bis zum Äußersten. Im ersten Semester bin ich durch meine erste Geschichtsprüfung gefallen und habe das ganze Wochenende geweint. Am Montag darauf habe ich dem Professor Blaubeer-Muffins gebracht, weil er mal erwähnt hatte, dass er sie am liebsten mochte. Ich habe mich dafür entschuldigt, dass ich versagt habe, und ich werde nie vergessen, was er zu mir sagte. Er sah mich an und sagte, dass ich keine Versagerin bin, nur weil ich durch die Prüfung gerasselt bin. Es fällt mir immer noch schwer zu glauben, dass ein Fehler mich nicht zu einer Versagerin macht.«

»Du bist zu streng mit dir, Red.«

»Woher weißt du das? Du kennst mich erst eine Stunde oder so.«

»Wenn man genau genug hinschaut, kann man jemanden schon nach den ersten fünf Minuten kennen.«

»Und das machst du? Du durchschaust Menschen?«

»Ja. In meiner Branche ist das nützlich. Im Immobiliengeschäft muss ich schnell erkennen, wer meine Klienten sind, um zu entscheiden, in welche Rolle ich für sie schlüpfen muss.«

»Du setzt für jeden eine andere Maske auf? Das klingt anstrengend.«

Er zuckte mit den Schultern. »Nicht besonders. Alle Menschen tragen regelmäßig unterschiedliche Masken. Es ist nur nicht allen bewusst. Außerdem sehe ich die Masken als verschiedene Versionen derselben Person. Menschen sind vielschichtig, kompliziert. Wir sind so viel mehr als nur eine Maske.«

Je länger er sprach, desto mehr fürchtete ich mich davor, dass ich nach diesem Abend nie wieder etwas von ihm hören würde.

Er rieb sich mit dem Daumen über den Nasenrücken. »Was wäre die nette Lüge auf meine Frage gewesen?«

»Oh.« Ich setzte mich ein wenig auf und schenkte ihm ein fettes falsches Lächeln. »Meine Erziehung hatte keine Auswirkungen auf mein Leben. Ich glaube, dass wir unsere Lebensgeschichte selbst schreiben. Wir werden nicht durch unsere Vergangenheit definiert.«

»Ich kann dir von den Augen ablesen, dass das eine Lüge ist.«

Ich wandte mich ab und blickte in die Nacht hinaus. »Das bedeutet wahrscheinlich, dass du zu genau hinschaust.«

»Ich kann nicht anders. Dich anzusehen ist die beste Entscheidung, die ich seit einer Weile getroffen habe.«

Ich lachte und versuchte, die Schmetterlinge in meinem Bauch zu ignorieren. »Sagst du das zu allen Mädchen?«

»Nein, aber da du errötest, versuche ich es vielleicht«, zog er mich auf.

»Tja, dann musst du dich wohl mehr anstrengen. Ich erröte nicht – ich hab bloß kalte Backen.«

Er zog besorgt eine Augenbraue hoch. »Wir können hineingehen. Es ist ein bisschen …«

»Ich beschwere mich gar nicht. Ich versuche nur, zu überspielen, dass ich rot geworden bin.«

»Du bist wunderschön.«

Ich verdrehte die Augen und lachte über diese unerwartete Ansage. »Halt die Klappe. Ich bin deinetwegen schon rot geworden. Du musst nicht noch einen drauflegen.«

»Nein, ich meine es ernst. Du bist wunderschön. Damit meine ich gar nicht dein Aussehen – das ist auch super–, ich meine deine Seele. Du hast eine wunderschöne Seele.«

Das machte mich verlegen, ich veränderte meine Position und verschränkte die Beine wie eine Brezel. »Du kennst mich doch gar nicht.«

»Wie gesagt, ich verfüge über eine gute Menschenkenntnis.«

»Du bist nicht der Einzige, der mit dieser Gabe gesegnet ist. Als Introvertierte bin ich sehr stolz auf meine Beobachtungsgabe. Ich habe schon sehr früh gelernt, Menschen einzuschätzen.«

»Ist das so?«

»Oh ja. Das und das Wissen aus *Criminal Minds* machen mich zu so etwas wie einer professionellen Menschenkennerin.«

»Okay, Red.« Er drehte sich um, sah mich unverwandt an und schlug die Beine übereinander. Unsere Knie berührten sich, als er gespannt eine Augenbraue hob. »Versuch mich zu erkennen.«

Ich rieb mir die Hände. »Dann los. Okay.« Ich musterte ihn von oben bis unten. Seine Schultern waren entspannt. Er war trainiert, was seine Oberarmmuskeln, die sich unter seinem Kostüm abzeichneten, deutlich erkennen ließen. Er hatte einen schön geformten ...

Schau ihm nicht in den Schritt, Aaliyah. Glotz nicht auf Captains Schoß.

Schnell wandte ich den Blick von seiner unteren Region ab und zurück zu seinem Gesicht, dem Gesicht mit dem selbstgefälligen Lächeln und den heiter blitzenden Augen. Er hatte mich dabei erwischt, wie ich ihm in den Schritt glotzte, und das war mir so peinlich, dass ich am liebsten in eine Höhle gekrochen und gestorben wäre.

Trotzdem konnte ich die Herausforderung, ihn einzuschätzen, nicht ablehnen.

»Du trainierst ziemlich viel. Nicht, um gut auszusehen, sondern weil du vor etwas davonläufst. Dein Alltag ist hektisch, doch das macht dir nichts aus. Du bist gern beschäftigt, weil es dich vom Grübeln abhält. Aber wenn du Zeit für dich hast, fühlst du dich einsam, also gehst du ins Fitnessstudio, um dich auf etwas anderes zu konzentrieren. Du bist ein Workaholic, und deine Mutter ermahnt dich wahrscheinlich, gelegentlich eine Pause einzulegen. Du bist ehrgeizig und leidenschaftlich, doch manchmal befürchtest du, nicht alles zu erreichen, wovon du träumst. Aber das wirst du. Das ist keine Einschätzung. Das weiß ich einfach.«

Er lächelte.

Das gefiel mir.

Ich fuhr fort. »Du bist ein geselliger Mensch. Andere mögen dich auf Anhieb, wegen deines Charmes und deines Charismas. Wenn du dich auf jemanden einlässt, konzentrierst du dich ganz auf diese Person. Du hörst nicht zu, um zu antworten, sondern interessierst dich wirklich für das, was jemand sagt. Du studierst das Leben und machst regelmäßig deine

Hausaufgaben. Und du vermisst deine Mutter. Das weiß ich, denn wenn du von ihr sprichst, verschwindet dein Lächeln jedes Mal für einen winzigen Augenblick. Manchmal überlegst du, ob du wieder nach Hause gehen sollst, um dich um sie zu kümmern und ihr nahe zu sein. Dann fällt dir ein, dass du die Welt nicht verändern kannst, wenn du dich nicht selbst veränderst.« Ich klatschte in die Hände. »Ach! Und du bist Löwe.«

Er sah mich kurz aus schmalen Augen an, bevor er mit dem Finger auf mich zeigte. »Mir gefällt es nicht, durchschaut zu werden.«

»Mach dir keine Sorgen – die meisten Leute werden dich nicht durchschauen. Ich bin bloß begabt.«

»Woher weißt du, dass ich Löwe bin?«

»Oh, das war am leichtesten – dein Ehrgeiz, und du bist kontaktfreudig. Und deine tollen Haare waren ein eindeutiges Zeichen.«

Er fuhr sich mit den Fingern durch die sandbraunen Locken und grinste. »Du findest also meine Haare schön?«

»Lassen Sie es sich nicht zu Kopfe steigen, Sir.«

»Zu spät – mein Ego hat sich schon aufgeblasen. Darf ich jetzt versuchen, dich zu erkennen?«

»Ich bin ein offenes Buch.«

Er rieb sich die Hände und nickte vergnügt. »In Ordnung. Du wolltest heute Abend eigentlich nicht ausgehen, aber die Vorstellung, allein zu sein, war noch trauriger. Vor Kurzem hast du etwas Schweres durchgemacht – vielleicht eine Trennung. So wie dein Mundwinkel gerade gezuckt hat, liege ich wohl richtig. Du hast Verlustängste, weshalb du sehr an den Menschen in deinem Leben festhältst. Obwohl die Menschen in deinem Leben nur dünn gesät sind. Um jemanden an dich heranzulassen, ganz zu schweigen von deinem Herzen, brauchst du eine Menge Vertrauen. Aber wenn du einmal jemandem Zutritt gewährt hast, betest du, dass er nie wieder geht.«

Mir war sehr unbehaglich, weil er ins Schwarze getroffen hatte. Doch weil ich wollte, dass er weitermachte, ließ ich mir nichts anmerken. Ich wusste nicht, warum, aber ich wollte unbedingt wissen, was er in mir sah.

Er fuhr fort. »Wenn du dich verliebst, gehst du davon aus, dass es für immer ist. Selbst Menschen, die dich verlassen haben, haben immer noch einen Platz in deinem Herzen, wie sehr du versucht hast, sie loszuwerden. Du hast Angst, Menschen zu enttäuschen, und du stellst dein Licht unter den Scheffel. Du glaubst, du verdienst den Erfolg nicht, von dem du träumst, weil jemand anderes ihn mehr verdient haben könnte. Du liebst Tiere. Ich weiß nicht, ob das stimmt, aber ich empfange da so eine Schwingung. Du hasst es, wenn Leute Schwierigkeiten haben oder verletzt sind, und möchtest die Welt verbessern, aber du bist dir nicht sicher, wie du es anpacken sollst. Du magst Horrorfilme, trotzdem versteckst du dich dabei unter der Decke.« Darüber musste ich lächeln. »Du bist zu hart zu dir. Du behältst deinen schlimmsten Schmerz für dich. Du willst nicht, dass deine Freunde sich Sorgen um dich machen, und unterdrückst deinen Schmerz, weil du ihnen nicht zur Last fallen willst. Oh …« Er legte die Hände auf meine Knie und beugte sich vor. »… und du bist Zwilling. Das sage ich nur, weil ich kein anderes Sternzeichen kenne. Über Astrologie weiß ich gar nichts.«

Ich lachte. »Ich bin Fisch.«

»Ah, die sind sicher für ihre schönen Augen bekannt.«

»Keine Komplimente mehr, bitte.«

»Dann hör auf, sie zu verdienen.« Seine Hände lagen noch auf meinen Knien, und er hatte keine Ahnung, welche Funken er mit dieser scheinbar leichten Berührung auslöste. »Wie habe ich mich geschlagen?«

»Du hast dich gut geschlagen, aber bei einer Sache lagst du falsch.«

»Ach?«

»Wenn ich einen Horrorfilm gucke, verstecke ich mich unter einem Kissen *und* einer Decke, nicht nur unter der Decke.«

»Nah genug dran.« Sein spaßhafter Blick veränderte sich etwas, als er in meine Richtung schaute und an seiner Unterlippe nagte. »Also habt ihr euch kürzlich getrennt?«

»Er hat vor ungefähr fünf Wochen mit mir Schluss gemacht.«

»So ein Arsch.«

»Ja, aber ich liebe ihn. Ich wünschte, ich könnte die Vergangenheitsform verwenden, aber so ist es nun mal. Meine Mitbewohnerin Sofia meint, der beste Weg, über einen Kerl hinwegzukommen, ist, sich unter einen anderen zu legen, aber daran kann ich momentan nicht einmal denken. Mit jemand anders zu schlafen ist das Letzte, was ich gerade will.«

»Plus, Sex heilt kein gebrochenes Herz, und – *heilige Scheiße!*« Damit klatschte er in die Hände und sprang vom Boden auf, wo er gesessen hatte. Das Grinsen in seinem Gesicht war riesig breit, allerdings hatte ich keinen Schimmer, was die plötzliche Veränderung bewirkt hatte. »Ich hab's, Red! Ich weiß, wie wir dir helfen können!«

Ich wölbte eine Braue und stand ebenfalls auf. »Jetzt bin ich verwirrt.«

»Ich weiß, ich weiß, und du hältst mich bestimmt für verrückt – was ich womöglich auch bin –, aber hier ist mein Vorschlag! Man kann kein gebrochenes Herz mit Sex heilen. Liebe funktioniert so nicht; Liebe ist nicht bloß körperlich, sondern eine emotionale Bindung. Plus, nach einer Trennung gehen die Leute in Gedanken nur die schönen Erinnerungen noch mal durch, nicht die unschönen, und dann meinen sie, sie hätten versagt, während die unschönen Dinge wahrscheinlich von Anfang an schwerer wogen als die schönen. Man hält dann einfach an den guten Dingen fest, weil es so wenig davon gab und weil sie am Ende immer seltener wurden. Sonst hätte das Gute ja ausreichen müssen, um sich nicht zu trennen.«

Es gefiel mir absolut nicht, dass er die Wahrheit sagte. Ich hatte in den vergangenen Wochen immer wieder alles Gute durchgespielt, das Mario und ich zusammen erlebt hatten. Meine Gedanken kreisten nur noch um sämtliche Momente, die mir in meiner verflossenen Beziehung alles bedeutet hatten.

Dabei gab es nur eine Handvoll guter Erinnerungen. Die ich jedoch endlos abspielte, damit sie bedeutsamer wirkten, als sie es gewesen waren. Mario war ein Meister darin, nur das Allernötigste zu tun, aber ich feierte ihn dafür wie einen Gott. Es war nicht sein Fehler, dass er mich mit mittelmäßiger Liebe abspeiste; es war mein Fehler, dass ich mich damit zufriedengab.

»Also, worauf willst du hinaus?«, fragte ich.

»Glaubst du an das Schicksal?«

Ich kicherte. »Sag bloß nicht, du glaubst daran.«

»Ich glaube, dass alles aus einem Grund geschieht, auch wenn der Grund nicht sofort auf der Hand liegt. Vielleicht haben wir uns deshalb heute Abend getroffen, Red, weil wir dafür bestimmt waren. Vielleicht musste ich mir einen Schlag aufs Auge verpassen und mit einem Lasso nach mir werfen lassen, damit wir uns über den Weg laufen und ich dir helfen kann, über deinen Ex hinwegzukommen.«

»Wie?«

»Man kommt am besten über eine Liebschaft hinweg, wenn man mit einem anderen Menschen eine stärkere Bindung eingeht. Hiermit präsentiere ich dir deine Halloween-Liebesgeschichte.« Damit verbeugte er sich vor mir, als würde das alles irgendeinen Sinn ergeben.

Mehr denn je verwirrt, stand ich reglos da. »Entgeht mir da gerade was?«

»Offenbar, denn du siehst mich an, als hätte ich den Verstand verloren – was, wie ich annehme, vermutlich zutrifft.« Er räusperte sich, richtete sich auf und strich sich mit den Händen über die Brust. »Ich bitte dich darum, dich in mich zu verlieben.«

Ich kicherte. »Verzeihung, wie bitte?«

»Gib mir die Chance, dich vor Sonnenaufgang in mich verliebt zu machen, was in …« Er warf einen Blick auf sein Handy. »… in fünf Stunden oder so der Fall sein wird. Es ist gerade Mitternacht vorbei. Gib mir die nächsten Stunden Zeit, dich in mich verliebt zu machen. Dann bringen wir die Liebesgeschichte zu einem guten Ende. Ohne tragisch gebrochene Herzen, ohne schwere Momente oder Beziehungsprobleme. Keine Untreue oder Skandale. Nur zwei Menschen, die sich ineinander verlieben, bis dass der Tod, oder in unserem Fall der nächste Morgen, sie scheidet.«

»Meinst du wirklich, zwei Menschen könnten sich binnen fünf Stunden ineinander verlieben?«

»Keine Ahnung.« Er zuckte die Achseln und streckte die Hände nach mir aus. »Willst du es versuchen?«

Ich hätte Nein sagen sollen, ich hätte seine verrückte Idee mit einem Lachen abtun und den Abend auf der Stelle auf diesem Dach beenden sollen, aber ich wollte einfach noch nicht nach Hause. Ich wollte nicht allein sein. Doch vor allem wollte ich mehr Zeit mit Captain verbringen, und wenn es nur ein paar Stunden sein würden. Auch falls es kaum eine Chance gab, mich in ihn zu verlieben, bekam ich vielleicht die Möglichkeit, noch ein paar Stunden länger glücklich zu sein.

Glücklich.

Ich fühlte mich glücklich.

Ich hatte nicht gewusst, wie sehr mir das Gefühl, glücklich zu sein, fehlte, bis es mich an diesem Abend wiedergefunden hatte.

Daher tat ich, was jedes geisteskranke Mädchen getan hätte: Ich nahm seine Hand und ließ mich auf die Idee ein, mich in den nächsten fünf Stunden zu verlieben.

Er verschränkte meine Finger mit seinen und zog mich an ihn heran. So nah waren wir uns seit unserer Begegnung nicht gekommen, und wie er mir jetzt in die Augen schaute, schlugen die Schmetterlinge noch heftiger mit den Flügeln. Er musste an die eins neunzig sein, als er sich nun über meine eins zweiundsiebzig beugte – und das mit Absätzen. Wie er mich ansah, gab mir das Gefühl, wichtig zu sein, als wollte er alles, was er hatte, in seinen irren Plan hineinlegen.

»Klopf, klopf«, sagte er mit dem blödesten Grinsen seit Menschengedenken.

»Wer da?«

»Wirst du dich verlieben?«

»In wen?«

»In mich.«

3

AALIYAH

Als ich zustimmte, mich für den Rest der Nacht in einen Superhelden zu verlieben, war ich mir nicht ganz sicher, ob ich nicht komplett durchgedreht war. Die Situation schien bizarr – auf die bestmögliche Art. Sich womöglich in so kurzer Zeit in jemanden zu verlieben, versetzte mich in Aufregung.

Es schien fast unrealistisch, was die Vorstellung umso interessanter machte. Bis ich Mario sagte, dass ich ihn liebte, waren zehn Monate vergangen. Ich verschenkte mein Herz nicht leichtfertig. Captain wusste das, er hatte es erwähnt, als er mich eingeschätzt hatte. Ich fand es interessant, dass er glaubte, ich könnte mich in so kurzer Zeit in ihn verlieben.

Zum Glück lebten wir in der Stadt, die niemals schlief, und so gab es auch weit nach Mitternacht noch viele Abenteuer, in die wir uns stürzen konnten.

»Okay, wie wäre es, wenn wir es so machen: Jeder von uns sucht sich zwei Orte aus, an die wir den anderen mitnehmen. Einen Ort, den wir lieben, und einen, von dem wir glauben, dass der andere ihn lieben könnte. Wir teilen diese Erfahrung miteinander, damit wir uns besser kennenlernen«, schlug Captain vor.

»Klingt gut. Wer fängt an?«

»Ladies first.«

»Ach ja, der Südstaaten-Gentleman.«

»Wenn du den respektvollen Umgang mit Frauen meinst, stehe ich dazu. Also, womit fangen wir an?«

Ich wollte mir Zeit nehmen, einen Ort zu finden, den er lieben könnte, deshalb hielt ich es für das Beste, mit einem meiner Lieblingsorte anzufangen. Außerdem war mein knurrender Magen ein deutliches Zeichen dafür, dass unser erster Stopp irgendwie mit Essen zu tun haben sollte.

»Hast du Hunger?«, fragte ich.

»Könnte immer essen.«

Ich grinste und freute mich darauf, ihm mein Lieblingsrestaurant zu zeigen. »Hast du schon mal was von Grant's Wings gehört?«

»Noch nie.«

»Nun, mein Freund, du wirst dich freuen. Dann lass uns zur U-Bahn gehen.« Obwohl ich eine Fahrkarte hatte, ließ mich Captain auf seiner mitfahren. An einem normalen Tag mit der Subway zu fahren, war das eine, Halloween damit zu fahren war etwas ganz anderes.

Wir hatten Glück und fanden zwei Sitzplätze nebeneinander, und die Leute zu beobachten war ein Riesenspaß. Es gab so viele verschiedene Kostüme, so viel Kreativität, dass man gar nicht wegschauen konnte. Meistens war ich ziemlich gut darin, mich um meine eigenen Angelegenheiten zu kümmern, aber in dieser Nacht wollte ich sie alle ansehen.

»Ich glaube, mein Gewinner ist der Handstand«, flüsterte Captain und beugte sich zu mir. Ich schaute nach links und sah einen Mann mit einem Bauchladen, der Gummihände verschiedener Größen verkaufte.

Ich kicherte. »Ich weiß nicht, irgendwie spricht mich der Serienmörder an.« Ich deutete nach rechts, wo ein Mann über und über mit DVDs beliebter Serien bedeckt war, die von Plastikmessern durchbohrt und blutverschmiert waren.

»Oh, auch ein guter Anwärter. Dass die Katzenohren ein bisschen lahm sind, darüber sind wir uns aber einig, oder?«

»Absolut, doch sie trägt sie mit Stolz. Das muss man ihr lassen.« Als wir die nächste Station erreichten, stieg eine ältere Frau zu, die als Stück Pizza verkleidet war. Ohne zu zögern, stand Captain auf, bot ihr seinen Platz an und hielt sich an der Stange vor uns fest.

Sie setzte sich neben mich und hörte, wie mein Magen knurrte. Ich legte mir die Hand auf den Bauch, lächelte sie an und entschuldigte mich damit wortlos für das Geräusch.

Sie sah mich streng und durchdringend an und drohte mir mit dem Finger. »Wage es nicht, mich anzubeißen, du Psychopathin«, warnte sie mich. Zunächst dachte ich, sie mache einen Witz, aber dann drehte sie mir ostentativ den Rücken zu und schnaubte verärgert. Dann sprach sie leise ununterbrochen mit sich selbst.

Ich schaute rechtzeitig auf, um zu sehen, wie Captain versuchte, seinen Lachanfall zu unterdrücken.

»Halt die Klappe«, formte ich mit dem Mund, und er wandte sich ab und kicherte laut, weil er sich nicht beherrschen konnte. Ich konnte nicht einmal sauer auf die unhöfliche Lady sein, der Captain einen Platz angeboten hatte. Sein Lachen ließ mich alles andere auf der Welt vergessen.

Ich liebte, wie er lachte, als würde man ihn durchkitzeln. Sein Lachen war so ansteckend, dass man mitlachen wollte.

Als wir bei unserer Haltestelle ankamen, reichte er mir die Hand, um mir aufzuhelfen. Dann wandte er sich an die Pizza-Lady. »Tut mir leid, dass sie Sie anbeißen wollte«, sagte er, und ich gab ihm einen Klaps auf den Arm.

Die Pizza-Lady antwortete: »Das liegt daran, dass sie eine Psychopathin ist.« Dann nahm sie ihre sinnfreien Selbstgespräche wieder auf.

So etwas erlebte man nur in New York.

Nachdem wir ausgestiegen waren, ließ er meine Hand los und sah mich besorgt an: »Warum wolltest du diese Frau auffressen, Red? Hast du zu viel Zeit mit dem bösen Wolf verbracht? Leute zu fressen ist doch mehr sein Ding. Falls du mich nur zu deinem Lieblingsrestaurant mitnimmst, um mich zu mästen, solltest du wissen, dass ich sehr wenig Körperfett habe. Bloß Muskeln.«

Als er wie verrückt seine Muskeln spielen ließ, errötete ich wie ein Schulmädchen.

Ja, er machte Unsinn und übertrieb, aber, du meine Güte, sein riesiger Bizeps unterstrich seine Behauptung, er bestehe nur aus Muskeln.

Ich verdrehte die Augen »Wenn ich einen Marvel-Charakter auffressen würde, dann sicher nicht dich.«

Er verengte die Augen. »Moment, was? Du würdest nicht mich fressen?«, fragte er, anscheinend enttäuscht.

»Du bist sauer, weil ich nicht dich fressen würde?«

Er schnitt eine Grimasse und nickte, während wir die Straße entlanggingen. »Na ja, irgendwie schon. Ich meine, was zur Hölle? Wen würdest du denn fressen?«

»Unterhalten wir uns wirklich darüber, dass ich eine Kannibalin bin?«

»Ja klar. Und jetzt raus damit – wer wäre es?«

Ich zuckte mit den Schultern. »Hm … Vielleicht Thanos.«

»Thanos?«, rief er, und ein paar Passanten schauten zu uns herüber. Natürlich sahen sie schnell wieder weg, schließlich waren wir in New York.

»Schrei nicht so. Die Leute gucken schon!«, flüsterte ich und knuffte ihn in die Seite.

»Das sollten sie auch!« Er brüllte weiter. »Du hast gerade gesagt, du würdest Thanos fressen!«

»Das habe ich, und ich stehe dazu. Klar, er ist ein Super-schurke, der die Erde vernichten will, aber er ist größer, was mehr Fleisch bedeutet. Außerdem mag ich dunkles Fleisch.«

»Er hat kein dunkles Fleisch, Red. Er ist verdammt noch mal lila.«

»Ich sag ja nur, dass ich ihn wählen würde. Du musst mir meinen Kannibalismus nicht erklären.«

Er atmete hörbar aus und schüttelte den Kopf. »Es ekelt mich an, dass du den meistgehassten Schurken dem besten Su-perhelden der Welt vorziehst.«

Ich lachte laut auf. »Dem besten Superhelden der Welt? Schmeichle dir bloß nicht selbst.«

»Was?!« Er keuchte wieder, immer noch gellend laut. »Willst du mich verarschen? Ich bin Captain America! Kämpfer für das Gute!«

»Ja, doch das macht dich nicht zum Besten. Dein mora-lischer Kompass kommt dir oft in die Quere. Du kannst nicht immer nur gut sein. Aber sei nicht traurig – du bist immerhin in den Top Ten der besten Superhelden.«

»Na schön, aber es tröstet nicht mein verletztes Herz.«

»Es tut mir leid, wenn ich deine Gefühle verletzt habe, weil ich dich nicht fressen will.«

»Schon okay. Ich vergebe dir. Nicht jeder trifft die richtigen Entscheidungen, doch bevor wir diesen Spaziergang fortset-zen, möchte ich, dass du etwas weißt.« Er legte mir die Hän-de auf die Schultern, sodass ich stehen bleiben musste, blickte mich mit seinen wunderschönen blauen Augen an und sagte so ernst, wie den ganzen Abend noch nicht: »Ich würde dich so was von fressen.«

Mir wurde warm ums Herz, als mich seine Worte durch-drangen. »Soll das eine Anspielung sein?«

»Was? Nein. Ich sage nur, dass ich dich bereitwillig auffressen würde.« Er zog eine Augenbraue hoch und grinste süffisant. »Ich würde dich auffressen – die ganze ... Nacht.«

Ich schubste ihn weg und ging weiter. »Du nervst.«

»Vielleicht solltest du mich auffressen, damit ich die Klappe halte.«

»Nein, ich werde dich füttern, damit du die Klappe hältst«, erklärte ich, als wir vor Grant's Wings zum Stehen kamen. »Willkommen bei Grant's. Hier werden all deine Träume wahr, mein Freund.« Ich deutete auf das kleine Restaurant, als wären wir gerade in Disney World angekommen.

Captains Gesichtsausdruck wurde albern, und ich wusste, dass er an etwas Bescheuertes dachte.

Ich seufzte. »Was denn?«

»Nichts, nichts. Nur, dass du mich gerade Freund genannt hast.«

»Krass! Lass dir das nicht zu Kopf steigen.«

»Keine Sorge. Also, schon, aber auch wieder nicht. Ich will nur sagen, dass wir bereits von völlig Fremden zu Freunden geworden sind.« Er legte mir den Arm um die Schultern und drückte mich. »Und wie jeder weiß, beginnt jede große Liebesgeschichte mit Freundschaft. Frag Harry und Sally.«

Er bestellte drei verschiedene Sorten Wings, und ich war tief gekränkt, dass er sie ohne Knochen bestellte. ›Wings ohne Knochen‹ war bloß ein Codewort für Hähnchen-Nuggets. Er beobachtete mich, als ich ihm zeigte, wie man erfolgreich das gesamte Fleisch vom Knochen löste, dann schluckte ich es runter und leckte den Knochen noch einmal ab.

Captain riss vor Erstaunen die Augen auf, als er mir dabei zusah, wie ich mich um den Knochen kümmerte. »Du wolltest sicher nicht, dass mich das anmacht, aber, heilige Scheiße, das macht mich ganz schön heftig an.«

Ich grinste und zuckte mit den Schultern, schnappte mir noch einen Flügel und löste das Fleisch von den Knochen. »Was soll ich sagen? Ich habe geschickte Lippen.«

Seine Augen wurden noch größer. »Soll das eine Anspielung sein?«, fragte er, meine Worte wiederholend.

»Was? Nein. Ich sage nur, dass ich gut lecken kann.« Danach leckte ich den Knochen ab und dann langsam meine Fingerspitzen, sehr, sehr langsam, eine nach der anderen, weil ich wusste, dass er mir zusah.

»Du bist eine verdammte Verführerin«, sagte er und schüttelte ungläubig den Kopf.

»Sagt der Mann, der mich die ganze Nacht auffressen wollte.«

»Touché, Red. Touché.«

Er rückte sein Superheldenkostüm unterhalb der Taille ein wenig zurecht, und ich fragte mich, ob meine kleine Demonstration tatsächlich etwas in ihm geweckt hatte. Ich wusste nicht, warum, aber ich musste lächeln. Mir gefiel die Vorstellung, dass ich ihn nur durch das Essen eines blöden Chicken Wings anmachen konnte.

Er widmete sich wieder seinen Hühnerflügeln, und weil er es offensichtlich mit den zweideutigen Kommentaren nicht zu weit treiben wollte, fragte er: »Wann hast du das Restaurant entdeckt?«

»Oh Mann, das ist Jahre her. Ich glaube, ich war fünfzehn, als ich weggelaufen und hergekommen bin.«

»Wie bitte? Weggelaufen?«

»Ja. Ich habe eine Zeit in einer schlechten Pflegefamilie gelebt. Ich war nicht das einfachste Kind, aber die waren wirklich grausam. Nachdem sie mich eines Abends schlechtgemacht hatten, bin ich weggelaufen. Ich wollte auch nicht zurück in ein Heim. Ich wusste nicht, wohin ich gehen oder was ich tun sollte, aber ich packte meine wenigen Habseligkeiten in einen Rucksack und lief weg. Ich bin für eine Weile durch die Straßen geirrt. Eine Nacht habe ich hinter einem Gebäude unter der Feuertreppe geschlafen.

Am nächsten Tag lief ich allein und verängstigt die Straße rauf und runter. Da stieß ich mit Grant zusammen, der vor seinem Laden stand. Er fragte mich, ob ich hungrig sei. Ich war kurz vor dem Verhungern, also nahm er mich mit hinein und gab mir etwas zu essen. Das tat er auch in der Woche darauf, und er erlaubte mir, in der Nische dort drüben zu schlafen. Er brachte mir Kissen und Decken und so. Nach dem ersten Abend hat er nicht mal mehr mit mir gesprochen. Unsere Verbindung funktionierte auch ohne Worte.«

»Großartig.«

Ich nickte. »Er war großartig. Er hat mir sogar meine ersten Comics gekauft. Nach der ersten Woche hat er wieder mit mir gesprochen und sich zu mir gesetzt, nachdem er mir Schokopfannkuchen gemacht hatte, meine Lieblingspfannkuchen. Während ich sie in mich hineinschaufelte, sagte er: »Es ist Zeit, nach Hause zu gehen.« Ich sagte ihm, dass ich kein Zuhause hatte. Er sagte mir, ich müsse zurück ins Heim. Wenn ich ginge, würde er mir einen Job geben und mich auf die Uni schicken. Ich lachte, weil ich nicht dachte, ich würde jemals auf die Uni gehen. Meine Noten waren nicht besonders gut, und nichts hatte mich je zu besonderem Ehrgeiz angespornt. Ich sagte ihm, ich glaube nicht an mich selbst.«

»Was hat er geantwortet?«

Ich lachte leise und schaute auf das Glas Wasser, um das ich beide Hände gelegt hatte. Meine Finger waren nass vom Kondenswasser und kühlten mich, als ich über Grant nachdachte. »Er sagte, es wäre nicht schlimm, wenn ich nicht an mich glaubte. Er würde an mich glauben, bis ich lernte, es selbst zu tun.«

»Hat er sein Versprechen gehalten?«

»Ja. Seinetwegen mache ich nächsten Frühling meinen Abschluss. Ich verdanke ihm mein Leben.«

Sein Lächeln verblasste ein wenig. »Du hast gesagt, er *war* großartig … Vergangenheit.«

»Letztes Jahr hatte er einen Autounfall, den er nicht überlebt hat.«

»Das tut mir leid. Das ist ja schrecklich.«

»Er war praktisch meine …« Meine Stimme brach, als ich an Grant dachte. »Er war praktisch meine Familie.«

»Nein, er war deine Familie. Er wird für immer deine Familie sein.«

Ich lächelte. »Danke, dass du das sagst. Ich besuche jede Woche sein Grab und lese ihm aus seinen Comics vor. Es ist ein komisches Ritual, aber wegen ihm bin ich Comic-Fan, wir haben sie immer zusammen gelesen. Deshalb halte ich auf diese Art an ihm fest und unterhalte mich mit ihm, auch wenn er mich nicht hören kann.«

»Vielleicht hört er dich ja doch.«

»Ich hoffe es. Es ist ja auch verrückt, dass man zufällig jemanden treffen kann, der einfach so dein Leben verändert.«

Er beugte sich vor und legte seine Hände über meine, die das Glas umfassten. »Du wirst *mein* Leben verändern, Red.« Das sagte er nicht im Spaß. Nein, er sagte es so ernst, dass seine Berührung kühler war als das Glas in meinen Händen.

»Wie kommst du darauf?«

»Hast du nicht auch manchmal so ein Bauchgefühl?«

»Meistens, wenn ich diese Wings gegessen habe. Ich nenne das Blähungen.«

Er lachte, und der Laut brachte mich innerlich zum Schmelzen. Ich konnte nicht glauben, dass ich vor ihm von Blähungen gesprochen hatte. Und doch kam es mir völlig natürlich vor.

Was hatte dieser Typ bloß an sich? Warum konnte ich einfach ich selbst sein, wenn ich ihm gegenübersaß?

Ohne zu fragen, wollte er sich einen meiner Flügel klauen, aber ich haute ihm auf die Finger.

»Was soll das?«, rief ich schockiert.

»Ich wollte einen mit Knochen probieren.«

»Tja, dann hättest du einen mit Knochen bestellen sollen. Ehrlich, ich habe dich im Stillen verurteilt, als du deine ohne Knochen bestellt hast. Meiner Erfahrung nach sind das keine Wings. Es sind große Chicken Nuggets.«

»Du bist also eine professionelle Flügel-Esserin?«

»Ja, und mach dich nicht darüber lustig. Ich trage diesen Titel mit Stolz.«

Er hob beschwichtigend die Hände. »Okay, okay. Tut mir leid. Ich will auf gar keinen Fall eine Frau und ihr Essen beleidigen.«

Ich lehnte mich zurück und lächelte, erfreut, dass er wusste, wann er aufhören musste. Zumindest glaubte ich das. Doch gerade, als ich mich zu sicher fühlte, beugte er sich vor und klaute mir einen Flügel. Nachdem er stolz damit in der Luft herumgefuchtelt hatte, leckte er ihn ab, um zu demonstrieren, dass ich ihn nicht zurückbekommen würde.

»Du bist ein Arsch«, sagte ich und bedachte ihn mit meinem Mörderblick.

»Ein Arsch, den du schon sehr bald lieben wirst.«

»Das kann dauern.«

»Tja, dann widme ich mich mal lieber meinem Chicken Wing.«

Ich verdrehte die Augen und seufzte. »Iss ihn wenigstens vernünftig. Mach es wie ich, denn wenn du auch nur ein Fitzelchen Fleisch am Knochen lässt, kriegst du es mit mir zu tun.«

»Kein Stress, ja?« Er lachte. Dann sah er zu mir auf. »Pflicht oder Pflicht?«, fragte er.

»Meinst du Wahrheit oder Pflicht?«

»Ja, aber ich will nicht, dass du dich mit Wahrheit aus der Affäre ziehst. Also, Pflicht oder Pflicht?«

Ich lachte in mich hinein. »Hm, ich glaube, ich nehme Pflicht.«

»In Ordnung. Ich möchte, dass du mir in die Augen schaust, während ich diesen Knochen abnage.«

»Du bist ja bekloppt.«

»Ja, aber du hast Pflicht genommen, also bitte.«

Er ließ seine Captain-America-Brustmuskeln spielen, dann hielt er meinen Blick fest. Meine Güte, seine Augen. Das Universum hätte nie solche Augen erschaffen dürfen. In ihnen lag mehr Kraft, als irgendjemand je hätte besitzen sollen.

»Ich werde es genauso machen wie du«, warnte er.

»Ich hätte auch nichts anderes erwartet.«

Er begann damit, den Flügel aufrecht auf seiner Serviette zu platzieren und dann langsam, langsam, langsam das Fleisch den Knochen hinunterzuschieben, um es unten aufzufangen. Dann führte er den Flügel zum Mund und leckte die scharfe Soße mit der Zunge ab, bevor er ihn in die Schale mit Ranch-Dressing vor sich tauchte. Danach führte er ihn wieder zum Mund, hob mit einem anzüglichen Grinsen die Augenbraue, und ich bekam weiche Knie. Er teilte die Lippen und schob sich das Fleisch in den Mund, saugte es vom Flügel und leckte den Knochen mit der Zunge ab, für den Fall, dass die Soße nicht komplett in seinen Mund gelangt war.

Dann legte er die Knochen beiseite und tauchte den Zeigefinger in die Schale mit dem Ranch-Dressing. Er zog ihn heraus, ließ zu, dass er alles volltropfte, bevor er ihn in den Mund steckte und ihn zum Schluss langsam – sexy – ableckte. Oh Gott, ich wurde auf der Stelle mit Zwillingen schwanger.

Am liebsten hätte ich den Blick abgewendet und verborgen, wie sehr ich errötete, aber Pflicht war Pflicht, und ich hielt den Augenkontakt die ganze Zeit aufrecht, während ich weiche Knie bekam, weil er einen verdammten Chicken Wing aß.

»Du bist so albern«, sagte ich und löste den Blick von ihm, nachdem er den Knochen abgeleckt hatte. Ich trank einen großen Schluck Wasser, um mich nach dieser theatralischen Vorstellung abzukühlen.

Er lachte. »Ich glaube, das gefällt dir an mir.«

Das stimmt. Das gefällt mir an dir.

Ich rutschte auf meinem Platz herum und versuchte, das Gespräch von der seltsam sexuellen und doch nicht sexuellen Situation abzulenken. »Also …« Meine Stimme versagte. »Wohin gehen wir als Nächstes?«

Er schnappte sich ein Feuchttuch und wischte sich die Finger ab. »Oh, das wird gut – sogar fantastisch –, und es ist zu einhundert Prozent für dich.«

4

CONNOR

Ich hatte das unerklärliche Bedürfnis, Menschen glücklich zu machen. Hatte ich kapiert, dass Menschen selbst für ihr Glück verantwortlich waren? Ja. Hielt mich das auf irgendeine Weise davon ab, sie in die Richtung besagten Glücks zu schubsen? Absolut nicht.

Ich war stolz darauf, ein unbekümmerter Typ zu sein. Klar, auch ich hatte beschissene Tage und Nächte – ich war schließlich auch nur ein Mensch –, aber ich wusste, dass meine Fröhlichkeit am Ende des Tages immer die Oberhand behalten würde. Wenn ich bemerkte, dass ich zu weit auf die schiefe Bahn geriet, unternahm ich Dinge, durch die ich mich gut fühlte, um wieder Halt zu finden.

Es ergab sich einfach, dass sich durch die Dinge, durch die ich mich gut fühlte, auch andere gut fühlten. Andere lächeln zu sehen machte mich glücklich. Zu wissen, dass jemand morgen einen besseren Tag haben würde, weil er mir begegnet war, war absolut bereichernd.

Ich hätte jedoch nicht erwartet, dass Rotkäppchen wegen der Erfahrung, die sie mir an diesem Abend schenkte, der Grund für *mein* Glück am nächsten Tag sein würde. Dabei hatte ich mich schon damit abgefunden, dass ich in den kommenden Tagen immer wieder an sie denken würde.

Mann … diese Frau.

Ich bin verliebt, ich bin verliebt, und es ist mir einerlei, wer davon weiß!

Na gut, es war nicht Liebe. Aber, verdammt, ich mochte dieses Mädchen. Ich hatte viele coole Leute getroffen, seit ich von Kentucky nach New York gezogen war. Ich war stolz darauf, ein geselliger Mensch zu sein. Im Austausch mit anderen blühte ich auf. Allein kam ich, ehrlich gesagt, nicht so gut klar. Wenn ich allein war, wanderten meine Gedanken zu Ereignissen, mit denen ich mich nicht auseinandersetzen wollte. Einige nannten es Angst, ich nannte es: Verpiss-dich-aus-meinem-Kopf! Deshalb verbrachte ich viel Zeit in Gesellschaft anderer. Wenn ein Treffen stattfand, wollte ich dabei sein. Hätte man »extrovertiert« im Lexikon nachgeschlagen, hätte man dort ein schmalziges Foto von mir gefunden, auf dem ich von einem Ohr zum anderen grinste.

Es fühlte sich an, als wäre Red anders. Als ich sie vor der Bar entdeckte, wusste ich, dass sie hinausgegangen war, um frische Luft zu schnappen und weil sie eine Pause von der Menge drinnen brauchte. Jedes Mal, wenn wir hindurchgingen, zuckte sie leicht zusammen und drückte meine Hand ein wenig fester, während ich sie führte. Sie war nicht so extrovertiert wie ich, und das gefiel mir. Mir gefiel, wie ruhig sie war, wie tiefsinnig sie wirkte, ohne es darauf anzulegen.

Wie gesagt, ich mochte sie.

Außerdem, abgesehen von allem, was ich aus den Gesprächen mit ihr erfahren hatte, war sie schön. Sie hatte lange schwarze Haare, mit kleinen elastischen Locken, sie hatte volle Lippen, und wenn sie lächelte, betonte das ihre golden schimmernden Wangenknochen. Sie hatte Kurven überall dort, wo ich es mochte, und, du meine Güte, habe ich schon ihr Lächeln erwähnt? Ja, habe ich – aber es war eine weitere Erwähnung wert. Sie lächelte auf eine Art, die auch den traurigsten Menschen für ein paar Augenblicke glücklich machen konnte. Es zog mich an und machte es mir fast unmöglich, den Blick von ihr abzuwenden.

Ich war schockiert, als sie sich auf meinen verrückten Vorschlag einließ, sich vor dem Sonnenaufgang zu verlieben, aber ich wollte mich nicht damit abfinden, sie niemals wiederzusehen, wenn die Bar schloss. Wenn uns nur eine begrenzte Zeit blieb, wollte ich noch etwas anderes mit ihr erleben, als in einer Bar etwas zu trinken.

Hoffte ich, sie würde mir am Morgen ihre Nummer geben? Ja.

Hoffte ich, sie würde es nicht tun? Ja, das auch. Ich kannte meine aktuelle Lebenslage – ich war ein Workaholic, der versuchte, die verrücktesten Träume wahr werden zu lassen. Mein Erfolg der vergangenen Jahre basierte auf den Opfern, die ich gebracht hatte, um das Imperium aufzubauen, das mir vorschwebte. Deshalb standen persönliche Beziehungen nicht unbedingt auf meiner Liste. Ich war nicht gemacht für Beziehungen, und wenn ich Red nicht die Zeit und Aufmerksamkeit widmen konnte, die sie verdiente, würde ich ihre Zeit nicht vergeuden.

Aber, verdammt, dieser Abend entwickelte sich zu einem meiner Lieblingsabende. Konnte man einen Augenblick erleben und gleichzeitig wissen, dass er zu einer Lieblingserinnerung werden würde? Genau das geschah in dieser Halloween-Nacht. Ich war mir ziemlich sicher, dass keine andere Nacht mit der würde mithalten können, die ich gerade erlebte.

Das Verrückteste daran?

Ich kannte immer noch nicht ihren Namen.

»Gibst du mir einen Tipp, wohin wir gehen?«, fragte sie, als wir die Straßen entlangliefen. Wir hatten die U-Bahn nach Queens genommen, und mir war klar, dass sie sich fragte, wohin ich sie brachte. Ich musste mich bei meinem ersten Mitbewohner in New York bedanken, dass er mir den Ort gezeigt hatte, zu dem ich sie brachte und betete, dass es ihr gefiel.

»Mach dir keine Sorgen, wir sind fast da. Es ist direkt um die Ecke.« Ich sah, dass sie ein wenig zitterte, legte ihr eine Hand auf den unteren Rücken und zog sie näher an mich, um sie zu wärmen. Vor dem Ende der Nacht musste ich einen Mantel für sie auftreiben. Sie beschwerte sich nicht, aber es war klar, dass ihr kleiner Körper eiskalt war.

Zu meiner Überraschung drückte sie sich an mich und erlaubte mir, den Arm um sie zu legen. Sie passte perfekt, als wäre sie ein fehlendes Puzzleteil, von dem ich nicht gewusst hatte, dass es zu meiner Welt gehörte.

Zumindest vorübergehend.

»Das gibt's doch nicht«, sagte sie atemlos, als wir vor einer Spielhalle ankamen. Sie hob eine Augenbraue. »Woher wusstest du, dass ich Videospiele mag?«

»Bis du es gesagt hast, wusste ich es nicht, aber das wollte ich dir eigentlich gar nicht zeigen, und das macht es zu einem Doppelsieg. Komm, gehen wir rein.«

Das *UpDown* war eine Bar, wo Leute gleichzeitig trinken und ihrem Nerd-Hobby nachgehen konnten. An diesem Abend war es sehr voll, was aber nicht überraschend war. Auch wenn kein Feiertag war, musste man vor dem *UpDown* Schlange stehen.

Wir stellten uns an, und ihr Puzzleteil blieb mit mir verbunden, während wir über die Lieblingsvideospiele unserer Kindheit sprachen. Mit ihr war Small Talk ganz einfach und kam mir sogar bedeutend vor. Ich hörte ihr genau zu und nahm jedes ihrer Worte auf. Ebenso wie ihre kleinen Eigenheiten. Wie sie die Nase krauste, wenn ihr etwas missfiel, wie sie die Schultern bewegte, wenn sie aufgeregt war. Wie sich ihre Grübchen beim Lächeln vertieften, wie sie unbewusst die Hüften bewegte, wenn irgendwo Musik lief.

Als wir endlich reinkamen, musste ich lächeln, als ich sah, wie sich Reds Augen weiteten und sie ihren kleinen Freudentanz vollführte. Dann richteten sich diese braunen Augen immer noch leuchtend auf mich.

»Können wir irgendwas spielen?«

»Alles, was du willst, Darling. Ich besorge uns ein paar Spielmünzen.«

Eine Stunde lang spielten wir alles Mögliche, vom Flipperautomaten bis zu einem altmodischen Simpsons-Videospiel. Sie lachte und fluchte, wenn sie verlor. Sie hüpfte aufgeregt auf und ab, drehte sich und verbeugte sich, wenn sie mir bei einem Spiel den Hintern versohlte – was oft passierte. Ich würde gern behaupten, dass ich sie gewinnen ließ, aber das wäre gelogen. Sie war einfach verdammt gut.

Am meisten faszinierte mich an ihr, dass sie gleichzeitig scharf und niedlich war. Und wie sie sich bewegte, war verdammt attraktiv und ebenso bezaubernd.

Mit welchem Wort beschreibt man jemanden, der scharf und niedlich ist? Schiedlich? Narf? Verdammt, ich wusste nicht, wie ich es nennen sollte, aber sie war beides.

Ich warf einen Blick auf die Uhr und beugte mich über sie, als sie vor mir am Flipperautomaten stand. »Es ist schon fast halb vier«, sagte ich, und mir wurde ein bisschen schlecht. Ich hatte vorgehabt, die Nacht mit verschiedenen Aktivitäten zu verbringen, aber wegen der U-Bahn-Fahrten und weil es überall so voll war, rannte uns die Zeit davon. Je näher der Morgen kam, desto mehr wünschte ich mir, die Zeit würde stillstehen. Ich wollte mehr von ihr, mehr von uns, was auch immer das zwischen uns sein mochte.

»Bevor wir gehen, würde ich dir gern noch etwas zeigen«,

erklärte ich. Als ich mich vorbeugte, drückte sich mein Körper an ihren Rücken, und für eine Sekunde glaubte ich, sie lehne sich gegen mich und erlaube sich, mit mir zu verschmelzen. Je weiter die Nacht voranschritt, desto mehr Wege fanden unsere Körper, einander nahe zu sein, als würde uns eine magnetische Anziehung zueinander zwingen.

Ich fand das nicht schlimm. Ich genoss ihre Nähe.

»Schon halb vier?«, fragte sie und wandte sich stirnrunzelnd um. Es freute mich, dass uns beiden missfiel, wie die Zeit vergangen war.

»Ja. Komm, ich zeige dir noch, weshalb wir eigentlich hergekommen sind.« Ich nahm ihre Hand und führte sie durch den Raum bis zu einer Tür mit einem großen leuchtenden C darüber.

»Was ist das?«, fragte sie.

»Das ist das, was mich an dich erinnert.« Ich schnappte mir die Klinke und drückte die Tür auf. Ich kam mir vor, als wäre ich der Nikolaus und würde gerade Reds wildeste Träume wahr machen. Hinter der Tür war ein riesiger Raum mit Regalen und Tischen voller Comics. Besondere Sammelausgaben lagen an der Kasse sogar hinter Glas aus.

»Oh Gott.« Sie war von dem Anblick überwältigt. »Sind das …?«

»Ja.«

»Kann ich …?«

Ich lächelte. »Ja.«

Sie drängte sich an mir vorbei und stürmte in die Marvel-Abteilung. Der Raum leuchtete im Schein der alten Club-Scheinwerfer und wirkte auf eine coole Art schäbig, falls das irgendeinen Sinn ergibt. Eine der Wände war mit Teppich bedeckt, und daran hingen riesige Poster von Superhelden aus den verschiedenen Universen.

Erfreut, dass ich offensichtlich etwas gefunden hatte, was sie begeisterte, verschränkte ich die Arme. Mir gefiel, wie sie lächelte, als sie die Stapel von Comics durchstöberte. Ich lief durch den Gang, vor dem sie stand, und fing auch an zu blättern. Nur der Kasten mit den Comics trennte uns, aber selbst dieser Abstand war mir zu groß.

»Wahrheit oder Wahrheit?«, fragte sie.

Ich zog eine Augenbraue hoch. »Wahrheit.«

»Was war der glücklichste Tag deines Lebens?«

»Als ich zum zweiten Mal erfuhr, dass der Krebs meiner Mutter endgültig verschwunden war.«

»Eine sehr gute Wahl.«

Ich hätte ihr nicht mehr zustimmen können.

»Wahrheit oder Wahrheit?«, fragte ich.

»Wahrheit.«

»Warum ist deine letzte Beziehung in die Brüche gegangen?«

Sie hielt im Blättern inne, und ich sah den Schmerz in ihren Augen. Sie schüttelte kurz den Kopf, bevor sie antwortete. »Ich habe ihn dabei erwischt, wie er mich betrogen hat. Dann hat er mit mir Schluss gemacht, weil er sich in die andere verliebt hatte.«

»Noch einmal: Arschloch.«

»Ja. Aber trotzdem … er hat mit *mir* Schluss gemacht. Er war nackt, und ich stand da und habe zugelassen, dass er mit mir Schluss macht. Ich dachte immer, ich würde in solchen Momenten in den Du-kannst-mich-mal-Modus schalten und total ausrasten. Ein oder zwei Lampen zerschmettern und ihm in die Eier treten – stattdessen stand ich nur da und nahm es klaglos hin. Dann habe ich fünf Wochen lang geheult.« Sie richtete sich auf. »Heute ist der erste Tag, an dem ich nicht geweint habe.«

»Wir feiern den Fortschritt«, sagte ich und applaudierte.

»Das liegt bestimmt daran, dass du mich von meinem Liebeskummer ablenkst, also vielen Dank.«

»Du bist immer noch traurig.«

Sie nickte. »Ja. Aber heute schon weniger.«

»Was bedeutet, dass du morgen noch weniger traurig sein könntest.«

»Ja. Doch nach Trennungen zweifelt man immer an sich selbst. Ich habe überlegt, wie ich eine bessere Freundin hätte sein können, wie *ich* zu seiner Heldin geworden wäre, und nicht Monica.« Sie tat, als würde sie sich übergeben. »Monica – was für ein bescheuerter Name. Kannst du dir das vorstellen? Er hat sich in Monica verliebt und über sie gesprochen, als wollte er den Rest seines Lebens mit ihr verbringen. Sie war die ganze Zeit seine Heldin, während ich dachte, ich wäre die wichtigste Frau in dieser Geschichte. Dabei war ich nur eine Barista, irgendeine Nebenrolle, an die sich niemand erinnert. Ich weiß nicht, vielleicht ist das meine Rolle. Vielleicht ist es mein Schicksal, eine Statistin in den Geschichten anderer zu spielen. Ich bin nur das Mädchen, das dem Helden und der Heldin den Kaffee bringt.«

»Das glaubst du nicht wirklich.«

Sie zuckte mit den Schultern, sagte aber nichts.

Dann blätterte sie weiter in den Comics, und ihre Augen leuchteten vor Freude auf, als sie etwas entdeckte, das sie liebte. Sie presste den Comic an die Brust, und ihre Laune hatte sich schlagartig geändert. »Siehst du das?«, fragte sie aufgeregt.

»Ich kann es nicht richtig sehen, weil du es zu Tode quetschst.«

Sie drehte es um, um es mir zu zeigen, und da sah ich mich – na ja, nicht mich selbst, sondern mein Alter Ego. »Captain America. Eine Ausgabe von 1950. Eine Seltenheit.«

»Nimm es. Ich kaufe es dir.«

»Nein. Das musst du nicht.«

»Ich weiß. Ich möchte es aber. Und wenn du schon dabei bist, kannst du dir eine Sammlung zusammenstellen.«

»Captain ...«

»Bitte, Red.« Ich klang, als würde ich betteln. Ich bat sie, weil ich wollte, dass ihre Augen weiter vor Freude leuchteten, wie beim Betrachten der Comics. »Ich weiß, es ist nicht mehr 1918, aber ich möchte dir etwas schenken.«

»Warum?«

»Weil du du bist.«

»Was ist an mir so besonders?«

Ich trat zu ihr, sodass wir uns gegenüberstanden, und strich ihr eine Haarsträhne hinter das Ohr. »Alles an dir ist besonders.«

»Was macht dir Angst?«, fragte sie und brachte mich durcheinander, weil sie so abrupt von sich ablenkte.

»Oh, vieles. Schlangen. Turbulenzen beim Fliegen. Zu spät zu einem wichtigen Termin zu kommen. Kängurus.«

»Kängurus?«

»Hast du jemals einen Kängurukampf gesehen? Thor ist nichts im Vergleich zu einem Känguru.«

»Schön, aber diese oberflächlichen Ängste meinte ich nicht. Deshalb frage ich dich noch einmal. Was macht dir Angst?«

Ich runzelte die Stirn. Ich sprach nicht oft über meine Ängste. Denn dadurch weckte man meiner Meinung nach nur die Monster, die man ganz hinten in seinem Kopf eingesperrt hatte.

Allerdings hatte Red sich mir geöffnet, deshalb verdiente sie dasselbe. Vielleicht würden meine Ängste, wenn ich flüsterte, nur bis zu ihrem Trommelfell gelangen.

»Leute zu enttäuschen«, gestand ich. »Dass der Krebs bei

meiner Mutter zurückkommt und sie daran stirbt. Menschen zu verlieren, die mir wichtig sind. Zu sterben, ohne einen bleibenden Eindruck hinterlassen zu haben.«

Sie lächelte. Es war ein kleines Lächeln, doch mir wurde davon warm ums Herz. Es war umwerfend, wenn sie breit lächelte, das darf man nicht falsch verstehen, aber bei diesem kleinen, verstohlenen Lächeln wünschte ich mir, die Nacht würde noch ein paar Stunden länger dauern.

»Was ist mit dir?«

»Ich habe Angst davor, nie eine Familie zu gründen … und davor, allein zu sterben.«

»Scheint, als würden wir uns beide vor dem Tod fürchten, was?«

Ihre braunen Augen blitzten heiter. »Hast du ein passendes Philosophenzitat?«

»Hm. ›Was dich beunruhigt, beherrscht dich.‹ John Locke. Weshalb ich«, erklärte ich und wühlte noch ein wenig in den Kästen mit den Comics, »nicht so oft über meine Ängste spreche. Je mehr man sie nährt, desto massiver werden sie. Ja, ich habe Ängste und Sorgen, aber meine Hoffnung ist stärker.«

Sie hielt inne und sah mich forschend an, als wolle sie etwas in mir enträtseln.

Frag mich einfach, Red, und ich verrate dir meine Geheimnisse.

Sie richtete sich, mit den Comics an die Brust gedrückt, auf. »Ich habe mich für etwas entschieden, das dir bestimmt gefallen wird.«

Ich zog eine Augenbraue hoch und warf einen Blick auf meine Armbanduhr. »Wir nähern uns langsam dem Sonnenaufgang.«

»Tja …« Sie trat zu mir und streckte mir ihre freie Hand entgegen. »Dann beeilen wir uns besser.«

»Wish Alley?«, fragte ich stirnrunzelnd, als wir am Ende einer gut beleuchteten Gasse standen.

Überall standen Menschen in Kostümen, unterhielten sich und schrieben auf Haftnotizen. Der Dampf aus den Kanaldeckeln, vermischt mit dem Zigarettenrauch der Anwesenden, schaffte eine unvergleichliche Atmosphäre. Die Gasse war erfüllt von Lachen, doch als ich mich umsah, entdeckte ich auch ein oder zwei Personen, die allein waren und trauriger und unglücklicher wirkten als die Umstehenden. Sie starrten die Wände voller Zettel an, bevor sie ihren eigenen schrieben und davongingen.

»Die Leute kommen her, um ihre Wünsche aufzuschreiben und an die Wand zu heften. Ich dachte, wir könnten unsere Wünsche aufschreiben und sie in die Welt entlassen. Du hast gesagt, dass du nicht gern über deine Ängste sprichst, was ich verstehe, aber über deine Wünsche zu sprechen …« Sie hielt inne und zog die Nase kraus. »Ist das lahm? Du kannst es mir ruhig sagen.«

Ich lachte. »Es ist das Gegenteil von lahm. Das ist großartig.« Ich trat zur Wand, verschränkte die Arme und las ein paar der Wünsche an der Ziegelmauer.

Einige waren materieller Natur: teure Autos, teure Spiele, Handtaschen.

Andere waren etwas tiefsinniger.

Ich wünsche mir, dass mich mein Ex wieder liebt.

Ich wünsche mir einen Ausweg aus toxischen Beziehungen.

Ich wünsche mir ein Zuhause.

Ich wünsche mir, dass man Krebs heilen kann.

Der letzte Wunsch traf mich mitten ins Herz.

Ich schaute zu Red hinüber, die auch Wunschzettel studierte. Ich liebte, wie konzentriert sie war und wie sie die Hände auf ihr Herz presste, als könnte sie jedes einzelne Wort nachvollziehen.

»Bereit?«, fragte ich, und holte uns einen Block und einen Stift.

Sie atmete tief ein, trat einen Schritt von der Wand weg und nickte. »Bereit.«

»Wie viele darf man schreiben?«

»Drei klingt nach einer magischen Zahl.«

Drei Wünsche. Wenn ich drei Wünsche hätte, was würde ich mir wünschen?

Eins: Ich wünschte, der Krebs meiner Mutter käme nie zurück.

Zwei: Ich wünschte, kein Kind wäre je hungrig, ohne Obdach oder Liebe.

Drei:

Ich drehte mich zu Red um, die in Gedanken versunken etwas auf eine Haftnotiz kritzelte. Ab und an hielt sie inne und kaute auf ihrer Unterlippe. Ich konnte den Blick nicht von diesem stockenden Schreibprozess abwenden. Ich fand sie einfach so verdammt attraktiv.

Ich wandte mich meiner letzten Haftnotiz zu und schrieb meinen letzten Wunsch auf.

Drei: Mehr Nächte wie diese. Mehr Nächte mit Red.

Wir klebten die Zettel an die Ziegelmauer. Wahrscheinlich würden sie irgendwann weggeweht. Wahrscheinlich würden sie sich irgendwann aufrollen und reißen. Aber in diesem Moment fühlte es sich magisch an, unsere Wünsche in die Atmosphäre zu entlassen.

Red kam zu meinen Notizen, und ich ging zu ihren. Sie wünschte sich ein langes Leben, Liebe, und sie wünschte sich eine Familie.

Ich konnte nicht anders, ich wünschte mir auch mehr Zeit. In dieser Nacht mit ihr war jede Sekunde, die verging, wie etwas Wichtiges, das sich langsam aus meinem Leben verflüchtigte. Hier war ich und hoffte, dass sie sich in mich verliebte, damit sie über ihren Ex hinwegkam, und hier war ich und verliebte mich in ein Mädchen, das nach Sonnenaufgang nicht mehr da sein würde.

Oh, die Suppe, die wir uns selbst einbrocken, Con.

»Mehr Nächte mit Red«, sagte sie laut, bevor sie sich zu mir umwandte. »Du hast dir mehr Nächte mit mir gewünscht?«

»Ja. Mehr Nächte mit dir.«

Sie lachte ein wenig und fuchtelte mit ihren Händen herum. »Das ist lustig«, sagte sie und deutete auf die Wand. »Ich hab nämlich ein bisschen gemogelt und einen vierten Zettel geschrieben.« Sie öffnete ihre Hand und zeigte ihn mir. »Ich hab mir auch dich gewünscht.«

Ich las: *Mehr Captain America.*

Ich lächelte und rieb mir den Nacken. »Mehr von mir?«

»Mehr von dir.«

Verdammt.

Mein Herz.

Ich hatte immer gewusst, dass es da war, aber ich hatte nicht gewusst, dass es schlagen konnte wie eine Million Feuerwerkskörper, die alle gemeinsam explodierten.

Ich streckte ihr meine Hand entgegen. »Tanz mit mir.«

»Was?« Sie kicherte. Und ich liebte dieses Kichern. »Ohne Musik?«

»Mir egal. Tanz einfach mit mir.«

Sie reichte mir ihre Hand, und ich zog sie an mich. Wir wiegten uns langsam, und sie schlang ihre Arme um meinen Hals und legte den Kopf an meine Brust.

»Ich kann deinen Herzschlag spüren«, sagte sie.

Ich war ein sehr romantischer Typ. Wenn es um Romantik ging, war ich einsame Spitze. Aber ich wollte es nicht übertreiben und ihr sagen, dass mein Herz für sie so schlug.

Doch ehrlich gesagt … schlug mein Herz für sie.

»Mario hat nie mit mir getanzt. Er fand das bescheuert«, sagte sie. Je mehr sie mir von ihm erzählte, desto ätzender fand ich ihn.

»Tanzt du gern?«, fragte ich.

»Ja, ich liebe es.«

»Versprichst du mir etwas, Red?«

»Ja.«

»Verlieb dich nie wieder in einen Mann, der nicht mit dir tanzen will.«

Sie sah kurz zu mir auf, bevor sie den Kopf wieder an meine Brust legte. »Wie oft warst du schon verliebt?«

»So richtig? Noch nie.«

»Was meinst du mit ›so richtig‹?«

Ich grinste. »Ich hatte noch nie eine Freundin. Eine normale Liebesgeschichte, du weißt schon, Junge trifft Mädchen, sie sehen sich ununterbrochen, reden ununterbrochen und verlieben sich unsterblich ineinander, so etwas hatte ich noch nie.«

»Wenn du noch nie eine Frau geliebt hast, dann warst du noch nie verliebt. So einfach ist das.«

Ich lächelte. »Das sehe ich anders. Wenn es so einfach wäre. Aber ich verliebe mich ständig. Ich nenne es Liebesblitze, kleine oder große Momente der Verbindung zu jemandem. Die kleinen Momente mag ich am liebsten. Zum Beispiel wenn jemand sich beeilt, dir die Tür aufzuhalten, weil du die Hände voll hast. Oder wenn ein kleines Kind einen Lachanfall bekommt und nicht aufhören kann zu kichern. Wenn ein älteres Paar Händchen haltend vorbeigeht. In diesen Momenten spüre ich Liebe. Das sind die Momente, in denen ich mich Hals über Kopf verliebe. Ich liebe diese Liebesblitze.«

»Ich verstehe, was du meinst, aber … darf ich ehrlich sein?«

»Ich lebe von Ehrlichkeit.«

Sie trat einen Schritt zurück, unterbrach unseren Tanz und verzog das Gesicht. »Wenn du das sagst, glaube ich dir zu neunundneunzig Prozent, doch das eine Prozent ruft: Das klingt ja so richtig durchgeknallt«, scherzte sie.

Ich lachte und nickte. »Ja, das kann man wohl so sehen. Deshalb wollte ich, dass wir nur diese eine Nacht miteinander verbringen. Will ich mehr Zeit mit dir verbringen? Auf jeden Fall. Aber kann ich dir die Liebe und die Zeit widmen, die du verdienst? Nein. Ich bin zu sehr mit meiner Karriere beschäftigt, um einen respektvollen Platz im Leben einer Frau einzunehmen, wenn ich nicht in der Lage bin, ihr die Zeit zu widmen, die sie verdient.«

Sie zog eine Augenbraue hoch. »Also versuchst du im Prinzip, die Zeit anderer nicht zu verschwenden.«

»Unsere Zeit auf dieser Erde ist begrenzt. Es wäre eine Schande, wenn ich die Zeit anderer verschwendete.«

»Es ist so gar nicht durchgeknallt von dir, das zu sagen.«

Ich lachte leise. »Ich versuche so wenig durchgeknallt zu sein wie möglich.«

»Captain?«

»Ja?«

»Können wir weitertanzen?«

Innerhalb von Sekunden wiegten wir uns wieder im Takt unserer eigenen Musik.

»Das hier wäre so einer, oder?«, fragte sie.

»So ein was?«

»Ein Liebesblitz.«

Wir tanzten weiter, und ich legte das Kinn auf ihren Scheitel. »Die ganze Nacht mit dir bestand aus nichts anderem als Liebesblitzen.«

Nachdem wir in der Wish Alley so selbstvergessen zu unserer eigenen Musik getanzt hatten, merkten wir, dass mir nicht mehr viel Zeit blieb, um ihr noch einen weiteren meiner Lieblingsorte zu zeigen.

»Ich habe viele Lieblingsorte in dieser Stadt, aber ich würde gern dahin zurückkehren, wo alles begonnen hat. Vielleicht könnten wir uns ja den Sonnenaufgang über der Stadt auf dem Dach der Bar ansehen«, schlug ich vor.

»Ich fühle mich schlecht. Es kommt mir vor, als hätte ich zu viel Zeit im Comic-Buchladen verbracht. Jetzt bleibt dir nicht mehr genug Zeit, mich zu einem Ort mitzunehmen, den du liebst«, sagte sie.

»Ich habe die Orte geliebt, an denen ich heute Nacht mit dir war. Ich habe sie geliebt, weil du da warst.«

Sie errötete, und wenn das keine Kostprobe echter Liebe war, wollte ich nicht wissen, was echte Liebe war. Denn dieses Gefühl war so überwältigend und voller Freude, dass ich glaubte, mein Herz würde zerspringen.

»Du bist ein Süßholzraspler, Cap.«

»Ich glaube, das gefällt dir, Red.«

»Das stimmt«, gab sie zu. »Ich habe jede einzelne Sekunde der Nacht genossen. Na ja, abgesehen von der, in der du ein blaues Auge abbekommen hast«, sagte sie und berührte sanft die Region um mein Auge. Die Prügelei hatte ich schon fast vergessen.

Komisch, dass sie sich nicht für die Heldin ihrer Geschichte hielt, wenn sie mich buchstäblich meinen Schmerz vergessen ließ. Das konnte nur eine Hauptdarstellerin.

»Wird die Bar nicht geschlossen sein, wenn wir hinkommen?«, fragte sie.

»Mach dir keine Gedanken. Ich habe Beziehungen, weißt du noch? Außer du würdest lieber etwas anderes machen, damit du dich auch wirklich in mich verliebst. Ich könnte einen Kurztrip nach Bora Bora buchen oder so«, scherzte ich.

»Nein.« Sie lachte und schüttelte den Kopf. »Ich glaube, ich verliebe mich am schnellsten in dich, wenn ich einfach in deiner Nähe bin.«

Diesmal war ich an der Reihe, wie ein Schuljunge zu erröten.

»Du bist ein Süßholzraspler, Red.«

»Ich möchte eben, dass du dich in mich verliebst.«

Verdammt, Red … es funktioniert.

5

AALIYAH

Auf dem Weg zurück zur Bar holten wir uns einen Kaffee. Die Bar war geschlossen, nur noch das Reinigungspersonal war bei der Arbeit. Als mir klar wurde, dass wir nicht hineinkamen, wurde mir das Herz schwer, doch als Captain sein Handy nahm und telefonierte, wurde es wieder leichter.

»Hey, Tommy! Ich bin's. Ja, ich stehe vor der Bar. Ich habe meinen Schlüssel drinnen vergessen. Kannst du mich reinlassen?« Er schwieg und biss sich auf die Unterlippe. Er wirkte ein wenig verlegen, und das war hinreißend. »Nein, Tommy. Ich werde keinen Sex auf dem Dach haben.« Pause. »Ich weiß! Okay, wie wäre es, wenn ich dir die Dauerkarten für die nächste Spielzeit überlasse, über die wir vor zwei Wochen gesprochen haben?« Pause. »Ja, okay. Gut – aber nur, wenn du mir versprichst, mich zu einem Spiel mitzunehmen.« Pause. »Ich danke Ihnen, Sir. Abgemacht.«

Sekunden später stand Tommy vor der Tür und schloss uns auf. »Ich kann nicht glauben, dass du deinen Schlüssel hiergelassen hast«, sagte er. »Du solltest dich selbst reinlassen.«

Captain beugte sich vor, küsste mehrmals seinen Nacken und gab ihm dann einen Klaps auf den Hintern. »Ich weiß. Dummer Fehler. Danke, Tommy!«

»Ja, ja. Wahrscheinlich bin ich vor dir wieder weg, schließt du bitte ab?«

»Ja, mach ich.«

Captain nahm meine Hand und zog mich durch den nun leeren Raum. Nachdem es vorhin so voll gewesen war, fühlte sich die Leere jetzt seltsam an. Nur ein weiterer Hinweis darauf, dass unsere Zeit langsam ablief.

Captain nahm mich mit in das Büro, in dem ich Tommy kennengelernt hatte, und schnappte sich den Schlüssel vom Tisch. Außerdem nahm er die Jacke von der Rückseite der Tür und legte sie mir über die Schultern.

»Bereit?«, fragte er.

»Warte – warum hast du den Schlüssel für die Bar? Und warum lässt er dich abschließen? Was habe ich hier verpasst?«

»Oh.« Er rieb sich den Nacken und zuckte mit den Schultern. »Mir gehört das Gebäude.«

»Wie bitte?«

Er grinste, seine Grübchen vertieften sich, und er nahm meine Hand. »Komm, gehen wir.«

Wir stiegen die Treppe hinauf, und schon nach der Hälfte war ich aus der Puste. Ich hasste es, wie sehr mich der Aufstieg anstrengte. Ich wusste, dass ich nicht gut in Form war, aber mir kam es vor, als würde mein Herz schneller schlagen als normalerweise. Mir war unangenehm, wie viele Pausen ich brauchte, aber Captain tadelte mich nicht. Wenn ich anhielt, blieb auch er stehen.

»Ich gehe besser mal wieder ins Fitnessstudio«, scherzte ich, nachdem wir drei Viertel des Aufstiegs zurückgelegt hatten. Ich legte mir die Hand auf die Brust und spürte, wie mein Herzschlag sich weiter beschleunigte. Jeder Atemzug war tiefer als der vorherige. Er hatte Geduld mit mir. Er verlangsamte sogar seine Schritte während des Aufstiegs.

Oben angekommen, setzten wir uns so hin, dass wir den Sonnenaufgang sehen konnten, und warteten auf den Anfang unseres Endes. Ich versuchte erst einmal, wieder zu Atem zu kommen. Ich wollte etwas sagen, musste mich aber zuerst sammeln.

Als es so weit war, blickte ich zu Captain hinüber. »Dir gehört also das Haus?«

»Ja, dieses und noch ein paar andere«, sagte er lässig, als wäre das gar nichts Besonderes für einen Fünfundzwanzigjährigen.

»Bitte was? Dir gehören *mehrere* Häuser, Plural? Was genau arbeitest du denn?«

»Oh, Verschiedenes.«

Und wieder schlug mein Herz schneller.

»Du klingst wie ein Mafioso, und wenn ich gerade die Nacht mit einem Mafioso verbracht habe, muss ich meine Entscheidungen noch einmal überdenken. Oh Gott, hast du jemanden umgebracht? Bist du ein Mörder?«

Er zog eine Augenbraue hoch. »Wenn ich einer wäre, glaubst du, ich würde es jemandem erzählen, den ich gerade erst kennengelernt habe?«

Guter Einwand.

Er musste meine Beunruhigung gespürt haben, denn er lachte. »Ich habe eine Immobilienfirma, und ich bin Investor. Seit ich mit achtzehn nach New York gezogen bin, habe ich mir den Hintern aufgerissen, und sagen wir einfach, es hat sich ausgezahlt.«

»Heilige Scheiße. Bist du reich?«

Er lachte leise. »Schwer zu sagen. Was bedeutet Reichtum?«

»Hast du über eine Million Dollar auf dem Konto?«, fragte ich geradeheraus. Sein Zögern reichte mir als Antwort. »Heilige Scheiße! Du *bist* reich!«

»Das ist keine große Sache.«

»Sagt der reiche Typ. Ich kann nicht glauben, dass ich dir einen Drink spendiert habe! Und die Chicken Wings!«

»Komm schon! Ich wollte dich einladen!«

»Du hättest mir sagen müssen, dass du Millionär bist, dann hätte ich es dir erlaubt«, scherzte ich. »Ich hätte dich bitten sollen, mir den besonders seltenen Comic an der Kasse zu kaufen.«

Er stand langsam auf. »Vielleicht können wir zurückgehen und …«

»Halt die Klappe.« Lachend griff ich nach seinem Arm und zog ihn wieder herunter. »Das war nur ein Witz.«

»Nächstes Mal kaufe ich ihn dir.«

»Ich wünschte, es gäbe ein nächstes Mal«, sagte ich, ohne nachzudenken. Er blickte mich eine Weile an, dann schaute er in den Himmel.

»Weißt du, was komisch ist, Red? Obwohl du noch hier bist, vermisse ich dich schon.«

Ich lächelte, er lächelte, und mir gefiel, wie wir lächelten.

Er zog einen Comic hervor und fing an, mir daraus vorzulesen. Bevor er umblätterte, wischte er sich mit dem Daumen über die Oberlippe, und ich verfolgte gebannt jede seiner Bewegungen. In diesem Moment beschloss mein Herz, für den Rest der Nacht für ihn zu schlagen. Vielleicht sogar bis zum nächsten Morgen.

Leider ging die Sonne auf, und ich hasste es, dass alles bald zu einem Ende kommen würde.

Ich hasste die Sonne. Ich hasste, dass ich seinen Terminkalender nicht für einen Tag ändern konnte, damit mir ein paar Stunden mehr mit ihm blieben. Ich hätte müde sein müssen, aber ich spürte nichts als Traurigkeit. Je heller es wurde, desto trauriger wurde ich.

Wie hatte ein Fremder so schnell so wichtig werden können?

»Erklär mir noch mal, warum wir uns nicht auch morgen und am Tag danach ineinander verlieben dürfen?«, fragte er mit leiser, zitternder Stimme. Auch er fürchtete das drohende Ende unserer Verbindung.

Ich seufzte. »Weil du zu sehr mit dem Aufbau deines Imperiums beschäftigt bist und ich mich noch nicht vom Ballast meiner letzten Beziehung befreit habe.«

»Ach, stimmt, die Realität.«

»Ich hasse die Realität«, scherzte ich und unterdrückte die Gefühle, die mir hinter den Augen brannten. Wünschte ich mir mehr Nächte wie diese? Ja. Verstand ich, dass wir beide noch nicht bereit für mehr waren? Auch ja. Bis zu dieser Nacht hatte ich nicht geglaubt, dass man den richtigen Menschen zur falschen Zeit kennenlernen konnte.

»Wir müssen Kompromisse machen«, sagte Captain, als er den Comic ablegte. Er drehte sich um, um mir von Angesicht zu Angesicht gegenüberzusitzen, und nahm meine Hände in seine. »Diese Nacht war besonders, und das möchte ich nicht zerstören. Mir gefällt die Vorstellung, dass sich unsere Wege noch einmal kreuzen könnten und das Schicksal mit einem Münzwurf darüber entscheidet. Deshalb müssen wir die Orte meiden, an denen wir heute Nacht waren. Wir können das Universum nicht zwingen, uns zusammenzubringen. Wir müssen den Sternen vertrauen, dass wir uns irgendwann noch einmal begegnen.

»Und wenn das nicht passiert?«

Er drehte meine Handfläche nach oben. »Tja, dann, Red …« Er küsste meine Handfläche, und in meinem Bauch flatterte ein Schmetterlingsschwarm. »… danke ich dir für die schönste Nacht meines Lebens.«

Tränen stiegen mir in die Augen, denn auch ich war in dieser Nacht glücklich gewesen. Das hatte ich wirklich gebraucht.

Er hielt weiter meine Hände und blickte auf unsere nun verschränkten Finger. »Ich muss dir etwas beichten.«

»Beichten?«

»Ja. Ich wusste, dass du dich nicht in fünf Stunden in mich verlieben würdest.«

Ich hob eine Augenbraue. »Du glaubst, dass ich nicht in dich verliebt bin?«, fragte ich. Über die Challenge hatten wir gar nicht gesprochen. Wir hatten die vergangenen fünf Stunden mit Lachen, tiefsinnigen Gesprächen und miteinander verbunden verbracht. Ehrlich gesagt, hatte ich die Challenge vergessen.

»Ja, das glaube ich.« Er zuckte mit den Schultern. »Und das ist in Ordnung, weil ich vielleicht einen Hintergedanken hatte.«

»Welchen?«

»Ich wollte dich einfach glücklich machen, dich daran erinnern, dass du wieder glücklich werden kannst, auch wenn dein Herz gebrochen wurde. Du kannst dich selbst genug lieben, um wieder Freude am Leben zu haben. Du kannst wieder aufstehen, nachdem du am Boden warst. Ich wusste, dass du dich nicht in mich verlieben würdest – ich bin bloß irgendein Typ aus Kentucky –, aber ich wusste auch, dass du dich wieder in dich selbst verlieben würdest. Denn diese Liebe vergeht nie ganz.«

»Ich glaube, du weißt gar nicht, wie sehr ich dich heute Nacht gebraucht habe.«

»Das gilt auch für mich, Red. Und für den Fall, dass du es morgen wieder vergisst, habe ich hier eine Liste mit all den Dingen, die liebenswert an dir sind.« Er räusperte sich und gab vor, einen Zettel aus seiner unsichtbaren Tasche zu ziehen, von dem er ablas. »Wie du die Nase krauszieht, wenn dir etwas nicht gefällt. Wie du tanzt, wenn niemand zusieht. Wie du dich für Comics begeisterst, ist jede Sekunde wert, dich zu lieben. Wie tief du empfindest – das ist ein Geschenk. So viele Menschen auf der Welt sind verschlossen und von ihren Gefühlen abgeschnitten. Deine Emotionen sind sehr lebendig – die guten und die schlechten –, was dich ausgeglichen macht. Du solltest so lieben, wie du lächelst. Dieses Lächeln ist alle Liebe wert. Und deine freundlichen Augen, und wie du Menschen wahrnimmst. Wie du andere liebst, die deine Liebe vielleicht gar nicht verdienen. Wie du lebst. Wie du atmest. Und abgesehen davon verdienst du, geliebt zu werden, einfach weil du lebendig bist. Deine Existenz ist Grund genug, dich zu lieben.«

Und einfach so verliebte ich mich.

Ich liebte ihn – zumindest in diesem Augenblick.

In dieser Nacht lernte ich, dass es möglich war, Menschen in einzelnen Momenten zu lieben. Dass es Sekunden gab, in denen alles perfekt zusammenpasste und man von Liebe für einen Fremden erfüllt wurde. Ich war von Liebesblitzen getroffen.

Wir waren uns nah, so nah, dass ich fast auf seinem Schoß saß, während sich unsere Stirnen berührten. Er legte die Arme um mich, zog mich an sich und ließ zu, dass ich mich an ihn schmiegte. Dieses Gefühl vermisste ich jetzt schon.

»Der dich als Nächster liebt, tut mir leid«, flüsterte er, und seine Lippen streiften beinahe meine. »Er wird deiner Liebe nicht würdig sein.«

Ich schloss die Augen. Als er ausatmete, atmete ich ein. Unser Atem vermischte sich, während unsere Körper es ihm gleichzutun versuchten. Ich wollte ihn nicht loslassen, denn das hätte bedeutet, diese traumhafte Nacht hinter mir zu lassen und in die Wirklichkeit zurückzukehren.

Ich war mir nicht sicher, ob ich in einer Wirklichkeit leben wollte, in der es ihn nicht gab.

»Die Sonne ist aufgegangen«, sagte er leise.

»Ja.«

»Es ist Zeit loszulassen.«

»Ich weiß.«

Trotzdem blieben wir noch eine Weile so sitzen. Wir ließen uns von der Sonne küssen, während wir uns Mühe gaben, uns nicht zu küssen. Unsere Lippen waren sich nah genug, aber ich wusste, wenn ich nachgab, würde ich nicht gehen können.

Als wir aufstanden, hätte ich am liebsten geweint, doch gleichzeitig war ich von Frieden erfüllt.

»Fürs Protokoll, Red, du bist nicht die Barista«, sagte er, während die Sonne hinter uns emporstieg. »Du bist nicht die schrullige beste Freundin oder irgendeine Frau auf Seite fünfundvierzig. Du bist die Hauptfigur. Du bist jeden Tag die Hauptdarstellerin. Und für mich bist du die, die davongekommen ist.«

Ich umarmte ihn. Ich stürzte mich auf ihn und hielt ihn fest, denn ich wusste, dass ich den Fremden, der sich gar nicht mehr so fremd anfühlte, danach nicht mehr umarmen konnte. Ich hielt ihn fest und spürte, wie mir die Tränen in die Augen stiegen, als ich ihn noch fester hielt. Er umarmte mich, als wäre ich ihm wichtiger als alle anderen vorher, als hätte er mir alles gegeben, und, du meine Güte, das war genug.

Ich hatte nicht gewusst, dass ich einen Fremden brauchte, um mich wieder in mich selbst zu verlieben.

»Danke«, flüsterte ich und legte den Kopf an seine Brust. Er beugte sich hinunter und gab mir einen Kuss auf den Scheitel.

»Danke«, antwortete er. »Versprichst du mir etwas?«

»Ja.«

»Wenn du dich das nächste Mal auf eine Beziehung einlässt, gib dich nicht mit weniger zufrieden, als du verdienst.«

Ich lächelte. »Versprochen.«

»Ich habe so ein komisches Gefühl, dass wir uns wiedersehen werden. Vergiss das nicht«, sagte er und schien zu hoffen, dass sich unsere Wege noch einmal kreuzen würden.

»Glaubst du so sehr an Schicksal?«

»Nein.« Er schüttelte den Kopf. »Ich glaube einfach an uns.«

»Sollen wir wetten? Wenn wir uns wiedersehen, gebe ich dir einen Dollar. Wenn nicht, na ja, gebe ich dir keinen«, scherzte ich.

»In Ordnung. Abgemacht. Aber jedes Jahr kommt ein Dollar hinzu.«

»Du klingst wie ein echter Geschäftsmann.«

»Wenn ich eines bin, dann konsequent.«

Wir trennten uns, aber durch seine liebevollen Worte war mein gebrochenes Herz für den Moment geheilt. Er hatte meine traurige Seele geleert und sie mit Liebe gefüllt.

Ich nahm die U-Bahn nach Hause und legte die Hände auf die Brust, um meinen Herzschlag zu spüren. Das Herz, das mir so krass gebrochen worden war, fing wieder an zu schlagen, und zum ersten Mal seit langer Zeit glaubte ich, dass es mir wieder gut gehen würde. Als ich aus der U-Bahn-Station ans Licht kam, nahm ich einen tiefen Atemzug und atmete die kalte Luft aus, während mir immer wieder der Fremde durch den Kopf ging, der mich für eine Nacht zu seiner Hauptfigur gemacht hatte.

Das Ganze war vermutlich lächerlich, und am nächsten Tag würde ich wieder auf dem Boden der Realität landen, aber ich war mir fast sicher, dass der Gedanke, der mir durch den Kopf schwirrte, irgendwie wahr war. Ich hatte mich in dieser Nacht in einen Mann verliebt, dessen Namen ich nicht einmal kannte. Aber ich kannte seine Berührung. Sein Lachen. Sein Herz.

Von nun an würde ich mich an das Gefühl erinnern, das er mir in dieser Nacht gegeben hatte.

Seine Liebesblitze würde ich nie vergessen.

Auch in der nächsten Woche dachte ich noch an ihn. Mit einem Lächeln auf den Lippen absolvierte ich mein Praktikum. Und wenn ich im Café arbeitete, kam es mir vor, als würde ich schweben, wenn ich den Gästen ihren Kaffee aufbrühte.

»Entschuldigung, könnte ich noch etwas mehr Zucker für meinen Kaffee bekommen? Und vielleicht auch eine Zimtschnecke?«, fragte mich eine Frau, als ich hinter der Theke des C&C Café stand. Sie riss mich aus meinen Gedanken an die Halloween-Nacht und holte mich in die Realität zurück.

Angesichts ihres warmherzigen Lächelns lächelte auch ich. In den vergangenen Wochen war sie regelmäßig vorbeigekommen, eine schöne schwarze Frau mit den auffälligsten braunen Augen, die ich je gesehen hatte. Ihr Blick wirkte so einladend, als wäre es einer der Höhepunkte ihres Tages, wenn sie mich erblickte – fast so wie Captain mich angesehen hatte. Es verblüffte mich, dass manche Menschen mit so sanften, liebevollen Augen geboren wurden.

»Natürlich! Ich bringe es Ihnen gleich an den Tisch«, sagte ich ihr und gab die Nummern auf der Tastatur ein.

»Danke, äh …« Sie warf einen Blick auf mein Namensschild, dann wieder zu mir. »Aaliyah. Schöner Name.«

Ich lächelte. »Danke.«

Sie ging zurück zu ihrem Tisch in der Ecke, setzte sich und holte einen Roman hervor. Die ganze Woche hatte sie darin gelesen: *The Rules of Magic* von Alice Hoffman. Jede Woche brachte sie ein neues Buch mit und verlor sich in den Seiten.

Als ich ihr den Kaffee und die Zimtschnecke brachte, hob sie nicht den Blick von den Seiten. Sie war oft völlig in ihre Romane vertieft, aber dieser faszinierte sie besonders. Sie verschlang jedes Wort und blätterte rasch die Seiten um.

»Muss ein gutes Buch sein«, sagte ich und stellte ihre Bestellung auf den Tisch.

Nun blickte sie auf und legte das Buch hin. »Oh ja, das ist wirklich gut. Ich bin in einem Buchclub, und wir lesen es gerade.«

»Oh, das macht bestimmt Spaß! Ich lese auch sehr viel.«

»Ach ja?« Sie zog eine Augenbraue hoch. »Was lesen Sie denn gern?«

»Ich lese Comics, aber ab und zu auch Thriller.«

»Comics?«, fragte sie überrascht. »Ist ja lustig.«

»Tja, ich habe halt einen guten Geschmack«, scherzte ich. »Viel Spaß. Und falls Sie noch etwas brauchen …«

Ich hielt inne, da mir ein wenig eng um die Brust wurde. Dann schien die Welt plötzlich stillzustehen, und meine Knie gaben nach. Meine Hände flogen zu meiner Brust, als es mir den Atem verschlug. Mein Herz raste, und als ich zusammenbrach, war ich im nächsten Moment von meinen Kollegen umgeben.

Ihre Lippen bewegten sich schnell, und ihre Augen waren voller Angst, während ich versuchte, meinen Atem zu kontrollieren. Ich schloss die Augen und wusste, dass irgendetwas schrecklich schieflief. Mein Herz fühlte sich an, als würde es in Flammen stehen. Als zerspringe es in meiner Brust und versuche, sich von den Ketten zu befreien, die es zu zerquetschen drohten.

Ich wollte nur noch, dass der Schmerz in meiner Brust aufhörte, und dann wurde ich ohnmächtig.

Als ich wach wurde, blendete mich grelles Deckenlicht. Von meinen Armen führten Schläuche zu Maschinen, und eine Krankenschwester füllte mit dem Rücken zu mir irgendwelche Papiere aus.

»Was ist passiert?«, fragte ich verwirrt, benommen und mit trockenem Mund. Ich wusste nicht, wo ich mich befand und was geschehen war. Als ich mich erinnern wollte, war mein Kopf wie in Watte gepackt.

Blitze.

Ich erinnerte mich an Blitze vor meiner Ankunft im Krankenhaus, aber nicht Liebesblitze hatten mich getroffen. Nein …

Ich hatte Blitze des Schmerzes, der Angst und des Todes erlebt.

Die Krankenschwester wandte sich mit einem Lächeln zu mir um. »Da sind Sie ja. Schön, Sie sprechen zu hören. Sie sind im St. Peter's Hospital. Soll ich jemanden von Ihrer Familie anrufen?«

Ich schüttelte den Kopf. »Nein. Es gibt nur mich. Was ist passiert?«

Sie lächelte, trat an mein Bett, nahm meine Hand und drückte sie leicht. »Sie werden wieder gesund. Es gab Komplikationen mit Ihrem Herzen und …«

»Komplikationen?!«, fragte ich panisch, und die Sorge in ihren Augen verriet mir, dass sie nicht die Richtige war, um mir die Wahrheit zu sagen.

»Ich hole den Arzt, damit er Ihnen alles erklärt, okay? Sie werden Ihre Antwort bekommen.«

»Wie lange bin ich schon hier?«, fragte ich, und ein stechender Schmerz fuhr mir durch die Wirbelsäule, obwohl ich mich nur leicht bewegt hatte.

»Ungefähr zwölf Stunden.«

»Was?«, zischte ich und wollte mich aufrichten. War ich so lange ohnmächtig gewesen? Was war mit mir los?

»Der Arzt kommt gleich.«

Sie ließ mich allein mit der Angst, was mit mir geschah. Ich sah auf den Monitor, meine Vitaldaten. Meine Hände waren feucht, und mir drehte sich der Kopf, als ich überlegte, was geschehen war. Ich konnte mich nur noch daran erinnern, dass ich im Café gearbeitet hatte, und dann wurde plötzlich alles schwarz.

Bis der Arzt kam, dauerte es fünfundvierzig Minuten, in denen ich voller Angst grübelte.

»Hi, Aaliyah. Ich bin Dr. Brown. Schön, Sie kennenzulernen.« Mit einem schiefen Grinsen betrat der Arzt mein Zimmer, gefolgt von einigen anderen, darunter auch die Krankenschwester, die eben mit mir gesprochen hatte. »Ich habe gehört, Sie sind ein wenig durcheinander und möchten wissen, was passiert ist.«

Ich schlang die Arme um mich, weil ich mich schutzlos fühlte und eine Umarmung brauchte. »Ja. Ich weiß nicht, warum ich hier bin.«

»Können Sie sich erinnern, was passiert ist?«

»Ich weiß noch, dass ich bei der Arbeit war und mir schwarz vor Augen wurde. Ich bin hier aufgewacht. Mehr weiß ich nicht.«

Er zog einen Stuhl an mein Bett und legte die Hände ineinander. Sein ernster Gesichtsausdruck beunruhigte mich.

»Was ist los?«, fragte ich voller Panik.

»Es ist Ihr Herz.«

»Was soll das heißen? Was meinen Sie mit ›es ist mein Herz‹?«

Er verzog das Gesicht und nickte einmal, als bereite er sich auf seine nächsten Worte vor. »Sie leiden an einer Herzinsuffizienz. Ihr Blut hat sich in den Lungenvenen gestaut, die das sauerstoffreiche Blut von der Lunge zum Herz transportieren. Das bedeutet, dass Ihr Herz mit der Versorgung nicht Schritt halten kann, wodurch Flüssigkeit in Ihre Lungen austritt. Die Diagnose lautet Stauungsinsuffizienz.«

»Oh Gott.« Ich legte die Hände auf meine Brust, erschrocken über seine Worte. Während er mit mir sprach, hatten meine Gedanken zu rasen angefangen. Hatte er gesagt, dass mein Herz versagte? »Was bedeutet das? Was kann man dagegen tun? Ich bin erst zweiundzwanzig. Das ergibt keinen Sinn. Ich bin gesund. Ich war immer gesund. Oh Gott, muss ich sterben? Was mache ich denn jetzt? Wie soll ich …«

»Beruhigen Sie sich. Es wird alles wieder gut«, sagte der Arzt und legte mir tröstend die Hand auf den Unterarm.

Ich riss meinen Arm weg, und Tränen stiegen mir in die Augen. »Wie soll ich mich beruhigen, nachdem Sie mir gesagt haben, dass mein Herz versagt? Oh Gott. Das kann nicht sein. Was machen wir denn jetzt? Was mache *ich* jetzt?«

»Ich kann verstehen, dass die Diagnose Sie erschreckt, aber wir werden einen Plan erstellen, wie wir mit Ihrer Krankheit umgehen können. Wir können verschiedene Medikamente …«

»Umgehen oder heilen?«, unterbrach ich ihn.

Seine Augen wirkten ernster als sein Stirnrunzeln, und ich wusste, dass er keine guten Nachrichten für mich hatte. »In Ihrem Stadium können wir von Glück sagen, wenn wir Ihren Zustand in den Griff bekommen und sicherstellen, dass er sich nicht verschlimmert.«

Es gab also keine Heilung für mich.

Plötzlich ergab alles einen Sinn.

Die geschwollenen Knöchel. Die Erschöpfung. Die Kurzatmigkeit …

Wie lange hatte mein Herz schon um jeden Schlag gekämpft?

Der Arzt sprach weiter und verwendete Begriffe, die ich nicht verstand, gemischt mit Worten, die ich hätte verstehen müssen. Doch nichts davon blieb hängen, weil ich an der wichtigsten Information festhielt: Mein Herz, das Herz, das ich seit meiner Geburt in meiner Brust trug, das mich durch mein Leben getragen und es mir ermöglicht hatte zu existieren, brach.

Mein Herz brach, und ich fürchtete, dass es keine Möglichkeit gab, es wieder zusammenzusetzen.

Ein Augenblick genügte.

Es brauchte nur einen Augenblick, um meine Welt zu verändern. Eine Diagnose, die mich für den Rest meines Lebens begleiten würde. Wie lange würde das sein? Wie viel Zeit blieb mir? Und würde ich all die Dinge erreichen, die ich erreichen wollte, jetzt, da diese bedrohliche Weltuntergangsuhr in meiner Brust schlug?

Ich ging nach Hause, setzte mich an meinen Laptop und suchte nach Informationen über Herzinsuffizienz. Ich tauchte tief ein, und am Ende meiner Recherche hatte ich so große Angst, dass ich nicht wusste, wie ich damit umgehen sollte.

Fünf Jahre.

Nur die Hälfte der Patienten mit Stauungsinsuffizienz lebten nach der Diagnose länger als fünf Jahre. Zehn Prozent schafften zehn Jahre.

Zehn Jahre.

In zehn Jahren wäre ich erst zweiunddreißig.

Zeit.

Wenn es nicht so tragisch wäre, hätte es komisch sein können.

Vor sechs Wochen hatte ich Liebeskummer wegen eines Mannes gehabt, der mich nie wirklich geliebt hatte. Vor einer Woche hatte mich ein Fremder dazu gebracht, mich selbst wieder zu lieben. Und an diesem Nachmittag hatte ich herausgefunden, dass mein Herz wirklich gebrochen war.

Komisch, dass ein wirklich gebrochenes Herz mehr schmerzte als jeder Schmerz, den ein Typ mir zufügen konnte.

In dieser Nacht trauerte ich. Ich trauerte um das Leben, das ich verpassen würde. Ich trauerte um den Verlust meiner Ziele und Träume. Ich trauerte, dass ich meinen dreißigsten Geburtstag vielleicht nie feiern würde. Ich gab meiner Trauer den Raum, den sie brauchte, und ließ mich eine Weile von ihr verschlingen.

Eine ganze Weile war ich traurig und deprimiert. Sofia ertrug meine Laune nicht, sie sagte, ich ziehe sie runter. Deshalb zog sie aus, kurz nachdem ich meine Diagnose erhalten hatte. Noch nie hatte ich mich einsamer gefühlt. In der Stille erreichte meine Angst neue Höhen. Trotzdem wachte ich jeden Morgen auf. Wenn ich nur erkannt hätte, was für ein Segen das war.

Nach einigen schrecklichen Nächten und noch härteren Tagen riss ich mich, so gut es ging, zusammen. Ich holte tief Luft und bemühte mich, dankbar für das Sonnenlicht zu sein, das jeden Morgen auf meine Haut fiel, um mich aufzuwecken. Ich kehrte an einen Ort zurück, von dem ich Captain versprochen hatte, ihn nicht aufzusuchen, doch ich musste in die Wish Alley zurückkehren, um einen weiteren Wunsch auf eine Haftnotiz zu schreiben. Diesmal war mein Wunsch ganz einfach.

Ich wünschte mir mehr Zeit.

6

AALIYAH

Zwei Jahre später

Die Anzahl der Fakten, die ich über meine Mutter wusste, konnte ich an einer Hand abzählen. An zwei Fingern, um genau zu sein: Ich wusste, dass sie mich geboren hatte, und ich wusste, dass sie mir meinen Namen gegeben hatte. Mehr wusste ich nicht über die Frau, die mich zur Welt gebracht hatte. Alles andere dachte ich mir aus, und mit den Jahren hatte ich mir tausend Geschichten über sie erzählt. Zum Beispiel, dass ich meine Augen von ihr hatte, oder die Nase. Vielleicht hatte sie mich nach der zu früh verstorbenen Musikerin Aaliyah benannt, weshalb ich als Teenager ihre Alben rauf und runter hörte und mich fragte, ob mir meine Mutter einen ihrer Songs gewidmet hatte.

Meine fiktive Mutter liebte Brunch, weshalb ich jede Woche ein neues Brunch-Lokal suchte. Und sie liebte es, zu reisen. Ich hatte nicht viel Zeit oder Geld, um so zu reisen, wie ich es mir gewünscht hätte, aber zu Hause über meinem Tisch hing eine Pinnwand mit Fotos von Griechenland, Spanien und Bora Bora. Meine fiktive Mom hasste scharfes Essen, und sie mochte keinen Rosenkohl. Und sie liebte wahrscheinlich so sehr, dass es wehtat. Sie liebte mich so sehr, dass sie mich gehen ließ.

Zumindest erzählte ich mir diese Lügen.

In meiner Vorstellung hatte sie tiefschwarze kleine Korkenzieherlocken. Ihr Lachen war so ansteckend, dass es andere vor Vergnügen jauchzen machte. Sie tanzte – genauso schlecht wie ich, aber wie sie ihren Körper dabei wiegte! Manchmal tat ich so, als wäre sie eine afrikanische Königin und wäre gezwungen gewesen, mich nach einer Affäre mit einem Hollywoodschauspieler wegzugeben.

Sie hatten sich auf einer Singlereise kennengelernt und sich innerhalb weniger Tage ineinander verknallt. Dann hatte er sie verlassen, um seinen Traum, ein Star zu werden, zu verfolgen.

Zumindest erzählte ich mir diese Geschichten in meiner Jugend. Jetzt, mit Anfang zwanzig, erfand ich nicht mehr viele Geschichten über sie. Meistens dachte ich nur an sie, wenn ich mir meine Mutter an meiner Seite gewünscht hätte. Ich fragte mich, was sie davon gehalten hätte, wie sich mein Leben in letzter Zeit entwickelt hatte. Ich fragte mich, ob sie stolz auf die Entscheidung gewesen wäre, die ich an diesem Nachmittag traf.

Hör auf zu grübeln, Aaliyah, und reiß dich zusammen.

»Das ist nicht dein Ernst«, sagte Maiv und sah mich an, als wäre ich die dümmste Frau, die sie je getroffen hätte. »Du gibst deinen Job beim *Passion Magazine* auf, für den jeder andere töten würde, um – entschuldige, bitte erkläre mir noch einmal den Grund«, sagte sie und wedelte mit der Hand vor ihrem Gesicht, als könne sie sich nicht mehr erinnern.

»Um meinen Verlobten zu heiraten. Jason muss nach Kalifornien ziehen, und ich finde, dass wir als Ehepaar zusammenbleiben sollten«, erklärte ich, während sich mir der Magen umdrehte.

Ihre Lippen verzogen sich, offensichtlich missbilligte sie meine Antwort so sehr, dass ich mich am liebsten übergeben hätte. Ein Blick von ihr, und ich fühlte mich wie ein Kind, das etwas falsch gemacht hatte. Dabei hatte ich mich doch nur verliebt.

Maiv Khang war furchterregend. Sie war eine der erfolgreichsten Frauen in New York, aber kaltherzig und schwer zu durchschauen. Ganz schön ironisch, vor dem Hintergrund, dass sie ein Magazin leitete, in dem es um Träume und Leidenschaften ging. Wir berichteten über Sportler, Wissenschaftler, Politiker, Sozialunternehmen, Restaurants und so weiter. Über alles, dem eine Leidenschaft zugrunde lag, schrieben wir topaktuelle Artikel. Man hätte meinen sollen, dass jemand, der ein solches Magazin leitete, selbst ein wenig leidenschaftlich war.

Aber nicht Maiv. Sie wirkte leer. Gelangweilt vom Leben. Sie machte einen großartigen Job, aber ihre Sozialkompetenz war unterirdisch.

Maivs graue Haare waren immer zu einem perfekten Knoten frisiert. Sie trug jeden Tag ihren teuersten Schmuck, und obwohl sie über siebzig war, waren sich ihre Mitarbeiter sicher, dass sie ihre CEO-Position niemals aufgeben würde, um die Leitung ihrer Tochter Jessica zu übergeben. Wie Queen Elizabeth wollte sie daran festhalten, während Jessica ein zuverlässiger Prince Charles war.

»Sie geben also Ihren Job bei einem der Topmagazine der Welt auf, um für irgendeinen Typen die Hausfrau zu spielen?«, fragte sie, doch es klang mehr nach einem verächtlichen Kommentar.

»Nicht für *irgendeinen* Typen – für meinen Verlobten.«

»Sie sind jung. Der wievielte Verlobte ist das? Der dritte? Vierte?«

Ich kicherte, bis ich ihren ernsten Blick sah. Ich räusperte mich und setzte mich zurecht. »Äh, eigentlich ist er mein erster Verlobter.«

Wieder verdrehte sie die Augen, wieder wedelte sie ablehnend mit der Hand. »Geben Sie nie Ihren Job für den ersten Mann auf, der Ihnen einen Antrag macht. Auch nicht für den zweiten. Vielleicht für den siebten, aber das hängt von seinem Status ab.«

Ich lächelte unsicher und zuckte mit den Schultern. »Nun, ich werde es wohl mit Jason versuchen.«

Sie lachte.

Ja. Maiv lachte laut auf; ich hatte nicht gewusst, dass sie das überhaupt konnte. »Wie lange sind Sie schon zusammen?«, fragte sie.

»Fast eineinhalb Jahre.«

Bei ihrem Lachanfall hätte ich am liebsten geweint. Takt war nicht unbedingt ihre Stärke.

Bitte, werden Sie wieder die ernste Chefin, die ich kenne und fürchte.

»Nun, es ist Ihr Leben. Sie können so viele Fehler machen, wie Sie wollen, aber erinnern Sie sich daran, jeder Fehler wird zu einer Stirnfalte, und Botox ist teuer.« Mit einer Handbewegung entließ sie mich und widmete sich wieder den Unterlagen vor ihr.

»Äh, okay, aber eine Sache möchte ich noch sagen.« Sie blickte von den Papieren auf und hob gleichgültig eine Augenbraue. »Ich werde keine Hausfrau werden, wenn wir in ein paar Wochen nach Kalifornien ziehen. Ich suche mir einen neuen Job als Redakteurin. Ich wollte Sie fragen, ob Sie mir eine Empfehlung schreiben könnten?«

»Sie verlassen jetzt besser mein Büro.«

»Okay, gut.« Rasch erhob ich mich von dem Stuhl, auf dem ich offensichtlich eine Sekunde zu lange gesessen hatte. Auf dem Weg nach draußen drehte ich mich um und sah sie an. »Ich hoffe, Sie wissen, Maiv, dass ich mich geehrt fühle und

Ihnen sehr dankbar bin, dass Sie mir die Möglichkeit gegeben haben, für Sie zu arbeiten. Das war der beste Job, den ich je hatte, und eine unschätzbar wichtige Erfahrung. Und …«

Sie hob die Hand, um mich zum Schweigen zu bringen, nahm ihre Brille ab und kniff sich in den Nasenrücken. »Sie verstehen es nicht, oder?«

»Was verstehen?«

»Als Sie hier angefangen haben, haben Sie mir erzählt, dass es Ihr größter Traum sei, für *Passion* zu arbeiten. Und dann kündigen Sie für einen vermutlich durchschnittlichen Arsch, den Sie noch nicht einmal zwei Jahre kennen. Hat er Sie gefragt, wie es Ihnen damit geht, Ihren Traum für ihn aufzugeben?«

»Nein.«

»Wenn Sie einen Mann heiraten, der nicht einmal nach einem Weg sucht, auch Ihre Träume wahr werden zu lassen, erwarten Sie nicht, dass Ihre Träume in Erfüllung gehen.«

Ich stand reglos und verblüfft da.

Sie blickte wieder in ihre Unterlagen und räusperte sich. »Außerdem muss meine Einladung in der Post verloren gegangen sein.«

»Ihre Einladung, äh, genau. Ja, natürlich. Ihre Einladung ist definitiv in der Post verloren gegangen.«

»Dann sogen Sie besser dafür, dass ich einen Platz am Tisch bekomme. Schicken Sie meiner Assistentin die Details. Ich komme ohne Begleitung, aber ich komme.«

»Was?«

Gruselig langsam blickte sie auf, zog eine Augenbraue hoch und zwang mich fortzufahren.

»Was? Ich meine, das sind ja wundervolle Neuigkeiten«, sagte ich in dem Versuch, wieder einzufangen, was mir gerade rausgerutscht war.

»Warum sind Sie immer noch in meinem Büro?«

»Richtig. Natürlich. Auf Wiedersehen.«

Ich ging ein wenig verwundert, unsicher, was ich sagen sollte, und unsicher, wie ich mich fühlen sollte. Hatte Maiv sich gerade selbst zu meiner Hochzeit eingeladen? Hatte sie gesagt, dass sie käme? Oh Gott, der Sitzplan war bereits fertig. Ich würde ihn ändern müssen. Zum Glück war ich nach der Arbeit mit meiner zukünftigen Schwiegermutter verabredet, die mir helfen würde, Maiv problemlos im Sitzplan unterzubringen.

Hätte ich mir eine Mutter wünschen können, wäre sie wie Marie Rollsfield gewesen. Als ich sie zum ersten Mal traf, sprach sie viel über ihren Sohn, wie sie und ihr Ehemann ihn mit fünf Jahren adoptiert hatten. Ich sagte ihr, was für ein Glück er gehabt hatte, von einer so wunderbaren Frau adoptiert zu werden, und ich hatte nie vergessen, wie ihr bei diesem Kommentar die Tränen in die Augen gestiegen waren.

»Ich bin keine wunderbare Frau, aber ich versuche, eine gute Mutter zu sein«, erklärte sie und wischte sich über die Augen.

Ich war anderer Meinung. Jeder, der so freundlich, voller Liebe und bereit war, ein Kind zu adoptieren, war in meinen Augen ein Held. Ich hätte dafür getötet, um von so liebevollen Eltern wie Walter und Marie adoptiert zu werden.

Mr und Mrs Rollsfields Liebesgeschichte war wie aus dem Märchenbuch. Im vergangenen Sommer hatten sie ihren dreißigsten Hochzeitstag gefeiert, aber wenn man sie beobachtete, hätte man glauben können, sie hätten gerade erst ihre Flitterwochen hinter sich. Ich hatte noch nie zwei Menschen gesehen, die ihre Liebe so offen zeigten. Vom Händchenhalten zu den Küssen auf die Stirn, Marie und Walter waren der wahr gewordene Traum einer Beziehung.

Erst als Marie mich zum Weihnachtsessen einlud, lernte ich Jason kennen. Marie erinnerte sich besser daran als wir, aber ich wusste noch, dass ich mich bei ihnen wie zu Hause fühlte.

Manchmal fragte ich mich, ob ich Jasons Eltern mehr liebte als ihn. Besonders seine Mutter. Sie war ein Paradebeispiel mütterlicher Liebe, und sie lud mich mit offenen Armen in ihre Familie ein. Als ich noch im Café arbeitete, war sie es gewesen, die nach meinem Zusammenbruch den Notruf wählte, und von da an hatte sie einen Ehrenplatz in meinem Herzen. Um mich von meinem Gesundheitszustand abzulenken, trat ich ihrem Buchclub bei, und unsere Beziehung wurde immer enger.

Das Beste an Jasons und meiner Liebesgeschichte? Ich fand nicht nur einen Verlobten, sondern bekam auch außerdem hingebungsvolle zukünftige Schwiegereltern, die mir das Gefühl gaben, dass ich schon immer zur Familie gehört hatte. Ich hatte schon immer davon geträumt, mit offenen Armen empfangen zu werden – eine Familie zu haben, Teil einer starken Einheit zu sein, Traditionen zu schaffen, die wir miteinander teilen konnten. Marie und ich trafen uns zum Beispiel immer noch wöchentlich zum Kaffeetrinken. Und ich freute mich jedes Mal darauf. Wenn ich mit einer Mutter hätte aufwachsen können, hätte ich mir eine wie Marie gewünscht.

»Ich kann nicht glauben, dass das wirklich passiert!«, quietschte Marie, als wir in ihrem Wohnzimmer standen und ich die letzte Anprobe für mein Hochzeitskleid hatte. Marie und die von ihr beauftragten Hochzeitsplaner hatten sich um jedes Detail der Hochzeit gekümmert. Tatkräftig navigierte sie mich durch sämtliche Einzelheiten, die mir eigentlich kaum etwas bedeuteten.

Alles, was ich wollte, alles, was ich mir je erträumt hatte, war, vor den Altar zu treten und die einzig wichtigen Worte zu sagen: Ich will.

Die Einzelheiten des Hochzeitstages waren mir nicht wichtig; für mich zählte nur das »Glücklich-bis-an-ihr-Lebens-ende« danach.

Ich lächelte über die übereifrige Marie. In den letzten Tagen war sie vor Aufregung über die Hochzeit ganz aus dem Häuschen gewesen. »Ich kann es auch nicht glauben.« Ich blickte in den Spiegel und spürte jeden einzelnen Schmetterling in meinem Bauch, als ich das maßgeschneiderte weiße Kleid betrachtete.

Marie und Walter hatten das Kleid bezahlt. Sie hatten alle Kosten für die Zeremonie und die Feier übernommen. Hätte ich selbst dafür aufkommen müssen, hätte ich wohl standesamtlich in einem Secondhandkleid geheiratet.

»Ich kann dir und Walter nicht genug danken, Marie – für alles, was ihr für die Hochzeit und für mich getan habt. Ich habe das alles gar nicht verdient.«

Sie kam zu mir, als die Schneiderin ihre Arbeit am Saum meines Kleides beendet hatte. Marie umfasste mein Gesicht und schenkte mir das strahlende Lächeln, das sie immer für mich hatte. »Du verdienst die Welt, Aaliyah. Du wirst nie verstehen, was es mir bedeutet, dass du Teil unserer Familie wirst. Du bist das Licht, das wir Rollsfields brauchten, und schon bald tragen wir denselben Nachnamen.«

Ich fiel ihr in die Arme und drückte sie. Als sie sich von mir löste, lachte ich über die Tränen, die ihr in den Augen standen. »Du kannst jetzt noch nicht weinen. Wir müssen es doch noch bis zur Trauung schaffen.«

Sie wedelte wegwerfend mit der Hand. »Wir müssen uns wohl eingestehen, dass ich das ganze Wochenende lang heulen werde wie ein Schlosshund. Zum Glück gibt es wasserfestes Make-up, und wir haben eine Visagistin im Team.«

Als ich mich im großen Spiegel im Wohnzimmer betrachtete, holte ich tief Luft. Eine Million Gefühle gingen mir durch den Kopf, aber nur eins drängte sich in den Vordergrund: dass ich nach all den Jahren endlich ein Teil von etwas Größerem sein würde.

Ich würde endlich eine Familie haben.

Das allein trieb auch mir die Tränen in die Augen.

»Hallo?«, rief jemand und holte mich aus meinem Tagtraum. »Mom! Wo ist Dad? Ich habe ihn angerufen, damit …«

Als ich mich umdrehte und Jason mit einem Smoking über dem Arm sah, schrie ich auf. »Oh Gott! Raus hier. Du darfst das Kleid nicht vor der Hochzeit sehen!«, protestierte ich und rannte zur Couch, um mich dahinter zu verstecken.

»Du bist nicht im Ernst so abergläubisch, oder?«, fragte Jason und rieb sich mit dem Daumen die Nase. »Steh auf, Aaliyah. Ich habe es sowieso schon gesehen.«

»Nein!«, rief ich und kam mir albern vor, weil ich mich versteckte, wollte jedoch nicht, dass er noch einen Blick auf das Kleid erhaschte. Ich war nicht besonders abergläubisch, aber eines glaubte ich doch: dass es Unglück brachte, die Braut vor der Hochzeit im Brautkleid zu sehen.

Glücklicherweise war Marie auf meiner Seite. »Sie hat recht! Was machst du hier, Jason? Du solltest doch anrufen, bevor du vorbeikommst.«

»Hab ich doch. Eure Telefone sind wohl auf leise gestellt. Und bei Aaliyah ging die Mailbox an. Ich wollte nur Dads Smoking für Samstag vorbeibringen.«

»Leg ihn ins Entree, und dann geh. Wir sehen uns morgen bei der Probe«, sagte Marie.

Ich konnte fast spüren, wie Jason beim Gedanken daran die Augen verdrehte. Er war absolut nicht abergläubisch.

»Was auch immer. Ich bin dann mal weg.« Er drehte sich um, warf aber noch einen Blick über die Schulter auf mich. »Aaliyah?«

»Ja?«

Er grinste breit. »In dem Kleid hast du einen Riesenarsch.«

»So redest du nicht unter meinem Dach«, sagte Marie und warf ein Sofakissen nach ihrem Sohn, der schnell verschwand und die Tür hinter sich zuschlug.

Marie sah mich an, als ich mich aufrichtete, und ihr warmherziges Lächeln wirkte ansteckend. »Er hat recht, weißt du? Du siehst unwiderstehlich aus.«

7

CONNOR

Ich hatte seit Wochen nicht mehr richtig geschlafen, und meine überfürsorgliche Mutter machte sich schon Sorgen.

Obwohl ich ihr nichts davon gesagt hatte, wusste sie es anscheinend auch so.

»Du brauchst wirklich mehr Schlaf, Connor Ethan, und eine Freundin«, sagte sie immer. Irgendwie gelang es ihr, das Wort *Freundin* in fast jedem Gespräch unterzubringen. Was das anging, war sie sehr talentiert.

Meine Mutter glaubte felsenfest, dass ich allein sterben würde. Jede Woche rief sie mich an, um mich daran zu erinnern. Wenn sie zu viel Wein getrunken hatte, weinte sie deshalb auf FaceTime. Sie redete mir ins Gewissen, dass ich ein Workaholic sei und mir nicht oft genug freinahm. Damit lag sie nicht falsch. Tagein, tagaus arbeitete ich bis zur Erschöpfung.

Manchmal fühlten sich meine Tage eher wie Jahre an. Vieles in meinem Leben erfüllte mich mit Stolz, aber ein Workaholic zu sein zählte nicht dazu. Manchmal fragte ich mich, was aus mir geworden wäre, wenn ich nicht so hart daran gearbeitet hätte, mir einen Namen zu machen. Andererseits hätte ich dann der Welt nicht so viel zurückgeben können wie jetzt. Man musste für seine Ziele Opfer bringen.

Ich nahm lange Tage und Nächte in Kauf, wenn ich dadurch jemand anderem das Leben ein wenig leichter machen konnte.

Trotzdem brauchte ich einige Tassen starken Kaffees, um die langen Tage durchzustehen.

»Ich habe die Nachmittagsberichte und Kaffee für Sie, Mr Roe – ich meine, falls Sie nicht beschäftigt sind. Denn wenn Sie beschäftigt sind, kann ich auch wiederkommen, wenn Sie nicht beschäftigt sind, und, also – falls Sie nicht beschäftigt sind, kann ich Ihnen jetzt auch von den eingegangenen Anrufen und E-Mails berichten, die, äh …«

»Langsam, Rose«, sagte ich und blickte zu der nervösen jungen Frau hoch, die an der Tür meines Büros stand und der praktisch die Knie zitterten. »Jetzt ist ein perfekter Zeitpunkt für Ihren Bericht.«

Rose war quasi noch ein Kind. Das zu sagen schien seltsam, denn mit ihren neunzehn Jahren war sie nur neun Jahre jünger als ich, aber ich war ganz sicher nicht mehr derselbe Mann wie vor neun Jahren.

Sie war die neue Praktikantin bei Roe Real Estate, und meistens kam ihr ihre Nervosität in die Quere. Mir machte das nichts aus. Wir hatten alle irgendwann mal angefangen, und ich war bereit, mit ihren Patzern und Missgeschicken umzugehen. Jeder verdiente eine Chance.

Außerdem kam sie nur zweimal in der Woche nachmittags, konnte also gar nicht so viel anrichten.

Rose holte tief Luft und betrat das Büro, wobei sie über ihre eigenen Füße stolperte, sich aber gerade noch an der Lehne eines Bürostuhls festhalten konnte. Sie stand kerzengerade und räusperte sich, bevor sie den Kaffee auf der Kante meines Schreibtischs abstellte. Zum Glück verschüttete sie ihn nicht, ich brauchte nämlich dringend einen Schuss Koffein.

Sie blickte auf ihre Unterlagen und begann zu sprechen. Obwohl es sie immer noch nervös machte, für das Unternehmen zu arbeiten, fühlte sie sich Woche für Woche wohler, und ihre Stimme zitterte nicht mehr so sehr wie am Anfang. Fortschritt.

»Also, vier Magazine haben angefragt und Riesenbeträge für ein Interview mit Ihnen geboten«, erklärte sie.

»Ich gebe keine Interviews.«

»Ja. Richtig. Aber die bieten einen Haufen Geld für ein Exklusivinterview, und …«

»Ich gebe keine Interviews«, wiederholte ich, lächelte aber, weil ich sie nicht einschüchtern wollte.

Sie schenkte mir auch ein halbes Lächeln und fuhr fort. »Ich, äh, Ihre Mom hat angerufen und gesagt, Sie sollen nicht so viel arbeiten.«

»Ist notiert. Nächste Nachricht?«

»Ihre Anzüge wurden gereinigt, ich hole sie heute Nachmittag ab und bringe sie heute Abend im Büro vorbei. Ich weiß, ich hätte sie abholen sollen, bevor ich hierhergekommen bin, aber sie waren noch nicht fertig und, also, es tut mir wirklich leid. Ich arbeite länger, damit Sie sie heute Abend noch bekommen.«

»Das ist nicht notwendig. Ich hole sie auf dem Nachhauseweg ab.«

Sie runzelte die Stirn. »Nein, wirklich. Ist schon okay. Ich will Sie …« Sie hielt inne und seufzte dramatisch. »Ich möchte Sie nicht enttäuschen.«

»Rose.«

»Ja?«

»Sie machen gute Arbeit. Gehen Sie nicht so hart mit sich ins Gericht.«

»Es ist nur … das hier ist eine Riesenchance für mich, Mr Roe. Ich weiß, ich bin jung und nervös, und Sie könnten wahrscheinlich jemand Besseres finden. Deshalb möchte ich immer mein Bestes geben.«

»Das tun Sie doch. Machen Sie weiter so, und alles wird gut.«

Vor Erleichterung ließ sie die Schultern sinken. Gut. Mir gefiel es nicht, wenn meine Angestellten in meiner Anwesenheit angespannt waren. Ich war nicht der große böse Wolf. Alle sollten sich wohlfühlen, wie in einer großen Familie.

Das würde sie hoffentlich noch lernen. Vertrauen war schließlich keine Einbahnstraße.

»Okay, vielen Dank.« Sie hielt einen Moment inne und nagte an ihrer Unterlippe.

Ich hob eine Augenbraue. »Ist sonst noch was?«

»Nun, eines der Magazine hat Ihnen sehr viel Geld geboten. Also richtig viel. Über einhunderttausend Dollar.«

Ich sah die Dollarzeichen in ihren Augen, als sie die Summe nannte. Ich will nicht angeben, aber so viel hätte ich jederzeit im Schlaf verdienen können. Und selbst wenn nicht, hätte ich trotzdem kein Interview gegeben.

Ich hatte gesehen, was das Licht der Öffentlichkeit mit der Psyche von Menschen und ihren Unternehmen machte. Es war unklug, der Welt einen Einblick ins Privatleben zu gewähren. Erst wurde man von der Öffentlichkeit geliebt, vielleicht, aber wenn sie einen Schuldigen brauchte, wurde einem prompt das Wort im Mund herumgedreht.

Mein Leben war einfacher, wenn ich so etwas wie ein Mysterium blieb. Dann konnte die Öffentlichkeit nur Vermutungen anstellen, und jeder, der Zeit für Vermutungen über das Leben anderer hatte, kostete sein eigenes Leben nicht voll aus. Klatsch und Tratsch interessierten mich nicht. Seit meinem Umzug nach New York war mir klar geworden, dass das Gerede nicht nach der High School endete. Ich hatte Menschen in ihren Sechzigern kennengelernt, die immer noch über andere herzogen. Aber wenn das passierte, verließ ich die Bühne.

Je weniger Drama, desto glücklicher war ich.

Roses Mund zuckte kurz, und ich grinste.

»Was haben Sie mir sonst noch angeboten, Rose?«

»Den Titel des *People Magazine* als Sexiest Man Alive! Den kriegen sonst nur Promis, Mr Roe! Also *echte* Promis. Wie Ryan Reynolds und Idris Elba! Das ist so cool. Ein echter Traum.«

Ich lachte. »Ist das so?«

»Absolut.«

»Und was hat man davon, Sexiest Man Alive zu sein?«

Sie sah mich an, als wäre es bescheuert, nicht zu verstehen, welche Ehre besagte Möglichkeit war. »Äh, den Titel trägt man sein ganzes Leben.«

»Wow. So wundervoll das auch klingt, ich werde wohl passen. Aber vielen Dank, und lassen Sie alle Magazine wissen, dass ich mich geehrt fühle, doch lehnen Sie freundlich ab.«

»Ja, okay, Mr Roe.« Sie machte eine Pause und hob eine Augenbraue. »Und die Anzüge soll ich wirklich nicht abholen?«

»Wirklich nicht. Danke, Rose.«

Sie verließ mein Büro, und als sie hinausging, trat Damian mit grimmiger Miene ein.

»Guten Tag, Damian«, sagte Rose.

Er ging an ihr vorbei, als hätte er sie nicht bemerkt. Kein ›Hallo‹, kein ›Hey‹, nichts. Seine Antwort war Schweigen.

Rose war sehr hübsch, und Damian war nur ein Jahr jünger als sie. Ich hätte gedacht, er würde sie anziehend finden, wie die anderen Jungs im Büro, aber er wirkte alles andere als interessiert.

Andererseits war das Damians Normalzustand. Er war ziemlich gut darin, an niemandem interessiert zu sein. Er und ich waren völlig gegensätzlich. Er war kalt wie Eis, ich war bekannt für meine Wärme.

Trotzdem gehörte er für mich zur Familie. Ich hatte ihn vor

zwei Jahren kennengelernt, als ich einen Teenager in einem Mentorenprogramm begleiten wollte und ihm zugeteilt wurde – dem grimmigsten Sechzehnjährigen, den ich je gesehen hatte. Lange Zeit nahm ich sein schlechtes Benehmen persönlich, aber dann erkannte ich, dass es ein Schutzmechanismus war. Er war als Pflegekind aufgewachsen und von Heim zu Heim geschickt worden, ohne je ein stabiles Zuhause zu finden, deshalb schottete er sich jetzt ab. Jemandem zu vertrauen fiel ihm schwer. Er gab alles, um mich zurückzuweisen, weil ihn selbst schon so viele zurückgewiesen hatten.

Sein Pech, dass ich so eine Nervensäge war, die sich nicht so schnell entmutigen ließ.

Ich hatte ihn die letzten zwei Jahre begleitet und nicht die Absicht, in nächster Zeit etwas daran zu ändern. Als er mir sagte, dass er nicht auf die Universität gehen wollte, besorgte ich ihm einen Job in meinem Unternehmen. Meiner Meinung nach war nicht jeder für die Universität geschaffen, aber ich wusste, dass Damian verdammt klug war und Großartiges leisten würde, wenn er die Chance dazu bekam.

Wie sich herausstellte, wurde er einer meiner besten Mitarbeiter – trotz seiner ewigen schlechten Laune.

»Du hast Rose nicht gegrüßt«, bemerkte ich, als er sich auf einen Stuhl vor meinem Schreibtisch setzte. Anders als Rose war er in meiner Gegenwart überhaupt nicht nervös. Er wirkte selbstbewusst wie immer.

»Warum sollte ich?«

»Weil sie dich auch gegrüßt hat?«

»Sie ist falsch und eine schlechte Angestellte. Ich mag sie nicht.«

»Um der Wahrheit die Ehre zu geben, gilt das für alle hier.«

Er wollte etwas sagen, überlegte es sich aber anders, als er erkannte, dass ich recht hatte.

»Warum hältst du sie für falsch?«, fragte ich.

»Ihr ungeschicktes, stotterndes, nervöses Mädchengetue. Das macht sie nur für dich. Wenn du nicht da bist, flirtet sie eifrig und präsentiert jedem, der hinschaut, ihre Titten.«

»Das kann nicht sein. Sie ist fleißig.«

Er seufzte. »Muss hart sein, in jedem Menschen das Gute zu sehen.«

»Ich glaube nicht, dass Jason Rollsfield ein guter Mensch ist.«

»Herzlichen Glückwunsch, Connor. Von über sieben Milliarden Menschen auf diesem Planeten magst du genau einen nicht«, bemerkte er sarkastisch. »Trotzdem hast du ihm einen Job gegeben. Schockierend. Wenn du von Roses Vergangenheit wüsstest …«

»Stopp!«, rief ich und hob abwehrend die Hände. »Ich will es nicht wissen. Jedes Mal, wenn du mir von der Vergangenheit von jemandem erzählst, verändert das meine Einstellung.«

»Das sollte es auch.«

Ich nannte Damian den Totengräber. Er hatte eine Gabe, die ich noch nie vorher bei einem Menschen gesehen hatte – er fand jede Leiche im Keller. Wie gut sie auch vergraben sein mochte. Das einzige Geheimnis, das er nicht lüften konnte, wäre für ihn das wichtigste gewesen – wer seine leiblichen Eltern waren. Wie sehr er sich auch bemühte, er hatte sie nicht gefunden. Aber ich wusste, dass diese Frage jeden einzelnen Tag an ihm nagte.

Als wir uns kennenlernten, nahm ich ihm das Versprechen ab, keine Leichen von Leuten auszugraben, die ich schon gekannt hatte, bevor er in mein Leben getreten war. Ich wollte nicht wissen, welche Leichen meine Geschäftspartner im Keller hatten. Reiche Menschen taten eine Menge seltsamer Dinge.

Damian war wie immer von Kopf bis Fuß in Schwarz gekleidet. Schwarzer Anzug, schwarze Krawatte, schwarze Schuhe. Er kam jeden Tag ganz in Schwarz, und zwar seit ich ihn kennengelernt hatte. Er sagte, es sei seine Lieblingsfarbe und passe zu seiner Seele.

Die Vorstellung ließ mich schmunzeln.

Gleichzeitig hatte er die Statur eines Linebackers. Er war über einen Meter fünfundneunzig und bestand nur aus Muskeln. Man konnte guten Gewissens behaupten, dass er ein gut aussehender Typ war. Hätte er nicht ständig so grimmig dreingeschaut, wäre er sicher ein Frauenschwarm gewesen. Hätte er nicht so eine kalte Persönlichkeit gehabt, hätten sie sich ihm scharenweise zu Füßen geworfen.

»Wie auch immer, ich habe schlechte Nachrichten«, sagte er und rieb sich mit dem Daumen die Nase.

»Ich habe dir noch nicht den Witz des Tages erzählt.«

Er sah mich ausdruckslos an. »Ist das dein Ernst?«

»In den letzten zwei Jahren habe ich dir jeden Tag einen Witz erzählt. Natürlich ist das mein Ernst.«

»Wenn ich dir die schlechten Nachrichten überbringe, bist du nicht mehr in der Stimmung für Witze.«

Ich stand auf und schob die Hände in die Taschen. »Deshalb sollte ich dir den Witz ja vorher erzählen.«

Er seufzte und zuckte mit den Schultern. »Okay, mir egal. Leg los.«

»Hast du schon vom neuen Restaurant Karma gehört? Es gibt keine Karte – du kriegst, was du verdienst.« Ich klopfte mir lachend auf den Oberschenkel. »Verstehst du? Karma? Du bekommst, was du ...«

»Ja, kapiert. Es ist nur überhaupt nicht witzig.«

»Irgendwann bringe ich dich zum Lachen. Lass dir das gesagt sein.«

»Erwarte nicht zu viel. Kann ich dir jetzt die schlechten Nachrichten erzählen?«

Ich nickte.

Er runzelte die Stirn, und mir wurde klar, dass die Nachricht wirklich schlecht sein musste. Immer wenn Damian in einem unserer Meetings die Stirn runzelte, bedeutete das nichts Gutes.

»Der Brooklyn-Deal ist geplatzt.«

Ich trat an die Tischkante, ich fühlte mich, als hätte man mir einen Schlag versetzt. Jegliche Freude war verpufft. »Was meinst du mit geplatzt? Das war doch so gut wie erledigt. Abgesehen davon wusste niemand außer uns davon.«

»Ich weiß. Keine Ahnung, wie das passiert ist, aber die haben sich entschlossen, das Gebäude an jemand anderen zu verkaufen.«

»An wen?«

»Das wollten sie nicht sagen.«

Verdammt. Damian hatte recht. Nach dieser Nachricht war ich alles andere als guter Laune.

»Ich werde es aber herauskriegen«, sagte Damian entschlossen.

»Ja, danke.«

Er verzog das Gesicht, was sonst, und stand auf. Seine grauen Augen fingen meinen Blick auf, und er zuckte noch einmal mit den Schultern. »Dein Witz war irgendwie lustig«, sagte er trocken, damit ich mich besser fühlte.

»Du musst nicht lügen, Damian.«

»In Ordnung. Er war überhaupt nicht lustig.«

Ich rieb mir das Gesicht und seufzte. »Wenn du herausfindest, wer die Immobilie gekauft hat, sag mir Bescheid.«

Ich ging um den Tisch herum und ließ mich auf einen Stuhl sinken. »Kommst du am Freitagabend zur Dinnerparty?«

»Ob ich zu einer Dinnerparty für ein Arschloch komme, das ich aus tiefstem Herzen verachte, um zu feiern, dass er einen Job bekommt, den er nicht verdient? Ich glaube nicht. Ich verstehe nicht mal, warum du einem so inkompetenten Trottel die Leitung der Abteilung Westküste überträgst. Selbst ich würde es besser machen. Er ist eine Witzfigur.«

Schätzte er meinen neuen Geschäftspartner Jason falsch ein? Nein. Er war der Einzige, den ich nicht ausstehen konnte. Alles an diesem verwöhnten Jüngelchen ließ mir die Haare zu Berge stehen. Aber gab ich Jason die Chance, weil sein Vater mir anbot, mich bei meinem Traum, Luxusimmobilien für Geringverdiener zu bauen, zu unterstützen, wenn ich seinen Sohn einstellte? Ja.

Jason würde Roe Real Estate West Coast in den kommenden Wochen übernehmen, und mein Unbehagen deshalb stieg ins Grenzenlose. An diesem Freitag gaben wir ein Dinner für Jason, bei dem ich ihm symbolisch die Schlüssel übergeben würde. Es war eine Gelegenheit für Fotos, die Jason in einem besseren Licht erscheinen ließen – und wahrscheinlich eine Idee seiner Eltern, weil er meistens als Treuhand-Fonds-Trottel dargestellt wurde.

In den vergangenen zwei Jahren oder so schien er nicht mehr der Partylöwe gewesen zu sein, aber was die Leitung meines Unternehmens anging, vertraute ich ihm trotzdem nicht. Allerdings respektierte ich seinen Vater so sehr, dass ich ihm diese Chance geben wollte.

Walter Rollsfield war einer der reichsten Männer der Welt, und er war der Erste gewesen, der zu Beginn meiner Karriere in mich investiert hatte. Seitdem war er für mich so etwas wie eine Vaterfigur. Doch sein Sohn war ein unfähiger Hitzkopf, der überall Chaos stiftete. Ich hatte Sorge, Jason einzustellen, hoffte aber, dass ihn der Job nach einer Weile langweilte – so wie alles andere – und ich eine echte Führungspersönlichkeit einstellen konnte. Außerdem hätte ich so mein und Walters Kapital, um meine Traumprojekte umzusetzen.

Jason einzustellen war ein Risiko, aber das größere Risiko war, Walters Unterstützung für mein nächstes Projekt zu verlieren, was mich daran erinnerte, wie sehr es mich beunruhigte, dass ich die Immobilie in Brooklyn verloren hatte. Wenn ich nur wüsste, wer meinen Traum durchkreuzt hatte. Wenn ich das herausfände, würde ich einen Höllenaufstand veranstalten.

Was für ein beschissener Tag.

Ich hatte richtig schlechte Laune, seit Damian mir vom Verlust der Immobilie berichtet hatte. So schlechte Laune, dass mich wahrscheinlich auch meine beiden Lieblingströster nicht aufmuntern würden: Mom und Cheetos.

Nachdem ich mich mit Cheeto Puffs vollgestopft hatte, schnappte ich mir mein Handy und rief die einzige Frau an, der ich mein Herz ausschütten konnte, wenn ich unleidlich war. Meine Nummer eins auf der Kurzwahl-Liste.

»Hallo mein Schatz. Wie läuft's?«, fragte Mom.

Ich ließ mich auf meinem Stuhl zurücksinken und stöhnte.

Sie wusste genau, was dieses Stöhnen bedeutete.

»Oh Schatz, das tut mir so leid. Soll ich nach New York kommen und dir Hühnchen mit Klößen machen? Du solltest jetzt nicht allein sein.«

Fast hätte ich ihr Angebot angenommen. Was soll ich sagen? Ich war ein Muttersöhnchen, und wenn ich mit ihr sprach, verloren meine Misserfolge etwas von ihrem Schrecken.

»Mir geht's gut, Mom. Wollte heute Abend nur ein bisschen Heimat spüren.«

»Willst du nicht auf einen kurzen Besuch nach Hause kommen?«, drängte sie. »Kentucky vermisst dich.«

Seit ich achtzehn war, war ich in New York, und im letzten Monat war ich achtundzwanzig geworden. Mit jedem Tag wurde New York mehr zu meinem Zuhause. Doch Moms Liebe und ihre Kochkünste fehlten mir.

»Ich komme in ein paar Wochen. Bis dahin habe ich noch sehr viel zu tun.«

Jetzt war sie es, die stöhnte, und auch ich wusste genau, was das zu bedeuten hatte.

»Arbeit, Arbeit, Arbeit«, beschwerte sie sich. »Nimmst du dir denn nie frei?«

»Mit Freizeit verdient man kein Geld«, sagte ich.

»Aber sie ist auf andere Art wichtig. Meinst du nicht, es wäre an der Zeit, eine Familie zu gründen und mir Enkel zu schenken? Du meine Güte, mittlerweile wäre ich sogar mit einem Welpen zufrieden. Du kannst dich nicht die ganze Zeit in deinem Büro verbarrikadieren, Connor. Das wahre Leben spielt da draußen.«

Meine Mutter stand bei mir fast immer an erster Stelle. Nur wenn sie mich dafür tadelte, dass ich kein Leben außerhalb der Arbeit hatte, verlor sie ein wenig an Boden.

Ich war nicht für die Rolle des Familienvaters gemacht. Das hatte ich schon vor langer Zeit entschieden, als ich beschloss, mich ganz meiner Arbeit zu widmen. Ich war erst achtundzwanzig, aber mein Einkommen glich dem eines Achtzigjährigen, der sich sein ganzes Leben lang den Hintern aufgerissen hatte. Ich hatte mich in den vergangenen zehn Jahren richtig ins Zeug gelegt, um mein Imperium aufzubauen. Aber dafür musste ich unter anderem auf Beziehungen und Familie verzichten. Für so etwas hatte ich keine Zeit. Es wäre selbstsüchtig, eine Beziehung einzugehen, wenn ich ihr nicht meine gesamte Aufmerksamkeit widmen konnte. Zumindest war das der vorgeschobene Grund. In Wahrheit hatte ich einen Heidenrespekt vor Beziehungen. Jemandem alles zu geben, nur damit es einem irgendwann wieder genommen wurde? Danke, nein. Kein Interesse.

»Ich verstehe dich, Mom«, log ich, damit sie das Thema fallen ließ.

»Sag das nicht, nur damit ich dich in Ruhe lasse, Connor Ethan. Das ist mein Ernst. Nimm dir Zeit für die wichtigen Dinge im Leben. Nachdem ich zweimal den Krebs überstanden habe, weiß ich, wie wichtig das ist. Geld ist nicht alles.«

»Aber es ist genug«, scherzte ich. »Ehrlich, Mom, ich verstehe dich. Ich werde an meinem Sozialleben arbeiten.«

»Lügner.«

Was soll ich sagen? Sie kannte mich gut.

»Hör auf deine Mutter, Connor. Was bringt dir dein Imperium, wenn du es zu gegebener Zeit niemandem vererben kannst?«

»Ich habe bereits mehrere Wohltätigkeitsorganisationen ausgewählt, die alles bekommen werden, das wäre also geregelt.« Sie seufzte, und ich fühlte mich schlecht.

»Connor Ethan, mach deine Mutter nicht unglücklich. Versprich mir, dass du zumindest eines machst, das nichts mit Arbeit zu tun hat. Such dir in den nächsten Wochen ein Hobby.«

»Mom ...«

»Versprich es mir! Bei meinem Leben!«

Ich hasste es, wenn sie mich etwas bei ihrem Leben versprechen ließ, weil ich wusste, dass ich dieses Versprechen niemals brechen würde. Nachdem man miterlebt hat, wie die eigene Mutter zweimal den Krebs besiegt, nachdem man sich mehrfach im kleinen Badezimmer zusammen die Haare mit einem billigen elektrischen Rasierer abrasiert hat, weiß man, wie wichtig das Leben dieser Mutter ist.

Ich würde ihr niemals etwas bei ihrem Leben versprechen, wenn ich es nicht würde halten können. Die Verzweiflung in ihrer Stimme war kaum zu ertragen. Sie machte sich Sorgen, dass ich einsam war.

Ich machte mir deswegen auch manchmal Sorgen. Um die Einsamkeit zu bekämpfen, blieb ich an manchen Abenden länger im Büro, verbrachte Stunden im Fitnessstudio oder spielte mit Leuten auf der ganzen Welt *Call of Duty*. Man hatte erst richtig gelebt, wenn man nach Mitternacht von einem fünfzehnjährigen Kanadier als ›verfickte schwanzlutschende kleine Schlampe‹ beschimpft wurde.

Ich hoffte nur, dass die nicht mit ihren Müttern so sprachen.

»Du hast mein Wort«, versprach ich. »Scheiße, ich hätte dich besser nicht angerufen.«

»Achte auf deine Ausdrucksweise, Connor«, schimpfte sie.

Ich leerte meinen Whiskey. »Tut mir leid, Mom.«

»Ich muss los, Schatz. Danny holt mich gleich ab.«

Ich richtete mich auf. »Warte. Danny? Wer ist Danny?«

»Oh Schatz, ich muss los. Ich hab dich lieb. Wir reden bald! Ich ruf dich morgen an. Küsschen!« Und damit legte sie auf.

Wer zur Hölle war Danny?

Innerhalb von Sekunden hatte ich eine Nachricht an Jax in Kentucky geschickt. Obwohl ich nach New York gezogen war, war er einer meiner engsten Freunde geblieben. Er würde mir sagen können, was los war.

Connor: Wer zur Hölle ist Danny?

Jax: Freut mich auch, von dir zu hören.

Connor: Entschuldige. Hi, Jax. Wie geht's Kennedy? Wie geht's den Kindern? Wie ist das Wetter? Verdammt, wer ist Danny?!

Jax: Achte auf deine Ausdrucksweise, Connor.

Connor: Ja, ja, ja. Meine Mom sagte, sie wollte mit Danny ausgehen. Wer ist der Typ?

Jax: Im Unterschied zu allen anderen in dieser Kleinstadt halte ich mich aus dem Leben anderer raus.

Connor: Meine Mom kann nicht mit irgendeinem Trottel ausgehen.

Jax: Danny ist kein Trottel.

Connor: Du kennst ihn also? Erzähl mir alles. Ich ruf dich an.

Jax: Ruf nicht an, Connor. Ich hasse es, zu telefonieren.

Connor: Auch mit deinem besten Freund?

Jax: Du bist nicht mein bester Freund.

Connor: Dein Humor kommt in einer Textnachricht nicht so gut rüber.

Jax: ... Richtig.

Connor: Verrate mir etwas über diesen Danny, dann lasse ich dich in Ruhe.

Jax: Schwörst du es?

Connor: Bei meiner Mutter.

Jax: Gut. Er ist ein hart arbeitender Angestellter.

Connor: Was?! Der Typ arbeitet für dich? Und du sagst mir nichts davon – was soll das?

Jax: Hör mal, es ist nicht meine Schuld, dass er deine Mutter kennengelernt hat, als sie mir ein paar ihrer Backwaren vorbeibrachte. Zufälligerweise war Danny mit mir draußen, und er stand total auf ihre Sachen.

Connor: Ich hoffe sehr, wir reden von ihren Zitronenschnitten.

Jax: Nein, nicht nur. Danny steht wirklich auf sie.

Connor: Du findest das wohl witzig, ist es aber nicht. Jetzt musst du darüber nachdenken, dass meine liebe, unschuldige Mutter mit einem Kerl namens Danny schläft.

Jax: Du willst, dass ich mir vorstelle, wie deine Mutter Sex hat?

Connor: Was? Nein. Stopp. Lass das.

Jax: Zu spät, die Bilder sind schon in meinem Kopf.

Connor: Ich hoffe, Kennedy lässt sich von dir scheiden.

Jax: Glaubst du, die liebe Rebecca ist lieber oben oder unten?

Connor: Damit ist dieses Gespräch beendet.

Jax: Ich frage mich, ob sie Rollenspiele mag.

Connor: Halt die Klappe!

Jax: Das ist wie einer deiner schlechten Klopf-klopf-Witze. Rebecca ruft ›Klopf-klopf‹, und Danny fragt, wer da ist, und schon sitzt sie auf seinem Gesicht.

Connor: Ich hoffe, du schmorst in der Hölle.

Jax: Gegen eine leichte Bräune hätte ich nichts einzuwenden. Nacht, Kleiner.

Nach dem Gespräch mit Jax, das mich nur noch mehr aufbrachte, fragte ich mich, wieso meine süße Mutter mit einem Typen namens Danny angebandelt hatte.

8

AALIYAH

Nichts macht mir so viel Angst, wie ein Raum voller fremder Menschen. Wäre mein Überlebenswille in einem der *Saw*-Filme getestet worden, hätte man mich dazu gezwungen, einen Raum voller Fremder zu betreten. Was dachten sie bei meinem Anblick? Was war ihr erster Eindruck? Mochten sie mich? Kam ich irgendwie seltsam rüber?

Ich hatte die schöne Angewohnheit, nach derartigen Veranstaltungen zu Hause über jedes Gespräch nachzudenken und mich zu fragen, ob jemand mich falsch verstanden oder ob ich etwas Idiotisches gesagt hatte. Ich stand erst seit etwa einer Stunde herum, und meine Handflächen waren vor Anspannung bereits schweißnass.

Warum fühlte sich eine Stunde an wie zehn, wenn man sich an einem Ort befand, an dem man nicht sein wollte?

»Bitte recht freundlich!«, sagte ein Fotograf, bevor er mir mit seiner Kamera ins Gesicht blitzte und zu seinem nächsten Opfer eilte. Ich blinzelte ein paarmal, um wieder klar sehen zu können, und dachte an das, was er gesagt hatte.

Bitte recht freundlich!

Würg.

Was hätte ich in diesem Moment für frittierten Schlecht-für-die-Hüften-gut-für-die-Seele-Käse gegeben. Ich stellte mir vor, wie der Käse aus einem Mozzarella-Stick herausquoll, während ich mir ein winziges Scheibchen Süßkartoffel in den Mund steckte. Es war mit einem seltsam riechenden Käse, Pekannüssen und Cranberrys belegt. Die Kellnerin erklärte mir, dass die grünen Sprenkel Rosmarin waren, doch ich war mir ziemlich sicher, dass es sich um Gras handelte.

Süßkartoffel-Crostini-Häppchen hatte sie es genannt, aber ich wusste, dass ich mit hippem Mist abgespeist wurde.

Ich war noch nie besonders hipp gewesen. War ich nicht und würde ich auch nie sein. Mir genügten ordentliche Chicken Wings und Pommes. Zumindest war das bis zu meiner Diagnose so gewesen. Seitdem ich im vergangenen Sommer auf die Liste für eine Herztransplantation gesetzt worden war, war Alkohol aus meinem Leben gestrichen, und wegen meines Zustands hatte ich seit zwei Jahren nichts Frittiertes mehr gegessen und mein Leben auf den Kopf stellen müssen.

»Hätten Sie gern noch eins?«, fragte die Kellnerin, und ich verzog das Gesicht, woraufhin sie mit einem verärgerten Schnauben davoneilte.

Ich wollte kein Gesicht ziehen. Ich hatte bloß noch nie ein Pokerface gehabt. Man konnte mir meine wahren Gefühle immer von den Augen ablesen. War ich zornig, verärgert oder angewidert, wusste es sofort jeder in meiner Nähe.

Ob ich das von meiner Mutter geerbt hatte? Konnte man an ihrer krausgezogenen Nase erkennen, dass ihr etwas missfiel? Leuchteten ihre Augen auf eine gewisse Weise, wenn sie glücklich war?

Ich schüttelte die Gedanken ab, bevor sie sich in meinem Herzen festsetzten. Auf gar keinen Fall wollte ich mich selbst auf einem fröhlichen Fest unglücklich machen. Deshalb waren traurige Gedanken streng verboten.

Ich holte tief Luft und ließ den Blick durch den Raum schweifen.

Über einhundert Leute waren zu diesem Dinner erschienen, um den neuen Job meines Verlobten zu feiern, der nun die Westküsten-Abteilung von Roe Real Estate leitete. Es war der erste Arbeitstermin, zu dem ich ihn begleitete, und ich hatte Panik, denn abgesehen von Jasons Eltern kannte ich niemanden.

Das Dinner war außerordentlich schick. Eigentlich war es mehr eine Gala. Alles war völlig übertrieben, und zwar nur, weil Jason es sich leisten konnte.

Wir konnten es uns leisten.

Jason mochte es nicht, wenn ich von seinem Geld sprach, aber schließlich war es sein Geld. Er war ein extrem erfolgreicher Geschäftsmann, und ich war nur die Nachwuchsredakteurin, die seine Mutter vor zwei Jahren kennengelernt und ihm vorgestellt hatte.

Eine stürmische Romanze, initiiert von Marie.

Es stimmte schon, wir waren erst seit eineinhalb Jahren zusammen, aber mir kam es bereits länger vor.

»Gurkenhäppchen?«, fragte eine Frau und hielt mir ein Tablett unter die Nase, auf dem tatsächlich nur mit Paprikapulver bestäubte Gurkenscheiben lagen.

Ich zog unübersehbar die Nase kraus. »Nein, vielen Dank.«

Das Problem an Galas war der Mangel an Essen und das Übermaß an Alkohol. Alle um mich herum tranken, außer mir. Ich war eine große Befürworterin von Kohlenhydraten, um den Alkohol in meinem Magen aufzusaugen, und einige der Anwesenden hätten sicher von einem oder zwei Brotkörben profitiert.

Cocktails mit Trüffelpommes.

Whiskey mit Pizza.

Bier mit Käsepommes.

Oh mein Gott …

Hatte ich Pommes erwähnt? Was hätte ich in diesem Moment für einen großen Teller Pommes gegeben, aber im *The Lily* stand an diesem Abend nichts davon auf der Karte. Es gab kaum etwas zu essen, nur überteuerte mundgerechte Häppchen.

Vielleicht blieben reiche Leute auf diese Art reich – sie aßen nicht, mussten also kein Geld für Lebensmittel ausgeben.

Zwei Hände landeten auf meinen Hüften, und ich schmiegte mich in die Berührung. Noch ehe er etwas sagte, wusste ich, dass er es war. Jason roch immer nach rauchigem Rosenholz mit einem Hauch Sexappeal. Ich wandte mich zu ihm um, und mein Herz setzte ein paar Schläge aus, als ich sein Stirnrunzeln sah.

»Was ist los?«, fragte ich.

»Deine Einsiedlerkrebs-Schwingungen sind heute Abend besonders stark«, flüsterte er und beugte sich zu mir. »Die Leute reden schon darüber, dass du hochnäsig wirkst.«

»Tut mir leid. Mein Gehirn hat abgeschaltet. Ich kann nicht nur von Luft leben.« Ich legte ihm die Hände auf die Brust und schenkte ihm meinen schönsten Welpenblick. »Können wir nicht abhauen und uns etwas Richtiges zu essen suchen?«

Bevor er antworten konnte, kam eine Kellnerin mit rohem Fleisch zu uns. »Möchten Sie eins?«, fragte sie.

»Klar, wenn Sie es vorher kochen«, antwortete ich.

Jason lachte, aber es war kein amüsiertes Lachen. Es war ein verärgertes Lachen. »Nein, vielen Dank«, sagte er und wandte sich wieder an mich. »Du bist so extrem, Aaliyah.«

Damit lag er nicht falsch. Manchmal konnte ich theatralisch werden. »Abgesehen vom Mangel an Essen ist alles andere ziemlich toll, oder? Die Veranstaltung ist gut gelungen. Ich bin so stolz auf dich.«

Jason lächelte. »Ja, wenn du nur auch mit ein paar anderen Leuten sprechen würdest als mit mir.«

»Ich habe den ganzen Abend mit deinen Eltern gesprochen!«

»Wir wissen beide, dass das nicht zählt, wenn es darum geht, sich unter die Leute zu mischen. Aaliyah … du musst dich mit den Leuten unterhalten.« Jason seufzte und kniff sich in den Nasenrücken. Er war müde. Wie konnte es auch anders sein? In letzter Zeit war er ständig müde. In den vergangenen Monaten hatte er ununterbrochen gearbeitet, um die Immobilienfirma in Los Angeles ans Laufen zu bringen. Er war mehr als gestresst, und ich war mir nicht sicher, ob ich die Antwort verstehen würde, wenn ich ihn fragte, was genau er eigentlich machte. Ich wusste nur, dass er ständig beschäftigt war. Und das bedeutete frühes Aufstehen und lange Abende. Frühe Flüge und rote Augen. Starker Kaffee und beunruhigend viel Whiskey.

Manchmal machte ich mir Sorgen um ihn. Ich machte mir Sorgen um den Burn-out, der allen großartigen Geschäftsleuten drohte. Trotzdem versicherte er mir immer wieder, dass es ihm gut ging, selbst an den Tagen, an denen das offensichtlich nicht zutraf.

Den lustigen, offenherzigen Jason erlebte ich in letzter Zeit immer seltener, und ich trat mich dafür, dass ich ihn nicht besser festgehalten hatte, als ich bemerkte, dass er mir langsam entglitt. Zu Beginn unserer Beziehung war er noch voller Leben gewesen. Doch seit wir zusammengezogen waren, kam es mir vor, als lebte ich mit einem Fremden zusammen. Er war oft kurz angebunden, doch dann entschuldigte er sich mit seinem Arbeitspensum.

»Du weißt, wie ich mich in Gesellschaft Unbekannter fühle«, erklärte ich und fummelte an meinen Fingern herum.

Er nickte. »Ja, entspannt bist du nur bei deinen Freunden.«

»Genau. Ross, Rachel, Phoebe …«

»Aaliyah.« Jason sprach meinen Namen aus, als wäre ich ein ungezogenes Kind; ich nickte und erkannte an seinem Unterton, dass er unter Druck stand. »Heute Abend sind eine Menge Leute hier, die sehr wichtig für mich sind, und sie würden sicher gern den wichtigsten Menschen in meinem Leben kennenlernen.«

»Okay, okay. Ich brauche zehn Minuten frische Luft. Dann komme ich zurück und bin die perfekte zukünftige Braut.«

»Klingt gut.«

»Versprichst du mir etwas, bevor ich gehe?«

»Alles.«

»Können wir etwas Richtiges essen, wenn wir heute Abend hier fertig sind? Vielleicht irgendwo, wo es Brotkörbe gibt?«

Er lachte sein echtes Lachen, und das machte mich glücklich. »Oh Aaliyah.« Seine Lippen streiften meine, dann küsste er mich auf die Stirn. Seine Stimme war leise und liebenswürdig, was so gar nicht zu dem passte, was er sagte. »Du weißt, dass du auf Kohlenhydrate verzichten musst.«

»Was soll das denn heißen?«, fragte ich erstaunt.

»Gott, bitte nicht«, stöhnte er.

»Was denn?«

»Werd jetzt bitte nicht emotional.«

»Was meinst du denn? Du hast angefangen, über Kohlenhydrate …«

»Nicht jetzt, Aaliyah«, zischte er ernst. »Auf meiner Veranstaltung werde ich keine deiner sinnlosen Diskussionen führen. Das hier soll ein freudiges Ereignis sein. Mach es mir nicht mit deinen Gefühlen kaputt.«

»Ich meine ja nur … das war gemein.«

»Gemein oder ehrlich? Ich habe kürzlich erwähnt, dass dein Hintern in deinem Kleid riesig wirkt.«

Verlegen runzelte ich die Stirn. Ich hatte das für ein Kompliment gehalten.

Ich roch den Alkohol in seinem Atem. Ich liebte Jason, aber den Mann, zu dem er wurde, wenn er trank, mochte ich nicht.

An manchen Abenden fragte ich mich, ob ich ihn überhaupt kannte. Ich fragte mich, ob er, wenn er trank, die Wahrheit sagte oder log. Ich sah ihn an, als wäre er ein Fremder. In den vergangenen Wochen war mir immer häufiger sein herabsetzendes Verhalten aufgefallen.

Wir waren seit über einem Jahr zusammen, wohnten aber erst seit sechs Wochen zusammen, und seitdem ging ich mit einem Fremden zu Bett. Unsere Liebesgeschichte hatte mit Regenbogen und Schmetterlingen begonnen. Ich war besessen von Jason Rollsfield, und er war besessen von mir. So lange, bis ich meine Wohnung gekündigt hatte und bei ihm eingezogen war. Nach dem Umzug schien sich mein Traumprinz in ein Biest verwandelt zu haben.

Alles, was ich tat, verärgerte ihn. Jedes Mal, wenn er mich herabsetzte, kehrte er sich gegen mich und behauptete, ich hätte seine Worte aus dem Zusammenhang gerissen. Er umarmte mich nicht mehr so oft, liebkoste mich nicht mehr so häufig wie früher. Mit jedem weiteren Tag spürte ich die Kluft zwischen uns größer werden, und das beunruhigte mich bis ins Mark.

Er trank mehr, als er zugab. Er blieb länger weg, als er es vor meinem Einzug angekündigt hatte. Seine Mutter sagte, die neuen Aufgaben und der Umzug nach Kalifornien überlasteten ihn, was ich verstand. Ich wünschte mir nur, er hätte *mir* davon erzählt – und nicht seiner Mutter.

Bevor ich auf seinen gemeinen Kommentar antworten konnte, sah er an mir vorbei. »Du hast meinen Geschäftspartner noch gar nicht kennengelernt. Connor, komm mal her«, sagte Jason und winkte jemanden heran.

Ich blickte auf, um zu sehen, wen er rief, und mein Herz machte einen Satz und wäre am liebsten stehen geblieben. Ich schaute in die blauesten Augen, die ich je gesehen hatte.

Captain America.

In einem Anzug.

Mir stockte der Atem, als sich unsere Blicke trafen. Für einen Moment glaubte ich, seine Augen hätten sich auch geweitet, doch als er blinzelte, war es verschwunden. Sein Blick wurde sanft, und er streckte mir seine Hand entgegen.

»Hi, Aaliyah, richtig? Ich bin Connor. Freut mich, Sie kennenzulernen.«

Meine Brust schmerzte, als wir uns die Hände schüttelten. Seine Augen waren immer noch so blau, wie ich sie in Erinnerung hatte, doch sein Lächeln wirkte ein wenig trauriger.

Ich wollte etwas sagen, brachte aber nichts heraus … bis Jason sich vielsagend räusperte und mich anstupste.

Ich zwang mich zu einem Lächeln. »Hi, ja, freut mich auch, Sie kennenzulernen, Connor.«

Connor.

Ich liebte diesen Namen sehr – auch wenn er nicht Steve Rogers war.

Connor passte zu ihm. Liebevoll, sanft, freundlich.

Jason leerte sein Glas und deutete damit auf Connor. »Dieser Typ ist schuld daran, dass wir in ein paar Wochen nach Kalifornien ziehen. Unglaublich, oder? Ich werde mein eigenes Immobilienunternehmen leiten.«

»Nicht ganz«, sagte Connor mit einem kleinen Lächeln. »Es geht eher um Teamarbeit.«

»Ja, vorerst, Großer. Wenn du erst mal schnallst, wie gut ich bin, wirst du mir das Unternehmen sicher bald überschreiben«, scherzte er. »Außerdem bist du mit deinen anderen Projekten beschäftigt. Ich nehme dir das gern ab.«

Connor lachte, aber es wirkte kalt. Ich hatte nicht gewusst, dass sein Lachen so eisig sein konnte. »Roe Real Estate ist mein Baby. Das gebe ich niemals ab«, sagte er, und es war klar, dass er es ernst meinte.

Ich hatte keine Ahnung, warum Jason so darauf beharrte. Er hätte dankbar sein müssen für die Chance, die er bekommen hatte, andererseits war er betrunken. Immer wenn er viel trank, veränderte er sich. Ich liebte ihn mehr, wenn er nüchtern war.

Ich konnte den Blick nicht von Captain – *Connor* – abwenden. Die letzten zwei Jahre mussten gut für ihn gelaufen sein. Er wirkte noch durchtrainierter, seine Haare waren perfekt frisiert, und er hatte einen sehr hübschen Bart. Er trug einen Designeranzug, der zehnmal besser aussah als die der meisten Anwesenden. Und seine Augen …

Seine Augen ruhten immer noch auf mir.

Offensichtlich konnten wir beide den Blick nicht voneinander wenden, und ich wusste nicht, was ich davon halten sollte.

Mein Herz hämmerte gegen die Rippen, und ich zwang mich, den Blick von Connor loszureißen, damit Jason nichts bemerkte. »Nun, äh, es war schön, Sie kennenzulernen, Connor. Aber ich wollte gerade etwas frische Luft schnappen. Wenn Sie mich entschuldigen würden.«

Ich lächelte Jason kurz an, bevor ich davoneilte, über meine Füße stolperte und um ein Haar aufs Gesicht gefallen wäre. Innerhalb von Sekunden fingen mich zwei Arme auf, und ich blickte wieder in diese blauen Augen. Als Connor mich auffing, spürte ich, wie sich jedes Haar an meinem Körper aufrichtete. Als er mich hielt, spürte ich die Hitze in meinen Wangen.

»Tut mir leid«, murmelte ich, immer noch aufgeregt.

Er zog mich auf die Füße und lächelte. Diesmal wirkte es echt, wie das Lächeln, das ich von früher kannte. »Kein Problem.«

»Sie ist manchmal etwas ungeschickt«, kommentierte Jason, der zu uns herüberkam. »Pass besser auf, wo du hinläufst, Aaliyah, okay? Ich möchte nicht in die Notaufnahme fahren müssen«, witzelte er, bevor er sich an Connor wandte. »Sollen wir uns einen Drink holen und ein paar Details besprechen?«

Das war mein Zeichen, mich zu verziehen, bevor Connor bemerkte, wie gedemütigt ich mich fühlte.

Leider stürzten sich Jasons Kollegen auf mich, bevor ich den Raum verlassen konnte, und ich verfluchte mich, dass ich mich nicht unsichtbar machen konnte.

An diesem Abend traf ich Jasons Kollegen zum ersten Mal, und sie überforderten mich. Ich fühlte mich fehl am Platz, wie das schwarze Schaf. Sie sahen mich komisch an und sprachen mit mir, als wäre ich der naivste Mensch auf der Welt. Und nicht nur das, sie lächelten gekünstelt und benahmen sich gehässig.

»Also, Amanda«, sagte eine Frau und lächelte selbstgefällig.

»Aaliyah«, korrigierte ich und erwiderte ihr falsches Lächeln.

»Oh ja, Entschuldigung, so hieß ja die Letzte. Also Aaliyah, es ist schön, Jason mit jemandem zu sehen, der nicht so klapperdürr ist. Man kann ja nicht immer nur mit Supermodels gehen.« Sie schürzte die Lippen, und ihr böser Komplize stimmte ein.

Er nickte einmal. »Hoffen wir, dass diese Ehe länger hält als die letzten beiden!«

Oberpeinliches Gelächter von allen Beteiligten.

»Ich finde es gut, dass er sich endlich häuslich niederlassen will. Obwohl es ein wenig überstürzt wirkt, meinen Sie nicht?«, fragte eine andere Frau.

Der Mann mischte sich wieder ein. »Tja, Sie wissen ja, was man sagt, das Einzige, in das sich Jason schneller stürzt als eine Heirat, ist eine Scheidung.«

Wieder lachten alle, und es machte ihnen offensichtlich Spaß, mich zu verspotten.

»Entschuldigen Sie mich, ich wollte gerade …«, versuchte ich sie unterbrechen, aber sie ließen mich nicht zu Wort kommen.

»Wie alt sagten Sie, sind Sie, Alice?«, fragte mich die erste Frau.

»Aaliyah«, zischte ich und wurde langsam wütend. »Und ich bin vierundzwanzig.«

»Oh, so jung! Jasons Frauen werden auch immer jünger«, kommentierte sie. Ich öffnete die Lippen, um mich zu verteidigen, aber der Typ riss die Unterhaltung an sich.

»Gut für Sie, Aaliyah. Sie leben den amerikanischen Traum. Mit Jason ist Geld kein Problem mehr, und ich weiß, dass ihr Generation-Z-Kids nicht arbeiten wollt. Haben Sie je daran gedacht, einen Blog zu schreiben? Oder an einen YouTube-Kanal?« Wieder spöttisches Lachen.

»Im Gegensatz zu Ihnen, Wayne, lebt sie nicht mehr bei ihren Eltern, sondern arbeitet für eins der bekanntesten Magazine der Welt«, sagte eine bekannte Stimme, die sich in die Unterhaltung mischte.

Ich drehte mich um und war erleichtert, Marie zu sehen.

Bevor sie sich wieder der voreingenommenen Meute zuwendete, zwinkerte sie mir zu. »Und Ruby, stimmt es, dass Ihr Mann gerade Insolvenz angemeldet hat? Vielleicht sollten Sie keine Steine werfen, wenn Sie selbst im Glashaus sitzen.«

Ruby keuchte auf, antwortete aber nicht. Es war klar, wer hier das Alphaweibchen war, daran ließ Marie Rollsfield keinen Zweifel. Ihre Haltung war königlich, und die Fieslinge zogen sich zurück, als wären sie unwürdig, dieselbe Luft zu atmen.

»Wenn ich dir einen Tipp geben darf, Liebes«, sagte Marie und wandte sich mit strahlendem Lächeln an mich. »Lass dich niemals von diesen Idioten einschüchtern. Du bist mehr, als sie sich je erträumen könnten.«

»Ich passe wohl nicht in Jasons Geschäftswelt.«

»Gut«, stimmte sie zu. »Das ist ein Haifischbecken. Du musst und du willst nicht in diese Welt passen.« Sie legte mir den Arm um die Schulter. »Aber du passt in unsere Familie, und das ist das einzig Wichtige. Ich habe mir immer eine Tochter gewünscht.«

Wenn sie gewusst hätte, wie sehr ich mir eine Mutter gewünscht hatte ...

»Was ist mit Jasons Geschäftspartner Connor? Ist er einer von den Guten?«, fragte ich möglichst nonchalant, aber ich war neugierig, wie er als Geschäftsmann war.

»Einer der aufrichtigsten Menschen der Welt. Er ist ein guter Mensch – so jemandem begegnet man in dieser Branche selten. Ich bin ein wenig schockiert, dass die dunkle Seite des Geschäfts ihn noch nicht ruiniert hat, aber in seinen Händen wird alles zu Gold. Es wirkt, als hätte er die Engel auf seiner Seite. Ich bin froh, dass Jason mit ihm zusammenarbeitet. Auch wenn Jason älter ist, hoffen Walter und ich, dass Connor so etwas wie ein Mentor für ihn wird. Er scheint sehr vernünftig zu sein. Mit seiner Hilfe kann Jason Großes erreichen.«

Erfreut, dass Connor immer noch ein so guter Mensch war wie vor zwei Jahren, lächelte ich.

Marie stupste mich leicht an und flüsterte: »Jetzt geh und schnapp frische Luft, bevor die Hyänen zurückkommen und erneut angreifen.«

Ich lächelte. »Woher wusstest du, dass ich frische Luft schnappen wollte?«

»Oh Liebes, vergiss nicht, dass ich vor langer Zeit wie du war – als Außenseiterin betrat ich eine mir unbekannte Welt und wurde wegen meines Aussehens, meiner Hautfarbe, meinem mangelnden Geld verurteilt. Ich weiß noch, dass ich ab und an eine kleine Pause brauchte. Geh nach links und nimm den Aufzug zum Dach. Der Blick ist atemberaubend. Aber denk während dieser Pause daran, deine unsichtbare Krone zurechtzurücken, und erinnere dich daran, wer du bist und dass du jetzt ein Team hinter dir hast.«

9

CONNOR

Wenn man »gesellig« im Wörterbuch nachschlug, fand man ein Foto von mir, auf dem ich von einem Ohr zum anderen grinste. Ich bildete mir etwas auf meine extrovertierte Art ein und lernte gern die unterschiedlichsten Menschen kennen. Eine meiner Superkräfte war meine Fähigkeit, mit wirklich jedem eine Gemeinsamkeit zu finden – abgesehen von dem verdammten Jason Rollsfield. Er stand auf der Liste der Leute, die ich verachtete, ganz oben – eigentlich war er der Einzige auf dieser Liste.

Der labile Hitzkopf war vor Kurzem zum Leiter der Abteilung Westküste ernannt worden – von mir. Zum Glück wäre er nun nicht mehr in New York, und ich würde ihn nicht mehr so oft zu Gesicht bekommen wie in den vergangenen Monaten. Doch dass er *sie* mit nach Kalifornien nahm, machte mich rasend.

Wie konnte ein Arschloch wie er sich eine Frau wie sie angeln?

Sie.

Red.

Meine Red.

Nicht meine, aber trotzdem.

Als mir bewusst wurde, dass Aaliyah mit ihm zusammen war, erfüllte Schmerz meine Gedanken. Schlimmer noch, ich dachte daran, dass er nicht einmal gezuckt hatte, als sie gestolpert war. Er hatte dagestanden und sie angestarrt, als wäre sie eine Enttäuschung, und sie dann passiv-aggressiv runtergeputzt, anstatt sie zu fragen, ob es ihr gut ging.

Warum ließ sie sich so behandeln? Sie musste doch wissen, dass sie jemand Besseren verdiente als Jason. Ich wartete mit ihm an der Bar auf unsere Drinks und suchte wie ein Spanner den Raum nach ihr ab. Aaliyah stand bei einer Gruppe reicher Leute, für die sie viel zu gut war. Ich kannte sie alle. Sie alle waren Schlangen, aber Aaliyah war zu freundlich, um sich aus ihrem Würgegriff zu befreien.

Ich erkannte an ihren Schultern, wie unbehaglich sie sich fühlte, während sie sich mit ihnen unterhielt, und mein Schutzinstinkt schlug Alarm. Ich machte einen Schritt in ihre Richtung, stoppte aber, als ich sah, wie Marie sich einmischte. Aaliyahs Schultern entspannten sich, und ein aufrichtiges Lächeln breitete sich auf ihren Lippen aus.

Gut. Sie wirkte lockerer. Anders als ihr Arsch von Sohn war Marie ein guter Mensch. So wie die Ratten davonhuschten, wusste ich, dass sie Aaliyah den Rücken gestärkt hatte. Als die Meute verschwunden war, wirkte es, als kehre der Glanz in Aaliyahs Augen zurück, und sie begann wieder zu leuchten.

Aaliyah.

Das war der perfekte Name für sie. Passend und schön. Sie war schön, sogar noch schöner als vor zwei Jahren. Ihre langen, jetzt mittelbraunen Haare waren zu kleinen Zöpfen geflochten, die mit goldenen Fäden durchwirkt waren. Sie trug ein hautenges schwarzes Satinkleid mit einem hohen Schlitz, der ihre langen braunen Beine und die goldenen High Heels unterstrich. Mit diesen Absätzen waren wir beinahe auf Augenhöhe.

Ihre Augen …

Immer noch so magisch wie damals.

»Hast du mich gehört?«, fragte Jason und klopfte mir auf den Rücken.

Ich löste den Blick von Aaliyah und drehte mich um, um das Getränk von Jason entgegenzunehmen. Ich musste gelächelt haben, als ich Aaliyah ansah, doch bei seinem Anblick verflüchtigte es sich.

»Tut mir leid, was hast du gesagt?«, fragte ich, auch wenn es mir gleichgültig war. Ich wollte den Blick wieder auf sie richten. Ich wollte mit ihr sprechen. Ich wollte sie fragen, wie es ihr ergangen war. Ich wollte sie fragen, warum sie aus sieben Milliarden Menschen ihn ausgewählt hatte.

»Ich fragte, ob dir die Sexbombe mit dem blauen Kleid zu deiner Linken aufgefallen ist?«, sagte er und wies mit einem Nicken in die Richtung.

Als meine Augen die Frau erfassten, hätte ich sie mir am liebsten ausgekratzt. »Das ist Rose, meine neue Praktikantin, und sie ist erst neunzehn. Sie ist kaum volljährig.«

»Sie ist volljährig.« Er grinste und knuffte mich. »Der alte Jason hätte sich auf diese Frau gestürzt, wenn er die Chance bekommen hätte.«

»Sie ist ein Mädchen und keine Frau. Ein bisschen zu jung, meinst du nicht?«

Er zuckte mit den Schultern. »Bin schon mit Jüngeren ausgegangen.« Er hielt inne und hob beschwichtigend die Hände. »Sie waren immer mindestens achtzehn. Ich bin nicht irgend so ein Widerling.«

Fast hätte ich dir geglaubt.

»Übrigens habe ich dich nicht meinetwegen auf sie hingewiesen. Ich bin glücklich liiert. Ich hab sie für dich ausgesucht, Großer. Und wenn sie deine Praktikantin ist, tut sie bestimmt alles, um dir zu gefallen.« Er knuffte mich wieder, und ich hätte ihn am liebsten geschlagen.

Gott, Red. Warum er?

Ich verdrehte die Augen und wandte den Blick von Rose ab. »Das ist ekelerregend, unprofessionell und völlig daneben, Jason. Und ich hoffe, dass du das Unternehmen im Westen nicht auf diese Art führen willst.«

»Langsam, langsam. Bleib locker, Kumpel. Das war doch nur ein Witz. Wie man hört, gehst du kaum aus. Ich wollte dich nur unterstützen.«

Er war betrunken, schwankte bereits ein wenig, und es fehlte nicht mehr viel, dann wäre er völlig hinüber.

»Kein Bedarf, Jason.«

Wieder hob er die Hände. »Schon gut. Wie du willst.« Er warf noch einen Blick in Roses Richtung, und ich beobachtete, wie er sie von Kopf bis Fuß musterte. Was für ein Stück Scheiße. Er bemerkte, dass ich ihn beobachtete und grinste. »Nur gucken, nicht anfassen.«

Er ging davon, und als er sich von mir abwandte, wanderte mein Blick zurück zu Aaliyah – zumindest dahin, wo ich sie zuletzt gesehen hatte, doch sie war verschwunden. Ich ließ den Blick durch den Raum schweifen, konnte sie aber nirgendwo entdecken.

»Suchst du jemanden?«, unterbrach eine Stimme meine Suche. Ich drehte mich um und sah Walter lächelnd auf mich zukommen. Da Walter und Marie Jason adoptiert hatten, sahen sie sich kein bisschen ähnlich, und dafür war ich sehr dankbar. Hätte Walter wie sein Sohn ausgesehen, hätte ich ihm jetzt einen Kinnhaken verpassen wollen.

»Nein. Ich betrachte nur die Veranstaltung. Läuft ganz gut.«

»Ich bin bloß dankbar, dass die Fotos gemacht wurden, bevor Jason sich betrunken hat.«

Ich lachte leise. »Ist dir auch aufgefallen, was?«

»Ist immer so. Bitte glaub nicht, dass das irgendwas mit seiner Leistung in Kalifornien zu tun hat. Nach Geschäftsschluss lässt er sich manchmal volllaufen, aber während der Arbeit ist er nüchtern.«

Ich war mir nicht sicher, wen Walter überzeugen wollte – mich oder sich selbst.

Statt anzumerken, wie falsch Walter lag, lächelte ich und log. »Darüber mache ich mir keine Gedanken.«

»Gut. Außerdem wird er sicher seine alten Gewohnheiten nach der Hochzeit ablegen und der Ehemann sein, den Aaliyah verdient.«

Die Hochzeit.

Ich konnte immer noch nicht glauben, dass Jason, der Abschaum, Aaliyah heiraten würde. Er verdiente sie nicht. Ehrlich gesagt, war ich mir nicht sicher, ob sie überhaupt jemand verdiente. Auch wenn es schon so lange her war, hatte ich nicht vergessen, was sie an diesem Abend in mir ausgelöst hatte. Zur Hölle, nach unserer Flucht in der Halloween-Nacht hatte ich wochenlang von ihr geträumt.

Die Frau, die davongekommen war.

Ernsthaft? Nach unserer intensiven Verbundenheit und den tiefsinnigen Gesprächen war sie bei Jason gelandet? *Jason.* Jason Rollsfield. Der Mann, der nicht an den Klimawandel glaubte. Der an das Washington Monument gepinkelt hatte. Der einige Nächte in Polizeigewahrsam verbracht hatte, weil er eine Polizistin begrapscht hatte.

Diesen Mann hatte sie erwählt?

Verdammt, Red. Wir haben dich Besseres gelehrt, als dich auf Jason einzulassen.

Ich fragte mich, wie sie sich in diese Lage gebracht hatte, aber so war es nun mal.

»Apropos Hochzeit … Ich muss dich um einen Gefallen bitten«, sagte Walter. Er rieb sich über den ergrauten Bart und schob dann seine runde Brille hoch. »Aaliyah und Jason wollen bei der Zeremonie auf Trauzeugen und Brautjungfern verzichten, doch da bleibt noch die Nacht vor der Hochzeit. Normalerweise würde ich mir nichts dabei denken, wenn Jason die Nacht allein verbringt, aber ich weiß, dass er manchmal unruhig ist, und ich möchte nicht, dass er in der Nacht vor seinem großen Tag durchdreht. Könnte er die Nacht vielleicht bei dir verbringen? Ihr könntet euch bei der Gelegenheit etwas näherkommen.«

Ich blinzelte mehrmals und versuchte zu verstehen, was Walter von mir wollte. »Ich soll aufpassen, dass er keine Dummheiten macht?«

»Darf ich ehrlich sein? Ich will nicht, dass er es diesmal versaut. Die letzten beiden überstürzten Hochzeiten in Vegas haben seinen Ruf befleckt, aber Aaliyah ist anders. Sie ist ein gutes Mädchen, und sie könnte Jason guttun. Betrachte es als einen Schuldschein von mir, Connor. Wenn du das für mich tust, hast du etwas gut bei mir.«

Jason könnte aber auch Gift für sie sein.

»Mach ich. Kein Problem«, stimmte ich zu, denn ein Schuldschein von jemandem wie Walter könnte sich als nützlich erweisen.

»Ich habe auch von der Immobilie in Brooklyn gehört. Eine Schande. Aber nächstes Mal bekommen wir sie.«

Er nickte mir zu und ging davon, und ich trank meinen Whiskey, bevor ich mir einen Weg durch die Menge bahnte. Ein paarmal wurde ich aufgehalten und angesprochen und ließ mich darauf ein, obwohl meine Gedanken nur um eine einzige Person kreisten. Um Red.

Ich fand sie auf dem Dach.

Sie hatte die Augen geschlossen, und die abendliche Brise streichelte ihre Haut. Wir waren nicht allein auf dem Dach, aber um die anderen kümmerte ich mich nicht. In meiner Vorstellung war sie die Einzige in meiner Nähe.

Sie sah wunderschön aus. Ich glotzte nicht, aber, heilige Scheiße, doch, ich glotzte. Sie wäre auch in einem Müllsack die schönste Frau der Welt gewesen.

Je mehr ich darüber nachdachte, desto mehr ärgerte mich, dass sie bald vor den Traualtar treten und Jason heiraten würde. War ich hier in einem schlechten Film gelandet?

Nichts ergab mehr einen Sinn.

Ich zögerte kurz, bevor ich mir ein Herz fasste und auf sie zuging. »Wenn mich nicht alles täuscht, schuldest du mir zwei Dollar«, sagte ich, als ich hinter sie trat. Sie zuckte zusammen und drehte sich erschrocken zu mir um. Als sie mich erkannte, wurde ihr Blick sanft, und sie lächelte.

»Hi«, hauchte sie.

Ich lächelte. »Hi.«

Mir fiel auf, dass sie zitterte, also zog ich mein Jackett aus und legte es ihr um die Schultern. Sie schlüpfte in die Ärmel, und das Jackett hing, eindeutig zu groß und trotzdem wie angegossen, an ihr.

»Danke«, sagte sie. Ihre Stimme war süßer als in meiner Erinnerung, und die war schon ziemlich süß. Sie schlang die Arme um ihre schmale Gestalt und lächelte unablässig. Ein Seufzer kam über ihre vollen Lippen. »Hi«, wiederholte sie.

Ich lachte leise und nickte. »Hi.«

»Tja …« Sie wippte auf den Fußballen. »Das ist irre, oder?«

»Und wie.« Ich sah sie aus verengten Augen an. »Hast du gewusst, dass ich mich mit Jason zusammentun würde, und das Universum bestochen, damit wir uns wiedersehen?«

Ich liebte ihr Lachen. »Erschreckenderweise nicht. Es scheint an der Sache mit dem Schicksal zu liegen, über das du damals so ausführlich gesprochen hast.«

Das Schicksal musste einen kranken Sinn für Humor besitzen, wenn es Aaliyah zu mir zurückführte, indem es sie mit Jason verkuppelte.

»Wie ist …«

»Wie geht es …«

Wir sprachen gleichzeitig und lachten beide nervös auf.

Meine Hände wanderten in meine Taschen, und es gelang mir nicht, die Nervosität abzuschütteln. Warum war ich in ihrer Gegenwart nervös? Warum kam es mir vor, als wollte mein Herz explodieren?

Sie nickte mir zu. »Du zuerst.«

»Oh nein, Ladies first.«

»Wie ich sehe, bist du immer noch ein Gentleman aus den Südstaaten.«

»Manches ändert sich nie.«

»Sehr beruhigend.« Sie strich sich eine Haarsträhne hinters Ohr, und ich beobachtete ihre Bewegungen, als hinge mein Leben davon ab. »Wie ist es dir ergangen?«

»Gut, gut. Alles beim Alten.«

»Immer noch bloß Arbeit und kein Vergnügen?«

Ich lachte leise. »Je mehr sich etwas verändert, desto mehr bleibt es sich gleich.« Ich ging zum Geländer, legte meine Hände darauf und blickte in die Nacht hinaus. Die Lichter der Stadt pulsierten, und das geschäftige Treiben New Yorks war deutlich zu hören. Ich hätte mir nie vorstellen können, diese Geräusche einmal zu lieben. Aaliyah blickte mit mir in die Nacht.

»Was ist mit dir?«, fragte ich. »Wie ist es dir ergangen? Sind deine Träume wahr geworden?«

»Nicht alle, aber ich bin näher dran. Ich bin jetzt Nachwuchsredakteurin. Ein Schritt näher an Leitender Redakteurin, aber ...« Ihre Miene verfinsterte sich, und sie verstummte.

»Aber?«

Sie zuckte mit den Schultern. »Ich habe vor Kurzem gekündigt. Da Jason den Posten in Kalifornien übernimmt und wir dorthin ziehen, konnte ich meinen Job nicht behalten.«

»Aber das ist dein Traumjob, oder? Bei diesem Magazin?«

»Ja. Doch ... wie mir mal ein Superheld beigebracht hat, kann man nicht beides haben. Deshalb habe ich die Traumfamilie der Traumkarriere vorgezogen.«

Sie sagte es, als wollte sie daran glauben, aber ihr Tonfall verriet mir, dass es nicht so war. Oder war das nur Wunschdenken? Ich wusste nicht, warum, aber dass sie ihre Zukunftschance für einen Mann wie Jason wegwarf, einen Mann, der sie ohne Zweifel enttäuschen würde, verursachte eine Gänsehaut. Ich wusste, dass er auch mich im Laufe der Zeit enttäuschen würde, aber das war ein Geschäftsrisiko, das ich einging, um ein weiter gestecktes Ziel zu erreichen.

Doch Aaliyah hatte nichts davon, dass er ihr Leben ruinierte. Ich bezweifelte nicht, dass er ihre Welt, ohne mit der Wimper zu zucken, in ein Schlachtfeld verwandeln würde.

»Du hältst mich für verrückt«, sagte sie und neigte den Kopf in meine Richtung.

»Was? Nein.«

Sie nickte. »Doch. Du hast kein besonders gutes Pokerface. Erinnerst du dich? Ich bin gut darin, Leute zu durchschauen. Ich versteh schon. Dein größter Traum war immer die Karriere, deshalb kann ich nachvollziehen, dass es dir verrückt erscheint, das Familienleben einer Anstellung vorzuziehen. Aber mein größter Traum war immer eine Familie.«

»Ich verstehe dich vollkommen«, widersprach ich, und das

stimmte. Ich hatte kein Problem damit, dass Aaliyah sich eine Familie wünschte, schließlich war sie ohne eigene Familie aufgewachsen. Aber ich wünschte mir, sie würde es nicht mit Jason tun.

Er war eher auf Tragödien als auf Happy Ends spezialisiert.

»Ich finde es großartig, Red, dass du dir eine Familie wünschst.« Auch das meinte ich ernst. Ich wollte, dass ihre Träume wahr wurden. »Wie habt ihr euch kennengelernt?«

»Das ist witzig. Ich hab ihn durch eine Heiratsvermittlerin kennengelernt – auch bekannt als seine Mutter.« Sie lachte leise und lehnte sich an das Geländer. »Marie war Stammgast in dem Café, wo ich gearbeitet habe. Kurz nachdem ich dich kennengelernt hatte, durchlebte ich eine Krise, und Marie hat mir geholfen. Danach kamen wir uns näher. Sie lud mich ein, ihrem Buchclub beizutreten, und wir freundeten uns an. Sie brachte Jason und mich zusammen, und der Rest ist Geschichte.«

»Marie und Walter sind großartig.«

»Ja. Unter uns gesagt, habe ich mich wohl vor Jason in seine Eltern verliebt. An manchen Tagen könnte ich schwören, dass ich seine Mutter mehr liebe als ihn«, scherzte sie. »Aber nur, wenn er trinkt.«

Ich erwiderte nichts, denn ich hätte nur Nachteiliges antworten können. Ich hätte nichts Vorteilhaftes über ihren zukünftigen Ehemann sagen können, und damit sie sich nicht schlecht fühlte, biss ich mir auf die Zunge.

»Wie lange seid ihr schon zusammen?«

»Eineinhalb Jahre.«

Ich atmete geräuschvoll aus. »Eine kurzfristige Veränderung.«

»Ja, aber das Leben ist kurz. Ich will nicht die Zeit, die mir noch bleibt, mit Warten verschwenden. Ich will jede Sekunde auskosten.«

Ich legte mir die Hände auf die Brust und lachte. »Da ich sehr viel Geld in langfristige Investitionen an der Börse gesteckt habe, finde ich kurzfristige Veränderungen entsetzlich.«

»Ich schätze, das ist der entscheidende Unterschied zwischen uns, Cap. Du lebst für die Zukunft, während ich für die Gegenwart lebe.

»Ich hoffe, die Gegenwart meint es gut mit dir, Red.«

Sie lächelte. »Ich hoffe, die Zukunft meint es mit dir sogar noch besser.« Sie sah auf ihre goldene Armbanduhr und stöhnte. »Apropos Gegenwart, ich gehe besser wieder rein.«

Ihr Stirnrunzeln machte mich traurig. »Du mischst dich nicht gerne unter die Leute, wie?«

»Woher weißt du das?«

»Vergiss nicht, du warst nicht die Einzige, die Leute durchschauen kann. Reiche Leute können manchmal sehr anstrengend sein, besonders einige der Anwesenden. Unhöfliche, aufdringliche …«

»… Arschlöcher«, beendete sie den Satz.

Ich lachte. »Genau.«

»Unter uns gesagt, will ich überhaupt nicht wieder reingehen. Es ist, als würde ich in ein Haifischbecken geworfen, ohne schwimmen zu können. Sie sind einfach so … so … bah! Gemein. Ohne Grund.«

»Oh, es gibt einen Grund.«

»Und der wäre?«

»Du wirkst einschüchternd auf sie.«

Sie lachte. »Wie bitte? Das kann nicht sein. Was soll denn an mir einschüchternd sein? Ich bin doch nichts Besonderes. Die Leute dadrin haben doch alles.«

»Das ist nur vorgetäuscht. Die meisten dadrin hassen ihr Leben wahrscheinlich, sie hassen ihre Partner oder sich selbst. Vermutlich macht es sie wahnsinnig, jemanden wie dich zu sehen, der ihnen etwas zeigt, was sie schon lange nicht mehr erlebt haben.«

»Und was sollte das sein?«

»Wahrhaftigkeit. Sie beneiden dich dafür, wie wahrhaftig du bist, also nimm dir ihr Gerede nicht zu sehr zu Herzen.«

Sie seufzte und rieb sich den Nacken. »Ich hätte gern noch mehr Zeit zum Luftschnappen, um genug Mut zu fassen und mich nicht verunsichern zu lassen.«

»Nimm dir die Zeit. Ich decke dich, falls jemand nach dir fragt.«

»Das würdest du tun?«

»Natürlich. Ich sage, dass du mit einer sehr wichtigen, beeindruckenden Person gesprochen hast.«

Sie ergriff meine Hand und drückte sie. »Danke, Connor.« Sie hielt inne. »Connor. Ich mag deinen Namen.«

Ich grinste. »Ich glaube, ich liebe deinen mehr.«

Sie zog ihre Hand nicht sofort zurück, und ich fragte mich, ob sie es auch spürte – die Hitze, die durch meine Adern zu rasen begann. Als sie losließ, kam die Kühle zurück.

Ich schenkte ihr ein schiefes Lächeln und nickte ihr zu, bevor ich mich zum Gehen wandte.

»Connor! Warte!«, rief sie. Ich blickte zurück und sah, dass sie auf mich zueilte. Sie schlüpfte aus meinem Jackett und hielt es mir hin. »Danke, dass du mich gewärmt hast.«

10

CONNOR

»Hast du Aaliyah gesehen?«, fragte Jason, indem er mir auf den Rücken klopfte.

Offenbar hatte er noch mehr getrunken, seit ich ihn zuletzt gesehen hatte. Wenn man bei Jason auf etwas zählen konnte, dann war es, dass er übertrieb.

»Hast du sie gesehen?«, lallte er. Wenn Jason betrunken war, wiederholte er sich und rieb sich dauernd die Nasenflügel. Ich hasste es, seine kleinen Gewohnheiten zu kennen, denn sie ärgerten mich bloß.

»Nein, habe ich nicht«, log ich im Namen von Aaliyah. Jason verzog das Gesicht so, dass ich es bemerken musste. »Was denn?«

»Nichts. Ich habe mit Trevor Jacobs gesprochen, und er sagte, wie verrückt es sei, dass ich heirate, was mich zu der Überlegung gebracht hat …« Er rieb sich den Nacken. »Aaliyah ist ziemlich jung.«

»Aber sie ist erwachsen.« Jason war immer mit Jüngeren zusammen gewesen. So war er einfach. In meiner Speisekammer hatte ich Lebensmittel, die älter waren als einige von Jasons Ex-Freundinnen. Wenn überhaupt war Aaliyah zu alt für ihn, da sie ungefähr in unserem Alter war. Zu jung war sie definitiv nicht.

»Glaubst du, sie ist noch zu jung?«

»Nein, ist sie nicht. Und wenn es so wäre, ist es ein bisschen zu spät für diese Frage, oder?«

Er verzog das Gesicht.

»Denk nicht zu viel nach, Jason. Du bist betrunken. Hör auf damit.«

»Ja, alles wird gut.« Er nickte finster vor sich hin. »Hast du Aaliyah kürzlich gesehen? Sie ist so verdammt ungesellig.« Er fragte mich nach ihr, als hätte er vergessen, dass er es bereits zweimal getan hatte.

Als ich ihn wieder anlügen wollte, wurde ich unterbrochen.

»Ich bin hier.«

Jason und ich drehten uns um und erblickten Aaliyah. Sie wirkte belebt. Sie hatte ein paar Minuten an der frischen Luft gebraucht, um den Kopf freizubekommen, während sie die Nacht mit einigen der schlimmsten Menschen auf dem Planeten verbrachte.

»Babe, wo warst du? Du wolltest doch in fünf Minuten wieder zurück sein, und das war vor einer Stunde. Wo warst du die ganze Zeit?«, wiederholte Jason, die Stirn besorgt gerunzelt.

»Ich, äh …«, sie suchte nach Worten. »Ich habe mit, äh …«

»Sie hat mit Daniel Price gesprochen«, sprang ich Aaliyah bei. Unsere Blicke trafen sich, und sie lächelte.

»Ach? Wirklich?«, fragte Jason und wurde wieder etwas munterer. »Ich wollte, dass du ihn kennenlernst. Das ist großartig.«

»Oh ja, total«, sagte Aaliyah und errötete. Es war so klar, dass sie log, aber Jason war zu betrunken, um es zu bemerken. »Daniel war sehr nett.«

»Nett?«, kicherte Jason erstaunt. »Ich habe noch nie gehört, dass ihn jemand nett genannt hat.«

Er hatte recht. Daniel war eine Ratte.

»Vielleicht war nett nicht das richtige Wort. Vielleicht eher, äh, interessant?«, korrigierte sie.

Jason lachte noch mehr. »Interessant? Sprechen wir von demselben Daniel Price?«

»Ich meinte, na ja …« Sie stolperte über ihre Worte und rieb sich die Arme. Sie wurde allmählich nervös.

»Kenntnisreich«, platzte ich heraus. »Ich bin mir sicher, Aaliyah meinte kenntnisreich.«

Sie nickte. »Ja, das meinte ich. Er wusste über alles Mögliche Bescheid. Also alles. Daniel wusste so viel über …«

Ich räusperte mich laut, fing Aaliyahs Blick auf und schüttelte andeutungsweise den Kopf.

Fordere es nicht heraus.

Sie hörte auf zu reden.

Jason bemerkte nichts von alledem.

»Vielleicht wäre jetzt ein guter Zeitpunkt, um zu gehen«, bemerkte ich und klopfte Jason auf den Rücken. »Wir haben arbeitsreiche Wochen vor uns.«

Jason nickte. »Vielleicht hast du recht. Ich verabschiede mich noch von ein paar Leuten, dann können wir gehen.« Er eilte davon, und Aaliyah trat an mich heran.

»Danke, dass du mich gedeckt hast«, sagte sie. »Ich bin eine ziemlich schlechte Lügnerin. Ich habe nicht viel Übung darin.« Sie lachte und fuhr sich durch die Haare.

»Du müsstest nur lange genug hierbleiben, jeder hier könnte es dir beibringen.«

»Ich weiß nicht, ob das eine gute Idee ist. Also, äh …« Aaliyah wippte wieder auf ihren Fußballen. Sie wurde in meiner Gegenwart nervös. Mir ging es mit ihr genauso. »Ich bin gerade Walter begegnet, und er sagte, dass Jason die Nacht vor der Hochzeit bei dir verbringt?«

In mir zog sich alles zusammen. »Das ist der Plan. Nicht meiner, aber, na ja …«

»Perfekt, denn du kennst ja die Regel – Braut und Bräutigam dürfen sich vor der Hochzeit nicht sehen und so.«

Ich nickte.

Einerseits wollte ich sie fragen, warum Jason. Andererseits wollte ich wissen, wie es ihr ergangen war und ob sich ihre Träume erfüllt hatten. Und dann wollte ich ihr sagen, sie solle nicht den Mann heiraten, der in ein paar Tagen in meinem Gästezimmer übernachten würde. Ich wollte, dass sie jemanden fand, den sie verdiente. Ich wollte, dass sie sich entliebte.

Stattdessen wandte ich mich an sie und sagte: »Du solltest besser Jason einholen, um dich zu verabschieden.«

»Oh.« Sie richtete sich auf, und ich wünschte, ich könnte ihre Gedanken lesen. »Ja, natürlich. Okay. Es hat mich gefreut, dich wiederzusehen, äh, Connor.«

Ich lächelte, weil sie mich beinah Captain genannt hatte. Verdammt, ich wollte sie Red nennen.

Es ging mich nichts an, und ich hätte es nicht ansprechen sollen, aber die Worte verließen meinen Mund, bevor ich sie aufhalten konnte. »Bist du glücklich?«

Sie legte den Kopf schief, und ich las Verwirrung in ihren Augen, als sie über die Frage nachdachte. Ich hätte nichts sagen sollen, aber wie hätte ich schweigen können? Sie stand kurz davor, sich an einen Verlierer zu binden, der sie nicht verdiente. Klar, ich wusste nicht, ob sie die Frau war, die eine männliche Hure in einen Ehemann verwandeln konnte, aber die Chancen standen schlecht. Wie gut eine Frau auch sein mochte, ein schlechter Mann würde sie immer schlecht behandeln und ihre Stärken abwerten, um sich größer zu fühlen.

Es gab nichts Großes an Jason. Er war ein kleiner, sehr labiler Mann. Auf keinen Fall verdiente er Aaliyahs Liebe.

»Bin ich glücklich?« Sie wiederholte die Frage, als würde sie dadurch verständlicher. Sie strich ihr Kleid glatt, und ich beobachtete sie, denn jedes Mal, wenn ihre Hände über ihre Gestalt glitten, wollte ich sehen, wo sie hinwanderten.

»Ich heirate in ein paar Wochen«, sagte sie lächelnd. Dieses Lächeln ... ich erinnerte mich an dieses Lächeln, das andere auch zum Lächeln brachte. »Was sollte mich da traurig machen?«

Ich nickte. Wenn sie glücklich war, freute ich mich für sie. Okay, vielleicht nicht überschwänglich. Vielleicht auch gar nicht.

Lauf, Red, lauf!

Ich zwang mich zu einem schiefen Grinsen, als ich die Hände in die Hosentaschen schob. »Gut. Da bin ich froh. Dann alles Gute, mit allem.«

»Danke.«

Ich wandte mich zum Gehen und war überrascht, als sie meinen Namen rief. Ich blickte zu ihr zurück und erkannte Besorgnis in ihrem Blick. Wusste sie es? Wusste sie, dass sie einen Riesenfehler beging?

»Ja?«, fragte ich.

»Könntest du, äh, das klingt jetzt sicher albern, aber könntest du darauf achten, dass Jason am Abend vor der Hochzeit nicht zu viel trinkt? Manchmal kennt er seine Grenzen nicht, und mir täte es leid, wenn er einen Kater hätte. Du weißt schon, großer Tag und so.«

Fuck. Sie würde diesen Mann wirklich heiraten.

Ich schenkte ihr wieder das falsche Lächeln. »Natürlich.«

Sie wirkte erleichtert, immerhin konnte ich sie ein wenig beruhigen. »Danke, Connor. Das bedeutet mir sehr viel.«

Bist du glücklich, Red?

Ich wollte sie noch einmal fragen, aber diesmal wollte ich ihr dabei in die Augen sehen, denn diese Augen erzählten die Geschichten, die ihre Lippen nicht verraten wollten.

Als sie sich zum Gehen wandte, hielt ich sie, ohne nachzudenken, am Unterarm fest. »Red, warte.«

Meine Reaktion schien sie zu verwirren. Ich war selbst überrascht, aber ich ließ sie nicht los. Meine Finger lösten sich nicht von ihrem Arm, als sich meine Lippen öffneten.

»Was ist denn?«, fragte sie.

»Bitte, tu es nicht.«

»Was soll ich nicht tun?«

»Ihn heiraten.«

Ihre Augen wurden matt. Sie fuhr zurück, entriss mir ihren Arm und sah mich an, als hätte ich ihr ins Gesicht geschlagen. Das hatte ich nicht gewollt. Ich wollte nicht, dass sie mich ansah wie einen Fremden, doch das tat sie. Denn ich war ein Fremder.

Und das tat mehr weh, als ich erwartet hätte.

»Aaliyah, wir gehen«, rief Jason in einem Ton, der mir nicht gefiel. Verdammt, sein Tonfall missfiel mir immer, aber ich verabscheute, wie er sie herumkommandierte.

Sie sah mich weiter an, von meiner verrückten, aber berechtigten Bitte verletzt. Auch als sie ihm antwortete, unterbrach sie unseren Blickkontakt nicht. »Ich komme.«

Und damit ging sie.

11

CONNOR

Es war zwei Wochen her, dass ich Aaliyah aufgefordert hatte, meinen Geschäftspartner nicht zu heiraten, und dazu stand ich immer noch. Am Tag der Hochzeit erfuhr ich, dass er ein noch schlechterer Mensch war, als ich mir hätte vorstellen können. Ich konnte ihn nicht vom Trinken abhalten, weil er schon betrunken bei mir aufkreuzte. Er kam fünf Stunden später als verabredet und schlief in meinem Gästezimmer.

Dann kam der Morgen, an dem ich feststellte, wie sehr ich ihn wirklich hasste.

Jason Rollsfield war ohne Zweifel ein Stück Dreck. Das war nichts Neues. Als ich an seinem Hochzeitstag aufwachte, war ich trotzdem schockiert von seinem unterirdischen Niveau.

Ich wurde früh durch ein Scheppern geweckt. Ein wenig erschrocken von dem Krach setzte ich mich im Bett auf, da hörte ich zwei Stimmen. Das war fast noch beunruhigender als das Gepolter.

»Pst, weck ihn nicht auf«, hörte ich Jason und fragte mich, mit wem er da in meinem Haus sprach. Wer lud andere in ein fremdes Haus ein? Jason, wer sonst. Ich konnte es nicht erwarten, dass dieser Mann nach Kalifornien verschwand, um die dortige Abteilung zu leiten. Klar, ich hatte Bedenken, dass er es vermasseln würde, aber ich wollte ihn so weit weg von mir wie nur möglich.

Meine Neugier ließ mich aufstehen, und ich ging ins Wohnzimmer, wo ich drei Dinge vorfand, die mich aufbrachten. Erstens, die Flasche Spitzenwhiskey, die ich mir für den Abschluss meines Herzensprojekts aufgespart hatte, stand geöffnet und fast leer auf der Küchenanrichte. Zweitens, eine teure Lampe, die mir ein Kunde nach Beendigung eines Immobiliengeschäfts geschenkt hatte, lag in tausend Stücke zersprungen auf dem Boden. Und drittens: Rose.

Ja, genau. Meine neue Praktikantin, die kaum einen Tag älter als neunzehn war, stand neben der zerbrochenen Lampe im Wohnzimmer. Als sie aufblickte und mich bemerkte, erstarrte sie wie ein Reh im Scheinwerferlicht. Ihre Augen traten hervor, und sie wurde blass. Ich war mir nicht sicher, wer derangierter aussah, sie oder die Lampe. Ihre braunen Haare hingen ihr wild und wirr um den Kopf. Sie trug Jasons Blazer vom Vorabend, und wenn sie etwas darunter trug, war es nicht zu erkennen. Alles, was ich sah, waren nackte Beine, die ich nicht sehen wollte, schließlich war sie meine verdammte Praktikantin.

Warum zur Hölle stand meine Praktikantin ohne Hose in meinem Penthouse?

Rose tat das, was sie schon immer gut konnte, sie fing an zu plappern.

»Oh Gott! Mr Roe, es tut mir so leid! Sie können mir das Geld für die Lampe selbstverständlich von meinem Gehalt abziehen. Und, äh, wenn sie wollen, kann ich auch die Scherben aufsammeln, wenn sie mir sagen, wo ich Müllbeutel finde. Und, oh Gott, was für ein sch-schönes Zuhause sie haben, und, und …«

»Rose.«

Sie schluckte und stand still. »Ja, Mr Roe?«

»Verlassen Sie mein Haus.«

Sie blinzelte ein paarmal. »Natürlich, Mr Roe.« Sie ging auf die Wohnungstür zu, und ich rief ihr nach: »Bevor Sie gehen, ziehen Sie bitte wieder an, was Sie getragen haben, als Sie hergekommen sind. Damit niemand mitbekommt, wie Sie halb nackt aus meinem Haus kommen.«

»Klar. Natürlich. Tut mir leid, Mr Roe. Ich bin sofort weg.«

Ich konnte nicht fassen, dass sie auch nur eine Sekunde in meinem Heim verbracht hatte. Was hatte sie sich dabei gedacht? Nein, was hatte Jason sich dabei gedacht?

Nachdem Rose mein Haus eilig verlassen hatte, starrte ich Jason an, als wäre er der schlimmste Schurke, dem ich je begegnet war.

Er hob beschwichtigend die Hände. »Hey, schau mich nicht so an. Sie hat sich an mich rangemacht.«

»Sie ist neunzehn Jahre alt, Jason. Und du heiratest heute, verdammt!«

»Erinnere mich nicht daran«, murmelte er und kniff sich in den Nasenrücken, ging in meine Küche, öffnete die Kühlschranktür und nahm eine meiner Wasserflaschen heraus. »Scheiße, mir dröhnt der Kopf.«

Kein Wunder, er hatte genug für zehn getrunken.

»Was zur Hölle hast du jetzt vor?«, fragte ich und hasste ihn abgrundtief, dachte aber auch an Aaliyah. Das würde sie vernichten.

»Ach, fuck, ich weiß es nicht, Connor. Ich hab es letzte Nacht versaut – tja, und heute Morgen auch, aber vielleicht war es das ja. Vielleicht war das mein letzter Augenblick als Junggeselle, weißt du? Ich musste es rauslassen, bevor ich mich auf Aaliyah einlasse.«

Auf Aaliyah einlassen? Wenn überhaupt war sie diejenige, die sich auf ihn einließ.

Ich rieb mir mit dem Daumen das Kinn und seufzte. »Du solltest es Aaliyah sagen.«

»Was sollte ich ihr sagen?«

»Das mit Rose.«

Er lachte auf und schnaubte. »Ja, genau, Connor. So will ich meinen Hochzeitstag beginnen.«

»Du willst eine Ehe nicht mit so einer Lüge beginnen.«

»Wenn ich es ihr sage, wird es keine Ehe geben. Sie wird mich hassen.«

»Vielleicht, aber sie verdient die Wahrheit. Denk wenigstens drüber nach, in Ordnung?«

»Ja, mach ich.«

»Gut. Dann geh jetzt duschen. Du stinkst nach Whiskey. Ich komme dich dann holen. Wir müssen bald los.«

Er ging duschen. Ich schüttelte den Kopf, und mein Blick streifte das Höschen auf dem Boden. Jason hatte etwas Blaues für den heutigen Tag gefunden.

Nach fünfzig Minuten, nachdem ich mich geduscht und mir meinen Anzug angezogen hatte, ging ich zum Gästezimmer, um Jason zu holen. Während ich mich fertig machte, dachte ich die ganze Zeit an Aaliyah und die Situation, in die sie sich durch die Heirat mit einem Arschloch wie Jason brachte. Sie verdiente etwas Besseres, und ich bezweifelte, dass er es ihr sagen würde, weshalb ich mich schlecht fühlte. Denn wenn er es ihr nicht sagte, würde ich es tun.

Verletzte ich dadurch irgendeinen Ehrenkodex? Vielleicht, aber ich konnte es nicht erklären. Aus irgendeinem Grund, tief in meiner Seele, galt meine Loyalität Aaliyah und nicht Jason.

»Jason, beeil dich! Wir müssen langsam los«, rief ich, als ich das Gästezimmer in der Annahme betrat, dass er immer noch unter der Dusche stand.

Als er nicht antwortete, rief ich seinen Namen noch einmal. Und dann noch einmal.

Ich lief ins Badezimmer, doch es war verlassen. Mir sank das Herz. Ich griff nach meinem Handy und rief ihn an. Keine Antwort. Ich rief ihn ein weiteres Mal an.

Wieder und wieder.

Als ich mich im Zimmer umsah, entdeckte ich auf dem Nachttisch eine Nachricht.

Ich kann das nicht.
Ich kenne dieses Mädchen kaum. Warum zur Hölle sollte ich sie heiraten?
Sag allen Bescheid.
Sag Aaliyah, dass es mir leidtut.
— Jason

Seufzend zerdrückte ich das Blatt Papier in der Faust; heute war der schlimmste Tag in Aaliyahs Leben.

12

AALIYAH

»Ich kann es nicht glauben«, flüsterte ich, und Panik breitete sich in mir aus. »Ich kann es nicht glauben …«

Oh Gott, das war das Schlimmste, was passieren konnte. Ich konnte nicht glauben, dass ausgerechnet heute alles schiefging. Ich schaute auf mein Handy, und Tränen stiegen mir in die Augen. Traurigkeit übermannte mich. Und ich konnte mir nicht einmal erklären, warum.

Es war nicht schön, sich an seinem Hochzeitstag allein zu fühlen.

Ich kriege keine Luft …

Ich kriege keine Luft …

»Warum passiert das?«, fragte ich Hannah, als ich in meinem Ankleidezimmer stand und auf Marie wartete. Ich wünschte, ich hätte sagen können, Hannah wäre eine Freundin, aber ich kannte sie eigentlich überhaupt nicht. Sie war die Hochzeitsplanerin, die Marie engagiert hatte, und sie sollte dafür sorgen, dass ich nicht zusammenklappte, was jedoch gerade geschah.

Ich stand in meinem Hochzeitskleid vor dem Ankleidespiegel, und meine Augen füllten sich mit Tränen.

Tu es nicht, Aaliyah.

Nicht weinen. Nicht weinen. Nicht weinen …

»Oh Gott!«, schluchzte ich und barg das Gesicht in den Händen.

»Oh Herzchen, ist schon gut«, sagte Hannah.

»Wie soll ich denn nicht weinen? Schauen Sie mich an! Ich bin fett!«, schluchzte ich und starrte meinen Bauch an. Wer verschlang auch am Abend vor der Hochzeit einen ganzen Korb Brot? Schlimmer noch, wer suchte sich mit meinen Hüften ein Kleid aus, das einer Meerjungfrau gut gestanden hätte? Warum hatte ich mir das angetan? Warum musste ich mich immer selbst sabotieren?

Jason hatte recht. Ich hatte einen fetten Hintern.

»Du bist nicht fett. Du siehst fabelhaft aus«, versicherte Hannah monoton. Offensichtlich hatte sie diesen Vortrag schon vielen Bräuten gehalten. Sie griff nach einem Taschentuch und tupfte mir die Augen ab. »Jetzt hör auf zu weinen, sonst müssen wir dein Make-up nachbessern.«

Ich schniefte ein wenig und musterte mich im Spiegel, während mir noch ein paar hartnäckige Tränen über die Wangen rannen. »Findest du, das ist das richtige Kleid, Hannah?«

Sie kicherte und legte mir die Hände auf die Schultern. »Für diese Frage ist es ein bisschen zu spät.«

Ich nickte. »Ich weiß, es ist nur …«

»Schmetterlinge«, unterbrach sie mich. »Es sind die Hochzeitsschmetterlinge. Ich mache das jetzt seit über dreißig Jahren, Schätzchen.«

»Dreißig Jahre?« Dann färbte sie ihre Haare also so rot. Es konnte nicht sein, dass sie in ihrem Metier noch kein einziges graues Haar hatte. Nichts ließ jemanden schneller altern als Brautmonster.

»Ja, dreißig lange Jahre, und obwohl all die Einzelheiten Spaß machen, sind sie nicht wirklich wichtig.«

»Sind sie nicht?«

»Nein. Es geht nicht um das Kleid, die Hochzeitsfeier oder um den Hochzeitstanz. Es geht nicht um den perfekten Fotografen oder einen wundervollen Brautstrauß. Nichts davon ist wichtig. Wichtig ist nur, dass du mit der Liebe deines Lebens vor den Traualtar trittst und ›ich will‹ sagst. Das einzig Wichtige ist, dass ihr beide in diesem Moment zusammen seid und gemeinsam das erste Kapitel eurer Geschichte schreibt.«

Ich atmete aus und bemerkte erst jetzt, dass ich die Luft angehalten hatte.

Sie nahm meine Hand und drückte sie leicht. »Okay?«, fragte sie.

Ich nickte. »Okay.«

Es klopfte an der Tür, und als wir uns umdrehten, sahen wir Connor dort stehen. Er sah verflucht gut aus in seinem schwarzen Smoking. Ich war froh, dass er sich für Schwarz entschieden hatte. Es wirkte so charmant und stilvoll.

»Connor, hey, du siehst toll aus.« Ich seufzte erleichtert. »Es tut so gut, dich zu sehen, denn das heißt, dass Jason auch hier ist, was bedeutet, dass ich wirklich heirate und grundlos geweint habe ...« Als ich Connor ansah, verstummte ich. Seine Lippen machten etwas Seltsames, etwas, das ich noch nie gesehen hatte.

Blickte er ... finster?

»Was ist los?«, fragte ich beunruhigt. »Ist alles okay? Geht es Jason gut?«

Er räusperte sich und schob die Hände in die Hosentaschen. Er sah zu Hannah und dann wieder zur mir, immer noch mit einem finsteren Zug um den Mund. »Könnten wir bitte einen Moment unter vier Augen sprechen?«

»Oh nein ...«, murmelte Hannah und schüttelte den Kopf.

Noch beunruhigter als zuvor, warf ich ihr einen kurzen Blick zu. »Was soll das heißen? Was geht hier vor?«

Hannah lächelte mich geknickt an und drückte meine Hand. »Dann lasse ich euch mal allein.« Sie verließ das Zimmer, als wüsste sie, was geschehen würde, als wüsste sie, dass meine Welt gleich aus den Angeln gehoben würde.

Nachdem sie den Raum verlassen hatte, trat Connor näher an mich heran. Je näher er kam, desto schlechter fühlte ich mich.

Ich kriege keine Luft …

Ich kriege keine Luft …

»Nein«, flüsterte ich und begann zu zittern. »Das ist doch lächerlich. Er würde nicht … Er könnte nicht …« Ich lachte ungläubig, und je mehr ich lachte, desto mehr verzog Connor das Gesicht. »Warum bist du hier?«

Er senkte den Kopf, dann hob er ihn langsam wieder und blickte mich mit seinen blauen Augen an. »Es tut mir so leid, Aaliyah.«

»Nein.« Ich schüttelte den Kopf. »Es muss dir nicht leidtun, denn es gibt nichts, was dir leidtun müsste. Immerhin liebt er mich. Wir lieben uns. Wir heiraten heute … es sind nur die Nerven. Bei mir war es auch so, er ist sicher auch nur nervös, das ist okay. Wir sind okay.« Ich schluckte. »So ist es doch, Connor?«

»Er, äh …« Jedes Wort, das Connor sagte, klang gequält. Jedes Wort verriet Schuldgefühle, als er sagte, was er sagen musste, damit ich verstand, was geschehen war. »Er hat eine Nachricht auf dem Nachttisch hinterlassen …«

13

CONNOR

Die Gäste hatten sich zerstreut und ihren Klatsch und die Kommentare mitgenommen. Nur Aaliyah und ich waren in der Kirche zurückgeblieben. Ich war da, damit auch wirklich alle die Kirche verließen und dieses arme Mädchen in Ruhe ließen.

Sie stand mit dem Rücken zu mir vor dem Altar und blickte auf den Blumenbogen. Ihre Schleppe war hinter ihr ausgebreitet, ihre Schultern nach vorn gesackt.

»Aaliyah«, sagte ich leise und vergrub die Hände in den Anzugtaschen. »Wo steckt deine Hochzeitsplanerin?«

»Ich habe sie weggeschickt. Ich konnte keine Menschen um mich ertragen. Marie wollte mich trösten, aber ich habe ihr gesagt, sie solle gehen und nach ihrem Sohn sehen.«

»Oh.« Sie richtete sich ein wenig auf, drehte sich aber nicht zu mir um. »Ich kann meinen Fahrer bitten, dich nach Hause zu bringen. Oder wenn du irgendwo anders hinwillst, egal wohin, ich bringe dich überallhin.« Ich holte tief Luft, unsicher, was ich als Nächstes sagen sollte. In dieser Situation würden Worte sie kaum trösten.

Sie schüttelte ein wenig den Kopf und spielte mit ihren Fingern. »Meinst du, es geht ihm gut?« Sie wandte sich zu mir. »Es sieht ihm gar nicht ähnlich, sich einfach so aus dem Staub zu machen.«

Ich trat noch einen Schritt auf sie zu, sagte aber nichts. Sie musste einen anderen Jason kennengelernt haben als ich. Der Jason, den ich kannte, war durch und durch ein Drückeberger. Wenn es schwierig wurde, machte er sich aus dem Staub. Wenn er sich mal wirklich anstrengen musste, bekam er Zustände und erholte seine gepeinigte Seele auf Bora Bora. Er war die personifizierte Unzuverlässigkeit, aber aus irgendeinem Grund sah Aaliyah das anders. Sie wirkte ehrlich schockiert über das, was passiert war. Doch die Vorstellung, dass mich seine Flucht schockierte, wäre absurd gewesen.

Wie hatte er es geschafft, sie glauben zu lassen, er sei ihrer Mühe wert?

»Wir waren wie füreinander gemacht. Ich weiß es einfach. Ich habe es gespürt …« Sie schloss kurz die Augen und holte tief Luft. »Wenigstens habe ich geglaubt, es zu spüren. In letzter Zeit war er wegen der Arbeit gestresst …«

Sie stand kurz vor einem Zusammenbruch, was ich ihr nicht verübeln konnte. Sie hatte jedes Recht, auf der Stelle in tausend Stücke zu zerbrechen. Ich musste sie von hier fortbringen und sie von diesem Kleid befreien. Von ihrer Tragödie.

»Aaliyah, wir gehen jetzt besser.«

»Er reagiert nicht auf meine Nachrichten.« Ihre Augen wurden feucht, aber sie weinte nicht. »Vielleicht gab es einen Unfall, und er hat mich deshalb noch nicht zurückgerufen. Vielleicht gab es einen Vorfall im Büro, oder irgendjemand hat ihm Lügen über mich erzählt. Ich habe gestern Leute über mich reden hören, aber sie haben sich das alles nur ausgedacht, Connor. Das schwöre ich. Doch vielleicht hat er ihnen geglaubt. Vielleicht hat ihm jemand einen Floh ins Ohr gesetzt. Oder vielleicht …« Sie holte abermals tief Luft. »Oder vielleicht hatten alle recht. Vielleicht war ich nur ein weiterer Punkt auf seinem Frauenradar. Vielleicht war ich für ihn nichts Besonde-

res.« Sie würgte die nächsten Worte hervor. »Oder vielleicht …
vielleicht … vielleicht …«

Sie schlug sich die Hand vor den Mund, krümmte sich, und
Tränen strömten ihr über das Gesicht. Sie schluchzte in ihre
Hand, zitterte unkontrolliert, als sie die Erkenntnis traf, dass
sie an diesem Tag – dem glücklichsten Tag ihres Lebens –
vor dem Altar stehen gelassen worden war, ohne eine Liebesgeschichte, die ihr Halt gab.

Ach, verdammt.

Ich ging durch den Mittelgang zum Altar.

Ich ging, so schnell ich konnte, und als ihre Knie nachgaben,
war ich da, um sie aufzufangen. Sie schlang die Arme um mich
und hielt sich an mir fest, in diesem wunderschönen weißen
Kleid, das aussah, als wäre es allein für sie gemacht worden. Sie
sah aus wie eine Göttin, die vom Blitz getroffen worden war.
Das war so unfair. Soweit ich wusste, war Aaliyah ein guter
Mensch. So etwas Furchtbares dürfte guten Menschen nicht
zustoßen. Dass er das getan hatte, machte Jason erst recht zu
einem Arschloch.

»Warum war ich ihm nicht genug?«, weinte sie und wiederholte diese Worte immer wieder, als der Kummer in ihrem
Herzen sich Bahn brach.

Ich wusste nicht, was ich sagen oder wie ich sie trösten sollte,
deshalb zog ich sie an mich und hielt sie einfach nur fest. Ich
blieb ruhig und schwieg, als sie sich in meinen Armen verlor.
Ich würde nicht versuchen, die Scherben wieder zusammenzusetzen. Manchmal musste man einfach in den Trümmern
stehen und hoffen, dass man lernte, mit den zerbrochenen Teilen zu leben.

»Du musst nicht bei mir bleiben«, sagte sie, als wir vor dem
Altar auf dem Boden saßen. Wir saßen schon mindestens eine

Stunde hier, aber ich würde sie nicht alleinlassen, bevor sie bereit war zu gehen. Sie war am Tag ihrer Hochzeit sitzen gelassen worden, da konnte wenigstens ich bei ihr bleiben.

»Ist schon in Ordnung.«

»Nein, ist es nicht. Ich bin mir sicher, du hast Wichtigeres zu tun.«

Ich sagte nichts. Sie fühlte sich sichtlich verloren, verlassen und allein, und an ihrer Stelle hätte ich nicht allein sein wollen. Deshalb weigerte ich mich, sie dort allein zu lassen. Jedes Mal, wenn sie mir sagte, ich könne gehen, sah ich den Funken Hoffnung in ihren Augen, dass ich bleiben würde. An diesem Tag brauchte sie jemanden, der sie nicht im Stich ließ. Deshalb blieb ich.

Sie hatte die Knie an die Brust gezogen, die Arme darumgeschlungen, und starrte vor sich hin. »Die Party würde jetzt losgehen«, flüsterte sie. »Es hätte Musik, Tanz und Fröhlichkeit gegeben …« Ihre Augen waren blutunterlaufen und geschwollen, und sie hatte Wimperntusche auf den Wangen.

Ich antwortete nicht.

Sie sprang auf. »Ich gehe hin.«

»Gehen? Wohin gehen?«

»Zur Hochzeitsparty.«

»Was?«

Sie nickte, offensichtlich unter Schock, denn sie redete wirres Zeug. »Ja, du weißt schon, nur mal sehen, wie es da ist.«

»Was? Nein. Das ist verrückt.«

»Ja, ist es. Kannst du mich fahren?«

»Was? Nein«, sagte ich rundheraus. »Natürlich fahre ich dich nicht hin.«

»Aber vorhin hast du gesagt, du würdest mich überallhin fahren. Du hast es versprochen.«

Frauen und ihr unfehlbares Gedächtnis.

»Ich halte das für keine gute Idee …«

»Aber es ist eine Idee, und du hast sicher auch keine Lust mehr, hier rumzusitzen, also sollten wir hingehen.«

»Nein.«

»Doch.«

»Auf keinen Fall.«

»Connor?«

»Was?«

Ich betrachtete ihre Augen und ihre hängenden Schultern, und sie schenkte mir einen herzergreifenden Welpenblick. »Bitte.«

Herrgott noch mal.

»Na gut. Dann zieh dich schnell um.«

Sie raffte ihre lächerlich lange Schleppe und rannte los. »Keine Zeit. Los geht's.«

14

AALIYAH

Es war alles perfekt, von den goldenen Vasen voller Rosen bis zu den Strahlern, die die Tanzfläche erleuchteten. Die Gedecke waren mehr als atemberaubend, und auf einem Tisch standen meine sämtlichen Lieblingsdesserts.

Brownies.

Cookies.

Zitronenschnitten.

Eine Torte, die mir den Atem verschlug. Goldene Bänder ringelten sich über die mit Fondant überzogenen Schichten, auf denen im schönsten Zuckerguss die Buchstaben ›J‹ und ›A‹ prangten. Eine Ebene Red Velvet und die zweite dunkle Schokolade. Seine Lieblingssorte und meine …

Alles war perfekt, eine Hochzeitsfeier für die ewige Liebe, aber die Helfer bauten bereits alles ab. Würde ich mich je von dieser Erfahrung erholen?

Wie erstarrt stand ich im Eingang, und Connor blieb neben mir stehen und beobachtete, wie alles wegetragen wurde. Es schnürte mir die Luft ab, als zwei Leute das Fünfundzwanzig-Kilo-Meisterwerk rücksichtslos auf ein wackeliges Wägelchen luden. Sie wollten die Torte wahrscheinlich in das Hinterzimmer bringen, sich Gabeln schnappen und wie Tiere darüber herfallen.

»Halt! Nein!«, rief ich und stürzte in den Raum hinein, die

lange Schleppe hinter mir herziehend. »Fassen Sie das nicht an!«

Mit schmalen Augen drehten sie sich zu mir um. Sie sahen wie Teenager aus, offensichtlich zu jung für den Umgang mit etwas so Wertvollem. »Äh, was?«, brummte der eine.

»Ich sagte, Hände weg von der Torte!« Vermutlich war mein Blick ziemlich wild, und so fühlte ich mich auch. »Nicht bewegen.« Ich wandte mich an die anderen Caterer und wies sie an, mit dem Abräumen der Gedecke aufzuhören. Ich befahl dem DJ, er solle seine Anlage nicht ausstöpseln. Ich rief dem Barkeeper zu, er könne mit dem Saubermachen aufhören.

Ich wollte, dass dieser perfekte Raum noch eine Weile so blieb.

»Aaliyah …«, sagte Connor leise und traurig.

Beim Klang seiner Stimme zuckte ich zusammen. Es war besorgniserregend, wenn der fröhlichste Mann der Welt traurig aussah.

»Connor, halt sie auf. Bitte. Ich will nur … Halt sie auf«, bat ich und sah ihn an, als wäre er mein einziger Verbündeter.

»Lass sie ihre Arbeit machen.«

Ich holte tief Luft und schluckte, als mir die Tränen über das Gesicht liefen. »Ich brauche nur etwas mehr Zeit.«

Er verengte die Augen. Er verstand mich nicht. Er wusste nicht, woher meine Unvernunft kam. Wenn es etwas gab, was Connor nicht verstand, dann waren es die Gefühle anderer. Er hatte nie genug Zeit mit jemandem verbracht, um sie nachempfinden zu können.

»Du bist unvernünftig«, sagte er. Nicht unhöflich, sondern sachlich. Es wirkte, als trüge Connor keinen Funken Unhöflichkeit in sich.

»Ich weiß, trotzdem, bitte.«

Er rieb sich den Nacken und ließ die Schultern hängen, als

er sich an die Crew wandte. »Lassen Sie alles, wie es ist, bitte«, sagte er.

»Aber Sir, wir wurden beauftragt …«

»Es wurde alles bezahlt«, sagte Connor schnell. »Der Raum, die Zeit, Ihre Dienste. Sie können also wenigstens die Braut an den Festlichkeiten teilhaben lassen.«

»Aber, sie ist keine Braut«, sagte ein anderer. »Die Hochzeit wurde abgesagt.«

Sie ist keine Braut.

Ich hatte nicht gewusst, wie verletzend Worte sein konnten, bis ich diese hörte.

Connor sah den Mann an und kniff die Augen zusammen. Er griff in seine Gesäßtasche nach seinem Portemonnaie. »Ich zahle jedem von Ihnen dreihundert Dollar, wenn sie hierbleiben und uns ein wenig feiern lassen.«

Zum ersten Mal an diesem Nachmittag fühlte ich mich schuldig. »Nein. Tut mir leid, Connor, wir können gehen …«

Er hob die Hand, um mich zum Schweigen zu bringen, und holte das Geld hervor.

Sie sahen sich an, zuckten die Schultern, dann gingen sie zu Connor und holten sich den Lohn dafür ab, eine Möchtegernbraut vor einem Nervenzusammenbruch zu bewahren.

Oder um einer Möchtegernbraut bei ihrem Nervenzusammenbruch zu helfen.

Denn was ich hier tat, war alles andere als gesund.

Der DJ machte sich daran, aufzulegen, und ich ging in die Mitte der Tanzfläche. Die Lichter blitzten, ich wiegte mich hin und her und betrachtete die Zeichen für das Leben, das ich nun verpasste. Als ein langsames Lied begann, brachen die Emotionen über mir zusammen. Meine Knie gaben nach, und mir stiegen Tränen in die Augen. Doch bevor ich zusammenbrechen konnte, hielt mich Connor zu meiner Überraschung auf.

Er zog mich hoch und hielt mich in den Armen. Er wiegte sich mit mir hin und her. »Ich hab dich, Red. Ich hab dich.«

Als ich fiel, war er da, um mich aufzufangen.

»Ich habe mein Versprechen gebrochen«, sagte ich. Ich legte den müden Kopf an seine Schulter, als er sich langsam vor und zurück bewegte.

»Was für ein Versprechen?«

»Du hast gesagt, ich solle mich nie wieder in einen Mann verlieben, der nicht mit mir tanzt. Er hätte nicht so mit mir getanzt«, flüsterte ich und weinte an seiner Schulter. »Er hätte nicht mit mir getanzt.«

»Warum hast du ihn dann gewählt?«

Ich schniefte und antwortete nicht, weil meine Antwort zu erbärmlich war, um sie auszusprechen.

Weil ich allein war und Angst vor dem Alleinsein hatte, weil ich Angst hatte, dass ich für den überschaubaren Rest meines Lebens allein bliebe.

»Warum hast du das gesagt, als wir uns das letzte Mal gesehen haben? Warum hast du mir gesagt, ich solle ihn nicht heiraten? Meinst du, ich wäre nicht gut genug für ihn?«

Er zog eine Augenbraue hoch und schüttelte fassungslos den Kopf. »Nein. Natürlich nicht. Ich wusste einfach, dass er nicht annähernd gut genug für dich war.«

Ich wollte ihm glauben, aber es fiel mir schwer.

Wir tanzten weiter, bis das Team schließlich genug hatte und uns hinauswarf.

»Wo soll ich dich hinbringen?«, fragte Connor.

»Ich weiß nicht. Ich kann nirgendwo hin. Ich kann nicht in Jasons Penthouse. Es gehört mir nicht. Es gehört ihm, und ich habe niemanden zu dem … Ich kann nirgendwo hin und …«

»Du bleibst heute Nacht bei mir«, sagte er und unterband die Panik, die mich zu ergreifen drohte. »Du bleibst bei mir.«

15

CONNOR

Ich brachte Aaliyah in eines meiner Gästezimmer und gab ihr etwas zum Umziehen. Sie dankte mir leise, dann schloss sie die Tür.

An diesem Abend brauchte sie nichts so dringend wie Ruhe.

Ich ging in mein Büro. Ich war hundemüde, aber ich hätte sowieso nicht einschlafen können. Deshalb tat ich, was ich am besten konnte, ich vergrub mich in meiner Arbeit.

Gegen ein Uhr am Morgen meldete sich mein Handy.

Jason: Hey. Hat alles geklappt?

Hat alles geklappt?

Der Arsch hatte Nerven. Ich hatte ihm Hunderte von Nachrichten geschickt, ihn tausendmal angerufen und Millionen von Nachrichten hinterlassen und um Antwort gebeten. Wenigstens Aaliyah anzurufen. Sich zusammenzureißen und für das Chaos geradezustehen, das er angerichtet hatte. Sich dem Herzen zu stellen, das er gebrochen hatte. Trotzdem hatte ich fast zwanzig Stunden keinen Laut von ihm gehört – und das war alles, was er zu sagen hatte?

Hat alles geklappt?

Jason: Geht es Aaliyah gut?

Das konnte nicht sein Ernst sein.

Er konnte nicht so dämlich sein zu glauben, dass auch nur die kleinste Möglichkeit bestand, dass es Aaliyah gut ging.

Ich wollte ihn beschimpfen. Ich wollte dem Wichser den Arsch aufreißen, weil er sich ihr gegenüber so verhielt.

Klar, Aaliyah war völlig fertig, aber nur, weil ihr etwas an diesem Penner lag. Sie war die erste von Jasons Freundinnen, die ihn ansah, als wäre er ihre Zeit wert. Außerdem war sie freundlich, anmutig und schön – innerlich und äußerlich, wenn sie nicht gerade fix und fertig war. Sie hatte ein reines Herz, aber Jason hatte es brechen müssen.

Er war abgehauen, hatte nur ein paar Worte auf einen Zettel gekritzelt und es mir überlassen, sein Chaos, seine Fehler zu beseitigen. Er war abgehauen, als wäre es das Einfachste für ihn.

In dieser Nacht ignorierte ich ihn. Ich ignorierte seine Nachrichten, seine falsche Besorgnis, und ich hoffte insgeheim, dass das Schicksal es ihm heimzahlen würde, wenn auch nur in dieser Nacht.

Als ich aufstand, um ins Bett zu gehen, war ich überrascht, Schniefen aus dem Gästezimmer zu hören. Sie war noch wach und weinte offensichtlich. Ohne nachzudenken, klopfte ich an die Tür. Als sie öffnete, war es, als hätte mir jemand einen Schlag versetzt. Sie sah erschöpft aus. Total am Ende.

»Tut mir leid, war ich zu laut?«, fragte sie.

»Nein, nein. Das ist es nicht.« Ich runzelte die Stirn und verschränkte die Arme. »Ich wollte nur sagen, dass du wichtig bist.«

»Was?«

»Du bist wichtig. Ich möchte, dass du das weißt, um all denjenigen zu widersprechen, die dir je das Gefühl gegeben haben, dein Dasein sei nicht von Bedeutung. Diese Welt ist besser, weil es dich gibt.«

Sie lachte leise. »Woher wusstest du, dass ich mir unbedeutend vorkam?«

»Weil ich weiß, dass du tief empfindest und mitfühlst, auch wenn ich bisher immer nur kurze Zeit mit dir verbracht habe.«

Sie lehnte sich an den Türrahmen. »Kann ich dir ein Geheimnis verraten?«

»Ja.«

»Ich habe Angst, dass ich nie meine andere Hälfte oder meine Familie finden werde, bevor ich sterbe. Ich habe Angst, dass ich bis ans Ende meiner Tage allein bleiben werde.«

»Bestimmt nicht. Du bist eine Hauptdarstellerin.«

»Was, wenn ich den Helden nicht bekomme?«

»Das wäre auch in Ordnung. Im Gegensatz zur verbreiteten Ansicht kannst du dein Happy End trotzdem finden, auch ohne einen Partner. Und jetzt schlaf ein wenig«, befahl ich und nickte ihr zu.

»Ich versuche es.«

»Schlaf ein wenig«, wiederholte ich und wischte ihr mit dem Daumen ein paar ausgebüxte Tränen von der Wange.

»Mach ich.«

»Du lügst.«

»Stimmt.«

»Soll ich bei dir bleiben? Damit du dich nicht so allein fühlst?«

Ihre Lippen öffneten sich, doch sie schüttelte den Kopf. »Nein. Das kann ich nicht von dir erwarten. Ich komme schon klar. Wirklich, ist schon gut.«

Da wusste ich, dass ich bleiben musste. Sie hatte panische Angst vor der Einsamkeit. Ich konnte ihr ansehen, wie sie an ihr nagte. Und in diesem Zustand wollte ich sie nicht allein lassen.

Ich betrat das Zimmer und setzte mich auf den Schreibtischstuhl. Sie kletterte ins Bett und dankte mir leise für die

Geste. Es war das Mindeste, was ich tun konnte. Ich konnte ihr den Kummer an diesem Abend nicht nehmen. Ich konnte die rasenden Gedanken in ihrem Kopf nicht anhalten. Ich konnte nicht ansatzweise verstehen, was sie empfand.

Ich tat das Einzige, was ich für eine Frau tun konnte, die verlassen, aufgeschmissen und alleingelassen worden war. Ich tat das Einzige, was richtig zu sein schien. Ich blieb.

16

AALIYAH

Tageslicht fiel durch die Vorhänge ins Zimmer, und ich stöhnte, als es auf meine Wangen traf. Ich musste meine Augen öffnen, mein hämmernder Kopf verursachte mir Übelkeit. Er drehte sich so sehr, dass ich ihn am liebsten abgerissen hätte. Und ein Blick ins Sonnenlicht würde das schreckliche Gefühl sicher nur noch verstärken.

Ich tastete rechts nach meinem Handy, das ich nachts zum Laden auf den Nachttisch legte, doch meine Hand fand kein Schränkchen, sondern fiel ins Leere, und ich keuchte.

Ich öffnete die Augen, und als ich mich im Bett aufsetzte und feststellte, dass es überhaupt nicht mein Bett war, geriet ich in Panik. Sämtliche Haare an meinem Körper sträubten sich. Wo war ich, und in wessen Bett lag ich?

Dann kam langsam die Erinnerung zurück. Die Hochzeit. Der gestrige Abend. Connor.

Ich trug ein übergroßes T-Shirt und eine graue Jogginghose von ihm, was meine Panik nur noch verschlimmerte. Ich ließ den Vorabend Revue passieren, das Ende meiner Beziehung, der Zusammenbruch danach – und Connor.

Ich warf einen flüchtigen Blick zur anderen Seite des Bettes, wo ein Nachttisch stand. Darauf ein Glas Wasser und ein Blatt Papier.

Ich kroch hinüber und griff nach dem Zettel.

Red,
alles wird gut.
– Captain

Ich machte den Fehler, einen Blick in den Spiegel zu tun, der meinen Liebeskummer in verwüstetem Make-up und verweinten Augen zurückwarf. Durch den verschmierten Eyeliner und die verschmierte Mascara sah ich aus wie ein Waschbär.

Die Wohnung roch nach Speck, Connor musste also schon auf den Beinen sein. Langsam durchquerte ich das Schlafzimmer und betrat einen riesigen offenen Bereich. Sein Penthouse hatte einen offenen Grundriss, der modern und hell wirkte. Dank der vom Boden bis zur Decke reichenden Fenster war alles lichtdurchflutet.

»Hey«, brummte ich Connor zu, der mit dem Rücken zu mir im Küchenbereich stand und irgendwas auf dem Herd umrührte.

Er warf einen Blick über die Schulter, auf der ein Geschirrtuch lag, und grinste mich schief an. »Guten Morgen, Sonnenschein.«

Was für eine Ironie. An mir war gerade so gar nichts sonnig.

Er wandte sich wieder dem Herd zu, schaltete ihn aus und kam auf mich zu. Ich war bereits zur Kücheninsel gegangen, hatte mich auf einen Hocker gesetzt und den Kopf resigniert auf die Arbeitsplatte gelegt.

»Tut mir leid, dass ich nicht da war, als du aufgewacht bist. Du hast dich schon eine Weile bewegt, und weil ich dachte, du würdest bald aufwachen, bin ich aufgestanden und habe Frühstück gemacht.«

»Du warst die ganze Nacht bei mir?«

»Ja, klar.«

Selbst die traurigsten Fasern meiner Seele erwärmten sich.

»Danke, Connor. Mir tut das alles sehr leid. Ich werde dich nicht länger belästigen. Ich bin dir bestimmt zur Last gefallen, aber das hört jetzt auf.«

»Wie möchtest du deine Grits?«, sagte er, als hätte er mich nicht gehört.

»Was?«

»Die Grits. Wie magst du sie? Ich habe auch Speck gemacht, und Rührei.«

»Ich weiß nicht mal, was Grits sind.«

Sein schockierter, beleidigter Blick hätte mich fast zum Lachen gebracht. Wenn ich nicht physisch und emotional so am Ende gewesen wäre, hätte er ein Lachen zu hören bekommen.

»Grits sind nur das beste Frühstück der Welt. Wahrscheinlich typisch für die Südstaaten, aber sehr lecker. Normalerweise mache ich sie mit Käse, doch der ist aus. Du kannst aber auch ein wenig Zucker darüberstreuen, und mhhh!« Er küsste seine Fingerspitzen.

»Ich habe keinen Hunger«, erklärte ich, denn mir war immer noch übel.

»Ich weiß, und genau deshalb solltest du etwas essen«, erklärte er und holte einen Teller aus dem Schrank.

Ich schüttelte den Kopf. »Nein, ehrlich, Connor. Ich muss einfach nur nach Hause. Ich fühle mich …«

Schrecklich.

Traurig.

Zerstört.

Frei?

Moment, nein. Das nicht.

Er sah mich jetzt mit traurigem Gesicht an. Er hatte Mitleid mit mir. Ich konnte es ihm nicht verübeln. Ich hatte selbst Mitleid mit mir.

»Bist du dir sicher, dass du nichts essen willst? Ich habe dir etwas zum Anziehen rausgelegt, du kannst duschen und dich umziehen, wenn du magst. Außerdem möchtest du nach der Dusche vielleicht doch etwas essen.«

Ich lächelte ihn schief an. »Ja, danke. Und danach bist du mich los.«

»Keine Eile, Red. Ehrlich.« Dass ich so fertig war, schien Connor nicht zu beeindrucken. Er wirkte so aufrecht und gelassen wie immer. »Dein Handy liegt aufgeladen auf der Kommode im Gästezimmer. Nimm dir alle Zeit der Welt, und wenn du bereit bist, bringt dich mein Fahrer, wohin auch immer du willst.«

»Danke.«

»Sehr gern.«

Ich stand auf und ging in Richtung Gästezimmer. Dann hielt ich inne und sah mich nach Connor um.

»Connor, warte.« Er sah mich über seine Schulter hinweg an, und ich musste schlucken. »Ich sollte besser nicht fragen, aber ich kriege den Gedanken einfach nicht aus dem Kopf, und ich glaube, das hört nur auf, wenn ich dich frage …«

Er wartete still ab.

Ich biss mir auf die Unterlippe. »Gab es eine andere Frau, von der du wusstest? Hat Jason sich noch mit einer anderen Frau getroffen?«

Seine Mundwinkel zuckten, und er schob die Hände in die Taschen seiner Jogginghose.

Sein Schweigen war meine Antwort.

»Kanntest du sie?«

»Tu dir das nicht an, Aaliyah«, flüsterte er.

»Was soll ich mir nicht antun?«

»Mach es nicht noch schmerzhafter, als es sowieso schon ist.«

Seine Worte trafen mich, aber das war meine eigene Schuld. Ich hatte von Anfang an gewusst, wer Jason war, und hatte mich trotzdem in ihn verliebt. Obwohl mir klar war, dass ich ihm wie eine Fliege ins Netz gegangen war.

»Alle haben mich auf gewisse Art gewarnt. Bei sämtlichen Veranstaltungen haben die Leute Anspielungen gemacht, was für eine Sorte Mann Jason ist.«

Und alle hatten recht. Ich war nur eine weitere Markierung in der endlosen Reihe von Frauen, die Jasons Weg kreuzten. Ich hatte mir verzweifelt gewünscht, dass die Leute unrecht hatten. Ich hatte ihnen und mir das Gegenteil beweisen wollen, dass ich ihm genug war. Jetzt lachten sie in ihren Villen über mich und dachten: *Hab ich's doch gleich gesagt.*

Ich hob den Kopf, um Connor anzusehen.

Außer ihm.

Sein Blick ruhte auf mir, und seine Haltung war gelassen. Seine Schultern waren entspannt, und seine Lippen bewegten sich leicht. Seine Arme waren verschränkt, und sein Kopf war leicht zur Seite geneigt. Seine blauen Augen wirkten so ruhig wie der Ozean in der Abenddämmerung.

Nichts an seiner Körpersprache sagte: ›Hab ich's doch gleich gesagt‹. Connor lachte mich nicht aus, weil ich so dumm gewesen war, mich in Jason zu verlieben. Für ihn war ich keine Närrin.

In seinen Augen lag nur Trauer.

Er fühlte mit mir.

Ich musste meinen Blick von ihm losreißen, denn dass er meinetwegen so traurig war, machte mein Herz nur noch schwerer. Ich ging ins Bad und duschte heiß und lange, und meine Tränen vermischten sich mit den Wassertropfen, die auf meinen Körper prasselten, und ich hieß die Traurigkeit willkommen. Ich wollte mich nicht dagegen wehren. Ich wollte sie nicht unterdrücken. Ich versuchte nicht, mir den Schmerz auszureden. Nein, ich ließ den Schmerz in mein Herz. Ich ließ ihn brennen.

17

AALIYAH

Ich fragte mich oft, wer die erste Person war, die sich je verliebt hatte.

Wusste sie sofort, was es war, oder fühlte es sich wie Sodbrennen an? War sie glücklich? Traurig? Wurde die Liebe erwidert, oder war es eine einsame Angelegenheit? Wie lange dauerte es, bis es so weit war? Wie viele Tage, Monate und Jahre musste sie zurücklegen, bevor sie die Liebe erreichte?

Hatte sie Angst?

Sprach sie das erste Wort, oder wartete sie, dass der andere das Wort ergriff?

Es hatte die Liebe auf den ersten Blick in all meinen Lieblingsbüchern gegeben. Ich liebte es, wenn eine Figur sagte, in dem Moment, als sich ihre Blicke trafen, habe sie sich Hals über Kopf verliebt. Auch wenn ich immer eine hoffnungslose Romantikerin gewesen war, konnte ich kaum glauben, dass so etwas im richtigen Leben passieren würde, trotzdem gefiel mir die Vorstellung. Mir gefiel, dass es passieren konnte, wenn vielleicht auch nur in Fantasiewelten. Mir gefiel, dass Liebe sich auf jede nur erdenkliche Art ereignete. Mir gefiel, dass Liebe ihr je eigenes Tempo hatte und nicht an Zeit, Raum oder Beschränkungen gebunden war.

Manchmal willkommen, manchmal nicht, tauchte sie auf und erfüllte die Menschen.

In vielen Fällen veränderte sich die Liebe. Sie zerbrach, blutete und hinterließ Narben, die nie ganz verheilten. Sie öffnete Misstrauen, Selbstzweifeln und Kummer die Tür. Manchmal glaubte ich, ein Leben ohne Liebe wäre besser, denn ohne Liebe konnte es auch keinen Liebeskummer geben.

Neuerdings fragte ich mich, wer wohl die erste Person gewesen war, die sich je entliebt hatte. Hatte sie es kommen sehen? War es ein schleichender Prozess? Begann er mit kleinen Ärgernissen, oder wachte sie eines Morgens auf und bemerkte, dass die Liebe verschwunden war? Hat sie darüber getrauert? Ist ihr die Trennung leichtgefallen? Wie viele Tage, Monate und Jahre hat sie zurückgelegt, bevor die Liebe sich verflüchtigte?

Ich fragte mich, ob der Verlust der Liebe ihr so wehgetan hat wie mir in den vergangenen Stunden.

Connor bot an, mich zu meiner Wohnung zu begleiten, aber ich lehnte ab. Ich wollte ein paar Stunden allein sein. Als der Wagen vor dem Penthouse in SoHo anhielt, wurde mir schlecht. Einerseits wollte ich nach oben laufen, meine Sachen packen und ungesehen wieder verschwinden. Andererseits hoffte ich, dass Jason dort oben saß und mir sagte, dass die vergangenen vierundzwanzig Stunden ein Riesenfehler gewesen waren.

Dass er mir sagte, er habe kalte Füße bekommen, und dass er sofort mit mir zum Standesamt gehen würde, um mir das Jawort zu geben.

Aber wie armselig war das.

Wenn Jason mich gefragt hätte, ob ich ihn noch heiraten wollte, hätte ich wahrscheinlich Ja gesagt.

Was sagte das über mein Selbstbewusstsein aus?

»Danke, Luis«, sagte ich zu Connors Fahrer, der mich netterweise nach Hause gebracht hatte.

Jasons Zuhause.

Nicht mein Zuhause.

»Sehr gern. Wenn Sie noch etwas brauchen, ist Mr Roe sicher einverstanden, wenn ich Sie heute noch woanders hinfahre.« Er war so freundlich, und ich war ihm dankbar dafür. Ich brauchte jede Freundlichkeit, die ich kriegen konnte.

»Das wird nicht nötig sein, danke.«

Wir verabschiedeten uns, ich holte tief Luft, und dann ging ich hinein. Als ich durch die Vordertür trat, drehte sich mir der Magen um. Katherine saß an der Rezeption, und als sie mich sah, weiteten sich ihre Augen. Katherine war eine ältere Dame, die schon seit zwanzig Jahren hier arbeitete. Seit ich mit Jason zusammengezogen war, hatte sie mich jeden Tag begrüßt, und ich mochte sie sehr.

»Aaliyah, Schätzchen.« Sie stand schnell auf, und in ihren Augen erkannte ich Niedergeschlagenheit und Schuldgefühle. »Wie geht es Ihnen?«

Ich lächelte angestrengt. »War schon mal besser.«

»Das kann ich mir vorstellen. Es tut mir sehr leid, aber Mr Rollsfield hat gesagt, dass Sie hier so lange wohnen können, wie sie möchten.«

Ich richtete mich auf. »Sie haben mit Jason gesprochen?«

»Ja, Ma'am.«

»Ist er hier?«

»Nein, Ma'am. Er hat gestern ein paar Sachen geholt und ist wieder gegangen. Sagte, er würde verreisen.«

»Hat er gesagt, wohin?«

Katherine verzog das Gesicht. »Ich glaube, er hat etwas von Frankreich gesagt.«

»Unsere Hochzeitsreise.« Oder was unsere Hochzeitsreise hätte werden sollen.

»Schauen Sie, Schätzchen«, Katherine rieb sich den Nacken und senkte den Blick, »ich hätte gewettet, dass Sie die Richtige sind. Ich habe Jason mit sehr vielen Frauen gesehen. Sehr, sehr *vielen*.«

»Ich verstehe. Jason hat sich viel herumgetrieben«, unterbrach ich. »Aber was wollen Sie damit sagen?«

»Ich wollte nur sagen, dass es mit Ihnen anders war. Er war anders mit Ihnen.«

Ich schnaubte verärgert, schließlich hatte er mich trotzdem verlassen. Ich hatte ihm offensichtlich nicht gereicht.

Das war bei allen Männern so.

»Ich wollte diejenige sein, die sein Leben verändert«, gab ich zu. Mir einzugestehen, dass er mich sitzen gelassen hatte, fiel mir schwer. In meinen früheren Beziehungen hatte ich die Warnsignale erkannt – aber Jason hatte gewirkt, als wäre ich ihm wirklich wichtig. Diesmal hatte es mich wie aus heiterem Himmel getroffen.

»Sie haben sein Leben verändert.«

Ich rieb mir die müden Augen. »Habe ich nicht. Wenn es so wäre, stünde ich jetzt nicht hier, mit roter Nase und verheult. Hätte ich sein Leben verändert, hätte er mich geheiratet. Stattdessen ist er abgehauen.«

»Trotzdem haben Sie sein Leben verändert.«

»Woher wissen Sie das?«

»Weil es unmöglich ist, Sie kennenzulernen und sich nicht zu verändern, Aaliyah.«

Ich lächelte, bedankte mich und griff nach dem Schlüssel in meiner Handtasche.

»Aaliyah«, sagte jemand hinter mir, und ich wirbelte herum. Ich hatte die Stimme sofort erkannt, und allein ihr Klang machte mich traurig.

»Marie ….« Ich atmete aus, als mein Blick auf ein Augenpaar traf, das mir so sehr ans Herz gewachsen war. »Was machst du denn hier?«

»Nun, ich war auf der Suche nach meinem Sohn, aber ich habe gerade erfahren, dass er eine Weile Urlaub in Frankreich macht.« Sie runzelte die Stirn, blickte auf ihre Hände hinab und zog an ihren Fingern. Als sie aufsah, standen Tränen in ihren Augen. »Oh Aaliyah. So hätte es nicht ausgehen dürfen.« Sie bedeckte den Mund und schluchzte unkontrolliert.

Instinktiv schlang ich die Arme um sie. Da stand ich nun in der Lobby und tröstete die Mutter des Mannes, der mich am Tag meiner Hochzeit sitzen gelassen hatte. Ich konnte nicht anders; wenn es jemandem schlecht ging, wollte ich trösten.

»Er liebt dich, Aaliyah. Das weiß ich«, sagte sie und löste sich ein wenig von mir. »Darf ich oben kurz mit dir sprechen?«

Ich zögerte. Ich wusste nicht, ob ich schon bereit für ein Gespräch mit Jasons Mutter war. Ich war noch nicht einmal bereit, mich mir selbst und meinem Liebeskummer zu stellen.

Bevor ich antworten konnte, hatte Marie wohl erahnt, was ich nicht ausdrücken konnte. »Ist schon gut. Wirklich. Es tut mir leid. Ich lasse dich in Ruhe. Aber du sollst wissen, dass du mehr verdienst als das, was mein Sohn dir angetan hat. Seit ich dich kennengelernt habe, wusste ich, dass du etwas Besonderes bist«, sagte sie.

»Danke, Marie.«

»Ich weiß, es klingt verrückt, aber meinst du …« Sie zog ein Taschentuch aus ihrer Handtasche und trocknete sich die Augen. »Meinst du, wir könnten in Kontakt bleiben? Vielleicht trotzdem miteinander Kaffee trinken? Ich weiß, es klingt egoistisch, aber für mich gehörst du zur Familie.«

Das sah ich genauso, aber sie schon bald wiederzusehen ängstigte mich. »Ich glaube, ich brauche etwas Zeit, Marie. Ich muss das erst mal verarbeiten. Mir schwirrt immer noch der Kopf.«

»Das verstehe ich, Liebes. Ich werde deine Zeit nicht länger beanspruchen, aber du kannst so lange in dieser Wohnung wohnen, wie du willst. Ich sorge dafür, dass Jason nicht herkommt, damit du Zeit hast, eine neue Wohnung zu finden. Aber was mein Sohn dir angetan hat, war grausam, und ich entschuldige mich für den Schmerz, den er dir zugefügt hat.«

Ich lachte nervös. »Du musst dich nicht bei mir entschuldigen, Marie. Du kannst nichts für die Fehler deines Sohnes.«

Nun lachte sie beklommen. »Das kann man Eltern tausendmal sagen, wir glauben es trotzdem nicht.« Sie zog mich an sich, und ich verlor mich in ihrer Umarmung. Ich hatte nicht gewusst, wie sehr ich eine Umarmung gebraucht hatte. »Du bist die Tochter, die ich mir immer gewünscht habe«, flüsterte sie, und das wühlte mich auf.

Sie wandte sich zum Gehen, blieb aber kurz in der geöffneten Tür stehen und blickte zu mir zurück. »Nur, damit das klar ist, Aaliyah, in eurer Beziehung warst du immer die gute Partie. Mein Sohn war nie gut genug für dich. Du warst der Gewinn.« Lächelnd ging sie und ließ mich so aufgewühlt zurück, dass ich mich fragte, wie ich das alles verarbeiten sollte.

Ich nahm den Aufzug, und beim Betreten des Penthouses ergriff mich ein Gefühl der Leere. Ich hatte nicht lange hier gelebt, aber ich hatte mir eingeredet, hier mein Glück zu finden. Doch manchmal sind märchenhafte Enden nur etwas für Märchenbücher.

Im Penthouse war alles fast genauso wie immer. Alles fühlte sich weniger nach mir an. Ich ging ins Schlafzimmer und bemerkte, dass einige von Jasons Kleidungsstücken fehlten. Er hatte mich wirklich verlassen und würde nicht zurückkommen.

Was sollte ich mit mir anfangen? Wie sollte ich mit meinem Leben weitermachen? Ich hatte keinen Ehemann, keinen Job, kein Zuhause. All das hatte ich für einen Mann aufgegeben, der mich am Tag unserer Hochzeit sitzen gelassen hatte.

Ich legte mich auf das Bett und fühlte alles andere als Liebe. Ich hasste es, wie unbehaglich ich mich in diesem Haus fühlte. Ich hasste es, wie die Wände mir sagten, dass ich nicht hierher gehörte. Ich hasste es, wie sehr mir der Gedanke unter die Haut ging, dass Jason jeden Moment auftauchen und mich daran erinnern könnte, dass ich einfach nicht dazugehörte. Also stand ich auf und ging zu dem einzigen Platz, an dem ich mich weniger allein fühlte.

Jeden Sonntagmorgen sprach ich mit Toten. Nun, nur mit einem Verstorbenen. Grants Grab zu besuchen und mit ihm über das Leben zu reden, über meine Höhen und Tiefen, war zum Ritual geworden. Ich las ihm Comics vor, und wir sahen uns gemeinsam den Sonnenaufgang an. Heute hatte ich den Sonnenaufgang verpasst, aber seinen Trost spürte ich trotzdem.

Mit angewinkelten Beinen, die Arme über den Knien verschränkt, saß ich vor Grants Grabstein. Mein Kopf ruhte auf meinen Armen, während ich die einzige Person ansah, die mir noch das Gefühl gab, geliebt zu werden. An diesem Morgen sagte ich nichts, weil ich wusste, dass er nicht mit mir sprechen würde, doch ich stellte mir vor, wie er mir sagte, dass alles gut werden würde.

Um seinen Grabstein lagen Münzen verstreut. Als ich Grant zum ersten Mal traf, drehte er immer einen Vierteldollar zwischen den Fingern. Seine seltsamen Weisheiten und Sprüche sind mir über die Jahre im Gedächtnis geblieben. »*Findest du einen Penny, hebe ihn auf, dann hast du den ganzen Tag Glück, findest du einen Vierteldollar, schenk ihn mir, dann habe ich für immer Glück*«, hatte er stets gesagt. Es gab keinen Tag, an dem er keine Glücksmünze bei sich hatte. Bei jedem Besuch ließ ich ihm einen Vierteldollar da, damit er auch auf der anderen Seite ein bisschen Glück hatte.

Als ich so verloren dasaß, kam mir wieder einer seiner Sprüche in den Sinn.

»*Regen macht Regenbögen, Aaliyah. Lass den Tränen freien Lauf*«, hätte er wahrscheinlich gesagt. »*Das Zerbrechen kommt vor dem Reparieren.*«

Ich zerbrach.

Ich brach zusammen.

Ich weinte hemmungslos, während mir Grants tröstliche Worte durch den Kopf gingen. Ich war dankbar für Grants Schweigen, das mich in eine mystische, unverbrüchliche Liebe einhüllte.

18

AALIYAH

Und jetzt musste ich schleimen.

Im Aufzug zum Büro des *Passion Magazines,* wo ich würdevoll – okay, wahrscheinlich nicht wirklich – darum bitten würde, meinen alten Job zurückzubekommen, hatte ich vor Angst einen Knoten im Bauch.

Da ich nicht mehr nach Los Angeles ziehen würde, wollte ich wieder einigermaßen festen Boden unter die Füße bekommen. Ich war durch und durch New Yorkerin, und was machen New Yorker, wenn das Leben sie umhaut? Sie stehen wieder auf und machen weiter – auch wenn es ihnen den Magen umdreht und so.

Ich war ein bisschen schockiert, als meine Chefin Maiv zustimmte, sich mit mir zu treffen, nachdem ich ihr um vier Uhr morgens betrunken eine E-Mail geschickt hatte.

Jason hatte mich immer noch nicht angerufen.

Das änderte zwar nichts, aber es tat trotzdem weh. Man sollte meinen, dass einem der Mann, der einem am Tag deiner Hochzeit sitzen gelassen hat, wenigstens eine Nachricht schickt, dass es ihm leidtut, verpennt und die eigene Hochzeit verpasst zu haben.

Trotzdem hatte mich in der Nacht zuvor beschäftigt, dass er sich überhaupt nicht meldete. Ich überlegte, wo er stecken mochte, was er gerade tat … und mit wem.

Natürlich hat er dich betrogen, Aaliyah. Hast du denn gar nichts aus deinen Erfahrungen gelernt? Das machen Männer halt. Du hast ein Jahr deines Lebens an einen Mann verschwendet, der dich verlassen hat. Deine Zeit läuft ab. Tick, tick, tick …

»Halt die Klappe«, sagte ich laut zu meinem unsensiblen Gehirn. Meine Gedanken rasten, und ich redete mir ein, dass ich an allem schuld war, dass ich nicht gut genug war, dass ich kein Happy End verdiente, dass ich keine beständige Liebe finden würde … dass ich keine Zeit hatte, echte Liebe zu finden.

Meine Gedanken kontrollierten mich, dabei wollte ich sie kontrollieren, auch wenn ich mir dafür manchmal ins Ohr flüstern musste, endlich die Klappe zu halten.

Ich betrat die Lobby von *Passion,* und Greta lächelte mich an. Sie saß am Empfang und war in den letzten Jahren immer die Erste gewesen, die ich gesehen hatte, wenn ich zur Arbeit kam.

»Hallo, Sonnenschein«, sagte sie und schaute in meine Richtung. Da sie zur Hochzeit eingeladen gewesen war, wusste sie sicher über alles Bescheid. »Wie geht's?«

Ich lächelte angestrengt. »Ein Schritt nach dem anderen.«

»Ich hasse ihn«, sagte sie. »Und ich hoffe, er ist kreuzunglücklich.«

Ich hätte ihm gern das Gleiche gewünscht, doch mein Herz war noch nicht so weit. Stattdessen wünschte ich mir sehnlichst, dass er einen Schritt auf mich zuging und mich anrief. »Wie ist Maivs Laune heute?«, fragte ich, um von meiner gescheiterten Hochzeit abzulenken.

»Wie jeden Tag gleicht sie Miranda Priestly aus *Der Teufel trägt Prada.*« Greta runzelte die Stirn. »Hast du wirklich vierundfünfzig Ausrufezeichen in der E-Mail benutzt, in der du sie um deinen Job angebettelt hast?«

»Was? Nein. Es waren höchstens zweiundfünfzig.«

Sie kicherte. »Ganz schön mutig, Maiv um deinen alten Job zu bitten.«

»Verzweifelt trifft es eher. Na, dann mal los.«

»Viel Glück«, sagte Greta, bevor sie ihre Finger zum Zeichen der Unterstützung und Liebe hochhielt wie Katniss aus *Die Tribute von Panem*. »Und möge das Glück stets mit euch sein.«

Ich schluckte, als ich den langen Gang zu Maivs Büro hinunterging. Alle im Raum sahen mich an, und ihre Blicke, mitfühlend oder schockiert, sagten einmütig: *Was machst du da? Lauf!* Ich wusste nicht, worauf ich hören sollte, also ging ich weiter.

Anders als sonst stand Maivs Bürotür offen. Trotzdem klopfte ich an, um ihre Aufmerksamkeit zu bekommen.

»Hi, Maiv. Könnte ich jetzt noch …« Mir verschlug es die Sprache, als sie in Zeitlupe ihren Kopf hob und mich anblickte. Ihre grünen Augen versteckten sich hinter einer grünen Brille, und mit zusammengepressten Lippen erwiderte sie meinen Blick.

Dann geschah etwas äußerst Seltenes in der Geschichte von Maiv Khang – sie lächelte.

»Aaliyah, hi, ja, kommen Sie rein und schließen Sie die Tür.«

Ich schluckte und tat, wie geheißen, unsicher, was ich von ihrem Lächeln halten sollte. Ich hatte jahrelang für diese Frau gearbeitet, aber sie hatte mich noch nie angelächelt.

Ich nahm vor ihrem Schreibtisch Platz, und mein Herz schlug bis zum Hals.

Maiv strich sich mit den Händen über ihr graues Haar, das sie zu einem perfekten Dutt hochgesteckt hatte, lehnte sich zurück und blickte mich unentwegt an. Sie nahm den Stift von ihrem Schreibtisch und drehte ihn zwischen den Fingern.

»Also«, begann sie, »das war ja mal eine Hochzeit – oder besser gesagt keine.«

»Sie waren da«, murmelte ich.

»Natürlich war ich da. Ich habe Ihnen gesagt, dass ich kommen würde. Der Raum für die Zeremonie war sehr modern. Gut gemacht, mal davon abgesehen, dass es überhaupt keine Hochzeit gab.«

»Oh. Äh ... danke?«

Sie nickte mir zu. »Und Sie möchten also Ihren Job wiederhaben.«

Ich versuchte, mein Herz an seinen rechtmäßigen Platz in meiner Brust zu verweisen. *Zeit zum Schleimen.* »Ja, Ma'am. Selbst wenn ich nicht wieder Junior-Redakteurin sein kann, ich nehme jede Stelle und arbeite mich von dort hoch ...«

»Sie haben Beziehungen zu Connor Roe.«

Verwirrt von ihrer Frage, setzte ich mich auf. »Was?«

»Bei Ihrer Möchtegernhochzeit habe ich Connor Roe gesehen. Er hat uns gebeten, die Kirche zu verlassen.«

»Äh, ja, tut mir leid, aber was hat das mit ...«

»Warum haben Sie mir nie gesagt, dass Sie ihn kennen?«

Was war denn jetzt los? »Ähm, ich hielt es nicht für wichtig. Außerdem kenne ich ihn kaum, und ...«

»Aber er kam zu Ihrer Hochzeit? Wie kann es sein, dass Sie einen Ihrer Hochzeitsgäste kaum kennen?«

»Es tut mir leid, Maiv. Ich verstehe nicht, was das mit meinem Job zu tun ...«

»Oh ja. Sie können Ihren Job wiederhaben.«

»Oh mein Gott!«, rief ich.

Sie hielt einen Finger hoch, um mich zum Schweigen zu bringen. »Wenn Sie etwas für mich tun.«

»Alles, Maiv. Ich werde alles tun.«

»Gut. Ich hatte gehofft, dass Sie das sagen.« Sie beugte sich vor, ließ den Stift fallen und faltete die Hände. »Ich möchte, dass Sie ein Exklusivinterview mit Connor Roe führen.«

Ich verschluckte mich an meinem nächsten Atemzug. »Wie bitte?«

»Connor Roe ist der interessanteste Junggeselle in New York City. Er ist auf dem Weg, einer der reichsten Männer der Stadt, wenn nicht der Welt, zu werden, und er hat *noch nie* ein Interview gegeben. Jeder in der Branche reißt sich darum, ihn auf die Titelseite zu bekommen, aber er hat bisher alle Angebote abgelehnt.«

Wow. War Connor wirklich so erfolgreich? Jason hatte so gut wie nie über Kollegen gesprochen. Trotzdem wusste ich nicht, wie ich Maiv helfen konnte.

»Nun, wenn er nicht interviewt werden will …«

»Leitende Redakteurin«, unterbrach sie mich.

»Wie bitte?«

»Wenn Sie Connor Roe dazu bringen, einem Interview zuzustimmen und für das Cover unserer Septemberausgabe zu posieren, mache ich Sie zur leitenden Redakteurin.«

Das konnte nicht wahr sein. Leitende Redakteure bekamen immer die besten Projekte. Sie durften reisen und die Welt sehen. Erst vor ein paar Monaten war Abby für eine Geschichte über einen Forscher zwei Monate in Island gewesen. Ich hatte immer davon geträumt, die großen Geschichten zu schreiben, die Welt zu bereisen und andere Kulturen, Lebensarten und beeindruckende Persönlichkeiten kennenzulernen.

»Ist das Ihr Ernst?«, stieß ich hervor und fragte mich, ob ich träumte. »Ich würde reisen und wirklich wichtige Artikel schreiben?«

»Wenn Sie Connor dazu bringen, uns ein Exklusivinterview zu geben, können Sie schreiben, was Sie wollen.« Schnell hob sie die Hand. »Natürlich in einem vernünftigen Rahmen.«

»Ja, natürlich.«

»Also«, sie kniff die Augen zusammen. »Schaffen Sie das?«

Was hatte Connor an sich, dass die Leute so dringend wissen wollten, wer er war? Maiv flehte mich geradezu an, ihn zu diesem Interview zu überreden. Nun, zumindest so nah sie einem Flehen je kommen würde.

Ich nickte. »Ja, natürlich. Kein Problem. Ich werde ihn so schnell wie möglich überzeugen.«

»Bis Freitag.«

»Freitag? Wie …« Ich musste schlucken. »Diesen Freitag? Also in ein paar Tagen?«

»Ja.«

»Also in ein, zwei, drei …«

»Wenn Sie das nicht hinkriegen, müssen Sie es nur …«

»Nein! Nein! Ich kriege das hin. Er hat schon so gut wie zugestimmt. Ich habe keinen Zweifel daran, dass Connor Roe im September den Titel von *Passion* ziert. Genau, denn wir sind Kumpel. Amigos. Freunde. Wir sind wie Phoebe und Joey. Ja, genau. Ketchup und Senf. Tom und …«

»Aaliyah.«

»Ja?«

»Sie können jetzt gehen.«

»Richtig. Okay. Danke, Maiv. Ich danke Ihnen, Maiv, dass Sie mir diese Chance geben. Das ist mein Traumjob. Ich weiß, nachdem ich gekündigt habe, verdiene ich das eigentlich nicht, also danke ich Ihnen sehr.«

»Sie sagten, das sei Ihr Traumjob?«

»Ja, das ist er.«

»Dann lassen Sie sich etwas gesagt sein. Nach fünf gescheiterten Ehen habe ich Folgendes gelernt: Geben Sie nie wieder Ihre Träume für einen Mann auf. Männer sterben – Träume nicht.«

»Äh, danke?«, sagte ich, unsicher, wie ich Maivs aufmunternde Worte auffassen sollte. »Moment, tut mir leid, sind Ihre Ehemänner alle gestorben …?

Sie zuckte mit den Schultern. »Einige sind für mich gestorben. Bei einigen anderen war es sicher ein Unfall.«

»Einigen?«

Sie lächelte wieder, doch ihr boshaftes Lächeln erschien mir unpassend. »Warum sind Sie noch in meinem Büro?«, fragte sie.

»Richtig, okay, auf Wiedersehen.«

Ich schwebte förmlich aus ihrem Büro. Nach der Woche in der Hölle wirkte es, als würde die Sonne langsam wieder hinter meinem vernebelten Verstand hervorlugen. Den Weg zur U-Bahn legte ich fast durchgängig hüpfend zurück, und ich summte vor mich hin, bis ich abrupt stehen blieb, als die Realität über mir hereinbrach.

Ich hatte Maiv versprochen, Connor zu einem Exklusivinterview zu überreden. Ich hatte ihr ein Interview mit einem Mann versprochen, der grundsätzlich keine Interviews gab, einem Mann, der mir bereits mehr von seiner Zeit und Freundlichkeit geschenkt hatte, als ich verdiente.

Ich hoffte, nie wieder ein Wort mit jemandem wechseln zu müssen, der mit Jason zu tun hatte, doch ohne Connors Hilfe wäre ich schon bald arbeits- und wahrscheinlich auch obdachlos. Nur mit seiner Hilfe würde ich meinen Traumjob bekommen.

Es war an der Zeit zu tun, was ich in letzter Zeit ziemlich gut konnte. Ich musste noch mehr schleimen.

19

CONNOR

»Bitte, hör auf zu weinen«, bat ich Rose, die mir in meinem Büro gegenübersaß. Ich hatte mich vor dem Gespräch gefürchtet, doch mir war klar gewesen, dass ich mich dieser unangenehmen Situation am Montag stellen musste.

»Okay«, antwortete sie, weinte jedoch weiter.

Gott, diese Tränen.

Es war ein unangenehmer Anblick, und ich wünschte, sie würde aufhören zu weinen. Ich hätte kein Mitleid mit ihr haben sollen, aber wenn eine Frau weinte, musste ich sie einfach trösten. Auch wenn Rose im Unrecht war, war sie immer noch ein Mensch, und ihr Schluchzen – auch wenn es nur von dem Bedauern, in meinem Haus erwischt worden zu sein, herrührte –, spiegelte immer noch ihre Gefühle wider.

Ich reichte ihr ein Taschentuch.

Sie schnäuzte sich laut und schniefte noch ein wenig.

»Ich … ich weiß, dass Sie mich gleich feuern werden, und, na ja …« Es folgten neue Tränen. So wie sie dasaß, mit verquollenen Augen, zitternden Lippen und unverständliche Worte stammelnd, bot sie einen ziemlich erbärmlichen Anblick.

Ich saß aufrecht in meinem Bürosessel, während sie mir mit nach vorne gebeugten Schultern gegenübersaß.

Ich fühlte mich schlecht, aber dann dachte ich daran, was sie Aaliyah angetan hatte, und das Schuldgefühl verschwand.

»Ja. Ich entlasse Sie.«

»Das kann nicht Ihr Ernst sein.« Sie klang fassungslos. »Ich bin eine der Besten hier! Das ist doch Bockmist!«

Was für eine Verwandlung von Dr. Jekyll zu Mr Hyde. Ich blinzelte, sie wurde zu einer anderen Person. Ihr Benehmen veränderte sich von Grund auf. Aus einem schüchternen, nervösen Mädchen wurde eine launische, hochnäsige Frau.

Verdammt noch mal.

Damian hatte recht.

»An Ihrer Arbeit liegt es nicht …«

»Das können Sie nicht machen!«, schimpfte sie. »Ich bin zu gut für dieses Unternehmen, ich kündige. Ihren blöden Job will ich sowieso nicht. Ich bin heiß. Jason hat gesagt, ich kann überall einen Job finden.«

Das liegt daran, dass er dir an die Wäsche wollte.

»Das tut nichts zur Sache. Was am Wochenende geschehen ist, ist nicht zu entschuldigen, am wenigsten, dass Sie mein Haus betreten haben.«

»Ich wusste gar nicht, dass es Ihr Haus war«, sagte sie, als ob das irgendetwas änderte.

»Wussten Sie, dass Jason heiraten wollte? Oder haben Sie dieses Detail übersehen?«

Verlegen senkte sie den Blick. »Er hat gesagt, dass er sie nicht wirklich liebt.«

»Es ist mir egal, was er gesagt hat, Rose. Sie sind erwachsen genug, um es besser zu wissen.«

»Wie auch immer. Ich bin darüber hinweg.« Sie stand auf und wollte zur Tür.

»Rose?«

»Ja?«, fragte sie und wandte sich noch einmal um.

»Wie hat Jason Sie dazu gebracht?«

»Er hat gesagt, dass er mich für begabt hält und glaubt, ich werde eines Tages erfolgreich sein werde. Er hat gesagt, dass er an mich glaubt, und das hat noch nie jemand wie er zu mir gesagt.«

»Vielleicht lag er damit gar nicht so falsch, aber er hat es nur gesagt, um genau das zu bekommen, was Sie ihm gegeben haben. Männer sind Schlangen, Rose. Lassen Sie sich von ihren Lügen nicht die Zukunft verbauen.«

»Frauen können auch Schlangen sein, Mr Roe. Ich bin alt genug, um zu wissen, was ich tue.«

Als sie hinausging, kam ihr auch diesmal Damian entgegen. Zum ersten Mal, seit Rose bei uns angefangen hatte, sprach er sie an.

»Tschüss, Rose«, sagte er schroff.

»Fick dich, Damian«, bellte sie zurück. Als sie gegangen war, schloss er die Tür hinter ihr.

»Schön, wenn der Müll sich selbst rausbringt«, kommentierte er trocken und setzte sich mir gegenüber. »So!« Er schlug die Hände zusammen und beugte sich vor. »Darf ich jetzt sagen: Hab ich doch gesagt?«

»Touché.«

»Irgendwann wirst du auf mich hören.« Er öffnete die Mappe in seiner Hand und schob mir einige Unterlagen hin. »Ich wusste, dass du nach dem Verlust des letzten Grundstücks sauer warst, also habe ich mich am Wochenende ein wenig umgesehen und dieses verlassene Grundstück entdeckt. Es liegt in Queens. Ich dachte, du willst es vielleicht kaufen. Nicht viele sind daran interessiert. Ich habe recherchiert und ein wenig herumtelefoniert, um mehr in Erfahrung zu bringen. Vielleicht wäre das ja was für deinen Traum oder so.«

Er redete über seine Bemühungen, ein Objekt für mich zu finden, als wäre es keine große Sache, doch ich wusste es besser. Damian sagte nicht offen, wenn ihm jemand wichtig war, aber dass er das Wochenende damit verbracht hatte, mir zu helfen, sprach Bände.

Ich grinste. »Du liebst mich, stimmt's?«

Er verdrehte die Augen. »Übertreib mal nicht.«

»Okay, werde ich nicht, aber …« Ich grinste weiter von einem Ohr zum anderen. »Es stimmt, oder?«

Er stand auf. »Ich habe nichts mehr zu sagen.«

»Ich liebe dich auch, Damian«, rief ich ihm nach. Obwohl er mir den Rücken zuwandte, wusste ich, dass er die Augen verdrehte.

»Oh, übrigens, die Frau, die sitzen gelassen wurde, hat angerufen. Sie will sich morgen mit dir treffen. Ich habe ihr gesagt, dass du wahrscheinlich keine Zeit hast …«

»Red?«, fragte ich.

»Was?«

Ich schüttelte den Kopf. »Ich meine, Aaliyah? Sie hat angerufen?«

»Ja. Sie sagte, sie müsse mit dir reden, wenn es möglich ist, aber dein Terminplan ist voll, und …«

»Sag den Termin um neun ab. Ruf sie zurück und sag ihr, dass ich mich sehr über ihren Besuch freuen würde.«

Er zog eine Augenbraue hoch. »Du sagst nie Termine ab.«

»Morgen schon.«

Ich wusste nicht, warum, doch Aaliyah wiederzusehen erschien mir viel wichtiger als irgendeine morgendliche Telefonkonferenz. Seitdem sie in meine Welt zurückgekehrt war, hatte ich viel an sie gedacht. Ich konnte nicht anders, als mich zu fragen, ob es ihr gut ging.

20

AALIYAH

Die ganze Nacht recherchierte ich über Connor, und was ich fand, überwältigte mich. Ich hatte nicht gewusst, wie mächtig er war. Er hatte sich nicht nur von Grund auf ein Imperium aufgebaut, sondern spendete als erfolgreicher Geschäftsmann auch für zahlreiche Wohltätigkeitsorganisationen. Aber da er keine Interviews gab, fand man kaum persönliche Informationen.

Nach allem, was ich gelesen hatte, schien er ein aufrechter Kerl mit Moral zu sein – das passte zu dem Mann, den ich vor ein paar Jahren kennengelernt hatte. Es schien ihm sehr wichtig zu sein, etwas zurückzugeben, und das faszinierte mich. Jason legte darauf, im Gegensatz zu seinem Geschäftspartner, nicht so viel Wert, was vielleicht daran lag, dass Jason privilegiert aufgewachsen war. Er hatte sich nie Sorgen um Geld machen müssen. Connor hingegen hatte wohl um jeden Cent auf seinem Konto kämpfen müssen.

Am nächsten Morgen stand ich nervös und mit einem Blumenstrauß vor dem Roe-Hauptsitz. Was sollte man jemandem mitbringen, den man um ein Exklusivinterview bitten wollte? Natürlich rote und weiße Rosen. Die Pralinenschachtel unter meinem anderen Arm war mein Notfallplan, falls er keine Blumen mochte.

Nachdem ich in Connors Büro angerufen und um ein Treffen gebeten hatte, war ich überrascht, dass er so schnell zusagte. Nach meinen Informationen war er ein beschäftigter Mann, und in den letzten Tagen hatte ich mehr als genug seiner Zeit in Anspruch genommen.

Im Aufzug zu Connors Büro schwirrte mir der Kopf. Als ich eintrat, musterte die Empfangsdame die Blumen und die Pralinenschachtel, als wäre ich verrückt.

»Hallo, wie kann ich Ihnen helfen?«, fragte sie.

»Ich habe einen Termin mit Connor.«

»Sie sind Aaliyah?«

»Ja. Soll ich hier draußen warten, um …« Bevor ich meinen Gedanken ausführen konnte, öffnete sich die Tür zu den Mitarbeiterbüros und Connors Büro. Ein großer, düster aussehender Mann blickte mich an. Sein schwarzer Anzug passte zu seinen kohlrabenschwarzen Augen. Er war kräftig gebaut, der Stoff seines Hemdes spannte sich über seinen Oberarmen, und die dunklen Ohrringe unterstrichen seine Ausstrahlung noch. Er wirkte Furcht einflößend, wie jemand, den man besser nicht verärgert, weil man sonst von seinem Mörderblick getroffen wurde. Er bot den totalen Gegensatz zu Connors freundlicher, einladender Ausstrahlung.

Als er mich ansprach, lief es mir so kalt den Rücken hinunter, dass ich fast die Pralinenschachtel fallen gelassen hätte.

»Aaliyah?«, fragte er und durchbohrte mich mit seinen dunklen Augen.

»Äh, ja?«, fragte ich unsicher.

»Sie haben einen Termin bei Connor?«

»Ja?«, sagte ich wieder – als wäre es eine Frage.

Er nickte. »Folgen Sie mir.«

Ich schaute die Empfangsdame an, um mich davon zu überzeugen, dass dieser Mann mich nicht umbringen würde, aber sie war bereits zu einer anderen Aufgabe übergegangen. Wir gingen den Flur entlang, und der Knoten in meinem Magen wollte sich einfach nicht auflösen. Mit dem Blumenstrauß in der Hand kam ich mir ziemlich bescheuert vor. Welche zurechnungsfähige Frau brachte einem erwachsenen Mann einen Blumenstrauß mit?

Wahrscheinlich eine verzweifelte Frau.

Wir hielten vor einer Bürotür, der Mann klopfte zweimal und wurde aufgefordert, einzutreten.

»Aaliyah ist da«, sagte er, nachdem er die Tür geöffnet hatte, und nickte in meine Richtung. Connor saß am Schreibtisch gegenüber und erhob sich schnell. Er trug ein hellblaues Button-down-Hemd und eine marineblaue Hose, dazu einen Gürtel, der, wenn er einkaufte wie Jason, wahrscheinlich mehr gekostet hatte als meine gesamte Garderobe.

»Danke, Damian. Du kannst die Tür hinter ihr schließen«, sagte Connor und nickte meinem Begleiter zu. »Aaliyah, komm herein, nimm Platz.« Als ich auf den Stuhl zuging, klopfte sich Connor auf den Oberschenkel. »Warte, Damian – das hätte ich fast vergessen.«

»Bitte nicht jetzt«, sagte Damian trocken.

»Ach, um den Witz des Tages kommst du nicht herum«, beharrte Connor.

»Das ist nicht witzig, du bist einfach nur peinlich.«

Offensichtlich hatten sie ein besonderes Verhältnis. Hätte ich so etwas zu Maiv gesagt, hätte ich eine Woche später meine eigene Beerdigung besuchen können. Und die Todesursache wäre ein hoher Absatz in meinem Hintern.

Connor umrundete seinen Schreibtisch und setzte sich auf die Kante. Er verschränkte die Arme, und ein freches Grinsen umspielte seine Lippen. »Warum läuft eine Blondine nackt durch den Garten?«

Damian seufzte theatralisch. »Ich weiß es nicht. Warum, Connor?«

Connor gluckste vergnügt, dann sagte er stolz: »Damit die Tomaten rot werden.«

Ich konnte mir das Lachen nicht verkneifen. Der Witz war schlau und zweideutig, meine Lieblingskombination.

»Oh, bitte ermutigen Sie ihn nicht durch Ihr Lachen. Es spornt ihn nur an, noch schlimmere Witze zu finden«, sagte Damian monoton.

Connor gestikulierte in meine Richtung. »Nein, sie weiß einfach, was Humor ist. Der war gut, gib's zu.«

»Ja, er war gut, aber es macht mich irgendwie traurig, dass du die gleichen Witze wie früher erzählst«, sagte ich. »Ich hätte nicht gedacht, dass du Witze wiederverwendest.«

Connor zog eine Augenbraue hoch. »Ich habe ihn dir schon erzählt?«

»Vor zwei Jahren, ja.«

»Ach, was …« Er atmete aus. »Dann muss ich besser werden. Auch wenn es bemerkenswert ist, dass du dich erinnerst, welchen Witz ich dir vor zwei Jahren erzählt habe.«

»Was soll ich sagen? Du hast Eindruck gemacht«, sagte ich achselzuckend.

»Ihr zwei kennt euch?«, fragte Damian verwirrt.

»An Halloween vor zwei Jahren sind wir uns zufällig über den Weg gelaufen«, erklärte ich.

Damian wirkte fasziniert, was mich überraschte. Ich hätte nicht gedacht, dass er anders als grimmig und gelangweilt wirken konnte. »Das ist Red?«

Connor wurde ein wenig nervös, als ich grinste. »Du hast über mich gesprochen, hm?«

»Gelegentlich«, erklärte er ruhig.

»Machst du Witze? Wir haben uns ein paar Monate nach Halloween kennengelernt. Du hast mir immer wieder erzählt, wie diese Frau dein Leben verändert hat. Du konntest nicht aufhören, darüber zu reden, wie perfekt und wunder-bar …«

»Oh-kay, Damian, jetzt ist wirklich nicht der richtige Zeit-punkt, um in Erinnerungen zu schwelgen. Du kannst dich wie-der an die Arbeit machen. Du hast bestimmt eine ganze Men-ge zu tun …«, sagte Connor und schob Damian eilig hinaus. Er schloss die Tür hinter ihm, und als er vor seinen Schreibtisch zurückkehrte, sah er aus, als wäre er auf frischer Tat ertappt worden.

»Ich schwöre, der Kerl redet sonst nie, und jetzt beschließt er plötzlich, seinen Gedanken freien Lauf zu lassen«, sagte Con-nor kopfschüttelnd.

»Klingt gerade so, als hätte ich Eindruck auf ihn gemacht.«

Er lächelte. »Zweifellos.« Connor strahlte, selbst wenn er den Kopf schüttelte, dann wurde er plötzlich ernst. »Ich war etwas überrascht, dass du mich treffen wolltest. Wie geht es dir?«

Warum löste diese Frage fast ein Wechselbad der Gefühle aus?

Ich schüttelte den Kopf und zuckte mit den Schultern. »Könnte nicht besser sein, aber deshalb bin ich nicht hier.« Ich blickte auf die Geschenke in meiner Hand, und ich streckte sie ihm entgegen. »Die sind für dich.«

Er hob eine Augenbraue. »Äh, danke?«

»Ja. Ich weiß zwar nicht, ob Männer sich über Blumen freuen, aber ich an meiner Stelle würde mich sehr freuen. Ich habe mich für Rosen entschieden, weil ich auf Nummer sicher gehen wollte, auch wenn ich Sonnenblumen lieber mag. Na ja, hier, bitte schön.«

Ich hielt sie ihm betont nachdrücklich entgegen, bis er sie mir aus der Hand nahm.

Er beugte sich vor und roch an den Rosen. »Mir hat noch

nie jemand Blumen geschenkt. Ich weiß gar nicht, ob ich eine Vase habe.«

»Daran habe ich nicht gedacht. Ich hätte eine Vase mitbringen sollen. Wenn du willst, kann ich runterlaufen, um …« Ich wollte aufstehen, aber er hob eine Hand.

»Nein, schon gut. Ich bitte einen meiner Assistenten. Danke für die Geste, auch wenn ich mich frage, warum du mir etwas schenkst.«

»Nun, du hast mich am Samstag ertragen. Nachdem ich deine Zeit verschwendet habe, kann ich mich wenigstens mit einem Geschenk bedanken. Ich weiß, wie wichtig Zeit ist, und ich bemühe mich, sie nicht zu verschwenden, denn wenn sie um ist, kann man sie nicht mehr zurückholen, also dachte ich, na ja …«

»Aaliyah.«

»Ja?«

»Du schweifst ab.«

»Tut mir leid.« Ich wischte mir die Hände an den Oberschenkeln ab, denn wenn ich nervös war, waren feuchte Handflächen vorprogrammiert. Ich hätte wetten können, dass auch meine Achselhöhlen beeindruckende Flecken produzierten. »Ich bin ein bisschen nervös.«

»Dafür gibt es keinen Grund. Das haben wir doch abgelegt, als wir uns das erste Mal begegnet sind. Damit sollten wir jetzt nicht wieder anfangen.«

Du hast leicht reden – du musst ja auch keine durchgeknallte Bitte äußern.

Er fuhr fort. »Du hättest mir nichts mitbringen müssen. Du hast meine Zeit noch nie verschwendet.«

Er war zu freundlich, denn ich wusste, was ich angerichtet hatte. Auch wenn Connor mir das nicht ins Gesicht sagen würde, und dafür war ich ihm dankbar. Eine Weile standen wir nur da und lächelten uns an, und wahrscheinlich grinste ich wie eine Idiotin, während ich versuchte, endlich den Grund meines Besuchs anzusprechen.

»Okay, das ist nicht der einzige Grund für die Geschenke«, gestand ich. »Oh Gott, findest du es hier auch so warm?« Ich zupfte am Kragen meiner Bluse, um mir etwas Luft zu verschaffen.

Connor hob eine Augenbraue. »Die Klimaanlage ist an.« Er griff nach seinem Telefon und hielt inne. »Ich könnte dir ein Glas Wasser bringen lassen.«

»Nein, nein, schon gut. Ich stehe nur kurz vor einem Zusammenbruch, keine große Sache. Aber das führt mich zu dem, worüber ich mit dir reden wollte. Oder besser gesagt, was ich dich fragen muss.«

»Aha?«

Ich verschränkte die Hände und legte sie in den Schoß. »Ich würde dich gerne interviewen.«

Neugierig sah er mich an. »Mich interviewen?«

»Ja. Ich weiß, das klingt verrückt, aber ich arbeite für das *Passion Magazine*. Also, ich *habe* für das *Passion Magazine* gearbeitet. Zwei Wochen vor der Hochzeit habe ich gekündigt, weil ich mit Jason nach Kalifornien ziehen wollte. Und jetzt …« Als die Erinnerung zurückkam, warum ich kurz davor war, Connor um Hilfe anzuflehen, verstummte ich.

Ich räusperte mich, blinzelte ein paarmal und zwang mich zu einem Lächeln, dann sprach ich weiter. »Ich habe gestern versucht, meinen Job zurückzubekommen, und meine Chefin hat dich anscheinend bei der Party gesehen. Weißt du eigentlich, wie viele Leute in der Medienbranche ein Exklusivinterview mit dir wollen?« Je länger ich redete, desto düsterer wurde Connors Blick. »Um es auf den Punkt zu bringen, meine ehemalige Chefin hat gesagt, dass ich meinen Job zurückbekomme, wenn ich dich bis Freitag von einem Exklusivinterview überzeugen kann.«

Als er sich auf die Schreibtischkante setzte, die Beine ausgestreckt, die Knöchel gekreuzt, hatte sich seine Miene in eine Grimasse verwandelt. Er schob die Hände in die Taschen, und als er meine Lage verstand, vertiefte sich sein Stirnrunzeln noch.

»Es tut mir leid, Aaliyah, ich gebe keine Interviews.«

»Das verstehe ich vollkommen, aber wir bei *Passion* sind anders als die gewöhnlichen Interviewer. Wir sind stolz darauf, unsere Partner ins beste Licht zu rücken und andere, die große Träume haben, zu inspirieren. Ich glaube, dass viele aus deiner Geschichte lernen könnten, von dem, was du preisgeben willst.«

Er kratzte sich den gepflegten Bart. »Ich verstehe, aber es tut mir leid. Mir ist es wichtig, mein Leben aus der Öffentlichkeit herauszuhalten, denn sobald man die Medien hineinlässt, kann es kompliziert und unangenehm werden. Ich möchte mein Leben nicht noch komplizierter machen. Ich möchte einfach Gutes tun, auch wenn ich es im Stillen tue.«

Und einfach so zerbröckelte mein gebrochenes Herz noch etwas mehr. Ich hätte nicht gedacht, dass die Stücke in noch kleinere zerbrechen konnten, doch hier war ich, mit gebrochenem Herzen und voller Schmerz.

Ich konnte Connors Begründung nicht einmal widersprechen, denn ich wusste, dass er recht hatte. Hatte man den Medien erst einmal die Tür geöffnet, glaubten sie, sie könnten jederzeit wiederkommen.

Hatte man sein Leben erst einmal preisgegeben, konnte man nicht mehr mit Privatsphäre rechnen.

Ich wollte etwas sagen, um ihn zu überzeugen, aber weil mir nichts einfiel, hielt ich den Mund.

Er runzelte die Stirn und zuckte entschuldigend mit den Schultern. »Es tut mir leid, ehrlich.«

»Nein, ist schon gut. Ich kann dich verstehen. Danke, dass du dir Zeit genommen hast, dich mit mir zu unterhalten. Und danke für das, was du am Samstag für mich getan hast. Das war wirklich mehr als genug.« Ich holte tief Luft und stand auf. Als ich mich zum Gehen wandte, schaltete mein Verstand bereits in den Panikmodus.

»Aaliyah«, rief Connor. Ich drehte mich um und bemerkte, dass er vom Schreibtisch aufgestanden war, die Hände immer noch tief in den Hosentaschen.

»Ja?«

»Es tut mir leid, was Jason dir angetan hat. Du bist eine tolle Frau und hast diese Behandlung nicht verdient. Aber …« Er kam auf mich zu und senkte die Stimme. »… unter uns gesagt, glaube ich, dass du noch mal davongekommen bist.«

Ich lachte trocken auf und blinzelte ein paarmal. »Wenn das nur mein Herz glauben könnte.«

»Lass einfach alle Gefühle zu, dann wird es dir eines Tages wieder gut gehen.«

»So funktioniert das also?«

»Ja.«

»Versprochen?«

»Versprochen, Red.«

Jedes Mal, wenn er mich Red nannte, fühlte ich mich ein bisschen weniger allein.

Ich wollte ihm glauben, dass es mir wieder gut gehen würde, doch mir liefen Tränen über die Wangen, aber ich wischte sie schnell weg. Ich schüttelte den Kopf und wollte mich dafür entschuldigen, dass ich schon wieder vor ihm zusammenbrach. Er ließ es nicht zu und holte mir rasch ein Taschentuch, um meine Tränen wegzuwischen.

»Meine Güte, das ist so peinlich. Normalerweise habe ich nicht so nah am Wasser gebaut. Ich weine fast nie. Nur bei diesen Videos, in denen Soldaten überraschend nach Hause kommen. Da öffnen sich immer sämtliche Schleusen. Oder wenn ein süßes Tier, das ein Trauma erlebt hat, eine glückliche Familie findet. Das bringt mich zum Weinen, aber so viele Tränen, wie ich in den letzten Tagen mit dir vergossen habe, sind zu viel. Du hast mich wahrscheinlich öfter weinen sehen als irgendwer sonst.« Ich kicherte verlegen.

»VIP-Zugang zu deinen Gefühlen«, scherzte er. »Keine Sorge. Hier bist du sicher.«

»Wir sollten aber aufhören, uns so zu treffen – solange mein Herz noch gebrochen ist.«

»Hoffentlich bekommst du das nächste Mal, wenn sich unsere Wege kreuzen, dein Happy End.«

Ich zwang mich zum Lächeln, aber er wusste, dass es nicht echt war. Er runzelte die Stirn und musterte mich, als wolle er etwas sagen, wisse aber nicht genau, wie. Das war mein Zeichen, sein Büro zu verlassen, damit er sein Leben wiederauf nehmen konnte.

Er sah kurz zu Boden, dann blickte er mir wieder in die Augen.

»Aaliyah?«

»Ja?«

»Darf ich dich umarmen?«

Ich nickte langsam. »Ja.«

Er zog mich an sich, schlang die Arme um mich und hielt mich fest. Ich verlor mich in seiner Umarmung und merkte erst jetzt, wie sehr ich seinen Trost brauchte.

Ich atmete tief ein und roch sein Aftershave, das an meiner Kleidung haften blieb. Ich legte meine Wange an seine Brust, während er sein Kinn auf meinen Kopf bettete. Ich blieb so stehen, bis ich das Gefühl hatte, ihn zu sehr zu beanspruchen.

Dann ließ ich ihn los.

»Dann lasse ich dich mal in Ruhe, aber danke, dass du dich mit mir getroffen hast. Und danke, Connor, dass du – du bist.«

»Natürlich. Ich wünsche dir wirklich nur das Beste, Aaliyah, und alles wird wieder gut.«

So wie er es sagte, musste es wahr sein, fast so, als wäre mein Wohlbefinden das Ergebnis dieses Wahnsinns.

»Ich habe innerhalb weniger Tage meine Beziehung, mein Zuhause und meinen Traumjob verloren. Es fällt mir irgendwie schwer zu glauben, dass alles wieder gut wird, aber danke für deine lieben Worte. Oh, bevor ich gehe.« Ich griff in meine Handtasche und holte zwei Dollarscheine heraus. Ich legte sie auf seinen Schreibtisch.

Er lachte leise. »Du begleichst deine Wettschulden?«

»Wettschulden sind Ehrenschulden.«

Er schenkte mir ein trauriges Lächeln, und ich gab es zurück. Dann wandte ich mich zum Gehen, hielt aber noch einmal inne, weil ich ihm noch etwas sagen wollte.

»Ich habe dich gestern Abend gegoogelt«, gestand ich und begegnete seinem meerblauen Blick. »Wahrscheinlich ist es unwichtig, da es von mir kommt, aber ich bin wirklich stolz auf dich und das, was du erreicht hast. Es sieht so aus, als würden deine Träume wahr. Und nicht nur das, es sieht so aus, als würdest du der Welt zurückgeben, was sie dir gibt.«

»Doch, ist es«, sagte er und verschränkte die Arme. »Es ist wichtig, dass es von dir kommt.«

Später an diesem Abend saß ich im Bett und suchte im Internet nach Jobs. Als mein Handy eine neue Mail anzeigte, stellte ich überrascht fest, dass sie von Connor kam.

An: aaliyahwinters@passion.com
Von: ConnorXRoe@roeenterprises.com
Betreff: Samstag

Red,

Du hast mich überzeugt. Ich veranstalte morgen (Samstag) einen Tag der offenen Tür in einer meiner größeren Immobilien – falls du vorbeikommen willst. Es wäre ein perfekter Einstieg für das Interview, und du könntest sehen, wie ich arbeite. Wir treffen uns gegen zehn Uhr morgens an der Ecke Smith & Hadley am Trevon Tower. Wenn du Fragen hast oder es nicht findest, hier ist meine Nummer. Du kannst mich jederzeit anrufen oder mir eine Nachricht schicken.

– Captain

PS: Alles wird gut.

21

CONNOR

Meine Mutter glaubte an Magie. Nicht an Voodoo oder Beschwörungsformeln, sondern an die Magie des eigenen Geistes. Sie glaubte, dass alles für das größere Wohl ineinandergreift und dass das Leben jedem Menschen auf seinem Weg Hinweise für die richtige Richtung gibt. Die Ereignisse der letzten Wochen hätte sie als Zeichen des Universums bezeichnet.

Ich müsste lügen, wenn ich behaupten wollte, dass es mir nicht auch so ging.

Dass ich Aaliyah wiedergetroffen hatte, musste doch etwas bedeuten, oder? Oder vielleicht wünschte ich mir nur, es würde etwas bedeuten. So oder so war ich nicht bereit, sie wieder gehen zu lassen. Einerseits wollte ich kein Exklusivinterview geben und Leuten Einblick in mein Leben gewähren. Andererseits wollte ich gern weiterhin Zeit mit Aaliyah verbringen. Sicher, ich hatte keine Zeit für etwas anderes als Arbeit, aber in gewisser Weise ging es ja um die Arbeit. Genau. Ich widmete mich regulären Geschäftsaufgaben.

Was immer nötig ist, um dich davon zu überzeugen, dass du nicht nur mit Aaliyah zusammen sein willst, Kumpel.

»Warum glaube ich, dass mich das Gebäude, das du mir gleich zeigen wirst, umhauen wird?«, fragte Aaliyah, die mir auf dem Bürgersteig entgegenkam. Wie immer sah sie atemberaubend aus. Ob sie wusste, wie unangestrengt attraktiv sie war?

Ihr weißes Kleid umschmeichelte ihre Taille und betonte ihre Sanduhrfigur. Aaliyahs Kurven hätten mit einem Warnhinweis versehen werden müssen. Ihre Haare waren zu einem Knoten hochgesteckt, ihre Lippen hatte sie purpurrot geschminkt.

Sie konnte einen erwachsenen Mann zum Weinen bringen.

»Die meisten wären überwältigt. Es ist riesig.«

»Ich bin aufgeregt!«

»Ich auch. Wie geht es dir?«

Sie lächelte gezwungen. »Gut.«

»Okay.« Ich nickte. »Aber wie geht es dir wirklich?«

Ihr Lächeln verschwand, und sie zuckte mit den Schultern. *Gut. Sei ehrlich zu mir, Red.*

»Ich lebe von einem Tag zum anderen. Im Moment geht es mir gut«, sagte sie.

»Das freut mich.«

»Danke, dass ich das Interview machen darf. Ich weiß, dass dir bei dem Gedanken nicht ganz wohl ist. Ich verspreche, dass ich mein Herzblut in dieses Projekt stecke, Connor. Ich verspreche, dass sich diese Erfahrung für dich lohnen wird.« Sie wippte nervös auf ihren Absätzen und runzelte die Stirn. Wahrscheinlich war sie die Einzige auf der Welt, die auch mit grimmiger Miene noch wunderschön war. »Aber bitte denk nicht, ich würde dich benutzen. Ich bin wirklich daran interessiert, deine Geschichte zu erfahren.«

»Du kannst mich benutzen«, gestand ich und zuckte mit den Schultern. »Wenn ich von jemandem benutzt werden möchte, dann von dir.«

Sie errötete ein wenig. »Wie kommt es, dass du immer noch so freundlich bist wie damals? Wie kann es sein, dass die Stadt dich noch nicht verdorben hat?«

214

»Ich fahre oft genug nach Hause, um meine Südstaatenwurzeln nicht zu vergessen.«

Ihre Schultern entspannten sich ein wenig, und sie sah mich an. Ihre Augen waren so sanft und voller Verwirrung. »Was hat dich dazu bewegt, dem Interview doch zuzustimmen? Bei unserem Treffen hast du es deutlich abgelehnt.«

Das konnte ich nicht sofort beantworten, weil ich den Blick nicht von ihr abwenden konnte. Weil ich nicht aufhören konnte, an sie zu denken. Weil ich mir schon so lange wünschte, wieder Zeit mit ihr zu verbringen. Weil ich sie glücklich machen wollte, wenn sie traurig war.

Weil sie nach so vielen Verlusten einen Sieg verdient hatte.

»Vor zwei Jahren, in der Wish Alley, habe ich mir mehr von dir gewünscht. Es wäre doch bescheuert, mich abzuwenden, wenn sich dieser Wunsch erfüllt.«

»Das kannst du ziemlich gut, weißt du?«

»Was?«

»Liebesblitze verschießen und Menschen ihre Traurigkeit für eine Weile vergessen lassen.«

»Bin ich hier in einem Paralleluniversum gelandet?«, murmelte Aaliyah, als sie durch das Penthouse ging. Beim Betreten der Wohnung war ihr die Kinnlade heruntergeklappt, und seitdem hatte sie den Mund nicht mehr geschlossen. Ich hatte mich so früh mit ihr getroffen, damit sie mitbekam, was noch alles eingerichtet und dekoriert wurde, bevor potenzielle Käufer die Immobilie besichtigten.

An diesem Morgen standen wir in einer Dreißig-Millionen-Dollar-Immobilie, und das war nicht einmal die teuerste Wohnung, die ich in den nächsten Wochen präsentieren würde. Es war ein Maisonette-Penthouse mit doppelter Deckenhöhe, und um es milde auszudrücken, war es völliger Wahnsinn. Es befand sich in dreihundert Metern über dem Boden und bot den Besitzern eine Wahnsinnsaussicht auf New York City. Das 270-Grad-Panorama zeigte den Hudson River, die Freiheitsstatue und die Skyline von Manhattan. Knapp eintausendsechshundert Quadratmeter Reichtum. Vier Schlafzimmer, sechs Bäder, ein Heimkino und eine maßgefertigte Küche. Die Geräte waren alle intelligent, und die versteckte Speisekammer, die zu einer Leseecke mit einer Einrichtung für Kaffee und Tee führte, war das Sahnehäubchen auf der Torte.

Nicht zu vergessen, der private Aufzug, der Fitnessraum, der Yoga-Raum, der Wellnessbereich und der Swimmingpool.

Natürlich gab es nichts Vergleichbares, und ich freute mich schon auf die ersten Angebote.

»Das ist der Wahnsinn, oder?«, stimmte ich zu. »Wir haben unser Einrichtungsteam kommen lassen, damit das Penthouse durch die Möbel und Accessoires noch beeindruckender wirkt. Gleich kommen noch Caterer und Barkeeper, um die Gäste zu bewirten.«

»Connor.« Sie atmete aus. »Was zur Hölle?«

Ich lächelte. Sie war überwältigt, und ich konnte es ihr nicht verdenken. Ich erinnerte mich an das erste Mal, als ich ein Anwesen wie dieses betreten hatte. Wochenlang hatte ich davon geträumt.

»Und es gibt wirklich Menschen, die so leben?«, fragte sie.

»Ein sehr, sehr kleiner Prozentsatz.«

»Mit sehr, sehr viel Geld«, murmelte sie leise und strich über die Sofakissen. Schnell zog sie die Hand weg, drehte sich zu mir um und flüsterte, als wäre sie bei einer Missetat erwischt worden: »Darf ich die Sachen anfassen?«

»Tu dir keinen Zwang an.« Ich lachte. »Wenn du ganz mutig bist, kannst du dich sogar hinsetzen.«

»Oh nein. Ich bin alles andere als mutig.«

»Warum glaube ich das nicht? Immerhin hast du New York mal mit einem Superhelden unsicher gemacht.«

Sie lächelte mich an. Warum zog sich bei diesem Lächeln immer meine Brust zusammen?

»Connor, wir sind fast fertig. Wir erwarten etwa fünfzig Interessenten, mit denen wir über ihre Angebote sprechen. Schauen wir mal, was passiert«, sagte Damian, der auf mich zukam und mich zwang, den Blick von Aaliyah abzuwenden.

»Gut, gut. Dann bleibt uns noch ein bisschen Zeit, bis es losgeht. Damian, darf ich dir noch einmal Aaliyah vorstellen? Sie wird in den nächsten Wochen öfter vorbeikommen, weil sie über mich schreibt.«

Er zog eine Augenbraue hoch. »Über dich schreibt?«

»Du weißt schon … einen Artikel. Ein Interview. Für das *Passion Magazine.*«

Er blinzelte mehrmals. »Du gibst ein Interview?«

»Ja.«

»Du? Der Mann, der glaubt, Interviews wären Teufelszeug?«

»Ja. Ich.«

»Derjenige, der Hunderttausende von Dollar abgelehnt hat, weil er keine Interviews gibt?«

»Hm-hm.«

»Du weißt schon, dass das letzte Angebot bei einer halben Million lag, oder? Ist es das?«

Ich schüttelte den Kopf. »Nein. Das ist es nicht.«

»Wie viel haben Sie ihm geboten?«, fragte Damian Aaliyah unverblümt, die immer noch über das Sofa strich.

Sie sah Damian an und lächelte. »Oh, nur zehntausend, aber wir sollen es für wohltätige Zwecke spenden.«

Damian warf mir einen Blick zu, der sagte: »Was zum Teufel ist hier los?«, und ich gebot ihm mit dem Blick, den ich ihm zurückgab, die Klappe zu halten und sich zu gedulden, worauf er mir bedeutete, dass er mich für einen verfluchten Vollidioten hielt, was ich wiederum bereitwillig mit einem Nicken bestätigte. Aaliyah bemerkte nicht einmal, dass wir ein ganzes Gespräch nur mit Blicken führten.

Manchmal hatte ich das Gefühl, dass Damian und ich ohne Worte besser kommunizierten.

»Meine Chefin meint, Connor sei aktuell eines der heißesten Eisen«, erklärte Aaliyah.

»Dann müssen sie dieses Jahr unterdurchschnittlich sein«, erwiderte Damian.

Aaliyah lachte und warf den Kopf zurück. »Ja. Mit diesem Kerl kratzen wir am Bodensatz.«

Verdammt, auch ihr Lachen war schön. Sie hatte ein intensives Lachen, das von den Wänden widerhallte und andere glücklich machte. Es war ein ansteckendes Lachen.

»Klingt einleuchtend. Sie haben bestimmt auch andere gefragt, die haben aber abgelehnt«, sagte Damian. »Anders kann es gar nicht gewesen sein.«

»Eigentlich war er Nummer dreitausend auf der Liste«, mischte sich Aaliyah ein und nahm Damians Spiel auf. Die meisten Leute kapierten Damians trockenen Humor nicht, da er oft unhöflich und abweisend wirkte, aber Aaliyah traf den richtigen Ton.

»Sie hätten weitersuchen sollen«, sagte Damian.

Aaliyah schüttelte den Kopf und verschränkte die Arme. »Ich weiß. Das habe ich meiner Chefin auch gesagt, aber leider mussten wir uns mit diesem hier begnügen.«

Damian grinste fast. *Heilige Scheiße, wie hatte sie ihn dazu gebracht, fast zu grinsen? Konnte sie etwa zaubern?*

»Ich geh lieber wieder an die Arbeit. Wenn du ihr heute den schlechten Witz erzählen und mir das Elend ersparen willst, nur zu«, sagte Damian.

»Klingt gut. Und Damian?« Ich nickte ihm zu. »Übernimm heute die Führung.«

Überrascht hob er eine Braue. »Ernsthaft?«

»Ja. Ich denke, du bist so weit.«

»Ich habe noch nie eine so große Immobilie präsentiert«, warnte er.

»Genau deshalb solltest du das heute übernehmen. Du schaffst das. Ich halte mich im Hintergrund, falls du mich brauchst.«

Er runzelte die Stirn und zuckte mit den Schultern. »Dann, äh, danke.«

»Ich habe dich auch lieb«, scherzte ich und klopfte ihm auf die Schulter. Er machte sich auf den Weg, um sich davon zu überzeugen, dass alles perfekt war, und ich wusste, dass er aufgeregt war. Aber auch wenn er noch nie eine Immobilie dieser Größe verkauft hatte, war ich mir sicher, dass es ihm gelingen würde. Wenn er nicht mit Kunden arbeitete, war sein Auftreten kühl, aber sobald er in die Rolle des Geschäftsmannes schlüpfte, schaltete er den falschen Charme ein.

Es war erstaunlich zu beobachten. Er schenkte den Kunden ein falsches Lächeln, war eloquent und zog ihnen ohne Probleme die Hosen aus. Doch sobald sie gegangen waren, fiel die Maske, und sein Verhalten erinnerte wieder an I-Aah aus Winnie Puuh. Die gute alte Lockvogeltaktik.

Wahrscheinlich musste er sich komplett von der Welt abkapseln, nachdem er sich auf andere Menschen eingelassen hatte. Es schien ihn anzustrengen.

Aaliyah lächelte. »Was für ein netter Kerl.«

»Nett?« Ich lachte. »Die meisten Leute nennen ihn unnahbar.«

»Ich finde ihn witzig. Er hat einen sehr trockenen Humor. Er lächelt nicht oft, oder?«

»Ich warte immer noch darauf. Ich habe irgendwie Angst davor, ein richtiges, echtes Lächeln von ihm zu sehen. Ich weiß nicht, wie ich dann reagiere.«

Aaliyah lachte leise, und ich musste unwillkürlich an die Halloween-Nacht denken, als sich mir dieses Lachen eingeprägt hatte.

»Komm«, sagte ich und reichte ihr die Hand. »Ich zeig dir den Rest des Hauses, bevor der Ansturm losgeht.«

22

AALIYAH

Ich wusste, dass es reiche Leute gab. Was das betraf, war ich nicht naiv. Ich hatte genug Episoden von *Keeping Up with the Kardashians* gesehen, um zu wissen, dass manche Leute ein ganz anderes Leben führten als ich. Außerdem hatte ich in den letzten Wochen in Jasons Penthouse gewohnt. Doch eine Immobilie wie diese hatte ich noch nie gesehen.

So viel Luxus auf einmal, so viel … Geld. Als die Interessenten eintrafen, erkannte ich sofort, dass sie sich so ein Haus leisten konnten. Ich erkannte es daran, dass sie sich bewegten, als gehörten sie hierher. Es inspirierte mich, wie viel Selbstbewusstsein sie ausstrahlten.

Marie sagte immer, ich müsse selbstbewusster auftreten, aber das fiel mir schwer.

»Tu so, dann wirst du so, Liebes«, sagte sie immer.

Ihr Wissen würde mir fehlen. *Sie* würde mir fehlen.

Connor übergab Damian die Führung, der sich in den höflichsten Menschen verwandelte, wenn er mit potenziellen Käufern interagierte. Zum ersten Mal sah ich ihn lächeln, was ihm sehr gut zu Gesicht stand. Er hätte öfter lächeln sollen.

Doch wie vorhergesagt verschwand sein Lächeln, wenn sich die Käufer von ihm abwandten, und er nahm wieder seine normale, düstere Persönlichkeit an. Es war lustig, wie unterschiedlich er und Connor waren.

Damian war der Schatten, und Connor war das Licht. Offensichtlich glichen sie sich gegenseitig aus.

»Er ist nervös, aber man sieht es ihm nicht an, oder?«, flüsterte Connor, während wir alles aus dem Hintergrund beobachteten.

»Nein. Er ist so höflich.«

»Er kann jeden in seinen Bann ziehen, wenn er will. Das ist die größte Immobilie, die er je präsentiert hat. Ich bin mir sicher, dass er heute Abend ein Angebot hat.«

»Ich finde es süß, wie sehr du an ihn glaubst.«

»Er ist ein guter Junge, der ein beschissenes Blatt bekommen hat. Er hat eine Chance verdient, und er zeigt täglich, warum er eines Tages die Welt erobern wird.« Connor rieb sich mit dem Daumen die Nase. »Also, schalten wir einen Gang höher, wie wird das Interview denn ablaufen?«

»Richtig. Ich habe mir überlegt, dass ich gern drei unterschiedliche Themen behandeln würde. Es wäre toll, wenn du mir drei Orte zeigen könntest, die deine Vergangenheit, deine Gegenwart und deine Zukunft repräsentieren. Heute zum Beispiel erlebe ich deine Gegenwart. So kann ich deine ganze Geschichte erfassen und wo sie dich hinführt.«

»Mein Anfang, meine Mitte und mein Ende.«

»Der perfekte Roman.«

»Was, wenn es am Ende schlecht ausgeht?«

Ich lächelte. »Das Ende des Captains kann einfach nicht schlecht sein.«

»Ich mag das«, kommentierte er und nickte mir zu. »Dass du mich immer noch Captain nennst.«

»Ich mag es, wenn du mich Red nennst.«

Er grinste und schaute kurz weg, als ob er etwas sagen wollte, schüttelte es aber ab, bevor er fragte: »Sollte ich sonst noch etwas wissen?«

»Ja. Ich habe ein paar Terminvorschläge für das Fotoshooting, die schicke ich dir. Wenn keiner passt, halte ich Rücksprache mit der Fotografin, und dann suchen wir eine Location.«

»Ich bin kein besonders gutes Model«, warnte er.

»Glaub mir, du musst nicht viel tun, um gut auszusehen.«

Er hob eine Augenbraue. »Hast du mich gerade gut aussehend genannt?«

Ich errötete, löste den Blick von seinen blauen Augen und beobachtete ein Paar, das sich in der Küche umsah und Schränke öffnete. »Tu nicht so überrascht. Du weißt, dass du gut aussiehst. Deshalb wirst du doch der heißeste Junggeselle in NYC genannt.«

»So werde ich genannt?«

»Ganz genau. Sei also nicht überrascht, wenn ABC dich für den *Bachelor* casten will.«

»Da muss ich passen. In meiner Heimatstadt hat mein engster Freund Jax die Sendung immer mit einer älteren Nachbarin geschaut. Einmal habe ich mich dazugesetzt, konnte es aber nicht ertragen. Deshalb will ich auch nicht der Bachelor sein.«

»Warum nicht?«

»Ohne echtes Interesse kann ich mich nicht auf Frauen einlassen, schon gar nicht, wenn die ganze Welt zusieht.«

»Nun, manchmal muss man verschiedene Früchte probieren, bevor man weiß, was einem schmeckt.«

»Ja, aber man schiebt sich nicht eine Banane in den Mund, während man noch auf einem Pfirsich kaut.«

Ich gluckste. »Hast du zufällig die beiden erotischsten Früchte ausgesucht, die dir einfielen?«

»Was? Das mit der Banane verstehe ich, aber was hat ein Pfirsich mit Sex zu tun?«

Jetzt war ich diejenige, die eine Augenbraue hob. »Ist das dein Ernst?«

»So ernst wie zwei Kängurus, die sich streiten.«

»Dieser Vergleich ist total daneben.«

»Und dein Lächeln ist wunderschön.«

Ich spürte, wie ich noch tiefer errötete, aber um davon abzulenken, verdrehte ich die Augen. »Oh Gott, Bachelor. Funktionieren diese Sprüche bei anderen Frauen?«

»Wahrheit oder Wahrheit?«

»Wahrheit.«

»Sie funktionieren bei anderen Frauen.«

Ich stupste ihn an. »Lass mich raten – gleich wirst du mir sagen, ich bin nicht wie andere Frauen, richtig?«

»Nein, das habe ich noch nie verstanden.« Er schob die Hände in die Taschen und zuckte mit den Schultern. »Was ist so schlimm daran, wie andere Frauen zu sein? Frauen sind wunderbar. Alle Frauen. Mir kommt es vor, als nutzten Typen diesen Spruch, um einer Frau zu schmeicheln, während sie gleichzeitig alle anderen Frauen runtermachen. Und wer will schon einen eingebildeten Arsch, der andere runtermacht, um jemand anderen zu erhöhen? Das ist ein hinterhältiges Kompliment.«

Ich schürzte die Lippen. »Ich überlege gerade, ob das umgekehrte Psychologie ist oder nicht.«

»Gut. Ich halte dich gern auf Trab. Also, zurück zu dem Pfirsich.«

»Was ist damit?«

»Inwiefern ist der erotisch?«

Wieder ergriff mich Schüchternheit, er bemerkte es, aber ich versuchte, es herunterzuspielen. »Jugendliche benutzen den Pfirsich als Zeichen für den Hintern. Du weißt schon, weil Hintern … saftig und prall sind.« Ich machte eine Handbewegung, um einen runden Hintern anzudeuten, und bereute es sofort, als Connor sich vor Lachen krümmte.

Er machte die gleiche Handbewegung. »Also ein Pfirsich.«

»Ja.«

»Sind Pfirsiche nicht flaumig? Würde eine Pflaume nicht mehr Sinn ergeben?«

Ich hob kapitulierend die Hände. »Hey, ich mache die Regeln nicht.«

Offensichtlich war er wenig überzeugt und schüttelte missbilligend den Kopf. »Wir sollten wohl eine Petition starten, um Pfirsich in Pflaume zu ändern.«

»Das klappt bestimmt, wenn du Generation Z einbeziehst. Die Kids könnten ein paar TikToks mit Pflaumen machen. Dann geht es innerhalb einer Woche viral.«

»Bist du TikToker?«, fragte er.

»Ich bin professionelle passive Zuschauerin, aber ich weigere mich, etwas zu posten. Ich habe wahnsinnige Angst davor, dass Leute über mich urteilen.«

»Weißt du, wie du am besten darüber hinwegkommst, dass die Leute über dich urteilen? Indem du etwas postest und feststellst, dass ihre Meinung egal ist.«

Ich lachte. »Ach, dazu habe ich zu viel Angst.«

Er zuckte mit den Schultern. »Wir können genauso gut das tun, was uns glücklich macht. Das Leben ist kurz.«

Wenn er nur wüsste, wie kurz das Leben sein kann.

»Du willst mir also sagen, dass du auf TikTok gepostet hast?«, fragte ich.

»Oh, das mache ich regelmäßig.« Er verzog das Gesicht und zuckte ein wenig zusammen. »Ich muss dir etwas gestehen. Ich bin ein TikTok-Promi.«

Ich lachte auf. »Was? Nein, bist du nicht.«

Seine Hände flogen zu seiner Brust, und er verengte die Augen. »Warte, warum ist das so schwer zu glauben? Ich bin definitiv qualifiziert, um auf TikTok berühmt zu werden. Ich habe über drei Millionen Follower.«

»Niemals. Das ist doch Wahnsinn. Was stellst du denn an, das dich berühmt machen würde?«

»Ich gebe Immobilientipps.«

Ich warf den Kopf zurück und lachte so sehr, dass es mir den Atem verschlug. »So bringst du unsere Generation dazu, sich auf TikTok zu engagieren? Mit Immobilientipps?«

»Hey! Man ist nie zu jung, um etwas über Immobilien zu lernen. Außerdem werden die meisten bei ihrem ersten Hauskauf verarscht. Sie müssen deshalb besser Bescheid wissen. Und so kann ich Menschen auf der ganzen Welt helfen, ihr Traumhaus zu finden, nicht nur in New York, und keiner macht dabei Verlust.«

»Versteh mich nicht falsch – das ist brillant und nur ein weiterer Beweis dafür, dass du ein wirklich guter Mensch bist. Aber es kommt mir bizarr vor, dass du so viele Follower hast, weil du nützliche Tipps gibst.«

Er biss sich auf die Unterlippe, und ich sah zu, wie er daran nagte.

Ich knuffte ihn. »Du verheimlichst mir doch was.«

»Hm? Wie kommst du darauf, dass ich etwas verheimliche?«

»Äh, die Tatsache, dass du kein Pokerface hast und so aussiehst, als wolltest du mir nicht alles über deine TikToks erzählen. Weißt du was?« Ich griff in meine Gesäßtasche und zog mein Handy hervor. »Ich suche dich einfach, und …«

»Okay, warte!«, sagte er und hielt seine Hand vor mein Handy. »Okay. Es gibt da noch etwas.«

»Erzähl.«

»Ich gebe die Tipps beim Tanzen …«

»Du machst TikTok-Tänze?«

»Als hätte ich nie etwas anderes gemacht.« Er verengte die Augen und schüttelte den Kopf. »Du urteilst über mich.«

»Tue ich nicht. Ich … die Vorstellung, dass du tanzt, bereitet mir mehr Freude, als ich für möglich gehalten hätte. Ich wette, du machst es oben ohne«, scherzte ich.

Beim Anblick seiner schuldbewussten Miene hüpfte ich begeistert auf und ab.

»Oh mein Gott! Es stimmt? Connor …« Ich schaute mich im Penthouse um, um mich davon zu überzeugen, dass niemand zuhörte, und rückte näher an ihn heran. »Du köderst die Leute also?«

»Ich ködere sie nicht!«, flüsterte er mir zu. Er kaute wieder auf seiner Unterlippe und seufzte. »Okay, ich ködere sie, aber es geht um Angebot und Nachfrage, so funktioniert das eben.«

»Du stellst ihnen also dein Wissen zur Verfügung, und sie wollen deine Bauchmuskeln bewundern?«

Er grinste frech. »Du meinst also, ich habe Bauchmuskeln, Red?«

Ich verdrehte die Augen. »Sieh dir deine Arme an, Cap – deinem Bizeps wächst noch ein zweiter Bizeps. Ich bin mir sicher, dass es bei deinem Bauch nicht anders ist.«

»Was, diese alten Dinger?« Er grinste, als er seine Arme nicht ganz so lässig beugte und posierte wie »The Rock«.

»Meine Güte, hör auf«, flüsterte ich und spürte, wie meine Wangen heiß wurden, als die Leute in unsere Richtung schauten. »Die Leute gucken schon.«

»Soll ich mein Shirt ausziehen und ihnen eine Vorstellung bieten?«

»Nur wenn du einen TikTok-Tanz machst.« Ich lachte. Er war zwar peinlich, aber durch seine närrische Art brachte er mich so oft zum Lachen wie schon lange nicht mehr.

»Das mag ich auch, weißt du«, sagte er, als er seine theatralische Vorstellung beendet hatte. »Wenn du lachst.«

Und von einer Sekunde zur anderen brachte er mich nicht mehr nur zum Lachen, sondern auch zum Schmelzen.

Ich wollte die Schmetterlinge verscheuchen, die nichts in meinem Bauch zu suchen hatten, aber sie blieben hartnäckig.

»Es macht mich ein wenig nervös«, gestand er und schob die Hände in die Taschen seiner Jeans. »Wie leicht es ist, mit dir herumzualbern. Mir fällt es leicht, mit anderen umzugehen – das liegt an meiner Geselligkeit –, aber mit dir ist es absolut mühelos. Du machst es mir so einfach.« Er schaute zu Damian, der in unsere Richtung blickte. Er nickte Connor einmal zu, und Connor nickte zurück. »Die Leute, mit denen Damian gerade gesprochen hat, werden heute Abend wahrscheinlich ein Angebot abgeben.«

»Woher weißt du das?«

»Weil Damian fast gelächelt hat. Es ist so gut wie sicher. Komm, wir sehen uns noch ein wenig um.«

Ich lief los, doch plötzlich wurde mir schwindlig. Meine Sicht verschwamm, und ich blinzelte ein paarmal. Der Raum drehte sich schneller und schneller, mein Herz schlug schneller und schneller, und ich streckte die Hand aus, um mich an der Wand abzustützen.

Alarmiert kam Connor auf mich zu. »Aaliyah, bist du …«

Schwärze.

Synkope.

Vorübergehender Bewusstseinsverlust, verursacht durch einen Blutdruckabfall.

Auch bekannt als medizinischer Begriff für Ohnmacht.

Vor zwei Jahren wusste ich nicht, was eine Synkope war. Vor zwei Jahren kannte ich noch nicht viele medizinische Begriffe. Ich wusste nicht, wie es in einem Krankenhauszimmer zuging. Ich wusste nicht, dass man in der Notaufnahme manchmal stundenlang warten musste. Und ich vermisste die Tage, als ich es noch nicht gewusst hatte.

Nachdem ich wegen des Ohnmachtsanfalls ein Rezept bekommen hatte, saß ich auf der unbequemen Krankenhausliege. Ich erinnerte mich nicht genau daran, was passiert war, aber als ich wieder zu mir kam, beugte sich Connor mit besorgter Miene über mich.

Ich erinnerte mich noch, dass mich etwas Warmes im Gesicht gekitzelt hatte, und als ich es betastete und die Finger zurückzog, war mein Daumen rot gewesen.

»Blute ich?«

»Du bist gestürzt und hast dir den Kopf am Beistelltisch aufgeschlagen. Wir sollten ins Krankenhaus fahren«, sagte Connor.

Ich war anderer Meinung.

Ich wollte nicht ins Krankenhaus.

Er widersprach meinem Widerspruch.

Er war besorgt, ich könnte eine Gehirnerschütterung haben.

Ich machte mir Sorgen um mein Herz und was sie mir im Krankenhaus sagen würden.

Ich wusste, dass das kein guter Grund war, sich nicht untersuchen zu lassen, aber jedes Mal, wenn ich in ein Krankenhaus ging, kam ich mit schlechteren Nachrichten wieder heraus. Dabei wollte ich doch für einen Moment normal sein. Ich wollte doch nur Connor interviewen, einen Einblick in sein Leben erhalten und leitende Redakteurin werden.

Egal, Connor hatte die Diskussion um den Krankenhausbesuch gewonnen. Ich war zu müde, und mein Kopf pochte zu sehr, um mich noch lange dagegen zu wehren.

Also saß ich nun in dem kühlen Krankenhauszimmer, und eine Schwester brachte mir meine Entlassungspapiere. Man hatte mir die Stirn mit fünf Stichen genäht und Schmerzmittel gegeben, um meine Genesung zu beschleunigen.

Ich wusste, dass Connor noch im Wartezimmer saß, und die

Vorstellung, ihm gegenübertreten zu müssen, war mir unangenehm. Ich war nicht nur vor ihm, sondern während eines Geschäftstermins in Ohnmacht gefallen. Ich war vor Dutzenden von Leuten umgekippt und hatte ein Multi-Millionen-Dollar-Penthouse mit meinem Blut besudelt.

Ich wünschte mir an so vielen Tagen, ich wäre nicht ich. Und heute stand es ganz oben auf der Liste.

»Sie müssen besser auf sich aufpassen, okay, Schätzchen? Wenn Ihnen schwindlig wird, setzen Sie sich hin. Oder Sie lehnen sich an eine Wand und lassen sich daran hinabgleiten. Es kann auch helfen, ausreichend zu essen. Und nehmen Sie Ihre Herztabletten nicht auf leeren Magen ein, okay? Und vergessen Sie nicht, sich bei Ihrem Hausarzt zu melden.« Die Schwester sprach so fürsorglich mit mir, als wäre ich ihr Kind.

»Das werde ich, danke.«

Sie lächelte und drückte meine Hand. »Natürlich, Schätzchen. Passen Sie auf sich auf.«

In den letzten zwei Jahren hatte ich gelernt, dass Krankenschwestern nie genug Anerkennung für ihre Arbeit erhielten. Obwohl ich eine Fremde war, behandelten sie mich wie ein Familienmitglied. Und linderten meine Angst, wenn sie mich zu überwältigen drohte.

»Kommen Sie«, sagte sie lächelnd. »Ich begleite Sie hinaus in die Eingangshalle.«

23

CONNOR

Ich hasste Krankenhäuser. Besonders Notaufnahmen. Sie erinnerten mich immer an die Zeit, in der ich als Jugendlicher darauf wartete, dass meine Mutter gesund wieder herauskam. Sie nahm mich nie mit in das Untersuchungszimmer, bis die Ärzte ihr sagten, es gehe ihr gut. Bei ihrer ersten Krebserkrankung wollte Mom mich nicht umsonst ängstigen.

Beim zweiten Mal war ich ein Teenager und alt genug, um zu wissen, was los war, aber Mom nahm mich trotzdem nicht mit hinein. Stattdessen sorgte sie dafür, dass ich immer Bargeld für die Automaten in der Tasche hatte. Wegen dieser Erfahrung hatte ich immer Bargeld dabei. Als ich an diesem Nachmittag darauf wartete, dass Aaliyah durch die zwei automatischen Türen kam, die in den Untersuchungsbereich führten, war ich dankbar dafür.

Ich hatte sämtliche Tüten Cheetos aus dem Automaten gezogen. Sie sahen aus, als wären sie in den Achtzigern eingeräumt worden, schmeckten aber zum Glück nicht danach.

Als Aaliyah aus dem Untersuchungsbereich kam, bedankte sie sich überschwänglich bei der Krankenschwester, dann bedankte sie sich zuerst bei der einen und dann bei der anderen Empfangsdame, denn so war Aaliyah nun mal – sie war stets dankbar, selbst wenn sie eine Million Gründe hatte, es nicht zu sein.

Ich sprang auf, als sie sich umwandte und mir mit einem Lächeln auf den Lippen bedeutete, zu ihr zu kommen. Es war wunderbar zu sehen, dass es ihr offenbar wieder gut ging. Als sie ohnmächtig geworden war, hatte ich große Angst um sie gehabt. Sie hatte sich den Kopf an der Ecke des Couchtisches aufgeschlagen.

»Von den Medikamenten kann Ihnen ein bisschen schwummerig werden«, sagte die Schwester noch zu Aaliyah, dann sah sie mich an. »Bringen Sie sie heute Abend sicher nach Hause?«

»Ja, das mache ich.«

»Gut.« Die Krankenschwester legte Aaliyah die Hand auf den Arm und drückte ihn leicht. »Und noch einmal vielen Dank, Aaliyah, dass Sie für meinen Sohn gebetet haben. Es bedeutet mir sehr viel, dass Sie sich die Zeit nehmen.«

»Natürlich, Janet. Ich hoffe, dass er sein Casting mit Bravour besteht.« Aaliyah strahlte. »Es hat mich auch gefreut, Sie kennenzulernen, Randy!« Aaliyah winkte der anderen Schwester zu. »Cheetos?«, fragte sie, als ich mir die restlichen Chips aus der dritten Tüte in den Mund schüttete.

Ich zerknüllte die Tüte, zog die vierte und letzte unter meinem Arm hervor und hielt sie ihr hin.

Sie zog die Nase kraus und schüttelte den Kopf. »Nein, danke. Ich hasse Cheetos.«

Und so offenbarte die perfekte Frau ihren ersten Makel.

»So ein harscher Kommentar, wie unhöflich«, sagte ich und schüttelte ungläubig den Kopf. »Cheetos sind die besten Chips.«

»Das stimmt nicht. Die schaffen es nicht mal unter die ersten drei.«

In diesem Moment klingelte ihr Handy. Die Heiterkeit in ihrem Blick verflüchtigte sich, und auch ihr Lächeln verschwand.

»Alles okay?«, fragte ich.

»Nein … es ist Jason. Er kommt heute Abend bei mir vorbei.« Sie hielt inne und schüttelte den Kopf. »In seiner Wohnung, meine ich.« Ihr Blick klebte am Handy, und ihre Hand zitterte nervös. »Das ist seine erste Nachricht, seit er mich verlassen hat. Weißt du, wie viele Nachrichten ich ihm seitdem geschickt habe?«

Sie scrollte durch Dutzende von Nachrichten, in denen sie ihn anflehte, sich endlich bei ihr zu melden.

Bis zu diesem Abend hatte er nicht geantwortet und alles, was er schrieb, war: »Hey. Wieder in der Stadt. Fahre kurz zu meiner Wohnung.«

Das war's.

Was für ein Wichser.

Als sie mich ansah, standen Tränen in ihren Augen, und, verdammt, ich wollte sie einfach in die Arme schließen und ihr sagen, dass alles gut werden würde.

»Ich bin nicht darauf vorbereitet, ihn zu sehen. Ich kann nicht zurück in die Wohnung. Oh Gott, ich kann ihm nicht gegenübertreten, nicht nach allem, was passiert ist. Ich bin mental nicht darauf vorbereitet, und jetzt muss ich …«

»Du bleibst heute Nacht bei mir.« Ich legte ihr die Hände auf die Schultern, um sie zu beruhigen.

Ihre tiefbraunen Augen blickten mich sorgenvoll an. »Was? Nein. Ich habe heute schon genug deiner Zeit in Anspruch genommen, Connor. Ich kann nicht erwarten, dass du mich wie eine streunende Katze aufnimmst.«

»Du bist keine streunende Katze. Du bist eine Freundin, und ich nehme dich auf, weil du einen schlechten Tag hattest. Außerdem solltest du nach deinem Unfall nicht allein sein.«

Sie lachte leise, aber nicht vor Freude. Eher vor Enttäuschung. »Fünf Stiche am Kopf.«

»Jemand sollte sich heute Abend um dich kümmern, falls die Schmerzen zu stark werden.«

»Nein, das ist nicht nötig. Ich muss nur das Rezept einlösen und Feierabend machen.«

»Hör zu, Doritos-Lady, du lässt mich heute Nacht auf dich aufpassen.«

»Ist das ein Befehl?«

Ich lachte, aß die Cheetos auf und warf die Tüte in einen Mülleimer. »Ja, und zwar ein dienstlicher. Und jetzt komm.« Ich streckte meine Arme aus. »Hüpf rein.«

»Reinhüpfen?«

»In meine Arme. Mit deiner Verletzung lasse ich dich nicht laufen.«

Langsam kehrte das Funkeln in ihre Augen zurück. »Sei nicht albern, Connor. Deshalb lasse ich mich doch nicht von dir tragen.«

»Oh doch. Was auch passiert, ich trage dich hier raus.«

»Nein, das wirst du nicht.«

Sie hätte keine leeren Drohungen aussprechen sollen, denn in null Komma nichts hob ich sie hoch und trug sie fort, während sie ununterbrochen lachte und mich anflehte, sie auf der Stelle wieder herunterzulassen.

Dass sie lachte, gab mir das Gefühl, das Richtige zu tun.

Außerdem gefiel mir, wie sie sich in meinen Armen anfühlte. Fast so, als wäre sie dafür bestimmt.

Zu Hause angekommen, brachte ich Aaliyah in das Gästezimmer. »Du ruhst dich ein wenig aus, ich hole in der Zwischenzeit deine Medikamente.«

»Das ist nicht nötig, Connor, wirklich nicht. Ich schaffe das schon.«

»Das weiß ich, aber das musst du nicht. Hör auf zu streiten, und lass mich das machen.« Sie nickte und reichte mir das Rezept.

Ich machte mich auf den Weg zur Apotheke, und in der Schlange kehrten Erinnerungen zurück, die ich am liebsten verdrängt hätte. Erinnerungen an das Anstehen um die Medikamente meiner Mutter. Mit jedem Schritt, dem ich mich der Apothekerin näherte, wurde meine Brust enger, das Atmen fiel mir schwer, und ich versuchte, in einem normalen Rhythmus ein- und auszuatmen.

Endlich angekommen, lächelte mich die Frau hinter dem Schalter an und sagte: »Hallo. Sie möchten ein Rezept einlösen?«

»Ja. Für Aaliyah Winters.«

Sie ging zum Schrank und suchte nach den Tabletten.

Meine Handflächen waren feucht, und ich versuchte, die Gedanken beiseitezuschieben, die mir durch den Kopf schossen. Erinnerungen, die ich lange unterdrückt hatte, drängten an die Oberfläche. Ich kämpfte dagegen an. Ich gab mein Bestes, nicht in den Schmerz abzugleiten, den mein Verstand zu entfesseln versuchte. Doch als sie zurückkam und mich nach der Versicherung fragte, schlug die Welle über mir zusammen.

24

CONNOR

Sechzehn Jahre alt

»Hier sind die Rezepte. Nehmen Sie unbedingt eine der Tabletten gegen Übelkeit, bevor Sie heute Abend ins Bett gehen. Das wird helfen«, wies die Krankenschwester Mom an, als sie den Behandlungsbereich verließ, den sie über zwei Stunden zuvor betreten hatte. Ich hatte im Wartezimmer auf sie gewartet. Darauf, ob es ihr gut ging.

Als ich sie erblickte, sprang ich auf und eilte zu ihr.

»Geht es dir gut?«, fragte ich mit unsicherer Stimme. Ich hatte fast alles aus dem Automaten gegessen und fühlte mich, als müsste ich mich bei einer schlechten Nachricht übergeben.

Mom schenkte mir ein Lächeln. Sie war blass, und selbst ihr Lächeln wirkte ein wenig gequält.

»Mir geht's gut.« Sie grinste.

Es fühlte sich an wie eine Lüge.

Es musste eine Lüge sein.

Mom hatte immer behauptet, es gehe ihr gut, damit ich mich besser fühlte.

»Kann ich etwas für dich tun?«

»Ich möchte nur nach Hause und mich ausruhen, Schatz. Ich bin müde.«

Ich kratzte mich im Nacken, meine Anspannung ließ nicht nach.

»Musst du Rezepte einlösen? Ich kann bei der Apotheke vorbei-
fahren.«

»Schon gut. Ich kann sie später abholen, und ...«

»Mom«, unterbrach ich sie und schalt sie für diese alberne Idee.

Sie kicherte leise. »Seit wann bist du das Elternteil?«

»Bin ich nicht«, sagte ich, zuckte mit den Schultern und erlaubte
ihr, sich bei mir einzuhaken. »Ich bin nur dein bester Kumpel.«

Sie lehnte sich gegen mich und fühlte sich überhaupt nicht schwer
an. »Mein liebster Kumpel«, murmelte sie, als ich sie zu unserem
Auto brachte. Ich half ihr auf den Beifahrersitz, und sie ließ sich in
die Polsterung sinken. Als ich sie anschnallte, hatte sie die Augen geschlossen, und ihre Arme ruhten in ihrem Schoß.

»Es tut mir leid, Connor«, flüsterte sie. »Du bist zu jung, um dich
mit so etwas auseinanderzusetzen.«

»Ich bin der Mann im Haus – ich erledige bloß meinen Job.«

Sie wandte mir das Gesicht zu. In ihren Augen standen Schuldgefühle und Traurigkeit. »So sollte es aber nicht sein.«

Ich ignorierte sie, weil ich wusste, dass sich das Gespräch in eine
Richtung entwickelte, die wir beide nicht einschlagen wollten. Ich
würde darauf bestehen, mich um sie zu kümmern, und sie darauf,
dass ich mich meinem Alter entsprechend verhalten sollte.

»Haben sie die Medikamente angefordert?«, fragte ich und lenkte
das Thema auf augenblicklich wichtigere Dinge.

»Haben sie. Sie müssten bald fertig sein.«

Ich nickte, schnallte mich an und steckte den Schlüssel ins Zünd-
schloss. Wir fuhren zur Apotheke. Dort wollte ich Mom überreden,
im Auto zu bleiben, aber sie wusste, dass sie sich um die Versiche-
rungsfragen kümmern musste.

Deshalb kam sie mit hinein.

Ich blieb im Hintergrund, während sie mit der Apothekerin
sprach. Mein Magen war wie verknotet, als ich ihre Unterhaltung
belauschte.

»Es tut mir leid, Ma'am. Ihre Versicherung übernimmt die Kosten nicht. Sie haben Ihr Maximum bereits erreicht, das macht also einhundertfünfzig Dollar«, sagte die Apothekerin leise. Allerdings nicht so leise, dass ich es nicht gehört hätte, wahrscheinlich hatte ich zu aufmerksam gelauscht.

Mom seufzte und kniff sich in den Nasenrücken. »Ich kann erst nächste Woche bezahlen, wenn ich Geld bekomme, aber ich brauche die Medikamente jetzt.« Sie studierte die Rezepte. »Auf welche könnte ich am ehesten verzichten?«, fragte sie.

Bevor die Apothekerin antworten konnte, trat ich vor und zückte die alte, zerfledderte Brieftasche aus dem Secondhandladen. Ich nahm den Lohn von meinem Nebenjob heraus und legte ihn auf den Tresen.

Mom drehte sich zu mir um und riss die Augen auf. »Nein, Connor.«

»Schon gut, Mom. Schon gut.«

»Nein, nein. Ich kann Geld verschieben und ...«

»Mom.« Ich lächelte sie beruhigend an, und ihre Angst verflog.

»Ich gebe es dir nächste Woche zurück«, versprach sie und schob der Apothekerin das Geld hin.

Sie meinte es ernst.

Ich würde das Geld nehmen, damit sie sich nicht schlecht fühlte, aber das Geld, das sie mir gab, floss immer zu ihr zurück, selbst wenn ich nur Lebensmittel kaufte oder sie ins Kino einlud oder was auch immer.

Das Geld, das sie mir zurückgab, landete immer wieder bei ihr.

An diesem Abend gingen wir nach Hause, und ich blieb mit ihr auf dem Sofa sitzen und schaute Filme. Die ganze Zeit schwirrte mir der Kopf, und ich überlegte, wie ich noch einen Teilzeitjob schaffen könnte, um sie noch mehr zu unterstützen.

25

CONNOR

Heute

Zu Hause angekommen, vergewisserte ich mich, dass es Aaliyah gut ging, dann vergrub ich mich in meiner Arbeit. Selbst als ich E-Mails beantwortete und mehr Informationen über die Immobilie zusammentrug, die Damian in Queens gefunden hatte, kehrten meine Gedanken immer wieder zu Aaliyahs Situation zurück. Als ich sah, wie sie wegen Jasons Nachricht in Panik geriet, wusste ich, wie aufgewühlt sie sein musste. Seit sie bei mir angekommen war, hatte sie kaum etwas gesagt und sich gleich ins Gästezimmer zurückgezogen.

Nachdem ich ein paar Stunden gearbeitet hatte, klopfte es an meiner weit offen stehenden Bürotür. Ich blickte auf und sah Aaliyah mit einem Glas Wasser in der Hand. Ihr Lächeln reichte nicht bis zu ihren Augen.

»Du bist noch wach«, stellte sie fest und lehnte sich gegen die Tür, wahrscheinlich um nicht vor Erschöpfung umzufallen.

»Du bist auch noch wach«, sagte ich und wandte mich von meinem Computer ab.

Sie lächelte, und ich spürte die Risse, die sich hinter ihrem Lächeln verbargen. »Sind Sie ein Workaholic, Mr Roe?«

»Das kommt darauf an, wie sehr meine Gedanken rasen.«

Nach den Stunden im Krankenhaus sind sie heute besonders schnell unterwegs.

Sie betrat mein Büro, setzte sich auf den Boden und klopfte neben sich.

Eine Einladung, die ich nicht ausschlagen konnte.

Ich nahm mein Glas Whiskey, ging zu ihr und setzte mich neben sie. Sie nippte an ihrem Wasser und schenkte mir ihr kleidsames Lächeln.

Nach einer bestimmten Uhrzeit solltest du wirklich nicht mehr arbeiten«, sagte sie. »Dein Kopf braucht Pausen.«

»Manchmal macht mein Kopf nur dann Pause, wenn ich arbeite.«

»Na gut.« Ehrfürchtig schaute sie sich in meinem Büro um. »Wenn meine Chefin wüsste, dass ich schon wieder bei meinem Interviewpartner übernachte, würde sie mich bestimmt feuern.«

»Beim ersten Mal war ich noch nicht dein Interviewpartner. Außerdem kann ich sehr gut etwas für mich behalten.«

»Ach ja?«

»Besser als jeder andere, um ehrlich zu sein. Weit hinten in meinem Verstand gibt es eine Kiste, in der ich die tiefsten und dunkelsten Geheimnisse bewahre.«

»Es ist sehr schön von dir, dass du so ein Muster der Verschwiegenheit bist.«

»Ich nehme es mir zu Herzen, wenn mir jemand ein Geheimnis anvertraut. Mach dir keine Sorgen. Deine Chefin erfährt niemals von deiner Nacht bei mir.«

»Danke. Und warum macht dein Verstand solche Sachen?«

»Was für Sachen?«

»Du hast gesagt, dass dein Arbeitspensum davon abhängt, wie sehr deine Gedanken rasen. Warum rasen sie denn?«

Ich grinste. »Ist das inoffiziell?«

»Pfadfinderehrenwort.« Sie salutierte.

»Warst du als Kind bei den Pfadfindern?«

Sie zog eine Augenbraue hoch. »Was? Nein, ich bin Redakteurin.«

»Dann kannst du dich nicht auf das Pfadfinderehrenwort berufen. Wenn man kein Pfadfinder ist, bedeutet es nichts.«

»Das kommt aufs Gleiche raus.« Sie winkte ab. »Egal, was passiert, ich werde niemandem erzählen, worüber wir heute Abend sprechen. Deine Geheimnisse sind auch in der verschlossenen Kammer meines Gehirns sicher.«

Ich strich über den Rand meines Glases. »Ich denke zu viel nach. Manchmal glaube ich, dass ich mehr in der Zukunft lebe als in der Gegenwart. Um die Geschwindigkeit meiner Gedanken zu verlangsamen, konzentriere ich mich auf das, was vor mir liegt. Und das ist meistens beruflich.«

»Warum hast du so viel Angst vor der Zukunft?«

Ich lachte leise. »Wer hat gesagt, ich hätte Angst?«

»Deine Augen, wenn du redest.«

»Ich habe ein Déjà-vu, ich denke wieder an damals, als wir uns zum ersten Mal trafen und du mir deine Menschenkenntnis bewiesen hast.«

»Ich habe nach dieser gemeinsamen Nacht viel an dich gedacht«, gestand sie. »Selbst nachdem sich unsere Wege getrennt hatten, habe ich noch wochenlang an dich gedacht – monatelang.«

»Ging mir genauso.«

»Wahrheit oder Wahrheit?«, fragte sie.

»Wahrheit.«

»Warst du je wieder an einem der Orte unserer Halloween-Nacht?«

Ich grinste. »Ein- oder zweimal. Man kann dem Schicksal ja nicht alles überlassen. Ich wollte dich wiedersehen. Tut mir leid, dass ich unsere Vereinbarung gebrochen habe.«

»Schon gut. Ich habe sie auch gebrochen. Hauptsächlich, weil der Comic-Buchladen so übertrieben genial war. Mein Nerd-Ich wurde davon magisch angezogen.«

»Kann ich verstehen.«

»In der Hoffnung, dich zu finden, habe ich allerdings ein paarmal um die Ecken geschaut.«

»Sieht so aus, als hätte das Schicksal unsere Sache in die Hand genommen.«

»Warum bist du heute Abend traurig?«, fragte sie und warf mich damit aus der Bahn.

Sie musterte mich eindringlich, als wollte sie in mein Innerstes blicken. Als Journalistin war es ihre Aufgabe, Geschichten auf den Grund zu gehen und tief in die Seele eines Menschen einzutauchen.

Sie war der erste Mensch in meinem Leben, der mich ansah und hinter mein Lächeln blickte.

Die meisten Menschen sahen mich an und glaubten meinem Lächeln. Aaliyah war anders. Ich war mir nicht sicher, was ich von dieser Erkenntnis halten sollte. Auf keinen Fall wollte ich, dass sie die Narben sah, die bis heute schmerzten.

»Du musst nicht antworten«, sagte sie. Sie musste mein Unbehagen gespürt haben.

Ich nahm ihr Angebot an, denn ich war noch nicht bereit, ihr zu erzählen, dass mich der Ausflug ins Krankenhaus in eine Zeit zurückversetzt hatte, die ich lieber vergessen wollte.

Zum Glück verstand sie es und lächelte, dann wandte sie den Blick ab und trank wieder einen Schluck Wasser. »Ich habe einen Großteil meines Lebens in der Zukunft und in der Vergangenheit gelebt. Wenn man ohne Familie aufwächst, denkt man viel über die Vergangenheit nach. Warum haben mich meine Eltern zu Pflegeeltern gegeben? Wo komme ich her? Was sind meine Wurzeln? Und auch über die Zukunft, die jede

Menge neue Ängste auslöst. Werde ich je eine eigene Familie haben?« Sie senkte den Kopf, ihr Blick verdüsterte sich. »Dank Jason habe ich darauf eine Antwort.«

»Er ist ein Arsch und hat dich nicht verdient. Aber das heißt nicht, dass du keine Zukunft hast.«

»Manchmal fühlt es sich so an, als würde mir die Zeit davonlaufen.«

Ich stupste gegen ihr Bein. »Du bist jung. Du hast dein Leben noch vor dir.«

Sie hielt inne und schaute mich mit ihren braunen Augen an. Dann öffnete sie die Lippen, als wollte sie etwas sagen, schloss sie aber gleich wieder. Und lächelte. »Natürlich ist es wichtig, im Hier und Jetzt zu leben. Das ist alles, was wir haben.« Sie hob ihr Glas und prostete mir zu. »Auf das Jetzt.«

»Auf das Jetzt«, sagte ich und stieß mit ihr an.

»Hört, hört!« Sie trank einen Schluck. »Ehrlich gesagt, mache ich mir ein wenig Sorgen um meine nahe Zukunft. Ich muss eine neue Wohnung finden, und die Suche ist ganz schön schwierig. Ich kann nicht in seiner Wohnung bleiben. Aber ich weiß auch, dass ich mit meinem Preislimit keine anständige Wohnung bekomme, zumindest nicht vor meiner Gehaltserhöhung bei *Passion*.«

»Zieh bei mir ein.«

Die Worte verließen meinen Mund ohne jedes Zögern. Das Komische war, dass ich es kein bisschen bereute, sie ausgesprochen zu haben. Ich meinte es ernst. Sie sollte nicht in *seiner* Wohnung leben müssen. Außerdem fand ich die Vorstellung, sie jeden Tag zu sehen, nicht übel. Je mehr Zeit ich mit ihr verbrachte, desto mehr sehnte ich mich danach.

Sie lachte. »Schon klar, Connor.«

»Nein, ich meine es ernst. Zieh bei mir ein. Die Bude hat drei Schlafzimmer und drei Bäder. Sie ist riesig! Gut eintausendzweihundert Quadratmeter, es gibt also jede Menge Platz. Und du könntest Geld zurücklegen, müsstest dir erst mal keine Wohnung suchen und würdest nicht in irgendeinem Dreckloch landen.«

Als sie meinen Gesichtsausdruck sah, hörte sie auf zu lachen. »Du machst Witze, oder?«

»Du hast selbst gesagt, dass du meine Wohnung magst.«

»Das ist doch lächerlich. Du kannst nicht im Ernst wollen, dass ich bei dir einziehe.«

»Warum denn nicht? Das würde bestimmt großartig funktionieren. In meiner Wohnung ist genug Platz für dich und deine Sachen. Das ist doch eine brillante Idee. Außerdem hast du so mehr Zeit, eine passende Wohnung zu finden. Dann musst du dich nicht überhastet für eine Schrottimmobilie entscheiden. Es könnte eine Zwischenlösung sein, du bleibst hier, bis du eine neue Wohnung findest, besonders, da du eine Gehaltserhöhung bekommst, sobald du leitende Redakteurin wirst.«

»Wenn ich einen guten Artikel über dich schreibe.«

»Du wirst einen großartigen Artikel schreiben.«

Sie seufzte. »Das kann ich nicht annehmen, Connor. Außerdem kann ich nicht einfach so in dein Privatleben eindringen. Also danke für das tolle Angebot, aber …«

»Das Beste habe ich dir noch gar nicht gezeigt«, unterbrach ich sie. Ich stand auf und reichte ihr die Hand, um sie auf die Füße zu ziehen. Dann führte ich sie in mein Schlafzimmer. »Ich habe eine Vorliebe für Geheimgänge, und als ich den hier sah, musste ich die Wohnung einfach nehmen.« Ich ging zu meinem begehbaren Kleiderschrank, und sie folgte mir ein wenig verwirrt. Er war gigantisch und sehr aufgeräumt. Aber sie verstand nicht, was ich ihr zeigen wollte.

Ich lächelte und drückte auf einen Knopf, worauf der Kleiderständer automatisch nach rechts schwang und eine versteckte Tür freigab.

»Wohin führt die?«, fragte sie neugierig.

»Finde es heraus.«

Ich trat beiseite und bedeutete ihr, die Tür zu öffnen. Dahinter kam eine Treppe zum Vorschein, über die man das Dach erreichte. Sie stieg hinauf, und als sie oben ankam, schnappte sie nach Luft.

Inmitten wunderschöner Pflanzen und Blumen standen atemberaubende Terrassenmöbel. Sie war überwältigt von der Holzschaukel für zwei Personen, von der aus man einen perfekten Blick auf die Stadt hatte. Man konnte jedes einzelne Licht sehen, das in der Ferne funkelte.

»Die Lichter der Stadt«, flüsterte sie, drückte die Hände an die Brust und trat ans Geländer.

»Ich weiß, wie sehr du die Aussicht magst«, sagte ich und ging mit den Händen in den Hosentaschen zu ihr. »Es gibt keine schöneren Lichter als die Lichter der Stadt.«

»Das stimmt.« Sie lächelte, während sie in die Nacht hinausschaute. Der Himmel war tiefschwarz, doch darunter pulsierte die Stadt. »Als Kind bin ich immer von meiner Pflegefamilie weggelaufen, wenn ich mich überfordert und allein fühlte. Es gab da ein Gebäude in Queens, wo ich immer die Feuerleiter hochgeklettert bin, um mir die Lichter der Stadt anzuschauen. Ich stand dort, atmete ein und aus und blickte in die Nacht. Ich weiß nicht, warum, aber der Anblick der Lichter tröstete mich.«

»Wie kommt's?«

»Es ist albern und klingt sicher nicht besonders logisch, aber ich habe mich als Kind oft allein gefühlt. Ich hatte kaum Freunde und keine Familie. Ich war einsam und glaubte, das würde immer so bleiben. Doch wenn ich die Lichter der Stadt sah, war es anders. Sie erinnerten mich daran, dass ich nicht wirklich allein war, auch wenn ich mich einsam fühlte. Für mich stand jedes Licht für eine Person, die Liebe empfand, die Schmerz fühlte und das Leben. Wie ein Zeichen dafür, dass, auch wenn sich mein Leben dunkel anfühlte, hinter der nächsten Ecke ein Licht auf mich wartete.«

Schweigend blickte ich in die Nacht hinaus, ich erkannte, was sie sah, und mir gefiel, wie sie dachte.

»Wie gesagt, es ist albern«, flüsterte sie und wirkte wegen ihres Geständnisses nervös.

»Nein, ist es nicht.« Ich schüttelte den Kopf. »Ich kann bloß nicht verstehen, wie Jason so dumm sein konnte, dich gehen zu lassen.«

Sie errötete und fummelte verschämt an ihren Fingern herum. »Nicht nur Jason – auch alle anderen vor ihm. Vielleicht sind manche Mädchen einfach nur für vorübergehende Beziehungen bestimmt.«

»Mag sein. Aber ich glaube nicht, dass das für dich gilt.«

Sie lächelte. »Alles ist vorübergehend. Wir wünschen uns bloß, dass es anders wäre.« Sie drehte sich um und seufzte leise. »Was für eine Aussicht.«

»Du solltest sie im Herbst sehen«, sagte ich. »Und im Winter und im Frühling, und so lange und so oft, wie du magst.«

»Du meinst es ernst, stimmt's? Ich soll wirklich bei dir einziehen?«

»Ja. Du musst natürlich nicht, aber ich möchte dir helfen. Ich biete es dir an, weil es kein Problem ist.«

»Dein Südstaatenherz.« Sie lachte leise.

»Man kann mich aus dem Land herausholen«, sagte ich und zuckte mit den Schultern, »aber man kann das Land nicht aus mir herausholen. Nimm dir Zeit, um darüber nachzudenken. Ohne Eile und ohne Druck – es ist nur ein Angebot.«

Sie nagte an ihrer Unterlippe. »Wenn wir das tun, müssen wir Regeln aufstellen.«

Ich wurde munter. »Ich habe kein Problem mit Regeln. Im Gegenteil. Schieß los.«

»Okay. Zunächst musst du es mir sagen, falls es dir irgendwann zu viel wird.«

»Einfach.«

»Und wenn du ein Mädchen zu Besuch hast, übernachte ich natürlich bei meiner besten Freundin. Ich will dir nicht die Tour vermasseln.«

Ich grinste belustigt. »Hast du gerade gesagt, du willst mir nicht die Tour vermasseln?«

»Habe ich, und das meine ich auch so. Du hast doch sicher mehrere Freundinnen, die abwechselnd vorbeikommen.«

Ich japste und legte mir theatralisch die Hände auf die Brust. »Hast du mich gerade als Hurenbock bezeichnet? Red, ich bin tief verletzt.«

»Hey, das hast du gesagt, nicht ich. Ich sage nur, dass ich dir nicht in die Quere kommen oder mich in dein Leben einmischen will. Ich will dir nicht zur Last fallen.«

»Nichts an dir fällt mir zur Last.«

»Bitte hör auf damit, Connor.«

»Womit?«

»So unglaublich nett zu mir zu sein.«

»Okay, dann bin ich jetzt besser mal streng statt nett, ich habe nämlich auch ein paar Regeln.«

»Okay, schieß los.«

»Erstens: Während des Abendessens läuft Basketball.«

Sie lachte, und ich wollte in den Klang eintauchen und mich ganz von ihm verschlingen lassen.

Gott, ihr Lachen machte mich süchtig. »Das ist überhaupt kein Problem.«

»Und du darfst nicht sauer werden, wenn ich meine Socken herumliegen lasse.«

»Diese Regel sollte für uns beide gelten«, stimmte sie zu. »Außerdem darfst du nicht lachen, wenn meine Socken nicht zusammenpassen, das ist bei mir einfach so.«

»Okay. Und die letzte Regel: Du musst mir Bescheid sagen, ob ich mit der Aaliyah, die ihren Job macht, rede, oder mit meiner Mitbewohnerin. Ich will nicht, dass etwas in dem Artikel auftaucht, das ich exklusiv meiner Mitbewohnerin erzählt habe.«

»Auf diese Regeln kann ich mich einlassen.«

»Also gut. Abgemacht?« Ich streckte ihr die Hand entgegen.

»Abgemacht«, sagte sie und schüttelte meine Hand. »Aber ich zahle Miete, du nimmst sie an, und du bekommst einen offiziellen Schuldschein für alles, was du in den nächsten Tagen und Monaten von mir brauchen könntest.«

»Klingt gut. Ich bewahre den Schuldschein auf, bis ich ihn brauche. Willkommen zu Hause, Mitbewohnerin«, sagte ich, bevor sie meine Hand losließ.

Ich schaute auf die Lichter der Stadt, atmete tief ein und langsam durch den Mund wieder aus. Dass Aaliyah bei mir bleiben würde, erfüllte mich mit tiefer Zufriedenheit, als hätte es so sein müssen. Sie glaubte sicher, ich würde ihr einen Gefallen tun, aber ich fühlte mich, als hätte ich mir selbst einen Gefallen getan. Denn in ihrer Nähe kam ich mir vor wie eine bessere Version meiner selbst.

26

AALIYAH

Ich zog bei meinem Lieblingssuperhelden Connor Roe ein.
Auch wenn ich es noch nicht fassen konnte, gefiel mir der Gedanke ziemlich gut. In seiner Nähe fühlte ich mich sicher, was indes nicht besonders vernünftig war. Im Großen und Ganzen kannten wir uns noch nicht so lange, doch mir kam es vor, als wären wir schon seit Jahren befreundet.

Trotzdem konnte ich mich nicht auf den Umzug konzentrieren, bis ich ein gewisses Problem gelöst hatte. Seit der geplatzten Hochzeit hatte ich eine Flut von Nachrichten von Marie erhalten. Sprachnachrichten, SMS, E-Mails – sie hatte mich auf jedem Weg zu erreichen versucht.

Marie: Hey, Aaliyah. Kommst du diese Woche zum Buchclub? Die Ladys fragen nach dir.

Marie: Wir sollten einen Kaffee trinken gehen. Ich vermisse dich, Liebes.

Marie: Hast du etwas von meinem Sohn gehört?

Marie: Ich weiß, dass du Abstand brauchst, und du musst mir nicht antworten. Aber ich bin für dich da und schreibe dir, damit du weißt, dass du geliebt wirst und dass Walter und ich dich vermissen. Vielleicht können wir etwas zusammen trinken? Ich mache mir Sorgen um dich.

Marie: Du hast diese Woche deinen Arzttermin, oder? Er

steht in meinem Kalender. Ich hoffe, alles läuft gut. Bitte, sag mir Bescheid, Aaliyah. Ich mache mir Sorgen.

Ich versuchte, so gut es ging, Marie Grenzen zu setzen und ihr mitzuteilen, dass ich Zeit brauchte, aber bei der Vorstellung, dass sie sich Sorgen um mich und meine Gesundheit machte, fühlte ich mich schrecklich. Deshalb schickte ich ihr ab und zu eine Nachricht, um sie wissen zu lassen, dass es mir gut ging.

Greta von der Arbeit sagte mir, dass ich Marie nichts schuldete, nicht einmal eine Sekunde meiner Zeit oder Energie. Sie sagte, mir Nachrichten zu schicken sei passiv-aggressiv, und vielleicht stimmte das sogar. Aber ich fühlte mich schuldig, weil ich Maries Nachrichten ignoriert hatte, nach allem, was sie und Walter in der Vergangenheit für mich getan hatten. Auch wenn Jason mich nicht gut behandelt hatte, galt das keineswegs für seine Eltern. Dass Jason und ich unsere Beziehung beendet hatten, war das eine, aber die Beziehung zu seinen Eltern zu beenden, vor allem zu Marie, erwies sich als noch schwieriger. Ich fühlte mich ihr mehr verbunden als Jason. Sie war wie eine Freundin für mich.

Doch ich wusste, dass unsere Freundschaft dem Scheitern der Beziehung mit Jason zum Opfer fallen würde. Mit der Zeit würde Marie Gründe finden, warum ich an der Trennung schuld war. Und sie würde sich dessen nicht einmal bewusst sein. Sie würde ihrem Sohn vertrauen, dem Kind, das sie aufgezogen hatte, und er würde sie manipulieren, bis sie glaubte, ich hätte ihm geschadet.

Am Ende würde sie für ihr Familienmitglied Partei ergreifen. So war das Leben.

Nun wusste ich, dass ich die Verbindung zwischen Marie und mir beenden musste. Auch wenn mir ihre Freundschaft fehlen würde, musste ich ihr ein Ende setzen, bevor sie irgendwie toxisch wurde.

»Danke, dass du dich mit mir triffst, Aaliyah«, sagte Marie, als wir uns in dem Café setzten, in dem wir uns regelmäßig getroffen hatten. Der sonst so unbeschwerte Umgang zwischen uns fehlte jedoch an diesem Morgen. Wie ich ihr so gegenübersaß, fühlte ich mich stattdessen völlig fehl am Platz, als gehörte ich nicht mehr dorthin.

»Natürlich. Nach den vielen Nachrichten, die du mir geschickt hast, bringen wir es besser einfach hinter uns.«

»Es hinter uns bringen? Was meinst du damit?«, fragte sie und klang verletzt.

»Willst du nicht mit unserer Freundschaft abschließen? Ich weiß nicht, wo das mit uns hinführen soll, nach allem, was mit deinem Sohn passiert ist.«

»Nein, ganz und gar nicht. Ich kann nicht glauben, dass wir nicht weiter befreundet sein können. Du weißt nicht, was es mir bedeutet, dass wir uns begegnet sind. Ich liebe dich, Aaliyah, und ich will nicht, dass das, was mein Sohn getan hat, unserer Beziehung schadet. Außerdem …« Sie zögerte, als wäre sie sich nicht sicher, ob sie weitersprechen sollte. »Er liebt dich immer noch, Liebes.«

Ich schnaubte, aus der Fassung gebracht und angewidert von ihren Worten. »Wie bitte?«

Sie nahm meine Hände in ihre. »Er liebt dich, Aaliyah. Ich weiß es. Er hat nur kalte Füße bekommen.«

»Seine Zehen müssen mittlerweile Eisklumpen sein, da er nicht einmal versucht hat, mich zu erreichen.«

»Es macht ihm Angst, wie wichtig du ihm bist. Bisher hat er sich bei keiner Frau so verletzlich gezeigt.«

Ich löste meine Hände aus ihrem Griff. »Er hat mich betrogen, Marie.«

Ihre Augen weiteten sich überrascht. »Was? Nein. Wo hast du das denn her?«

»Ich habe meine Quellen. Hör zu, ich verstehe, dass du verletzt und verwirrt bist. Mir geht es auch immer noch so, aber das ist zu viel für mich. Du bist mir wichtig, aber zwischen mir und Jason ist es aus.«

»Sag das nicht. Du hast nicht einmal darüber nachgedacht, ihm noch eine Chance zu geben.«

»Entschuldige … hast du mir nicht zugehört? Er hat mich betrogen.«

»Junge Männer betrügen manchmal – das kommt vor.«

Ihre Worte machten mich sprachlos.

Das kommt vor? Das war ihre Reaktion darauf, dass Jason mich betrogen hatte?

»Ich bin sicher, es war ein Unfall«, sagte sie.

»Ist sein Penis aus Versehen in die Vagina einer Frau gerutscht?«, spottete ich.

Sie errötete, und ich konnte es ihr nicht verdenken. So geradeheraus hatte ich noch nie mit ihr gesprochen, aber wie sollte man es anders ausdrücken? Er hatte eine andere Frau gevögelt. Das war kein Unfall. Es war seine Entscheidung.

»Ich weiß, mein Sohn ist nicht einfach, und er hat in der Vergangenheit viele Fehler gemacht, aber ich sehe sein Potenzial. Mit der richtigen Frau könnte er so geerdet leben wie sein Vater. Walter war auch mal jung und wild. Ich habe ihn gezähmt.«

»Es lohnt sich nicht, wegen des *Potenzials* zu bleiben, vielleicht entfaltet es ja sich nie. Außerdem ist es nicht mein Job, einen Mann zu zähmen.«

Sie seufzte. »Vielleicht, wenn du dich mit ihm triffst. Vielleicht, wenn du mit ihm redest …« Sie drehte sich im Kreis, und langsam wurde es mir zu viel. Wann würde sie verstehen, dass unsere Beziehung nur eine Erfindung war? Ich hatte einmal geglaubt, dass das zwischen uns echt war, aber das war Wunschdenken gewesen.

Er war nicht der Einzige, der etwas falsch gemacht hatte. Ich hatte zu lange an die Beziehung geglaubt. Ich wollte mich unbedingt niederlassen, bevor meine Zeit ablief. Ich wünschte mir so sehr eine Familie, dass ich einem Mann in die Arme fiel, der nie stark genug gewesen war, mich zu halten.

Ich gestand mir meine Fehler ein. Ich hatte versucht, Liebe zu säen, wo sie nie hätte wachsen können. Ich stand zu meinen Fehlern, und zu gegebener Zeit würde ich mich mit ihnen auseinandersetzen. Aber ich würde ganz sicher nie wieder zu Jason zurückkehren.

»Wenn er es gewollt hätte, Marie, hätte er sich mit mir treffen können, aber er will es nicht, und ich will es auch nicht. Ich habe damit abgeschlossen. Ich ziehe diesen Sonntag aus seiner Wohnung aus und hinterlege den Schlüssel an der Rezeption. Es ist vorbei.«

»Das glaubst du doch nicht wirklich, Aaliyah. Nach allem, was wir durchgemacht haben …« Tränen liefen ihr über die Wangen, und sie wischte sie weg, aber es fielen noch mehr. »Du gehörst zur Familie.«

Mir war unangenehm, dass sie weinte. Mir war unangenehm, dass ich der Grund für ihren Kummer war. Als ich sie kennengelernt hatte, war ich verängstigt und allein gewesen, und sie hatte mich getröstet, ganz zu schweigen von den Behandlungen, die sie und Walter mir, ohne zu zögern, bezahlt hatten. Für eine kurze Zeit waren sie wirklich meine Familie gewesen. Aber ich wusste, dass es übel ausgehen würde, wenn ich blieb. Das wollte ich keinem von uns zumuten.

»Und dann ist da noch deine Gesundheit«, sagte sie und versuchte, sich zu beruhigen. »Du brauchst mich.«

»Wie meinst du das?«

»Als wir uns mit dem Transplantationsteam trafen, hast du mich als Vertrauensperson ausgewählt. Wenn du eine Herztransplantation bekommst, wirst du mich brauchen. Weißt du nicht mehr, dass du jemanden brauchst, der sich vor und nach der Transplantation um dich kümmert? Du brauchst mich. Du hast sonst niemanden, Aaliyah.«

Ich wusste, dass sie mich nicht verletzen wollte, aber das hatte sie. Es fühlte sich an wie ein Schlag in die Magengrube.

Ich habe sonst niemanden.

Ich räusperte mich und schluckte die Gefühle hinunter, die in mir aufstiegen. »Sollte das ein Problem werden, finde ich eine Lösung. Ich tausche dich aus, sobald ich jemand Neues gefunden habe.«

»Aber …«

»Es tut mir leid, Marie. Ich will nicht daran festhalten. Du hast in den letzten Jahren so viel für mich getan. Aber jetzt, wo es mit Jason und mir vorbei ist, ist es wohl an der Zeit, endlich loszulassen.« Ich zuckte mit den Schultern und griff nach meinem Kaffee zum Mitnehmen. »Vielleicht sind manche Dinge einfach nicht für immer. Es tut mir leid, Marie. Ich muss packen.«

»Wo ziehst du hin?«, fragte sie.

»Das möchte ich dir nicht sagen.«

Sie strich sich ihre langen, glatten schwarzen Haare hinter die Ohren und schüttelte den Kopf. »Du machst einen Riesenfehler, Aaliyah, wenn du unserer Familie den Rücken kehrst.«

Es war bereits geschehen. Sie gab mir die Schuld, als hätte ich das Problem verursacht. Sie stellte es so dar, als hätte ich die Hochzeit abgesagt und unsere Verbindung gekappt. Mit der Zeit würden weitere Schuldzuweisungen folgen und mich zum Schurken in dieser Geschichte stempeln. Jetzt zu gehen war für alle Beteiligten die beste Lösung.

Ich räusperte mich und stand auf. »Ich wünsche dir nur das Beste, Marie, aber bitte ruf mich nicht mehr an. Das würde es uns allen leichter machen.«

Seit ich Marie gesagt hatte, dass wir unsere Freundschaft beenden sollten, hatte ich keine Nachricht mehr von ihr erhalten. Daher konzentrierte ich mich darauf, meine Sachen zu packen und aus Jasons Welt zu verschwinden.

Connor riss sich ein Bein aus, um mir beim Umzug zu helfen. Ich wollte ihm ausreden, ein Umzugsunternehmen für mich zu engagieren, aber davon wollte er nichts hören. »Das ist eine gute Gelegenheit, um das Interview weiterzuführen«, sagte er und lieferte mir damit eine Ausrede, um mir beim Packen meiner Umzugskartons zu helfen.

Ich nahm sein Angebot an. Je schneller die Kartons gepackt waren, desto schneller konnte ich aus Jasons Wohnung verschwinden.

»Du bist eine Sammlerin«, sagte Connor und nahm meine Schneekugelsammlung von dem Bücherregal im Wohnzimmer.

Ich blickte von dem Karton mit Geschirr auf der Küchenarbeitsplatte auf. »Ich mag Erinnerungsstücke. Hinter jeder Schneekugel steckt eine Geschichte.«

Fasziniert zog er eine Augenbraue hoch und nahm eine der Kugeln. »Woher hast du die?«

Ich legte den Teller in den Karton, ging zu Connor hinüber und nahm ihm die Schneekugel aus der Hand. Darin saß eine Frau an einem Schreibtisch und schrieb. Die Erinnerung brachte mich zum Lächeln.

»Die habe ich bekommen, als ich meinen Abschluss in Journalismus gemacht habe.« Ich stellte die Schneekugel in den Karton.

»Und die hier?«, fragte er und hob eine andere Kugel hoch.

Bei ihrem Anblick verging mir das Lächeln. Ich nahm sie Connor ab und blickte sie lange an. Darin waren zwei Schlittschuhläufer im Rockefeller Center, direkt vor dem Weihnachtsbaum. Ich schüttelte die Schneekugel und sah zu, wie die Schneeflocken um das Paar herumwirbelten.

»Jason hat sie mir geschenkt, nachdem er und seine Eltern mich zum ersten Mal zum Schlittschuhlaufen mitgenommen hatten«, erklärte ich, ging zum Mülleimer in der Küche und warf sie hinein. »Die möchte ich nicht behalten. Außerdem hat ihn seine Mutter unter Druck gesetzt, sie mir zu kaufen. Er hat sie nicht einmal mit seinem Geld bezahlt.«

Connor verschränkte die Arme. »Aus irgendeinem Grund überrascht mich das nicht. Seine Eltern sind super.«

»Ja. Ich dachte, dass er mit der Zeit mehr wie sie werden würde. Steht ihr zwei euch nahe? Du und Jason?«, fragte ich. Ich hatte mich gefragt, wie sie zueinander standen und wie Connor seit der Nichthochzeit darüber dachte.

Er lachte. »Nein, ganz und gar nicht. Jason und ich haben uns nie wirklich gut verstanden. Nicht nur geschäftlich, sondern auch was den Lebensstil angeht.«

»Alle sagten, er sei vor mir ein Partylöwe gewesen.«

»Das stimmt.«

»Ich weiß nicht, warum ich glaubte, er würde sich für mich ändern, aber zu Beginn unserer Beziehung wirkte es echt. Er schien wirklich in mich verliebt zu sein. Am Anfang schenkte er mir seine ganze Zeit und Aufmerksamkeit.«

»Eine seiner Spezialitäten bei neuen Freundinnen. Er überhäuft sie mit Zeit und Aufmerksamkeit und gibt ihnen das Gefühl, der wichtigste Mensch für ihn zu sein. Aber allmählich fängt er an, sie runterzuputzen, sodass sie sich seiner unwürdig fühlen.«

Ich schnaubte. »Ich war also nur ein weiteres seiner Objekte. Nachdem wir zusammengezogen waren, änderte sich seine ganze Persönlichkeit.«

»Ein Betrüger kann sein wahres Gesicht nur für eine gewisse Zeit verbergen. Die Maske fällt irgendwann.«

Bevor ich etwas erwidern konnte, begann mein Handy zu klingeln, und Katherines Name erschien auf dem Display. »Hallo?«

»Hi, Aaliyah, ich bin's, Katherine. Von unten«, flüsterte sie, und ich musste darüber kichern.

»Ja, ich weiß. Dein Name stand auf dem Display. Was ist los? Warum flüsterst du?«

»Ich will nicht, dass mich jemand hört, aber ich wollte dir sagen, dass Jason auf dem Weg nach oben ist. Er ist im Aufzug.«

Wachsam richtete ich mich auf. »Was?«

»Ich wollte dich nur vorwarnen, weil ich weiß, dass du packst und so, und … Oh! Ich muss Schluss machen.« Sie legte auf, und ich stand da wie ein Reh im Scheinwerferlicht.

»Was ist?«, fragte Connor.

»Jason … er ist hier. Er ist auf dem Weg nach oben.« Alarmiert sah ich Connor an. »Du musst gehen.«

»Was? Wohin?«

»Ich weiß nicht, aber wenn du hier bist, wird es nur unangenehm. Und ich drehe durch und schwitze, und ich, äh, ich weiß auch nicht … Kannst du kurz ins Gästezimmer gehen? Ich kann ihm nicht gegenübertreten und mich fragen lassen, warum du hier bist. Das ist alles zu viel.«

Ohne einen weiteren Kommentar ging er in das Gästezimmer und schloss die Tür hinter sich.

Innerhalb von Sekunden öffnete sich die Haustür, und ich stand dem Mann gegenüber, der mich am wichtigsten Tag meines Lebens sitzen gelassen hatte. Wie er dastand und mich anblickte, wirkte er schwach. Jämmerlich. Wie jemand, den ich nie richtig gekannt hatte.

»Hi«, sagte er und verschränkte die Arme. »Wie geht's?«

Wie geht's?

Das waren die ersten Worte, die er an mich richtete? Mein Blut begann zu kochen, und ich wurde wütend. Ich hatte befürchtet, ich würde zusammenklappen, sobald ich ihn sah. Ich hatte gedacht, ich würde mir die Augen ausweinen. Stattdessen war ich wahnsinnig wütend.

»Du hast mir nicht gesagt, dass du herkommst«, sagte ich.

»Ich weiß. Ich hielt es für das Beste, dich zu überraschen. Meine Mom hat mir gesagt, dass du heute ausziehst, und, na ja …« Er fuhr sich durch die Haare. »Hältst du das wirklich für eine gute Idee?«

»Willst du mich verarschen? Warum sollte ich bleiben?«

»Ich weiß es nicht, Aaliyah. Das kommt nur ziemlich plötzlich, das ist alles.«

Er klang, als hätte *ich* mich von ihm getrennt, als hätte *ich* überstürzt einen Rückzieher gemacht.

»Jason, wovon redest du? Du hast unsere Hochzeit platzen lassen. Ich ziehe ja nicht unerwartet aus. Ehrlich gesagt, hätte ich schon längst weg sein sollen.«

»Du musst mich nicht anschreien.«

»Ich schreie nicht!«, schrie ich.

»Verstehst du jetzt, warum ich mich nicht bei dir gemeldet habe, nachdem ich die Sache abgeblasen hatte? Ich wusste, dass du so reagieren würdest«, murmelte er.

»Wie reagieren? Ach, ich weiß nicht einmal, warum wir überhaupt miteinander reden. Es spielt keine Rolle. Ich nehme mein Leben wieder in die Hand, und das gilt wohl auch für dich. Wenn du mich also entschuldigen würdest, ich würde gern zu Ende packen, damit ich von hier verschwinden kann.«

»Und was, wenn es nicht stimmt?«

»Wenn was nicht stimmt?«

»Dass wir unser Leben wieder in die Hände nehmen?«

Meine Brust zog sich zusammen. Wovon redete er?

Er kam einen Schritt auf mich zu. »Aaliyah …«

»Stopp«, schrie ich und streckte eine Hand aus. »Keinen Schritt weiter.«

»Warum musst du immer so übertreiben?«

»Wie bitte?«

»Du reagierst immer grundlos total emotional. Ja, ich habe es vermasselt, das ist mir klar, aber das ist kein Grund, mir keine weitere Chance zu geben.«

War er betrunken? Stand er unter Drogen? Glaubte er wirklich, dass ich ihm noch eine Chance geben würde, nachdem er mich verlassen hatte? Ich wollte ihn verfluchen. Ich wollte schreien, ich wollte kreischen, aber ich ließ es bleiben. Ich wollte ihm keine Angriffsfläche bieten. Ich wollte, dass es vorbei war.

»Jason, ich packe jetzt zu Ende, du machst mit deinem Leben weiter, und ich mit meinem.«

»Wir haben uns um dich gekümmert«, sagte er. »Als du nicht mehr konntest, hielt meine Familie dir den Rücken frei, ganz zu schweigen von den Rechnungen für deine …«

»Ich habe es kapiert, okay? Deine Eltern haben alles für mich getan, und dafür bin ich dankbar – aber das kannst du mir nicht vorwerfen. Ich habe nie darum gebeten. Wenn nötig, zahle ich alles zurück.«

»Als ob du die Zeit dafür hättest. Das würde Jahre dauern.«

Er wollte mich verletzen, und das war ihm gelungen. Nur eine weitere Erinnerung daran, wie begrenzt meine Zeit war, ein weiterer Schlag für meine Seele, dass ich meine kostbare Zeit auf diesem Planeten damit vergeudet hatte, um mit jemandem wie ihm ins Bett zu steigen.

»Zwischen uns ist es aus«, sagte ich und unterdrückte die Gefühle, die er provozieren wollte.

Er musterte mich von oben bis unten. Er wartete darauf, dass ich zusammenbrach, aber das würde ich nicht. Ich würde ihm nicht geben, weshalb er gekommen war. Es war, als bereite es ihm Freude, mich leiden zu sehen, deshalb blieb ich stark.

»Dein Pech«, sagte er kalt. Wie hatte ich für immer mit diesem Mann zusammen sein wollen? Er war ein Monster. Ich war mit einem Monster ins Bett gestiegen, bloß weil ich Angst hatte, allein zu sein. »Ich hätte nie auf meine Mom hören und hierherkommen sollen. Ich wusste, es ist aussichtslos.«

»Deine Mutter hat dir gesagt, du sollst herkommen?« Warum hätte sie das tun sollen? Besonders nachdem ich ihr gesagt hatte, dass es das Beste sei, unsere Freundschaft zu beenden? Ein letzter verzweifelter Versuch, mich umzustimmen?

»Ja. Sie wollte mich unter Druck setzen, wieder mit dir zusammenzukommen und …«

»Liebst du mich, Jason?«

Er hielt inne und hob eine Augenbraue. »Warum fragst du das?«

»Weil es so aussieht, als wolltest du deiner Mutter gefallen, indem du mit mir zusammen bist.«

Er zuckte mit den Schultern. »Dass aus uns etwas wird, war ihr immer wichtiger als mir. Sie dachte, du wärst gut für mich. Deshalb hat sie es so sehr forciert und mir angeboten …« Seine Worte verklangen, und ich fragte mich, was er dachte.

»Was angeboten?«

»Das spielt keine Rolle. Es hat sich ja nicht mal gelohnt. Offensichtlich ist es vorbei. Viel Glück – wie viel Zeit dir auch immer bleibt. Hinterleg den Schlüssel im Foyer.« Er drehte sich um und knallte die Tür hinter sich zu. Auch wenn er ging, waren seine Worte ein Schlag.

Wie viel Zeit dir auch immer bleibt.

In diesem Moment empfand ich nichts als Reue, dass ich mehr als ein Jahr meines Lebens mit diesem Mann verschwendet hatte. Ich konnte nicht glauben, dass ich mich auf ihn eingelassen hatte. In Wahrheit war ich nur geblieben, weil ich seine Eltern liebte. Ich liebte die Vorstellung einer Familie. Ich liebte es, Teil von etwas zu sein.

Ich hatte mich in eine Lüge verliebt, nur damit ein falscher Traum wahr würde.

»Geht es dir gut?«, sagte Connor, als er ins Wohnzimmer zurückkam.

Ich drehte mich zu ihm um und nickte. »Ich hasse ihn.«

»Gut, denn mir geht es genauso.«

27

CONNOR

»Was um alles in der Welt …?« Aaliyah purzelten die Worte aus dem Mund, als wir in meiner Wohnung standen. Sie war zum ersten Mal hier, seit sie sich entschieden hatte, meine Mitbewohnerin zu werden, und die Möbelpacker trugen gerade die ersten Sachen herein. Sie drehte sich um und sah mich fassungslos an. »Connor. Was hast du gemacht?«

»Ich fand, wir sollten die Schlafzimmer tauschen. Das hier ist größer.« Ich hatte meinen Kram aus dem größeren Zimmer geräumt, weil ich wusste, dass es besser für Aaliyah geeignet war. Sie konnte sich problemlos in dem großen Bett ausbreiten und sich voll und ganz entspannen, was sie sich verdient hatte. Außerdem war der Whirlpool im Hauptschlafzimmer besser, und sie konnte sicher ein paar wohltuende abendliche Bäder gebrauchen, um sich von den Ereignissen der letzten Zeit zu erholen.

»Ich nehme auf keinen Fall das große Schlafzimmer. Es ist deins.«

»Tja, ich habe meine Klamotten bereits in die beiden anderen Schlafzimmer gebracht, bitte erspare mir, alles wieder umzuräumen.«

»Warum?«, flüsterte sie und schüttelte ungläubig den Kopf. »Warum hast du das getan?«

»Ich wollte, dass du die Sonne auf- und untergehen siehst.«

Sie lächelte, was mir sehr gefiel. Sie ging zum Bett, neben

dem ein großer Korb stand. Darin haufenweise Badezusatz, Kerzen und Tüten mit Doritos sowie andere Snacks. Außerdem hatte ich ein paar leere Notizbücher und schicke Stifte hineingelegt, denn was wäre eine Journalistin ohne Notizbuch und Stifte? Und die Fernbedienung, weil man die am besten in Reichweite aufbewahrte.

Oben auf dem Korb lag eine Nachricht: »Willkommen zu Hause, Mitbewohnerin!«

Aaliyah strich über die Geschenke und schüttelte ungläubig den Kopf. Dann blickte sie zu den Nachttischen auf beiden Seiten des Bettes, auf denen Vasen mit Sonnenblumen standen.

»Das sind meine Lieblingsblumen«, sagte sie fassungslos.

»Ja. Das hast du erwähnt, als du mir Rosen geschenkt hast.«

»Und du hast es dir gemerkt.«

Ich hatte nicht den Mut, ihr zu sagen, dass ich mir alles merkte, was sie sagte. Von ihren Lieblingsblumen bis zu den Wünschen, die sie zwei Jahre zuvor in der Wish Alley aufgeschrieben hatte. Aaliyah Winters war jemand, an den ich mich für den Rest meines Lebens erinnern wollte. Und die Halloween-Nacht war bis heute eine meiner liebsten Erinnerungen.

»Ich muss einen Nervenzusammenbruch gehabt haben, und du bist bestimmt nur ein Hirngespinst«, sagte sie.

Ich lachte leise und verschränkte die Arme. »Dann erhol dich bitte nicht so schnell wieder. Irgendwie gefällt es mir, dass ich ein Produkt deiner Fantasie bin.«

»Mir gefällt es auch, dass du hier bist.«

Sie durchquerte das Schlafzimmer und betrat das Bad. »Heilige Scheiße!« Sie kam wieder herausgeschossen. »Connor! Hast du die Wanne gesehen?!«

»Ja, habe ich.«

»Das ist ein verdammtes Schwimmbecken!«

»Übertreib nicht. Wohl eher ein Whirlpool.«

»Da hängt ein Fernseher an der Wand! Wer hat einen Fernseher im Bad?!«

»Jemand, der das Produkt der Fantasie einer Frau ist, die einen Nervenzusammenbruch hatte.«

»Weck mich bloß nicht auf«, scherzte sie kopfschüttelnd. »Das macht mich fertig. Du machst mich fertig.«

»Das sagt meine Mutter schon seit meiner Geburt. Komm, wir bringen deine Kisten rein, und dann lassen wir uns etwas zu essen kommen. Wenn du den Sonnenuntergang sehen willst, können wir auch draußen auf dem Dach essen.«

Ich wandte mich zum Gehen, aber Aaliyah rief nach mir. Als ich mich zu ihr umdrehte, stand sie reglos, und ihre braunen Augen waren von Emotionen erfüllt, als sie ihre perfekten Lippen öffnete. »Danke, mein Freund.«

»Wofür?«

»Dass es dich gibt.«

Nachdem die Möbelpacker fertig waren, bestellten Aaliyah und ich Essen und gingen auf die Dachterrasse, um gemeinsam das Abendessen zu genießen. Mir fiel auf, dass Aaliyah sich so gesund ernährte, wie kaum jemand sonst, was mich ein wenig überraschte. Vor zwei Jahren hatte sie noch Chicken Wings mit Ranch in sich hineingestopft, als müsste sie einen Wettkampf gewinnen, und nun verzichtete sie auf Alkohol und rührte kein frittiertes Essen an. Während ich meinen Burger und Pommes verschlang, aß sie einen Grünkohlsalat mit Zitronen-Vinaigrette.

»Ich habe dich sehr lange für ein absolut perfektes Mädchen gehalten, aber diese Vorstellung hast du heute Abend mit dem Grünkohl zerstört«, sagte ich und schüttelte enttäuscht den Kopf.

Sie lachte. »So schlecht ist er gar nicht. Er ist sogar ganz lecker, wenn man das Dressing in die Blätter einmassiert und ihn eine Weile ziehen lässt. Außerdem ist das gegrillte Hähnchen sehr aromatisch. Und der grüne Drink …«

»Gib einfach zu, dass du leckeres Essen nicht magst, Red, und lass es dabei bewenden. Du isst und trinkst Gras.«

»Weißt du eigentlich, wie viel Fett und ungesunde Chemikalien in deinem Burger und deinen Pommes stecken?«, fragte sie.

Ich hob die Hand. »Nein, und das will ich auch gar nicht wissen. Sonst gibt es einen Mitbewohnerkrieg.«

»Ich meine ja nur. Was man isst, hat einen großen Einfluss auf das Wohlbefinden. Ein bisschen Grünkohl würde dir nicht schaden, Cap. Grünzeug ist dein Freund.«

»Und ein paar Pommes frites würden dir auch nicht schaden«, erwiderte ich und wedelte mit einer vor ihrem Gesicht herum. »Im Leben geht es um Balance. Und zu deiner Information, auf meinem Burger liegen eine Tomatenscheibe und etwas Salat. Und was sehe ich da?« Ich nahm die obere Brötchenhälfte von meinem Burger. »Sind das eine Zwiebel und Gurken? Ich bin so ziemlich der gesündeste Mann der Welt.«

Sie hob kapitulierend die Hände. »Okay, Gesundheitsfanatiker, mein Fehler. Dann muss ich wohl mehr so werden wie du.«

Ich hielt ihr eine Pommes vor die Nase, und sie nahm einen kleinen Bissen. Ihre Iris verschwand fast komplett, denn die Pommes von Charley's Diner waren die besten in der Geschichte der Kartoffeln.

Ich grinste. »Siehst du? Was wäre das Leben ohne ein wenig Genuss?«

Sie gabelte ein Stück Grünkohl auf und hielt es mir entgegen. »Mund auf.«

Ich presste die Lippen zusammen und schüttelte den Kopf. »Nuh-uh«, sagte ich durch geschlossene Lippen.

»Connor! Das ist nur fair.«

Ich hielt meinen Mund geschlossen. »Das Leben ist nicht fair«, murmelte ich.

»Du bist so theatralisch.«

»Ich weiß, aber so bin ich nun mal.« Ich zuckte mit den Schultern, sie lachte, und, mein Gott, war ich froh, dass sie nicht dieses Arschloch geheiratet hatte.

Sie gab auf und schob sich die Gabel selbst in den Mund, was mir ein triumphierendes Grinsen entlockte.

»Eines Tages werde ich dich dazu bringen, einen Grünkohlsalat zu essen«, warnte sie.

»Erwarte nicht zu viel. Wenn meine Mutter mich nicht dazu bringen konnte, wird es auch eine schöne Frau nicht schaffen.«

»Schleim nicht so.«

»Dann sei nicht so schön.« Vor Verlegenheit errötete sie. Ich warf eine Pommes nach ihr. »Tu nicht so, als wüsstest du nicht, dass du schön bist.«

»Mit Komplimenten kann ich nicht gut umgehen«, sagte sie und warf die Pommes zurück, und weil ich ein professioneller Pommes-Esser war, fing ich sie mit dem Mund auf.

»Du bist einfach zu bescheiden. Du solltest aufhören, so verdammt bescheiden zu sein. Du bist der Hammer, Aaliyah. Du schreibst für eins der besten Magazine der Welt, du bist gebildet, du bist ein wunderbarer Mensch, und verdammt heiß bist du auch …«

»Sag das nicht«, entgegnete sie und errötete noch tiefer.

Ich legte ihr die Hände auf die Schultern und schüttelte sie, während ich laut rief: »Aaliyah Winters, du bist verdammt heiß, und die ganze Welt sollte das wissen!«

»Oh Gott, Connor, halt die Klappe!«, flüsterte sie und hielt mir den Mund zu. »Du bist so krass.«

Damit hatte sie nicht unrecht.

»Ich meine ja nur. Du bist der Hammer, und so solltest du dich auch verhalten.«

»Aber ich komme mir nicht ›verdammt heiß‹ vor. Ehrlich gesagt, fühle ich mich eher schwach.«

»Wen interessiert das schon? Tu so, dann wirst du so.«

Sie hob eine Augenbraue. »Was?«

»Unser Leben wird von Gewohnheiten bestimmt. Wir bringen der Welt bei, wie sie mit uns umgehen soll, und das hängt davon ab, wie wir mit uns selbst umgehen. Ich habe das schon früh gelernt. Als ich nach New York zog, hatte ich nur eintausend Dollar und keine Ahnung, was ich anfangen sollte. Ich wusste bloß, dass ich so tun musste, als wäre ich ein reicher Mann, um einen Fuß in die Tür der wirklich reichen Männer zu bekommen. Ich betrat jeden Raum, als gehörte ich dorthin. Ich trank Whiskey mit Milliardären. Ich besuchte Galas und Partys der Elite, als ich selbst nur Pfennige auf dem Konto hatte. Weißt du, warum ich eingeladen wurde?«

»Sag schon.«

»Weil ich aufgetreten bin, als ob es ihr Verlust wäre, wenn sie mich nicht einladen würden. Selbstvertrauen ist eine wiederholte Gewohnheit. Gib dich so lange selbstbewusst, bis es dir zur Gewohnheit wird.«

Gedankenverloren verengte sie die Augen. »Tu so, dann wirst du so?«

»Ja, und nimm das Leben nicht zu ernst. Das Leben ist kurz, da kann man auch lernen, über sich selbst zu lachen.«

»Klingt, als bräuchte ich dich als Life-Coach.« Sie lachte. »Wenn ich ehrlich bin, warst du damals in der Halloween-Nacht *mein* Life-Coach.«

»Ja, was mich im Übrigen extrem verwirrt. Denn du hast angefangen, dich wieder selbst zu lieben. Ich war mir sicher, wir hätten in dieser Nacht wirklich etwas erreicht. Als ich zwei Jahre später herausfand, dass du mit dem Fluch meines Lebens verlobt warst, war ich schockiert. Warum, Red, warum?! Wie konntest du nach allem, was wir miteinander erlebt hatten, bei Jason Rollsfield landen? Als dein vorübergehender Life-Coach hat mich diese Entdeckung sehr verletzt.«

Sie lachte kopfschüttelnd. »Was soll ich sagen? Ich hatte nicht genug Zeit, um dein Wissen zu verarbeiten. Du warst mein Liebesblitz, aber dann landete ich wieder in der Realität und fiel in meine alten Muster zurück. Hätte ich länger von dir lernen können, wäre es besser hängen geblieben, aber es fiel mir schwer, an etwas festzuhalten, das in einem Augenblick kam und wieder verschwand.«

»In Ordnung«, sagte ich und rieb mir die Hände. »Dann fangen wir wieder an.«

»Was?«

»Wir nehmen unser Training wieder auf. Da du jetzt meine Mitbewohnerin bist und ich dir helfen kann, Seiten an dir zu entdecken, von denen ich weiß, dass sie da sind, wird es nun einfacher. Diesmal geht es nicht darum, dass du dich in mich verliebst; es geht darum, dass du dich in dich selbst verliebst.«

»Meinst du das ernst?«

»So ernst wie einen Herzinfarkt.«

Ihre Augen glänzten, als würde sie gleich weinen. Hatte ich etwas Falsches gesagt? Doch dieser Ausdruck verschwand schnell wieder, und sie lächelte mich schief an.

»Warum habe ich das Gefühl, dass dies zugleich die beste und die schlechteste Idee der Welt ist?«

»Äh, weil es die beste und die schlechteste Idee auf der Welt ist.« Ich beugte mich zu ihr. »Sag Ja!«

Nachdenklich nagte sie an ihrer Unterlippe und zögerte.

Dann stieß sie den Atem aus und zuckte mit den Schultern.

»In Ordnung … ja. Ich bin dabei.«

»Verdammt, ja! Das wird ein Spaß. Ich habe allerdings ein paar Fragen. Damit ich weiß, wie ich die Herausforderung am besten angehe.«

»Und die wären?«

»Ist es dir wichtig, was andere von dir denken?«

»Auf jeden Fall.«

»Bist du gefallsüchtig?«

»Ich will gefallen.«

»Sagst du je Nein, wenn andere dich um etwas bitten?«

»Oh nein. Ich mag es, wenn man mich mag.«

Ich schüttelte den Kopf. »Und wenn ich dir sage, dass die Leute gar nicht dich mögen, sondern nur das, was du für sie tust?«

In ihren Augen stand eine intensive Verletzlichkeit.

»Das würde mich sehr traurig machen.«

»Und warum?«

»Da ich glaube, dass die Leute mich nur mögen, weil ich etwas für sie tue. Und wenn ich nichts für sie tue, dann mögen sie mich wahrscheinlich nicht mehr so sehr. Und dann wäre ich … einsam.«

»Red, das ist lächerlich. Du bist die sympathischste Person auf dem ganzen Planeten. Doch du bist zu lieb und lässt dich ausnutzen. Deshalb werde ich dir beibringen, Grenzen zu setzen.«

Sie zappelte herum. »Aber das ist mir unangenehm.«

»Gut. So soll es auch sein. Wir sind nicht hier, um uns wohlzufühlen; wir sind hier, um zu wachsen. Und glaub mir, wenn du dich erst einmal in dich selbst verliebt hast, werden die Leute kommen, die nichts von dir erwarten.«

»Versprochen?«

»Versprochen.« Ich schob mir ein paar Pommes in den Mund. »Zu Studienzwecken sollten wir uns ansehen, warum du dich mit jemandem wie Jason eingelassen hast.«

»Das ist einfach. Ich mochte seine Eltern und das Gefühl von Familie so sehr, dass ich mir, was ihn betraf, etwas vorgemacht habe.«

»Aber warum hast du dir etwas vorgemacht? Das verstehe ich nicht.«

Offensichtlich verblüfft von meiner Verwirrung, legte sie den Kopf schief. »Weil das tröstlicher war als die Wahrheit, denn sonst wäre ich allein gewesen.«

»Was ist so beängstigend am Alleinsein?«

»Alles«, gestand sie. »Alles daran ist beängstigend.«

Das machte mich traurig, denn ich wusste, wie es sich anfühlte. Vielleicht nicht so sehr wie sie, denn ich war ziemlich zufrieden mit meiner Einsamkeit. Manchmal hatte ich flüchtige Affären, aber ich hatte gelernt, meine eigene Gesellschaft zu genießen.

»Ich bin lieber allein mit mir selbst als einsam mit jemand anderem«, sagte ich. Sie lächelte, aber es wirkte traurig. Ich nahm ihre Hände in meine. »Red, wenn das hier vorbei ist, wirst du stärker sein, als du es dir jemals vorstellen konntest. Es wird einige Zeit dauern, aber irgendwann wirst du dich auch ohne jemanden an deiner Seite vollständig fühlen. Ich werde dich dabei unterstützen. Du wirst selbstbewusst und stark sein und dir von niemandem etwas vormachen lassen, selbst wenn es sich tröstlich anfühlt. Du wirst schnell lernen, dass es viel besser ist, sich der hässlichen Wahrheit zu stellen, als in schönen Lügen zu ertrinken.«

28

AALIYAH

»Da kriegen mich keine zehn Pferde rein«, sagte ich, die Hände in die Hüften gestemmt. Connor war erst seit vierundzwanzig Stunden mein Life-Coach, und schon jetzt hatte er seinen Verstand verloren.

»Oh doch, zieh es an.«

Er stand im Wohnbereich und trug ein Bananen-Outfit. Er grinste von einem Ohr zum anderen und hielt mein Kostüm in der Hand – eine Pflaume.

»Du bist doch wahnsinnig.«

»Ja«, bestätigte er und hielt mir das Kostüm hin. »Jetzt zieh das an.«

»Auf keinen Fall. Ich weigere mich, eine Pflaume zu sein.«

»Ich hätte noch ein Pfirsichkostüm in meinem Schlafzimmer«, sagte er teuflisch grinsend.

Er begann, seine Banane zu schütteln, während er auf mich zukam. »Komm schon, Red. Vor zwei Jahren hattest du kein Problem damit, New York im Kostüm zu erkunden.«

»Weil Halloween war! Alle waren kostümiert.«

»Seit wann kümmert es uns, was alle tun?«

»Äh, schon immer?«

Er kam auf mich zu und stupste mich mit seinem Bananenstummel in die Seite. »Und genau deshalb machen wir das hier. Wir werden aus der Norm ausbrechen und tun, was sonst niemand tut. Wir werden uns zum Narren machen, denn je wohler wir uns damit fühlen, uns unwohl zu fühlen, desto wohler fühlen wir uns am Ende insgesamt.«

Ich blinzelte ein paarmal. »Nichts von dem, was du gerade gesagt hast, ergibt irgendeinen Sinn.«

»Ich sage nur, dass wir einen lustigen Tag haben werden, wenn wir komisch sind und als sexuell aufgeladene Früchte die Stadt unsicher machen, weil es uns egal ist, was andere von uns halten. Das Leben ist zu kurz, um keinen Spaß zu haben und sich an einem beliebigen Samstagabend nicht als Früchte zu verkleiden.«

»Du bist so schräg.«

»Ja.« Er hielt mir weiter das Kostüm hin. »Jetzt geh und zieh dich an.« Ich wollte widersprechen, aber er legte mir einen Finger auf die Lippen und brachte mich so zum Schweigen. »Du hast versprochen, dass ich dich coachen darf. Also los. Fangen wir an.«

Widerstrebend zog ich das Pflaumenkostüm an und kam mir dabei total bescheuert vor. Ich war kugelrund und leuchtete in einem schrillen Violett.

Bei meinem Anblick brach Connor in schallendes Gelächter aus. »Oh Gott, das ist so viel besser, als ich es mir vorgestellt hatte.«

»So gehe ich auf keinen Fall auf die Straße«, sagte ich.

»Du gehst definitiv so auf die Straße. Komm, wir müssen los.« Er ging zum Esszimmertisch und schnappte sich einen riesigen Gettoblaster. Warum in aller Welt hatte er einen Gettoblaster? Dieser Kerl war auf die denkbar beste Weise bescheuert.

»Wo gehen wir überhaupt hin?«, fragte ich. »Und wozu brauchen wir einen Gettoblaster?«

»Wir gehen zum Times Square und geben eine Vorstellung«, sagte er und nahm seine Schlüssel vom Couchtisch. »Los geht's.«

Was? Eine Vorstellung? Nein. Zu einer öffentlichen Demütigung war ich nicht angetreten.

»Tut mir leid, Connor. Ich ziehe die Grenze schon bei jeder Art Showeinlage. Dafür fehlt mir das Selbstbewusstsein.«

»Ich weiß. Deshalb machen wir es ja.«

»Machen wir nicht.«

»Oh doch, Red.« Er nickte mit dem breitesten Grinsen der Welt. »Machen wir.«

»Nein.« Ich stampfte auf. »Machen wir nicht.«

Und ehe ich mich versah, stand ich als Pflaume verkleidet mitten auf dem Times Square, neben einer männlichen Banane, die eine Kassette in den Gettoblaster einlegte. Wo hatte er eine Kassette aufgetrieben?

Die Leute starrten uns an, aber die meisten waren Touristen, und ich war froh, dass ich sie vermutlich niemals wiedersehen würde. Was mich weniger begeisterte, waren die Handys, mit denen sie uns aufnahmen.

»Connor, das ist zu viel für mich«, sagte ich und kam mir albern vor.

»Nein, noch nicht. Jetzt wird es zu viel für dich«, erklärte er und drückte auf Play. Innerhalb von Sekunden dröhnte »What a Feeling« von Irene Cara aus den Lautsprechern. Spielte er wirklich den Song aus *Flashdance?*

Dann begann er wie ein Verrückter herumzutanzen. Er wiegte die Hüften in seinem Bananenkostüm, sprang in die Luft und drehte sich im Kreis. »Na los, Red«, sagte er und winkte mir zu.

Mir war es unglaublich peinlich, wie er herumsprang und wie die Leute über ihn lachten. Und ich wollte am liebsten im Erdboden versinken.

»Ich kann nicht tanzen, als würde mir niemand zusehen, Connor«, warnte ich.

»Gut, dann tanz so, als würde jemand zusehen. Aber kümmere dich nicht darum, was die Leute denken.« Er kam zu mir, nahm mich bei den Händen und drückte sie. »Aaliyah.«

»Ja?«

»Vertraust du mir?«

Sein Blick war so aufrichtig, voller Hoffnung und Aufregung und Vertrauen …

Verdammt.

Ich vertraute ihm.

Also ließ ich zu, dass er mich an sich zog, und dann tanzte die Pflaume mit der Banane. Wir drehten uns schneller und schneller, und je ausgelassener ich mit ihm tanzte, desto ausgelassener lachte ich. Je mehr ich lachte, desto mehr vergaß ich die Umstehenden. Je mehr er mich herumwirbelte, desto freier fühlte ich mich.

Wir tanzten zu optimistischen Liedern, und als das letzte Lied zu Ende war, die letzte Note verklang, bat ich Connor, die Kassette noch einmal abzuspielen.

Dass ich Connor wiedergetroffen hatte, kam mir wie ein unverdienter Segen vor. Manchmal fragte ich mich, ob er überhaupt real war oder ob ich in eine Scheinwelt abgeglitten war, in der es wirklich Superhelden gab, die einem den Tag retten.

Mit Connor konnte ich reden wie mit einem alten Freund, den man seit Jahren nicht mehr gesehen hatte, aber wirklich mochte. Der Charme, den er zwei Jahre zuvor gehabt hatte, hatte sich verzehnfacht. Er hatte keine Ahnung, wie dringend ich seine Freundschaft brauchte.

Seine Aufgaben überforderten mich manchmal ein wenig. Er hatte mir sogar eine Liste mit Hausaufgaben gegeben, die ich jeden Morgen erledigen musste.

1. Tanze zu einem Gute-Laune-Song in deinem Schlafzimmer.
2. Sag Nein zu jemandem, den du liebst.
3. Iss etwas Verbotenes.

Für die Punkte zwei und drei fehlte mir noch der Mut, aber Punkt eins fiel mir ziemlich leicht, da mir Connor eine Playlist mit Gute-Laune-Songs zusammengestellt hatte.

»Firework« von Katy Perry

»Best Life« von Cardi B (feat. Chance the Rapper)

»All I Do Is Win« von DJ Khaled

»Can't Stop the Feeling« von Justin Timberlake

»You Got It« von VEDO

Seine Playlist war ein guter Anfang. Zunächst kam ich mir beim Tanzen albern vor. Ich wusste nicht, wie es mir dabei helfen sollte, mich selbst zu lieben, aber wenn ich als Pflaume mitten auf dem Times Square tanzen konnte, konnte ich das auch in meinem Schlafzimmer. Diese Aufgabe erledigte ich morgens nach dem Duschen. Ich wickelte mich in ein Handtuch und tanzte hemmungslos.

Ich erweiterte die Playlist um weitere Songs.

»This Is Me« von Keala Settle & The Greatest Showman Ensemble

»I Am« von Yung Baby Tate (feat. Flo Milli)

»Brown Skin Girl« von Beyoncé

Ich tanzte, auch wenn morgens die Selbstzweifel lauter waren als die Musik. An diesen Tagen tanzte ich sogar mehr. Ich fing an, nackt vor dem Spiegel zu tanzen, und betrachtete meinen Körper und all die Makel, auf die mich meine Ex-Freunde hingewiesen hatten. Meine Dehnungsstreifen. Meine zu kleinen Brüste. Meinen dicken Hintern. Meine etwas zu kräftigen Oberschenkel. All das sprang mir ins Auge, während ich meine Hüften bewegte.

Ich fing an, die Lieder mitzusingen, und spürte die Vibrationen auf meiner Haut.

»Aber hallo! Das klingt hier ja wie eine Tanzparty!«, rief Connor an einem Montagmorgen, als er mein Schlafzimmer betrat und mit den Händen in der Luft wedelte.

»Oh Gott!« Ich schrie auf, drehte mich um und stand ihm splitternackt gegenüber. Das einzige Stück Stoff an mir war das Handtuch, das ich um meine Haare gewickelt hatte.

»Brüste!«, rief er, drehte sich hastig um und hielt sich die Augen zu. »Oh, Mist! Es tut mir leid, Aaliyah. Ich habe den Soundtrack von *The Greatest Showman gehört*, und da werde ich immer ganz aufgeregt wegen *The Greatest Showman*, und ehrlich gesagt, habe ich nicht damit gerechnet, in diese großartige Show zu platzen, Mann«, plapperte er, woraufhin ich noch tiefer errötete, aber auch ein wenig kichern musste, weil es ihm so peinlich war. Ich glaube, sein Gesicht glühte noch mehr als meins.

»Außerdem tut es mir leid, dass ich ›Brüste‹ geschrien habe. Ich bin schließlich kein Teenager mehr, der gerade sein erstes Paar Titten gesehen hat. Das ist es nicht. Ich habe schon welche gesehen. Viele. Na ja, nicht so viele. Aber auch nicht gerade wenige. Ganz und gar nicht wenige. Also eine ganz normale, durchschnittliche Anzahl Brüste. Nicht eine seltsam niedrige und auch keine absurd hohe Anzahl. Aber du weißt, was ich meine, deine Brüste sind nicht die ersten, die ich sehe, deshalb sollte ich wohl auch nicht unbedingt ›Brüste‹ schreien wie ein Psychopath, also, was ich sagen will, ist, deine Brüste sind es wert, dass man ihretwegen einen Schrei ausstößt. Äh, verdammt, ich gehe wohl besser«, sagte er nervös, hielt sich die Augen zu und eilte davon.

»Connor, pass auf …«

Rumms. Er war gegen den Türrahmen gerannt.

Er hielt eine Hand hoch und winkte. »Mir geht's gut. Mir geht's gut. Gut. Ich gehe jetzt. Tschüss.«

Damit war er weg, und mir war es überhaupt nicht peinlich, ich musste bloß lachen.

29

CONNOR

Möpse, Möpse, Möpse.

Fuck. Nicht nur Möpse. Das waren mehr als Möpse. Es waren Brüste. Ausgewachsene, echte, köstlich pralle und wunderschöne Brüste. Aaliyah Winters war ein Meisterwerk. Um das zu erkennen, hätte ich sie nicht nackt sehen müssen, aber, heilige Scheiße, es tat mir kein bisschen leid.

Sicher, ich hätte anklopfen müssen. Das war das Einmaleins jeder Wohngemeinschaft, aber ich hatte überhaupt nicht nachgedacht. Als ich den guten alten Hugh Jackman und seine Gang singen hörte, reagierte mein Körper einfach auf die Musik.

Brüste, Brüste, Brüste.

Verdammt, Red, warum musst du auch so aussehen? So perfekt? So kurvenreich, so glatt, so verdammt begehrenswert.

Am liebsten wäre ich zu ihr gegangen und hätte ihren Körper mit den Händen erkundet – aber diese Gedanken hätte ich bei einer neuen Mitbewohnerin nicht haben dürfen. Besonders, da ich jetzt ihr inoffiziell-offizieller Life-Coach war. Es war moralisch nicht korrekt, so über meine neue Klientin zu denken, aber auch ich war nur ein Mann. Ein Mann, der am Morgen, nachdem er Aaliyah nackt gesehen hatte, mit einem extrem harten Schwanz in seinem Büro saß.

Ich hörte die Musik in ihrem Schlafzimmer und fragte mich, ob sie wieder tanzte. Nackt. Mit entblößten Brüsten.

Ich lehnte mich ein wenig auf meinem Bürostuhl zurück, schloss die Augen und räusperte mich. Ich dachte daran, wie sie sich zur Musik bewegte, wie sie sich in den Hüften wiegte.

Ihre Lippen. Ihr Schlüsselbein. Ihre Brustwarzen. Ihre Lippen – die anderen Lippen.

Ich wünschte mir so sehr, mit ihr zu tanzen, mich eng an ihre Haut geschmiegt zu wiegen. Leider blieb mir für eine gewisse Art von Vergnügen nur meine Hand. Ich schob meine Jogginghose hinunter und nahm meinen Schwanz in die Hand. Ich streichelte mich und dachte an Red, an ihren Körper, ihre Kurven, an sie …

Scheiße, ich wollte sie schmecken. Ich wette, sie schmeckte absolut berauschend.

Ich lehnte mich noch weiter zurück und intensivierte meine Bewegungen. Ich griff fester zu und stellte mir vor, wie Aaliyah mich mit dem Mund verwöhnte, mich ganz in sich aufnahm, während ich sie in die Brustwarze zwickte. Dann würde ich sie auf mich ziehen, bis sie auf meinem Gesicht zu sitzen kam, damit ich sie schmecken konnte, an ihr saugen und sie lecken konnte, bis sie auf meinem Gesicht kam. Ich würde ihre köstlichen Säfte auflecken, während sie …

»Connor, ich bestelle mir etwas … Oh Gott!«, schrie Aaliyah, und ich öffnete die Augen, Sekunden von einem Orgasmus entfernt, und – fuck, nein. Diesen Zug konnte ich nicht mehr aufhalten, weil er bereits aus den Gleisen gesprungen war.

»Fuck!« Ich schoss von meinem Stuhl und drehte Aaliyah den Rücken zu. Ich sprang in die Ecke und entlud meine schmutzigen Gedanken in den Papierkorb. »Fuck, fuck, fuck …«, stöhnte ich. Ja, ich stöhnte, während ich in den Mülleimer kam. Denn trotz meiner Verlegenheit war ein Orgasmus ein Orgasmus, und, scheiße, er fühlte sich verdammt gut an. Hinterher gab es jedoch nur noch Scham.

Ich fühlte mich wie ein Junge, der mit einem *Playboy* erwischt worden war. Und Aaliyah war irgendwie sowohl das Magazin als auch diejenige, die mich damit erwischt hatte.

Ich drehte mich um und wollte mich bei ihr entschuldigen, doch die Tür war geschlossen, und Aaliyah stand auf der anderen Seite. Vermutlich hätte ich die Tür abschließen müssen, bevor ich anfing, mich selbst zu befriedigen, aber es heißt ja nicht umsonst, dass ein Vollpfosten immer ein Vollpfosten bleibt.

»Es tut mir leid! Deine Tür stand offen, und ich wollte fragen, ob ich dir etwas zum Frühstück bestellen soll«, rief Aaliyah von der anderen Seite der Tür.

»Ach so, kein Ding. Tut mir leid.«

Einen Moment lang herrschte Schweigen.

Ich kam mir wie ein Vollidiot vor.

Ein schmutziger, versauter Vollidiot.

Dann hörte ich wieder Aaliyahs Stimme.

»Also …« Sie hielt einen Moment inne. »Willst du Rührei? Ich würde dir ja ein paar Würstchen bestellen, aber ich denke, Würstchen hattest du heute schon.«

Ich lachte leise in mich hinein und spürte, wie die Scham nachließ. Die Situation hätte hochnotpeinlich sein können, aber Aaliyah nahm sie mit Humor.

Wie sehr ich dieses Mädchen mochte.

30

AALIYAH

Die ersten paar Wochen des Zusammenlebens mit Connor waren so einfach – sogar die peinlichen Situationen. Wenn überhaupt, wurden wir durch diese Erfahrungen entspannter und fühlten uns im Umgang miteinander noch wohler. Nachdem er mich nackt hatte tanzen sehen und ich ihn, nun ja, in seiner ganzen Pracht, waren die unangenehmsten Situationen in einer Wohngemeinschaft abgehakt.

Wäre ich ehrlich zu mir selbst gewesen, hätte ich zugeben müssen, dass ich mich fragte, was er sich wohl vorgestellt hatte, als er in seinem Büro saß und sich mit beiden Händen befriedigt hatte.

Ja, mit beiden Händen.

Er brauchte beide für seinen riesigen Captain America. Seinen unglaublichen Hulk. Seinen Iron Man. Thors Hammer. Ich wette, mit dem Ding könnte er eine Frau aus Asgard prügeln.

Schwing den Hammer, Connor, schwing.

Nach dieser unglücklichen Begegnung – nun, vielleicht unglücklich für ihn, mich hatte der Anblick nicht gestört –, hatten wir Regeln aufgestellt, zum Beispiel, dass die Türen während der, ähm, intimen Momente geschlossen sein sollten. Und wenn eine Tür geschlossen war, war der Zutritt streng untersagt.

Und es gab auch noch andere Regeln.

Zum Beispiel, dass alles, was das Interview betraf, außerhalb des Hauses bleiben würde, damit er nach seinen oft sehr langen Arbeitstagen an einen sicheren Ort zurückkehren konnte. Doch auch wenn *ich* Arbeit und Privates trennte, brachte er seine Arbeit mit, obwohl die Wohnung sein Zufluchtsort hätte sein sollen.

An manchen Tagen kam er gegen zehn Uhr abends nach Hause, ging direkt in sein Büro und stürzte sich bis in die frühen Morgenstunden in die Arbeit.

Am Sonntagmorgen war ich früh aufgestanden, um meinen wöchentlichen Ausflug zu Grants Grab zu machen, und ich war überrascht, Connor immer noch vor seinem Computer sitzen zu sehen. Ich klopfte an den Türrahmen, und er wirkte erschöpft, als er aufschaute.

»Früher Morgen oder lange Nacht?«, fragte ich.

Er warf einen Blick auf seine Uhr, stöhnte und rieb sich das Gesicht. »Lange Nacht. Warum bist du so früh auf?«

»Sonntags besuche ich immer Grants Grab. Ich stehe früh auf, damit ich mir den Sonnenaufgang mit ihm ansehen kann, und dann lese ich ihm Comics vor.«

Er rieb sich die Augen und lächelte mich träge an. »Das klingt toll.«

»Ich habe daraus ein Ritual gemacht.«

Er stand auf und kam auf mich zu. »Darf ich dich begleiten?«

Seine Bitte überraschte mich ein wenig. Ich hatte monatelang versucht, Jason zum Mitkommen zu überreden, aber ihm war es zu früh gewesen, und er fand es seltsam.

Connor fragte von sich aus. Und er hatte nicht geschlafen.

»Bist du nicht müde?«, fragte ich.

»Wir können Kaffee mitnehmen«, sagte er. »Ich weiß noch, wie du damals von Grant gesprochen hast und wie wichtig er dir war. Es wäre mir eine Ehre, jemanden kennenzulernen, der dir so viel bedeutet.«

Wie er »kennenlernen« sagte, ließ Schmetterlinge in meinem Bauch flattern. Als wäre Grant noch gesund und munter.

»Ich würde mich freuen, wenn du mich begleiten würdest.«

»Ja, gern«, versicherte er. »Ich brühe noch schnell Kaffee auf, dann können wir los.«

Sobald der Kaffee fertig war, machten wir uns mit Decken und Comics auf den Weg zu Grant. Als wir ankamen, breitete Connor die Decken aus und lächelte, als er Grants Grabstein betrachtete. Ich setzte mich, und er setzte sich zu mir.

»Das sind ziemlich viele Vierteldollarmünzen«, bemerkte Connor.

»Ja, ich lasse jedes Mal eine hier. Grant glaubte, wenn ein Penny Glück bringt, dann muss ein Vierteldollar fünfundzwanzigmal so viel Glück bringen. Jedes Mal, wenn ich einen Vierteldollar finde, denke ich, es ist ein Kuss von Grant. Das ist albern, ich weiß.«

»Das ist überhaupt nicht albern.«

»Jason meinte, es wäre albern«, erklärte ich.

»Jason meinte auch, Italien sei ein Kontinent. Seine Meinung zählt nicht.«

Ich kicherte. Touché.

»Erzählst du mir von ihm?«, fragte Connor, winkelte die Beine an und stützte die verschränkten Armen auf die Knie.

»Du willst wirklich Geschichten über Grant hören?«

»Ja. Geschichten über euch. Ich möchte alles hören, was du mit mir teilen magst.«

Das kam mir merkwürdig vor. Jason hatte nie gefragt und sich auch keine Gedanken gemacht. Aber Connor war interessiert daran, mehr über meine Vergangenheit zu erfahren und was mich zu der Person gemacht hatte, die ich geworden war.

Über Grant zu reden war wie über einen Elternteil zu reden. Er bedeutete mir so viel. Mir gefiel, wie aufmerksam Connor jedem Wort lauschte, das mir über die Lippen kam.

Dann las er Grant und mir Comics vor, und mein Herz begann für ihn zu schlagen. Er hatte keine Ahnung, wie viel es mir bedeutete, dass er mitgekommen war. Es fühlte sich so besonders an, gemeinsam mit jemandem den Sonnenaufgang an Grants Grab zu beobachten.

Als es Zeit war zu gehen, zog Connor seine Brieftasche hervor, nahm einen Vierteldollar und legte ihn auf den Grabstein. Ich fragte mich, ob Connor überhaupt eine Ahnung hatte, was für ein guter Mensch er war.

Es war großartig, morgens aufzuwachen und nicht allein in der Wohnung zu sein. Dass noch jemand da war, hatte etwas Beruhigendes, auch wenn Connor und ich nicht alles gemeinsam unternahmen. Aber zu wissen, dass jemand im Nebenzimmer war, falls etwas schiefging, gefiel mir.

Allerdings machte ich mir Sorgen um Connors Arbeitspensum.

Eines Nachts wachte ich gegen drei Uhr auf, um mir ein Glas Wasser zu holen, und er tippte noch in seinem Büro vor sich hin. Seine Schultern waren gebeugt, und Erschöpfung hatte sich in seine Züge eingegraben. Ich unterbrach ihn nicht, aber das Bild verfolgte mich Tage, bis ich glaubte, eingreifen zu müssen. Vielleicht überschritt ich damit eine Grenze, aber als er eines Abends von der Arbeit kam, die Krawatte lockerte und mit einer Grimasse dasaß, wusste ich, dass er dringend eine Pause brauchte. Doch ich wusste auch, dass er sie sich nicht gönnen würde.

An diesem Abend war seine Bürotür gegen zweiundzwanzig Uhr geschlossen, und ich konnte ihn laut seufzen hören.

Als ich zweimal anklopfte, bat er mich hinein. Um ihn von der Pause zu überzeugen, hatte ich ihm etwas mitgebracht.

»Hey, Red. Was gibt's?« Er lächelte aufrichtig, aber ich sah, wie müde seine Augen waren.

Ich lehnte mich gegen den Türrahmen. »Du brauchst eine MP.«

Er hob eine Augenbraue. »Eine was?«

»Eine Mitbewohnerpause. Bitte. Du hast im Büro viel zu hart gearbeitet, du brauchst eine Pause.«

»So schön das auch klingt, aber ich habe keine Zeit für eine Pause.«

»Tja, dann musst du dir die Zeit nehmen. Sonst meldet sich irgendwann dein Körper, und den brauchst du noch. Es bringt nichts, sich zu Tode zu schuften.«

»Du klingst wie meine Mutter«, murmelte er, dann riss er die Augen auf. »Ah, Scheiße, ich habe vergessen, meine Mutter zurückzurufen. Sie hat mir bestimmt schon tausend Nachrichten hinterlassen.«

»Schon gut. Du kannst sie morgen anrufen, wenn du ausgeschlafen hast und ein bisschen MP gemacht hast. Komm schon.«

Er zog eine Augenbraue hoch. »Du lässt eh nicht locker, oder?«

»Genau. Außerdem habe ich eine Überraschung für dich.« Ich zog die Schachtel hinter meinem Rücken hervor und streckte sie ihm entgegen.

Seine Augen verengten sich. »Was ist da drin, Red?«

»Um das herauszufinden, musst du aufstehen und den Papierkram liegenlassen, Captain.«

Zögernd schob er seinen Stuhl zurück und kam auf mich zu. Er riss das Klebeband von der Schachtel, und als er sah, was sich darin befand, schnappte er nach Luft.

»Sind das …?«, flüsterte er.

»Ja.«

»Und die sind für mich …?«

»Ja.«

Er griff nach dem Schatz, auch bekannt als Cheetos Paws, doch bevor er sich eine Tüte schnappen konnte, gab ich ihm einen Klaps auf die Hand. »Nein! Die kriegst du erst, wenn du der MP zugestimmt hast.«

»Wo hast du die überhaupt aufgetrieben?«

»Ein guter Spieler gibt seine Geheimnisse nicht preis. Also, was ist jetzt?«

Er nahm eine der Tüten aus der Schachtel, öffnete sie und schaufelte Cheetos Paws in den Mund. »Abgemacht«, sagte er mit vollem Mund und grinste wie ein Kind an Weihnachten.

Wir nahmen die Chips und ein paar andere Snacks und Getränke mit aufs Dach, um zu reden. An diesem Abend wollte ich Connor nur dazu bringen, sich ein wenig zu entspannen. Es war deutlich zu erkennen, dass er sich zu sehr unter Druck setzte, die Welt zu erobern und mit seiner Macht Gutes zu tun. Ich wünschte mir, dass er mal eine Pause einlegte und lernte, es langsamer anzugehen.

Wir stellten uns gegenseitig alle möglichen Fragen. Wie immer war es leicht, sich mit ihm zu unterhalten, und ich konnte beobachten, wie er sich allmählich entspannte, als er sich dafür entschied, im Moment zu leben.

»Wenn du ein Haustier haben könntest, welches wäre es?«, fragte er mich, während er seine dritte Tüte Chips aß.

»Das ist einfach. Ein Hund.«

»Ich wusste, dass du Hunde magst.«

Ich nickte.

»Ich habe früher ehrenamtlich bei einem Tierschutzverein für misshandelte Hunde gearbeitet. Es hat mich umgehauen, was Menschen diesen armen Tieren antun. Wir hatten einige, die schlimmer verletzt worden waren, als man sich vorstellen kann. Sie waren traumatisiert und ängstlich, aber mit der Zeit ließen sie Nähe zu. Es hat lange gedauert, ihr Vertrauen zu gewinnen. Aber als es so weit war, haben sie uns bedingungslos geliebt. Es gibt kein Lebewesen auf diesem Planeten, das so bedingungslos liebt wie ein Hund. Leider würden sie wohl auch ihre Peiniger lieben, wenn diese zurückkämen. Diese Welt hat Hunde nicht verdient.«

»Das sehe ich genauso. Wenn ich Zeit für einen Hund hätte, würde ich mir definitiv einen zulegen.«

»Manchmal muss man sich die Zeit nehmen.«

Er lächelte. »Ich fange erst mal mit der MP an und arbeite mich langsam zu einem Hund vor.«

»Aber hol einen aus dem Tierheim und kauf dir keinen! Dort gibt es eine Menge Hunde, die deine Welt zum Besseren verändern würden.«

»Ja«, sagte er und sah mich mit seinen blauen Augen an. Seine Grübchen vertieften sich. »Ich wette, die gibt es.«

Ich musste den Blick abwenden, denn immer, wenn er mich zu lange ansah, flatterten Schmetterlinge in meinem Bauch. Um mich abzulenken, knibbelte ich an den Fingernägeln. »Weißt du, welchen Spruch ich schon immer unmöglich fand?«

»Sag schon.«

»Männer sind Hunde. Warum sollten Menschen so respektlos gegenüber Hunden sein? Hunde sind loyal, selbst an den schlimmsten Tagen. Du kannst sie anschreien, und sie springen trotzdem auf deinen Schoß und lieben dich. Klar machen sie auch mal was kaputt oder kauen auf deinen Schuhen herum, aber man sieht an ihren Augen, dass sie es aufrichtig bedauern. Und sie lernen. Hunde sind loyal, und sie lernen! Männer sind einfach nur … Männer. Und das ist die schlimmste Bezeichnung, die ich mir für sie vorstellen kann. Nicht Schweine. Nicht Ratten. Nicht Schlangen. Männer sind Männer.« Ich blickte ihn an und lächelte unverfroren. »Nichts für ungut.«

»Schon gut. Du darfst mich zu dieser Gruppe zählen.«

»Aber du behandelst Frauen nicht schlecht. Du vermeidest es sogar, dich auf sie einzulassen und ihre Zeit zu verschwenden. Das ist etwas anderes. Jason hat mich manipuliert. Er hat mich so lange umgarnt, bis er glaubte, mich an der Angel zu haben. Nachdem ich bei ihm eingezogen war, zeigte er sein wahres Gesicht. Für ihn war das immer bloß ein Spiel. Du spielst keine Spielchen. Du steigst nicht einmal in den Ring, weil du die Zeit einer Frau nicht verschwenden willst. Das ist nobel.«

Er winkte ab. »Äh, ich bin mir nicht sicher, ob das nobel ist oder nackte Angst.«

»Wovor um alles in der Welt solltest du Angst haben?«

Er lächelte. »Da gibt es jede Menge, Red.«

Seine Grübchen hätten mit einem Warnhinweis versehen sein müssen. Connor Roe war fast perfekt. Er hatte das Aussehen, er hatte die Persönlichkeit, er hatte den Charme. Ihm fehlte nur der Wille, eine feste Beziehung zu führen.

»Ich mache mir regelmäßig selbst etwas vor.«

»Was Beziehungen angeht?«

»Ja. Ich bin ein Workaholic, aber wenn ich wollte, wenn ich wirklich wollte, könnte ich in einer Beziehung leben.«

»Warum bist du dann Single? Du könntest jede haben. Du bist alles andere als ein Idiot. Du bist charmant und großzügig, und kürzlich habe ich erfahren, dass du ein berühmter TikToker bist. Du würdest bestimmt TikToks für deine Partnerin aufnehmen und sie auch berühmt machen. Was ist also der Grund?«

»Willst du eine schwachsinnige Ausrede oder die Wahrheit?«

»Bei uns funktioniert die Wahrheit wohl am besten.«

»Ich habe die Liebe nicht gefunden, weil ich nicht danach gesucht habe«, erklärte er. »Ich denke, Liebe ist schön. Zur Hölle, ich lebe für Liebesblitze. Aber die ewige Liebe macht mir Angst, weil ich weiß, wie schmerzhaft es sein kann, wenn es schiefgeht. Meine Mutter wäre zweimal beinahe gestorben. Sie hat zweimal gegen den Krebs gekämpft, und beide Male habe ich sie leiden sehen. Ich musste mich mit dem Gedanken auseinandersetzen, meine Mutter sehr jung zu verlieren.

Das hat mich fast umgebracht. Ich wollte nie wieder solche Angst um jemanden haben, der mir so wichtig war, deshalb lasse ich mich auf dieser persönlichen Ebene auf niemanden ein. Ich habe Angst vor der ewigen Liebe, denn mit der Liebe kommt der Verlust, und nichts hält wirklich ewig.«

Wir hatten im Laufe unserer Bekanntschaft viel von uns preisgegeben, doch so offen war Connor noch nie gewesen. Er teilte Dinge mit mir, die er sich selbst kaum eingestand.

»Schon komisch«, sagte ich und fuhr mir durch die Haare. »Was das angeht, sind wir ziemlich gegensätzlich. Ich jage der Liebe hinterher, weil ich sie nie erlebt habe. Bekäme ich die Chance, eine Mutter zu haben, würde ich sie ergreifen, auch wenn ich wüsste, dass ich sie wieder verlieren könnte. Einmal geliebt zu werden ist für mich besser, als nie geliebt zu werden. Mein Problem ist, dass ich deshalb an Männer wie Jason und Mario geraten bin. Ich habe mich freiwillig Männern hingegeben, die mich wahrscheinlich gar nicht verdient hatten.«

»Wow.« Er atmete aus, nickte und klatschte langsam in die Hände.

»Was?«

»Ich freue mich, dass du endlich erkannt hast, was ich vom ersten Moment an wusste, als ich dich kennengelernt habe – dass du ein guter Fang bist.«

Ich zog die Nase kraus und zuckte mit den Schultern. »Es brauchte nur zwei Männer, die mich betrogen haben, einen gescheiterten Heiratsversuch und einen falschen Life-Coach, damit ich das verstehe.«

»Das spielt doch keine Rolle, immerhin hast du es verstanden. Darf ich jetzt eine tiefgründige Frage stellen?«

»Schieß los.«

»Hast du je versucht, sie zu finden? Deine Eltern?«

Ich gluckste. »Ja, und ich bin immer in Sackgassen gelandet. Vor ein paar Jahren habe ich aufgegeben, weil es keinen Sinn mehr hatte. Wie lange sollte ich noch nach jemandem suchen, der nicht nach mir suchte?«

»Was für ein Pech, dass sie dich nie kennengelernt haben.«

Als sich unsere Blicke trafen, begann mein gebrochenes Herz für ihn zu schlagen. Ich grinste ihn schüchtern an und schüttelte den Kopf. »Lass das, Connor.«

»Was denn?«

»Gib mir nicht das Gefühl, dass ich wichtig bin.«

Seine Grübchen vertieften sich.

Meine Güte, das hätte mir nicht so sehr gefallen dürfen, aber es gefiel mir.

»Hey, Red?«

»Ja, Captain?«

»Nimmst du einen TikTok-Tanz mit mir auf?«

31

AALIYAH

Das Schwierigste am Zusammenleben mit Connor war, dass er wahnsinnig anziehend und liebenswert war. So etwas hätte verboten werden müssen. Niemand sollte so gut aussehend und liebenswert sein – neben ihm sahen alle anderen Männer blass aus. Er lief sehr gern oben ohne herum. Manchmal kam er schweißgebadet in den Wohnbereich, und ich spürte ein Ziehen, als hätte ich seit zehn Jahren keinen Mann mit nacktem Oberkörper gesehen.

Aber seltsamerweise machte mich nicht nur sein durchtrainierter, muskulöser Körper an, sondern auch, wie er am Telefon in den Business-Modus schaltete und so sprach, als wäre er der HJVD – der heißeste Junggeselle vom Dienst. Er führte jedes Gespräch gewissenhaft und sprach mit Autorität. Und seine Kraft wirkte ungeheuer sexy.

Doch auch seine schlechten Witze machten mich an. Zu beobachten, wie sich sein Mund beim Sprechen bewegte, wie er sich manchmal auf die Lippe biss, wenn er sich eine Pointe ins Gedächtnis rief, war sexy.

Und wenn er kochte? Heiliger Strohsack. Es machte mich an, wie er Eier briet. Es machte mich heiß, wenn er den Toast anbrennen ließ.

Sein Lachen, sein Stirnrunzeln, sein albernes Grinsen. Alles an ihm zog mich an, und ich wusste nicht, ob ich ihn loslassen konnte, wenn es an der Zeit war, mich von ihm zu verabschieden. Je besser ich ihn kennenlernte, desto mehr sehnte ich mich danach, dass er blieb. Desto mehr hoffte ich, er würde mehr in mir sehen als eine Mitbewohnerin und Freundin.

»Sieht das wirklich gut aus?«, fragte Connor, als wir für das Fotoshooting für *Passion* in einem alten Lagerhaus standen. Er trug einen waldgrünen Designer-Samtanzug, der genau an den richtigen Stellen eng war. Sein Haar war nach hinten gegelt, und ein Make-up-Team kümmerte sich um sein Gesicht, während ich danebenstand und zusah.

Das Team um uns herum bereitete sich auf sein Fotoshooting mit Jean Paxon, einer der besten Fotografinnen der Branche, vor. Sie hatte schon die königliche Familie fotografiert, und dass sie nun Connor fotografieren würde, war so etwas wie eine Sensation.

»Du siehst umwerfend aus«, sagte ich, während ich seinen Kaffee und meinen Tee hielt. »Und du wirst dich auch noch umziehen müssen. Du bist in den besten Händen, und dank TikTok bist du ja quasi Profi.«

»Äh, das hier ist professioneller als eine alberne Social-Media-App. Die haben an die fünfzig Scheinwerfer aufgestellt! Außerdem wird dieses Magazin in die Läden kommen. Ich will auf keinen Fall, dass die Fotos nicht gut genug werden, nur weil ich so ein hässliches Gesicht habe.«

Ich verdrehte die Augen. »Du hast kein hässliches Gesicht, Connor.«

»Du findest mich hübsch, Red?«, fragte er mit unleidlicher Stimme.

»Nein. Du bist hässlich. Deine Nase ist schief, deine Lippen sind zu schmal, und deine Augen liegen zu weit auseinander, aber wir können das alles nachbearbeiten. Ich brauche nur eine halbwegs anständige Aufnahme von dir, damit ich meinen Job nicht verliere. Und jetzt nimm den Kaffee und hör auf zu jammern.«

Er grinste und stupste mich an. »Ach, ich finde dich auch ganz hübsch.«

Was für ein Trottel.

»Außerdem mag ich deinen Lippenstift. Rot. Die Farbe passt zu dir, Red.«

Ich errötete.

Mir gefiel nicht, dass es mir gefiel, wenn er mir ein Kompliment machte. Insgeheim fand ich ihn dadurch umso unwiderstehlicher.

Ob er wegen des Fotoshootings nervös war, konnte ich nicht sagen. Ab dem Moment, als er Anweisungen von Jean bekam, war er total fokussiert. Es war beeindruckend, wie professionell und aufregend er aussehen konnte. In einigen der entspannteren Posen kam er außerdem freundlich und zugänglich rüber. Die Bilder, auf denen er lachte, gefielen mir am besten, da sie seine Persönlichkeit einfingen.

Als es Zeit für die Fotos mit nacktem Oberkörper wurde, auf denen Jean bestand, wurden meine Wangen heiß.

»Heilige Scheiße«, murmelte ein Teammitglied neben mir, als sie Connors steinharten Oberkörper betrachtete. »Ich will mir gar nicht vorstellen, was er in seiner Hose versteckt.«

Thors Hammer, Ma'am.

Schlug man »Connor« im Urban Dictionary nach, war die erste Definition »riesiger Penis«. So etwas hätte ich mir nicht ausdenken können, doch nach meiner persönlichen Beobachtung passte der Name bestens zu seinen Vorzügen.

Bei meinen Internetrecherchen stolperte ich manchmal über seltsame Informationen.

»Ist er mit jemandem zusammen?«, fragte sie. »Sonst muss ich mein Glück versuchen.«

Bei diesen Worten sträubten sich mir die Nackenhaare. »Äh, ja, ist er«, log ich.

Ja, genau, ich log.

Ich log, weil die Vorstellung, dass irgendeine Frau mit meinem Kerl – ähm, meinem *Mitbewohner* – zusammen sein könnte, mich auf die Palme brachte. Für wen hielt sie sich, dass sie ›ihr Glück versuchen‹ wollte? Über seine Kronjuwelen redete? Hatte sie kein Schamgefühl, einen erwachsenen Mann so anzuschmachten, der einfach seinen Job machte?

Er ist kein Stück Fleisch, Lady! Er ist ein Mensch! Etwas mehr Respekt.

Und hatte sie meine dezenten Hinweise nicht mitbekommen, die ich schon den ganzen Tag einstreute? Ich trug roten Lippenstift, weil ich hoffte, Connor würde es bemerken – das hatte geklappt. Meine Bluse war nicht bis ganz nach oben zugeknöpft. Sogar zwei Knöpfe waren offen. Außerdem sahen meine Waden in den Zehn-Zentimeter-Absätzen, die ich später wegen der Fußschmerzen verfluchen würde, fantastisch stramm aus.

Um Himmels willen! War ihr nicht aufgefallen, dass ich ihn am Set am liebsten besprungen hätte? Ich war nur Sekunden davon entfernt, ihm meinen BH ins Gesicht zu werfen. Meinen *roten* BH. Rot!

Wie konnte sie das übersehen? Hatte sie die Schwingungen, die von mir ausgingen, nicht wahrgenommen?

Das Ausmaß an Respektlosigkeit war ekelerregend. Connor Roe war tabu.

Ich legte den Kopf schief, ohne meinen Blick von Connors Bauchmuskeln abzuwenden.

»Mensch, du Glückliche. Ich würde alles dafür geben, nur einen Tag mit ihm zu verbringen.«

»Ich weiß.«

»Und seine Lippen. Ich wette, er könnte mit seinem Mund die verrücktesten Dinge anstellen. Bestimmt träume ich heute Nacht von diesem Mann.«

Wage es nicht, verdammt!

Ich fühlte mich fast schlecht, weil ich sie anlog, aber war es denn eine Lüge? Sie fragte, ob er mit jemandem zusammenlebte, und das tat er ja auch – irgendwie. Mit mir. Er lebte mit mir zusammen im Wohnzimmer, in der Küche und auf der Dachterrasse. Er war morgens beim Yoga mit mir zusammen und saß abends mit mir am Esstisch. Man hätte meinen können, wir führten eine ernsthafte Beziehung.

Oh Gott. Ich war kurz davor, den Verstand zu verlieren. Connor musste sich so schnell wie möglich ein Hemd anziehen.

Die letzten Fotos wurden im Central Park aufgenommen, wo Connor eine graue Hose und ein weißes Button-down-Hemd mit hochgekrempelten Ärmeln trug. Er sah perfekt aus und wirkte dabei so unangestrengt. Ich konnte nicht umhin, die Blicke zu bemerken – von Männern und Frauen, die an ihm vorbeigingen und feststellten, wie gut er aussah.

Man konnte es unmöglich nicht bemerken. Hätte er nicht in der Immobilienbranche gearbeitet, er hätte Model sein können.

»Red, komm mal her«, sagte er und riss mich aus meinen Gedanken. »Ich will ein paar Fotos mit dir.«

Ich lachte. »Oh nein, lass gut sein. Ich stehe lieber hinter der Kamera.«

»Nein. Ich möchte Fotos mit der einzigen Person, die mich je interviewt hat. Das ist ein Meilenstein, also komm schon.«

»Das ist eine gute Idee«, stimmte Jean zu. »Auch wenn sie nicht veröffentlicht werden, ist das eine schöne Erinnerung. Na los!«

Ich blickte auf meine halb entblößte Brust, da hörte ich Connor stöhnen. »Hör auf. Du siehst atemberaubend aus wie immer«, sagte er und winkte mich zu sich.

Es widerstrebte mir, aber ich wollte das Team nicht unnötig lange auf seinen Feierabend warten lassen. Maiv würde mich umbringen, wenn wir unser Zeitfenster und damit unser Budget überschritten.

Ich eilte zu Connor, und er zeigte mir, welche Pose wir einnehmen sollten. »Tu einfach so, als wären wir ein Power-Paar, wie Harry und Meghan, oder Beyoncé und Jay-Z«, flüsterte er. »Wir stellen uns Rücken an Rücken auf«, sagte er.

Ich tat, was er verlangte.

Wir standen Rücken an Rücken, dann nebeneinander, dann nahm er mich unaufgefordert in die Arme und schwang mich herum, sodass ich laut auflachte.

»Connor, hör auf!«, kreischte ich, aber er machte weiter und wirbelte mich schneller und schneller herum, bis er mich wieder auf dem Boden absetzte. Mir war schwindelig, aber als ich stolperte, fing er mich auf und hielt mich in seinen Armen.

Er lehnte seine Stirn an meine, ich erstarrte und hatte den Eindruck, die Zeit wäre stehen geblieben. »War das zu schnell?«, flüsterte er.

»Zu schnell«, antwortete ich.

»Nächstes Mal gehe ich es langsamer an.«

Ich lachte. »Es wird kein nächstes Mal geben.«

»Ich glaube, wir werden noch viele nächste Male erleben, Red«, sagte er, und ich spürte seinen Atem auf meinen Lippen. Waren seine Lippen immer so nah? War das ein normaler Mitbewohner-Abstand, oder wollte er …

Oh Mann.

Dieser Mann.

Für einen Moment vergaß ich, dass wir mitten im Central

Park standen. Einen Moment lang vergaß ich, dass wir mitten in einem Fotoshooting waren. Ich spürte nur seine und meine Hitze, und ich wollte mich auf ihn stürzen und seine Lippen schmecken und ihm erlauben, meine zu schmecken, und ihn dann mit nach Hause nehmen, um dort noch weiterzugehen.

»Okay, ich glaube, wir haben es«, sagte Jean und riss mich aus meinen Tagträumen.

Ich trat einen Schritt zurück und sah die Crew an, die uns anstarrte, als hätten sie uns gerade beim Sex erwischt.

Das war mir unangenehm, aber ich gab mein Bestes, dieses Gefühl abzuschütteln.

Ich klatschte in die Hände und räusperte mich. »Okay, Leute, das war's.«

Nach dem Fotoshooting fuhren wir nach Hause, und ich beschloss, mir zum ersten Mal seit Monaten eine ungesunde Mahlzeit zu erlauben. Meine Wahl fiel auf chinesisches Essen.

»Hättest du Lust, mich nach Kentucky zu begleiten?«, fragte Connor, während er genug Essen für eine ganze Armee auspackte. Als ich ihm gesagt hatte, dass ich mir etwas Ungesundes erlauben würde, hatte er zur Feier des Tages fast alles auf der Speisekarte bestellt.

»Kentucky? Nach Hause?«

»Ja. Ich wollte für ein Wochenende hinfahren. Vielleicht wäre es gut für den Artikel, mich in meinem wahren Südstaaten-Element zu erleben. Dann siehst du, wo ich angefangen habe. Meine Wurzeln.«

Ich lächelte. »Das ist eine tolle Idee. Maiv bläut uns immer ein, die ganze Persönlichkeit unserer Interviewpartner einzufangen, und nach allem, was du mir erzählt hast, ist deine Mutter ein großer Teil deines Lebens.«

»Der größte«, bestätigte er.

»Wie lange ist sie schon krebsfrei?«

»Bald zehn Jahre …« Sein Lächeln wurde breiter. »Die Zehn-Jahres-Marke zu erreichen ist wirklich gut.«

»Ich freue mich so für sie.«

»Ja. Sie hat hart kämpfen müssen. Ich mache mir immer noch Sorgen und habe Angst, dass der Krebs eines Tages zurückkommt, aber bis jetzt ist alles in Ordnung.«

»Denk positiv. Zehn Jahre sind eine lange Zeit.«

»Ich weiß. Manchmal drehen sich meine Gedanken im Kreis, aber ich bin froh, dass es ihr gut geht. Ich würde gern in zwei Wochen fahren; ich hoffe, die Einladung kommt nicht zu kurzfristig?«

Ich lächelte. »Du hast Glück, dass ich kein Leben habe. Ich kann es kaum erwarten. Ich war noch nie in einer Kleinstadt.«

Er lachte. »Es ist ein bisschen anders als in New York, so viel steht fest. Die Leute sind, wie man sie sich vorstellt – geschwätzig, fürsorglich und engstirnig, aber auch lustig. Und jeder mischt sich in die Angelegenheiten aller anderen ein.«

Ich rieb mir die Hände. »Ich freue mich drauf.«

»Nur als Vorwarnung, ich will nicht eingebildet klingen, aber ich bin da unten so etwas wie ein Superstar, was lächerlich, aber auch irgendwie schmeichelhaft ist. Letztes Jahr haben sie eine Straße nach mir benannt und eine Riesenparty veranstaltet. Es ist verrückt, und reine Geldverschwendung, aber sie lieben mich.«

»Wie könnte man dich nicht lieben?«

Er schaute mich an und lächelte. »Ich buche morgen Flüge, in Ordnung?«

»Perfekt. Ich schreibe Maiv heute Abend eine E-Mail, um sie auf dem Laufenden zu halten.«

»Okay, also wir haben frittiertes Hühnchen à la General Tso, chinesisches Omelett, gebratenen Krabbenreis und …« Er öffnete eine Verpackung und sah mich mit hochgezogener Augenbraue an. »Käse-Wantan. Was hättest du gerne?«

»Alles.«

»Braves Mädchen«, sagte er und stellte mir einen Teller zusammen. Ich hätte einwenden können, dass ich mir selbst einen Teller machen konnte, aber irgendwie war es so süß, dass er mich bediente, bevor er sich selbst etwas nahm.

Er reichte ihn mir, und nachdem auch er sich einen Teller zusammengestellt hatte, setzte er sich neben mich auf die Couch, und wir fielen über das Essen her.

»Ich sollte dich vorwarnen. Wenn ich dich mit nach Hause bringe, werden alle annehmen, wir sind zusammen, weil ich noch nie ein Mädchen mit nach Hause gebracht habe.«

Ich lachte. »Dann müssen wir hart daran arbeiten, die Leute da vom Gegenteil zu überzeugen.« Auch wenn der Gedanke, mit ihm zusammen zu sein, die Schmetterlinge aufflattern ließ, war Connor doch nur mein Mitbewohner und mein Freund – nicht mehr und nicht weniger. Aber manchmal, wie bei dem Fotoshooting heute, berührte er mich und entfesselte damit einen Sturm der Emotionen. Es war, als würden seine Berührung, sein Lächeln, seine Wärme, seine Persönlichkeit mich jeden Tag mit Liebesblitzen beschießen. Die schönsten Blitze kamen ausschließlich von dem Mann, der mir hier gegenübersaß.

Connor redete weiter über alles Mögliche, doch plötzlich hielt er inne und sah mich an. Seine blauen Augen lächelten mehr als seine Lippen, und ich rutschte auf dem Sofakissen herum.

»Was ist?«, fragte ich.

»Nichts. Gar nichts. Ich dachte nur …« Er lachte ein wenig und schüttelte den Kopf. »Meine Mom wird dich lieben.«

Und da schlugen seine Liebesblitze in meinem Herzen ein.

32

CONNOR

Aaliyah Winters lebte mietfrei in meinem Kopf.

Sie war einfach liebenswert. Es verging kein Tag, an dem sie mir nicht ein Lächeln ins Gesicht zauberte. Ich ertappte mich dabei, wie mir ihre kleinen Macken auffielen, und je öfter ich sie bemerkte, desto besser gefielen sie mir. Wenn sie auf ihrem Laptop tippte und ihr ein Wort nicht einfiel, schnippte sie zum Beispiel so lange mit den Fingern, bis sie es hatte. Oder wenn sie etwas essen wollte, vollführte sie einen kleinen aufgeregten Tanz.

Wenn wir in der Öffentlichkeit unterwegs waren und sie einen Hund sah, reagierte sie, als hätte sie gerade einen Engel getroffen, und bat den Besitzer, das Fellknäuel streicheln zu dürfen.

Ich liebte es, wenn sie mir abgedroschene Witze erzählen wollte, aber jedes Mal die Pointe vergaß. Ich liebte, wie sie bei einem köstlichen Bissen Essen ein wenig stöhnte und mir dann auch etwas anbot, damit ich mit ihr stöhnen konnte.

Ich liebte ihren Po – oberflächlich, ich weiß –, aber verdammt, wie er sich bewegte, in Kleidern, in Röcken, in Jeans. Vor allem in Jeans. Allein beim Anblick, wie sich Aaliyah Winters in Jeans bewegte, bekam ich einen Ständer. Das lag wohl an meinen Südstaatengenen.

Manchmal, wenn wir ein Restaurant verließen, nachdem wir

ein paar Interviewfragen geklärt hatten, ließ ich ihr den Vortritt, um ihr beim Gehen zuzusehen. Wie sie ihre Pobacken bewegte. Was ich gerne damit angestellt hätte. »Was machst du?«, fragte sie, als ich ihr mal wieder hinterherlief. »Alles okay?«

»Ja, alles okay.« Ich schob die Hände in die Taschen und grinste. »Ich hatte nur plötzlich Lust auf Pflaumen.«

Ich wusste, dass sie errötete, und auch das liebte ich an ihr.

Ich liebte es, wie sie in meiner Gegenwart rot wurde. Das brachte mich auf die Idee, dass sie vielleicht auch Gefühle für mich entwickelte.

Gefühle entwickeln.

Ich hatte nicht gewusst, dass mein Herz wusste, wie das ging.

»Du klingst ausgeschlafen«, sagte Mom, als ich sie in der Mittagspause aus meinem Büro anrief. Ich konnte mich nicht erinnern, wann sie das zum letzten Mal gesagt hatte, und es war allein Aaliyahs Verdienst, die mich dazu gezwungen hatte, etwas langsamer zu machen. Mitbewohner-Pausen waren meine neue Lieblingsbeschäftigung.

»Ja. Ich schlafe jetzt besser.«

»Oh, Schätzchen! Das macht mich so glücklich. Es freut mich, dass du dir etwas Zeit für dich nimmst. Apropos Zeit für dich, hast du dir ein Hobby gesucht?«

»Ja, habe ich.«

»Ist das dein Ernst?«, rief sie. Ich konnte ihre Freude durch das Telefon spüren. »Was ist es denn für ein Hobby?«

Ich setzte mich ein wenig auf, und der Stolz stand mir ins Gesicht geschrieben. »Ich bin Life-Coach.« Ein unangenehmes Schweigen breitete sich in der Leitung aus, und ich zog eine Augenbraue hoch. »Äh, Mom? Bist du noch dran?«

»Tut mir leid, ich weiß nicht, ob ich dich richtig verstanden habe. Es hörte sich so an, als ob du gesagt hättest, du wärst Life-Coach.«

»Ja. Das stimmt.«

»Ah, okay. Schatz, mein liebes, liebes Kind. Ich will dir nicht zu nahe treten, aber wie kannst du jemandes Life-Coach sein, wenn du selbst kein Leben hast?«

»Was?! Ich habe ein Leben.«

»Nein, Schatz. Und das meine ich wirklich nicht böse. Aber alles, was du tust, ist arbeiten, arbeiten, arbeiten. Für Spaß nimmst du dir keine Zeit.«

»Ehrlich gesagt, hatte ich in letzter Zeit dank meiner Mitbewohnerin viel Spaß. Sie zwingt mich, Pausen zu machen.«

»Mitbewohnerin? Wie meinst du das? Davon hast du mir ja noch gar nicht erzählt.«

Weil ich so viel gearbeitet hatte, war mein letztes Gespräch mit Mom schon eine Weile her, und ich fühlte mich sofort schuldig. »Oh, eine Freundin von mir steckte in der Klemme, und da habe ich ihr angeboten, bei mir einzuziehen.«

»*Eine Freundin?!*«, rief Mom. »Meine Güte, du lebst mit einer Frau zusammen? Erzähl mir von ihr! Ist sie hübsch? Ist sie nett? Wie lange seid ihr schon zusammen? Meine Güte, mein Baby hat eine Freundin. Das ist so toll«, rief sie und war offenbar völlig aus dem Häuschen.

»Mom. Beruhige dich. Aaliyah ist nur eine Freundin. Sonst nichts.«

»Du musst sie mitbringen, damit ich sie kennenlernen kann. Es ist sowieso viel zu lange her, dass ich dich gesehen habe. Oh, ich muss ihr einen Kuchen backen. Jeder mag meinen Apfelkuchen.«

»Ja, genau deshalb habe ich auch angerufen. Aaliyah ist Redakteurin und soll für das Magazin, bei dem sie arbeitet, ein

Exklusivinterview mit mir führen. Ich wollte ihr zeigen, wo ich aufgewachsen bin. Ich dachte, es würde …«

»Oh, meine Güte, du bringst ein Mädchen mit nach Hause! Das muss ich Danny erzählen!«

Nicht schon wieder dieser Danny. Gab es den immer noch?

»Mom. Wir sind nur Freunde. Weiter nichts.«

»Ja, okay, ich habe es verstanden. Ich sorge bloß dafür, dass alles perfekt ist, wenn sie kommt. Meine Güte, eine Freundin!«

Meine Mutter war offensichtlich kurz davor, den Verstand zu verlieren. Wahrscheinlich plante sie schon unsere Hochzeit. Ich betete, dass bei unserer Ankunft in Kentucky die Kirchentüren nicht schon weit offen standen, damit ich den Bund der Ehe eingehen konnte.

»Können wir das Thema wechseln?«, fragte ich.

»Müssen wir? Mir gefällt die Vorstellung, aber ich höre, dass du genervt bist, also wechseln wir das Thema. Erzähl mir mehr über diese Life-Coach-Geschichte. Wen coachst du denn?«

Und damit kehrte das Gespräch wieder zu dem Mädchen zurück, von dem ich eigentlich hatte ablenken wollen.

»Aaliyah. Sie hat in ihren beiden letzten Beziehungen eine Menge Schlimmes erlebt. Ich wollte ihr helfen, selbstbewusster zu werden. Sie ist wirklich wundervoll, und das sollte sie wissen.« Am anderen Ende hörte ich, wie Mom zu schluchzen begann und das Geräusch zu ersticken versuchte. »Hör auf zu weinen, Mom.«

»Es tut mir leid, aber das ist so süß von dir. Du bist ein guter Mann, Connor Ethan, und ich bin so stolz auf dich.«

Ich verdrehte die Augen, spürte aber, wie mein Herz einen Satz machte. »Danke, Mom.«

»Obwohl es sich so anhört, als würde sie dich auch coachen. Hast du nicht gesagt, sie hätte dich überredet, mehr Pausen zu machen?«

»Ja, das hat sie.«

»Vielleicht hast du sie am Ende genauso sehr gebraucht wie sie dich.«

Bei der Vorstellung lächelte ich.

Vielleicht.

»Meine Güte, Connor. So wie sich das anhört, mag ich dieses Mädchen jetzt schon. Hört sich an, als sei sie wunderbar.«

Ich wusste, sie würde Aaliyah lieben. Es war ja auch schwer, sie nicht wunderbar zu finden.

Bevor ich antworten konnte, klopfte es an meiner Tür. Ich schaute auf und sah Marie mit einem Korb dort stehen. Sie lächelte strahlend und murmelte: »Passt es dir gerade?«

Perplex zog ich eine Augenbraue hoch. »Hey, Mom, ich muss dich wohl zurückrufen.«

»Alles klar, Schatz. Ich hab dich lieb.«

»Hab dich auch lieb.«

»Grüß Aaliyah von mir!«, fügte sie hinzu, bevor sie das Gespräch beendete.

Ich legte auf und lächelte Marie an. Seit die Hochzeit geplatzt war, hatte ich sie nicht mehr gesehen. Ich wusste nur, dass Aaliyah sie gebeten hatte, sich ein wenig zurückzuhalten und ihr mehr Abstand zu gewähren. Ich verstand beide Seiten. Nach dem Ende einer Beziehung litten nicht nur zwei, sondern alle, die die beiden geliebt hatten. Es war klar, dass Marie Aaliyah liebte. Sie behandelte sie wie ihre eigene Tochter, und es war sicher eine Herausforderung, jemanden zu verlieren, den man liebte und von dem man glaubte, er würde für immer zu einem gehören.

»Guten Tag, Connor«, sagte Marie und betrat mein Büro, nachdem ich sie hereingebeten hatte.

»Ich war in der Gegend und habe Walter bei der Arbeit besucht, also dachte ich, ich schaue mal vorbei. Gestern Abend

304

bin ich in einen Backrausch verfallen und musste etwas davon aus dem Haus schaffen.« Sie stellte eine Dose mit Gebäck vor mich und trat dann ein paar Schritte zurück.

»Das wäre doch nicht nötig gewesen, aber ich freue mich sehr«, sagte ich, öffnete die Dose und sah meine Lieblingskekse: Haferflocken mit Schokolade.

Ich hätte sie mir alle auf einmal in den Mund schieben können, wollte vor Marie aber nicht ungesittet wirken.

»Ich weiß, das sind deine Lieblingskekse. Nun, ich will dich nicht aufhalten, aber ich wollte fragen, ob du in letzter Zeit von Jason gehört hast.«

»Wir haben ein paar Mails ausgetauscht, um ein paar Formalitäten zu erledigen, und letzte Woche haben wir telefoniert, aber das war's.«

»Ach ja. Ich verstehe. Bei euch beiden geht es nur um Arbeit, Arbeit, Arbeit. Genau wie bei Walter. Ich bin von Workaholics umgeben«, gab sie zu scherzen vor. Sie trat auf ihren Stöckelschuhen von einem Fuß auf den anderen, bevor sie sagte: »Ich möchte dich nicht aufhalten, aber hättest du eine Minute?«

Verwirrt legte ich den Kopf schief, wies dann jedoch auf den Stuhl neben ihr.

Sie setzte sich und schlug die Beine übereinander. Ihre Lippen waren geschminkt, und sie trug falsche Wimpern. Marie war immer zurechtgemacht, als ginge sie zu einer Modenschau.

Sie presste die Lippen zusammen und klopfte mit den Fingern auf ihren Oberschenkel. »Schrecklich, was bei der Hochzeit vorgefallen ist, nicht wahr?«

»Ja. Das kann man wohl sagen.«

Oder der größte Segen der Welt.

»Ich fühle mich einfach schrecklich, in alle Richtungen. Ich weiß, dass mein armer Jason einfach kalte Füße bekommen hat und in Panik geraten ist. Ich will ihn nicht in Schutz nehmen, aber er ist es nicht gewohnt, jemanden so Gutes wie Aaliyah zu haben. Alle Mädchen vor ihr waren genau das – Mädchen. Sie spielten Spielchen und brachten Jason in Schwierigkeiten. Aber Aaliyah …« Ihre Augen blickten gefühlvoll, und sie zuckte mit der linken Schulter. »Aaliyah ist vollkommen. Sie ist eine erwachsene Frau mit Köpfchen.«

Dem konnte ich nicht widersprechen, aber ich wusste beim besten Willen nicht, warum Marie mir das jetzt sagte.

»Es tut mir leid, Marie. Was passiert ist, war schrecklich, aber was hat das mit mir zu tun?«

»Du gibst *Passion* ein Interview. Stimmt das?«

Ich setzte mich auf. »Ja. Das stimmt.«

»Und das Interview führt Aaliyah?«

Warum hatte ich das Gefühl, dass dieses Gespräch keinen guten Ausgang nehmen würde? »Ja. Nach der *Hochzeit* steckte sie in der Klemme, weil sie bereits gekündigt hatte. Ihre Chefin sagte, wenn sie ein Interview mit mir macht, bekäme sie ihre Stelle zurück, und eine Gehaltserhöhung noch dazu. Ich hätte mich schlecht gefühlt, wenn ich ihr nicht geholfen hätte.«

»Meine Güte, natürlich. Ich bin so dankbar, dass du ihr geholfen hast. Jason hat sie in eine unangenehme Lage gebracht. Du bist einer von den Guten, Connor. Das warst du schon immer.«

Ich blinzelte und wusste nicht, was ich sagen sollte.

Sie blinzelte auch ein paarmal und lächelte mich höchst unangenehm an.

Ich begann, Papiere auf meinem Schreibtisch umherzuschieben. »Also, ich habe noch viel zu tun …«

»Kannst du ein gutes Wort einlegen?«, stieß sie hervor.

»Wie bitte?«

»Ein gutes Wort, für Jason. Kannst du Aaliyah sagen, dass er einen Fehler gemacht hat und sie zurückhaben will? Denn so ist es, er will sie zurück.«

Aaliyah hatte beim Auszug aus dem Penthouse etwas anderes gesagt.

»Äh, ich halte es für keine gute Idee, mich in die Probleme anderer Menschen einzumischen.«

»Natürlich. Ich verstehe. Aber wenn du ihr schmackhaft machen könntest, dass sie wieder zusammenkommen, würde alles viel einfacher. Du bist ein vertrauenswürdiger Mensch, Connor. Die Leute schätzen deine Meinung.«

»Dabei würde ich mich nicht wohlfühlen. Tut mir leid, Marie.«

Ein Anflug von Verärgerung huschte über ihr Gesicht, bevor sie sich zu einem Lächeln zwang. Ein falsches, breites Grinsen, das den Ärger in ihrem Blick verbergen sollte. Ich wusste, dass sie wegen der Trennung verärgert war, aber die Rolle der überengagierten Mutter trieb sie zu weit.

Sie stand auf, kam zu mir und tätschelte meine Hand. »Denk einfach darüber nach, ja? Mit der Zeit wirst du sicher einsehen, dass es die richtige Entscheidung ist, ein gutes Wort für Jason einzulegen.«

Das würde ganz sicher nicht passieren.

Ich lächelte gezwungen. Sie wusste wahrscheinlich, dass es nicht aufrichtig war, aber das war mir egal.

»Ich wünsche dir einen schönen Tag, Marie. Danke noch mal für die Kekse.«

»Gern geschehen, Schätzchen. Mach's gut.« Sie schwang sich ihre Handtasche über die Schulter und wandte sich zum Gehen, drehte sich aber noch einmal zu mir um. »Ach, ich habe gehört, dass du eine Immobilie für dein Herzensprojekt mit Walter gefunden hast. Es ist gut, dass du deinen kleinen Traum

307

nicht aufgibst.« Sie grinste breit. »Ich hoffe, diesmal klappt es. Es wäre doch eine Schande, wenn es schon wieder schiefgehen würde, wie die Male davor.«

Sie verließ das Büro, und zurück blieb ein hartnäckiges Unbehagen. Hatte sie mir eben breit grinsend gedroht? Nein. Das würde Marie nicht tun. Sie war so süß wie Kuchen. So süß wie die verfluchten Kekse, die sie mir gebracht hatte. Obwohl es mir seltsam vorkam, wie sie über meine Wohnungen für Einkommensschwache gesprochen hatte.

Ich versuchte, das Gefühl abzuschütteln, denn wahrscheinlich war sie bloß eine enttäuschte Mutter, die eine wunderbare zukünftige Schwiegertochter verloren hatte. Mich würde es auch verrückt machen, Aaliyah zu verlieren.

Bevor ich das Gespräch mit Marie analysieren konnte, kam Damian in mein Büro.

»Hey.« Er nickte einmal, bevor er mir gegenüber Platz nahm. »Du nimmst Aaliyah mit nach Kentucky?«

»Woher weißt du das?«

»Deine Mutter hat mir gerade eine Nachricht geschickt, dass sie sich riesig darüber freut.«

Damian und meine Mutter waren beste Freunde. Wahrscheinlich sprach er öfter mit ihr als ich.

»Ja. Das ist eine gute Gelegenheit für den Artikel. Dann kann sie sehen, woher ich komme.«

Er blinzelte, dann sagte er: »Okay.«

Ich zog eine Augenbraue hoch. »Was soll das denn heißen?«

»Ich habe nur okay gesagt.«

»Ja, aber du hast es auf eine Weise gesagt, die nicht okay klang.«

»Ich finde es nur komisch, dass du vorgibst, sie wegen der Arbeit mitzunehmen, wenn du ihr in Wahrheit lediglich deine Heimatstadt zeigen willst.«

Ich lachte leise. »Was?«

»Ach, egal. Ich finde es toll, dass du sie mitnimmst.«

»Ehrlich?«

»Ja.«

»Das war's? Ist das alles, was du zu sagen hast?«

»Was willst du denn hören?«

»Du bist der Totengräber. Du findest überall Leichen, und du hast Aaliyah ein paarmal getroffen, also will ich wissen, was du von ihr hältst.«

»Warum ist das so wichtig? Ich bin nicht derjenige, der von ihr interviewt wird.«

»Ja, aber du bist mein Bruder.«

»Sei nicht komisch, Connor.«

»Das meine ich ernst. Deine Meinung ist mir wichtig, Damian. Ehrlich gesagt, hätte ich bei Rose und anderen Angestellten auf dich hören sollen. Wenn es also etwas an Aaliyah gibt, das ich wissen sollte …«

»Du magst sie.«

»Was?«

»Du hast Gefühle für sie. Das hast du von Anfang an gezeigt, willst es aber nicht zugeben, weil du Angst hast, dich zu binden. Und trotzdem verbringst du Zeit mit ihr, denn keinen Kontakt mit ihr zu haben gefällt dir auch nicht. Beweisstück A: Du stimmst einem Interview zu. Beweisstück B: Du fragst sie, ob sie bei dir einziehen will. Beweisstück C: Sie kommt mit in deine Heimatstadt, um deine Mutter kennenzulernen.«

»Sie wird auch noch andere Leute kennenlernen«, erwiderte ich.

Damian verdrehte die Augen. »Im Grunde vögelst du sie, ohne sie zu vögeln.«

»Was? Nein. Wir sind nur Freunde. Mitbewohner. Mehr nicht.«

Oh, die Lügen, die wir uns täglich einreden.

»Was immer es für dich einfacher macht, Champ. Obwohl du zugeben könntest, was du wirklich für sie empfindest, um anschließend zu sehen, wo es hinführt. Aber du bist ja leider zu feige. Und ich dachte, ich wäre verkorkst und bräuchte eine Therapie. Doch Millionäre wie du haben wohl auch ihre finsteren Seiten.«

Ich blickte ihn eine Weile ausdruckslos an und blinzelte dann. »Äh, tut mir leid. Ich wollte nichts über mich wissen. Ich habe nach Aaliyah gefragt.«

»Oh, mit ihr habe ich mich schon vor Wochen beschäftigt.« Er zuckte mit den Schultern. »Ich mag sie. Sie ist ein guter Mensch.«

Die Einzige, über die er das je gesagt hatte, war meine Mutter, und sie schickte ihm jeden Monat Carepakete.

»Egal, ich muss zurück an die Arbeit. Ach, hast du die E-Mail von Walter gesehen?«, fragte Damian und stand auf. »Er hat vor etwa fünf Minuten wegen des Grundstücks in Queens geantwortet. Es ist so gut wie unter Dach und Fach. Wir müssen nur noch die Verträge aufsetzen und auf der gestrichelten Linie unterschreiben. Glückwunsch, Con. Es gehört dir.«

Heilige Scheiße.

Ich hatte das Grundstück.

Seit Damian mir die gute Nachricht überbracht hatte, drehten sich meine Gedanken unablässig im Kreis. Darauf hatte ich jahrelang hingearbeitet, und da es nun endlich geklappt hatte, weinte ich wie ein Kind.

Es passierte wirklich, und ich wusste genau, wem ich als Erstes davon erzählen würde.

»Ist die Augenbinde wirklich nötig?«, fragte Aaliyah lachend. »Das wirkt ein wenig übertrieben, und ich habe zu viele True-Crime-Dokus gesehen. Wenn du mich also umbringen willst, sag es mir einfach, damit ich ein paar Gebete sprechen kann, um in den Himmel zu kommen.«

Ich glückste vergnügt. »Sei nicht so theatralisch. Wenn ich dich umbringen wollte, hätte ich es in der Halloween-Nacht getan.«

»Wie beruhigend.«

»Wir sind fast da. Luis hält gleich an.«

Luis parkte den Wagen, ich sprang heraus und half Aaliyah, die vor Aufregung einen Schluckauf bekam, aus dem Auto. Die ganze Zeit lachte sie, was mich ebenfalls zum Lachen brachte.

»Geht es dir gut?«, fragte ich.

»Ja, mir geht's gut«, sagte sie und richtete sich auf, als wir auf den Bürgersteig traten. »Also, darf ich sie jetzt abnehmen …?«

»Warte. Ich muss zuerst den perfekten Standort finden. Ich dachte, das wäre toll für den Artikel. Weißt du noch, dass du gesagt hast, du wolltest meine Vergangenheit, Gegenwart und Zukunft zeigen?«

»Ja.«

»Bisher haben wir nur die Gegenwart behandelt. Aber ich möchte auch das nächste Kapitel mit dir teilen. Das hier ist die Zukunft von Roe Real Estate.«

Ich stellte mich hinter sie und löste die Augenbinde. In der Sekunde, in der sie fiel, blickte Aaliyah auf das heruntergekommene Gebäude.

Mit geweiteten Augen sah sie zuerst das Gebäude und dann mich an. »Ist es das? Ist das der Standort für deine Luxuswohnungen für Einkommensschwache?«

Ich nickte.

Aufregung breitete sich auf ihrem Gesicht aus, und sie begann, auf der Stelle auf und ab zu springen, packte meine Arme und zwang mich, mit ihr zu hüpfen. »Oh Gott, Connor! Oh Gott! Du hast es geschafft! Es ist so weit! Oh Gott!«, kreischte sie, und ihre Erregungskurve schoss vom Bürgersteig zum Mars. Wie sie meinen Traum feierte, verschlug mir beinah den Atem. Die Einzige, die je so viel Begeisterung für mich gezeigt hatte, war meine Mutter.

»Verflucht, Red, deinetwegen muss ich gleich heulen«, sagte ich halb im Scherz.

Ich sah sie an, und mein Herz, das in ihrer Nähe ohnehin schon schneller schlug, wäre fast explodiert. Die Tränen, die ich spürte, fielen aus ihren Augen.

Sie errötete und wischte sie weg. »Tut mir leid, aber, Connor, du hast es geschafft.« Sie hörte auf zu hüpfen, stemmte die Hände in die Hüften und betrachtete die zerbrochenen Fenster und die mit Graffiti beschmierten Mauern. Es sah katastrophal aus, doch sie erkannte das Potenzial.

Sie drehte sich zu mir um und lächelte unfassbar warmherzig. »Du hast es geschafft, Connor. Du hast es geschafft, ich bin so stolz auf dich.«

Das war das Stichwort für die Tränen.

Ich kniff mir in den Nasenrücken und räusperte mich. Ich war den Tränen nahe. Dass sie stolz auf mich war, traf einen Nerv, von dem ich nicht einmal gewusst hatte, dass ich ihn hatte.

»Danke, Red. Das bedeutet mir sehr viel. Und ich habe den Verkäufer dazu gebracht, mir für drei Stunden die Schlüssel zu überlassen.«

Sie streckte mir lächelnd die Hand hin. »Dann komm«, forderte sie mich auf. »Zeig es mir.«

Der Himmel über der Stadt war dunkel, ein Zeichen, dass

bald ein Gewitter aufziehen würde. Trotzdem hätte ich schwören können, dass ich die Sonne spürte, wenn ich Aaliyah ansah.

Ich führte sie durch das siebenstöckige Gebäude. Auf jeder Etage gab es zehn Wohnungen, sodass wir siebzig Familien beherbergen konnten. Wir schauten uns jede Wohnung an, weil Aaliyah es unbedingt wollte. Auch wenn sie etwas kurzatmig wirkte, lächelte sie die ganze Zeit.

Dass sie so glücklich war, machte mich noch glücklicher.

»Siehst du es, Captain?«, fragte sie, als wir in der letzten Wohnung im siebten Stock standen. »Hier drüben kommt der Fernseher hin. Das da wird das Schlafzimmer des kleinen Timmy, und dort ist Saras Zimmer. Das Bad im Elternschlafzimmer hat eine Badewanne mit allem Drum und Dran, und die Tür kann man abschließen, damit Mama auch mal ihre Ruhe hat. Hier werden schöne Erinnerungen entstehen«, sagte sie und tanzte auf den Zehenspitzen in das Esszimmer. Sie tat so, als säße sie an einem Tisch. »Hier werden sie beim Essen lachen. Hier werden sie über das Leben diskutieren, Hausaufgaben machen und sich lieben.« Sie stand auf und kam auf mich zu. »Alles nur deinetwegen.«

»Diese Welt hat dich nicht verdient, Red«, sagte ich. Ich hatte sie nicht verdient, aber mit jedem Tag wollte ich sie ein bisschen mehr. Ich hatte mich noch nicht richtig damit auseinandergesetzt, dass meine Gefühle für sie und meine Verbindung zu ihr mit jedem Tag stärker wurden.

»Komm schon«, sagte sie. »Zeig mir mehr.«

Ich führte sie auf das Dach. Die Wolken waren dunkler als bei unserer Ankunft. Donner polterte über den Himmel und signalisierte, dass das Gewitter näher rückte.

Mit ausgebreiteten Armen ging sie über das Dach. »Kommt hier der Gemeinschaftsgarten hin?«

»Ja. Hier drüben soll der Garten hin, und es wird überall Gasgrills und Sitzgelegenheiten geben. Die Familien können jederzeit das frische Gemüse ernten, und ein Gärtner wird sich um die Beete kümmern.«

Der erste Regentropfen landete auf meinem Gesicht, und Aaliyah musste auch einen abbekommen haben, denn sie blickte in den Himmel. Sie sah mich mit ihren braunen Augen an und schüttelte den Kopf. »Deine Träume werden wahr.«

Ich biss mir auf die Unterlippe und nickte. »Das stimmt.« Ich ging zu ihr und nahm ihre Hände. »Tanzt du mit mir?«

Sie zögerte nicht einen Moment. Sie rückte dicht an mich heran, und ich nahm sie in die Arme. Wir wiegten uns, taten so, als gäbe es Musik, während die Regentropfen immer schneller fielen. Ich bot ihr an, mit ihr hineinzugehen, aber sie lehnte ab.

»Nur noch ein bisschen.« Sie legte den Kopf an meine Brust, während wir in Zeitlupe im Regen tanzten. »Ich höre dein Herz schlagen«, flüsterte sie.

»Es schlägt für dich«, gestand ich. Zuerst wusste ich nicht, ob ich es laut ausgesprochen hatte, aber als ich ihrem Blick begegnete, wusste ich, dass sie mich gehört hatte.

Ich hatte Angst, meine wahren Gefühle für sie auszusprechen, weil ich sie danach nicht mehr zurücknehmen konnte. Aber Damian hatte mit allem, was er mir über meine Gefühle für Aaliyah gesagt hatte, ins Schwarze getroffen. Der Gedanke, sie könnte aus meinem Leben verschwinden, machte mich wahnsinnig. Der Gedanke, dass sie nicht mehr im Zimmer gegenüber wohnte, tat mir in der Brust weh. Der Gedanke, nie herauszufinden, wie ihre Lippen schmeckten …

Diese Lippen.

Ihre vollen, schönen, prallen Lippen.

Gott, ich wollte mich nur noch hinunterbeugen und von ihnen kosten. An ihnen saugen. Sie vögeln …

Ich öffnete den Mund, um ihre Frage zu beantworten, meine Ängste zu überwinden und ihr meine Geheimnisse zu verraten, aber bevor ich das tun konnte, brach das Gewitter über uns herein, und Blitze zuckten über den Himmel. Der strömende Regen riss uns zurück in die Wirklichkeit, doch ich stand da und dachte nur noch an eines – ich wollte sie küssen.

Ich stand reglos, während die Regentropfen auf uns niederprasselten. Es war mir egal, dass jeder Zentimeter von mir nass war. Alles, was mich interessierte, alles, was ich wissen wollte, war, ob sie mich auch küssen wollte.

33

AALIYAH

Er wollte mich küssen.

Vielleicht. Oder vielleicht glaubte ich nur, dass er sich zu mir hinunterbeugte, um mich im Regen zu küssen. Vielleicht hoffte und wünschte, träumte ich von der Möglichkeit, dass seine Lippen meine fanden und seine Zunge meine Lippen öffnete, um meinen Mund zu erkunden.

Ich erschauerte, als wir so im Regen standen und uns tief in die Augen blickten, ohne ein Wort zu sagen. Wir hätten ins Haus gehen sollen, als der Regen einsetzte. Wir hätten Schutz suchen sollen, doch wir standen nur schweigend da. Von Kopf bis Fuß durchnässt. Ineinander versunken, unsere Seelen entblößt.

Ich wünschte mir so sehr, dass er mich küsste. Ich wünschte mir, dass er sich mir offenbarte, mir sagte, ob er auch so empfand wie ich. Ich wollte, dass er mich mit seinem Mund eroberte, mich verschlang, und ich wollte mich ihm hingeben.

Ich wollte ihn küssen.

Und ich wollte, dass er mich küsste.

Er blickte zu Boden, und als er mir wieder in die Augen sah, wirkte er, als würde er jeden Moment zusammenklappen. »Du machst mir Angst, Aaliyah.«

»Was?«

»Du machst mir Angst, weil ich jeden Morgen aufwache

und an dich denke. Und an den Abenden auch … Ich bin …«
Er räusperte sich, und ich wusste, wie schwer es ihm fiel, sich
mir zu öffnen. Ich wusste, wie sehr ihn Beziehungen ängstig-
ten, und ich wusste um sein Widerstreben.

Aber trotzdem offenbarte er sich mir. »Ich bin wahnsinnig
verliebt in dich, Red.«

Mein Herz setzte einen Schlag aus. Vielleicht sogar fünf
Schläge. Vielleicht blieb es auch ganz stehen. Vielleicht heilten
es seine Worte. Ich wusste nur, dass die Scherben meines gebrochenen, erschöpften Herzens ihm gehörten.

Ich sah ihn fassungslos an. Hatte ich mir seine Worte nur
eingebildet? Was er gesagt hatte, war genau das, was ich mir
gewünscht hatte. Ich wusste nicht, was ich sagen sollte, denn
ich hatte ein wenig Angst, dass dieser Traum morgen früh vorbei sein könnte. Ich hatte Angst, dass er morgen früh wieder
Angst vor der Liebe haben würde.

Als wüsste er um meine Sorgen, sprach er weiter. »Ich habe
Angst, weil ich noch nie so empfunden habe. Ich habe Angst,
weil du mich dazu bringst, Pausen zu machen. Du weckst den
Wunsch in mir, Dinge zu erleben, die nichts mit meiner Karriere zu tun haben. Deinetwegen möchte ich leben, weil alles
an dir magisch ist.«

»Connor …«

»Du musst nichts sagen, Red. Du hast gerade erst eine Beziehung hinter dir. Ich weiß, dass du das noch nicht verarbeitet hast, aber ich … Ich will dich. Ich will dich mehr, als ich
je etwas gewollt habe. Es ist mir egal, wie lange es dauert, bis
du bereit bist, ich werde warten. Weil das … ich will es … ich
will …«

»Dich«, murmelte ich und legte meine Hände in seine. Ich
sah auf unsere ineinander verschränkten Finger hinunter, dann
blickte ich zu ihm hoch. »Ich will dich auch. Du weißt nicht,

wie sehr ich mir gewünscht habe, dass du das sagst. Ich dachte, ich würde alleine so fühlen.«

»Nein. Ich fühle schon seit einiger Zeit so, aber ich hatte Angst, es anzusprechen. Scheiße, ich habe immer noch Angst, Aaliyah, aber ich habe inzwischen mehr Angst, uns keine Chance zu geben.«

»Connor?«

»Ja?«

»Küss mich.«

Er tat es ohne Zögern.

Die Regentropfen fielen weiter, als seine Lippen meine trafen. Er schmeckte wie meine Lieblingsmärchen, nach Wundern und Liebe. Er küsste mich, als wolle er mir seine wahren Gefühle offenbaren. Dass wir echt waren, etwas Mächtiges. Etwas, mit dem keiner von uns gerechnet hatte. Oder vielleicht hatten wir damit gerechnet. Vielleicht hatten wir es schon seit der Halloween-Nacht gewusst, als ich beschloss, mich in einen Fremden zu verlieben.

Und hier war ich nun, zwei Jahre später, und verliebte mich, verliebte mich, verliebte mich …

Ich küsste ihn mit der gleichen Intensität wie er mich. Er schlang die Arme um mich, und als er mit der Hand langsam über mein Kleid, meinen Oberschenkel strich, stöhnte ich an seinem Mund. Unsere Kleidung war durchnässt, jede Kurve und jeder Muskel zeichneten sich darunter ab.

Mir gefiel, wie mich seine Hände erkundeten. Mir gefiel, wie seine Zunge mit meiner tanzte. Mir gefiel, wie er mich berührte. Wie er mich küsste. Wie er meine Lippen zwischen seine saugte.

Ich liebte es, wie er mich im Regen berührte.

»Wenn du es mir sagst, höre ich auf, Red … aber ich will es … ich will dich … ganz und gar. Wenn du es sagst, dann höre

ich auf. Aber wenn du sagst, mach weiter … verdammt, Red.«
Er legte seine Stirn an meine, schloss die Augen und stöhnte
an meinen Lippen. »Bitte, sag mir, dass ich weitermachen soll.«

Ich legte die Hände auf seine Brust. Ich spürte jeden seiner
Muskeln unter dem grauen T-Shirt, das an seiner Haut klebte.
Ich löste die Lippen von seinen und flüsterte: »Mach weiter.«

Innerhalb von Sekunden hatte er mich ausgezogen, und
ich zerrte an seiner Kleidung. Wir fielen übereinander her, als
wären wir nur Sekunden davon entfernt, unser Schicksal zu
erkennen. Er bettete mich sanft auf den Boden und spreizte
meine Beine. Ohne zu zögern, hob er meine Beine über seine
Schultern und beugte sich zu mir herunter. Er strich mir über
die Unterschenkel, sein Mund folgte seinen Fingern und legte
eine Spur von Küssen. Er leckte die Regentropfen ab, die unablässig auf uns niederprasselten, saugte sie von meiner nackten Haut, und je näher er dem Scheitelpunkt meiner Schenkel
kam, desto heftiger erschauerte ich.

Er kam immer näher, sein heißer Atem streifte meine Oberschenkel. Sein Mund verweilte, er saugte die empfindliche
Haut zwischen seine vollen Lippen, und ein Feuerwerk aus
Verlangen und Vorfreude explodierte in mir. »Bitte«, flehte ich,
ich wusste genau, wo ich seinen Mund haben wollte, wo er
mich küssen, lecken, saugen, vögeln sollte …

Fuck …

Meine Atemzüge wurden unregelmäßig, als er den Weg zu
meiner Klitoris fand, und mich verwöhnte, als wäre ich seine
Königin und als wäre es seine einzige Aufgabe, mich in Eksta-
se zu versetzen. Als sein Mund mein Innerstes liebkoste, hob
er meine Seele auf eine neue Ebene. Er verwöhnte meine Klitoris mit der Zunge, und seine Finger bahnten sich einen Weg
in mich. Er trank die Regentropfen, die sich mit meiner Nässe
vermischten, und seine Bewegungen wurden immer schneller.

Er leckte mich hart und trank alles, was ich ihm gab. Er trank mich, als wäre ich sein Lebenselixier. Ich stöhnte, hob meine Hüften und bat, dass er noch tiefer in mich eindrang, mich ganz nahm, und gab ihm alles von mir.

Ich wollte ihn in mir. Ich wollte seine Härte tief in mir spüren. Ich wollte ihn auf mir, wollte, dass er auf mich hinunterblickte, während er mich vögelte, als meinte er es ernst.

»Handtasche«, hauchte ich und deutete zur Seite, wo sie im Regen lag. »Kondom«, murmelte ich, unfähig, andere Worte zu finden. Zum Glück verstand er den Zusammenhang. Er holte meine Handtasche, kramte darin und schnappte sich das Kondom.

Nachdem er mich gekostet hatte, setzte er sich auf mich und entblößte seinen großen, pochenden Schwanz. Beim Anblick seines massiven Ständers lief mir das Wasser im Mund zusammen. Über mich gebeugt, neigte er den Kopf, als würde er um Erlaubnis bitten, in mich eindringen zu dürfen.

Ich nickte einmal, da Worte mich in diesem Augenblick überfordert hätten.

Er verschlang meine Lippen und küsste mich hart und lang. Ich keuchte, als er in mich eindrang und ich ihn endlich ganz spürte. Er stieß hart in mich, und ich krallte mich an seinem Rücken fest und grub die Nägel in seine Haut. Ich hatte nicht gewusst, dass es sich so anfühlen konnte. Ich hatte nicht gewusst, dass Liebe machen sich anfühlen konnte wie Leben und Tod, Gebete und Sünden, Himmel und Hölle. Seine sonst so spielerische Haltung war verschwunden und als ich ihm in die Augen sah, war sein Blick voller Verlangen, Leidenschaft und Liebe.

»Oh, Gott, ja, Connor … bitte … mach weiter …« Ich atmete aus, erschöpft und doch voller Glückseligkeit und ich wollte mehr von ihm. Ich wollte ihn ganz.

»Gott, du fühlst dich genauso gut an, wie du schmeckst«, murmelte er an meinem Mund, dann küsste er mich noch leidenschaftlicher und drang noch tiefer in mich ein. Seine Worte, seine Bewegungen und der Regen machten es mir unmöglich, mich noch länger zurückzuhalten.

»Ich werde … Connor … ich …«

»Komm für mich«, flüsterte er, was mich noch mehr erregte. Meine Hüften bewegten sich auf und ab, während er immer wieder tief in mich stieß. Connor hatte viele Seiten, aber den Mann, der beim Sex schmutzige Dinge sagte, hatte ich noch nicht kennengelernt. Er brachte mich dazu, mich noch mehr nach ihm zu sehnen.

Ich kam, mein ganzer Körper zitterte, als ich losließ. Er stieß hart in mich hinein, die Hände auf meine Schultern gestützt.

»Scheiße, ich bin auch gleich so weit«, ächzte er und bewegte sich weiter.

»Bitte«, flehte ich und öffnete die Augen, um seinen blauen Augen zu begegnen. »Bitte, komm in mir. Ich will alles von dir. Connor … bitte … fick mich, als würdest du es ernst meinen.«

Bei diesen Worten ließ er los, presste die Arme auf den harten Boden, seine Bewegungen wurden immer schneller, und er vögelte mich, als läge die Ewigkeit zwischen meinen Schenkeln und die Zukunft an meinen Lippen. Kurz darauf verlor er sich in mir und gab mir schwer atmend alles, was er hatte. Danach rollte er sich auf den Rücken, und wir lagen außer Atem da, während der Regen auf uns niederprasselte.

»Heilige …«, begann er.

»… Scheiße«, ergänzte ich.

»Das war …«

»… unglaublich.«

Schweigen senkte sich über uns, während einige Augenblicke vergingen. Wir versuchten beide, wieder zu Atem zu kommen, dann drehte er sich auf die Seite und sah mich an. Auf seinem Gesicht lag das alberne Grinsen, das ich so sehr liebte, und er liebkoste mit den Lippen jeden Zentimeter meines Körpers. »Du bist perfekt. Du bist perfekt«, flüsterte er zwischen seinen Küssen. »Du bist perfekt.«

Ich seufzte und fühlte mich zum ersten Mal seit Langem wieder vollständig, als sein Mund auf dem meinen ruhte, und sagte: »Wir sind perfekt.«

34

AALIYAH

In den nächsten Tagen wachten Connor und ich auf und liebten uns, und das Gleiche machten wir auch vor dem Einschlafen. Dabei wechselten wir die Schlafzimmer, und manchmal landeten wir auch auf dem Küchentresen. Oder auf dem Wohnzimmersofa. Oder auf der Dachterrasse.

Ich mochte es am liebsten, wenn der Wind über unsere erhitzte Haut strich, während er tief in mich eindrang, der Mond hell leuchtete, während ich seinetwegen weiche Knie bekam. Am besten gefiel, dass er mich mal zart, mal hart liebte. Sanft und rau, zärtlich und gefährlich. Ich liebte es, dass er mein ganzes Wesen annahm. Auch wenn es mir manchmal vorkam, als würde ich mich überanstrengen, war es mir egal, weil es sich mit ihm in mir so gut anfühlte.

Er liebte mich, als wäre es das erste und letzte Mal. Und so wurde jedes Mal zum besten Sex, den ich je gehabt hatte. Er hörte erst auf, wenn ich mehrmals gekommen war. Das musste an seinem inneren Südstaaten-Gentleman liegen, der immer dafür sorgte, dass ich zuerst kam. Ladies first.

Und jedes Mal revanchierte ich mich.

Ich hatte nicht gewusst, dass es möglich war, dass am Ende zwei Menschen befriedigt waren.

Es war, wie in einer Traumwelt zu leben, doch leider hatte jeder Traum ein Ende.

Eines Morgens hatte Connor schon früh eine Telefonkonferenz, und ich wachte allein auf. Ich wachte mit Schmerzen auf. Was nicht aus heiterem Himmel geschah. Meine Beschwerden hatten während der letzten Wochen zugenommen.

Ich wurde schneller müde als sonst. Schon kurze Strecken zu gehen machte mir zu schaffen. Meine Knöchel schwollen wieder an. Connor hatte die Schwellung sogar bemerkt, aber ich schob es darauf, dass ich auf der Arbeit den ganzen Tag High Heels getragen hatte. Er massierte mir die Füße, und wenn er nachts eingeschlafen war, weinte ich heimlich, weil es mir ernsthaft schlecht ging.

Ich brauchte nur noch ein bisschen mehr Zeit.

Nach der Reise nach Kentucky hatte ich einen Arzttermin, also tat ich mein Bestes, um bis dahin durchzuhalten. Um die Augenblicke des Glücks mit Connor zu genießen. Um zu leben. Um für eine Weile so zu tun, als wäre mein Leben normal.

Doch an diesem Morgen konnte ich mich nicht länger selbst belügen.

Mir tat alles weh, und mein Kopf war wie in Watte gepackt. Das Schlimmste aber war der Schüttelfrost. Ich konnte mich kaum im Bett aufsetzen. Die kleinste Bewegung fühlte sich an, als würde mich jemand schlagen.

»Nein«, flüsterte ich, unfähig, die Augen zu öffnen, denn das würde nur neue Schwindelanfälle auslösen.

Zeit.

Gib mir nur ein bisschen mehr Zeit.

Connor und ich wollten bald nach Kentucky fliegen, und ich wollte die Reise auf keinen Fall absagen. Es war nicht nur wichtig für meinen Artikel, sondern auch für mich. Ich wollte ihn in seiner Heimatstadt erleben, wollte die Menschen kennenlernen, mit denen er aufgewachsen war, ich wollte durch die

Straßen gehen, in denen er groß geworden war. Das durfte ich nicht verpassen.

Ich legte die Hände auf die Bettkante und zog mich in eine sitzende Position. Als meine Füße den Holzboden berührten, stöhnte ich auf. Alles tat mir weh. Ich wusste, dass die meisten Menschen dieses Ausmaß an Schmerz nicht verstehen konnten, aber allein das Aufstehen bedeutete für mich die ultimative Anstrengung. Ich wollte mich zu einem Ball zusammenrollen und schluchzen. Der Schmerz war so stark, dass ich kaum atmen konnte.

»Alles wird gut. Alles wird gut. Alles wird gut«, wiederholte ich und griff auf das zurück, was Connor mir in den letzten Wochen immer wieder gesagt hatte. Aber auch wenn ich die Worte wiederholte, gingen sie wegen der Schmerzen an der Wirklichkeit vorbei.

Ich versuchte mich von der Matratze hochzudrücken, aber es gelang mir nicht. Ich fühlte mich schwach. Bis in die Knochen erschöpft. Tränen stiegen mir in die Augen und liefen mir langsam über die Wangen.

»Alles wird gut. Alles wird gut. Alles wird gut«, wiederholte ich und glaubte, ich müsste mich übergeben, so sehr drehte sich mir der Kopf.

Ich hustete in meine Hand und wollte mich räuspern. Ich wollte Platz schaffen, damit mehr Luft in meine Lungen gelangte.

Ich hasste das. Ich hasste mein Herz und dass es mich im Stich ließ. Ich hasste, dass ich mich so lange gut gefühlt hatte, bloß damit mein Leben nach nur zwei Jahren erneut auf den Kopf gestellt wurde. Ich hasste, dass durch die guten Tage die schlechten zur Hölle wurden.

Ich hasste, zu wissen, dass noch mehr schlechte Tage kommen würden.

Zeit.

Ich brauche mehr Zeit.

Mir wurde übel. Es war nur eine Frage der Zeit, bis ich die Toilettenschüssel umarmte. Mein sich drehender Kopf machte mir das schmerzhaft bewusst. Ich wollte mich auf gar keinen Fall übergeben, während Connor in seinem Büro ein Meeting hatte.

Connor.

Zeit.

Wir brauchten Zeit.

Zu meiner Überraschung kam er breit grinsend ins Schlafzimmer. In der einen Hand hatte er eine Schachtel, in der anderen einen grünen Drink. »Morgen, Sonnenschein. Ich habe das Meeting früh beendet und bin die Straße hinuntergelaufen, um dir Frühstück zu besorgen. Da du gesünder isst als ich, habe ich dir einen grünen Drink und ein Omelett mitgebracht.«

Bei der Vorstellung, irgendetwas zu essen, drehte sich mir der Magen um.

Bei meinem Anblick machte er ein besorgtes Gesicht, »Aaliyah, was ist los?«

Ich musste schrecklich aussehen.

»Hallo du«, sagte ich und wollte aufstehen und ihm danken, stattdessen wurde mir schwindelig.

Connor stellte die Schachtel und das Getränk auf der Kommode ab und eilte herbei, um mir beim Aufstehen zu helfen.

»Tut mir leid«, murmelte ich.

»Muss es nicht«, erwiderte er und half mir, mich wieder hinzulegen. Er kniete sich vor mich und sah so gut aus wie immer. Gott, das war mir so wahnsinnig peinlich. Wenn ich annähernd so schlecht aussah, wie ich mich fühlte, dachte er wahrscheinlich, ich müsste sterben.

Vielleicht stimmte das auch.

»Was ist passiert?«, fragte er. »Was kann ich tun?«

»Nichts, nichts, alles in Ordnung. Ich bin nur aufgewacht und fühlte mich ein bisschen daneben. Das ist alles.« Ich wollte ihm nicht das ganze Ausmaß meiner Misere offenbaren. Das war zu viel, und ich wollte vermeiden, dass Connor sich Sorgen um mich machte.

Er krempelte die Ärmel hoch und ging zum Badezimmer. Kurz darauf kam er mit einem warmen Handtuch wieder heraus und legte es mir auf die Stirn.

Ich hielt die Augen geschlossen, und die Wärme beruhigte mich mehr, als ich erwartet hätte. »Danke«, sagte ich und gab mir Mühe, nicht zu weinen. »Wahrscheinlich ist es nur eine Erkältung.«

»Wir sind vor ein paar Tagen ziemlich nass geworden. Verdammt. Ich hätte mit dir reingehen sollen. Das ist meine Schuld.«

»Nein. Ist es nicht. Glaub mir.«

»Wie dem auch sei, es ist wohl das Beste, wenn du heute zu Hause bleibst, um dich zu erholen. Wenn ich erkältet bin, haut es mich immer um, ich bin dann echt krank und kapsle mich ab, bis es mir besser geht.«

Wenn es bei mir nur so einfach gewesen wäre.

»Ich ruhe mich heute aus, und morgen früh ist es bestimmt wieder besser«, sagte ich und versuchte mich in eine bessere Sitzposition zu zwingen. Doch meine Sicht verschwamm, und ich rannte ins Bad und übergab mich. Das Hämmern in meinem Kopf war zu heftig. Ich brach nicht nur zusammen, ich brach vor Connor zusammen, was viel schlimmer war. Mir kam es vor, als hätte er mich schon viel öfter am Tiefpunkt gesehen als in guter Verfassung.

Trotzdem blieb er, kam zu mir ins Bad und hielt meine Haare.

»Hast du gestern vielleicht etwas Falsches gegessen? Vielleicht war der Salat, den du bestellt hast, nicht frisch? Und wenn es eine schlimme Erkältung ist, sollten wir vielleicht besser den Flug verschieben …«

»Nein!«, erwiderte ich und schüttelte den Kopf. »Mach das nicht. Das wird schon, Connor. Morgen bin ich wieder ganz die Alte.«

»Ich kann heute bei dir bleiben.«

Ich setzte mich ein wenig auf und zwang mich zu einem Lächeln. »Nein, das musst du nicht. Ich weiß, dass du viel zu tun hast. Ehrlich, Connor. Das wird schon wieder.«

Er zögerte, willigte aber ein. Er half mir zurück in das Bett und deckte mich zu. »Wenn du etwas brauchst, ruf mich einfach an – auch wenn du nur reden willst. Ich gehe ran.«

»Danke.«

Er beugte sich vor und küsste mich auf die Stirn. »Gute Besserung, Red.«

»Danke.«

Als sich die Tur hinter ihm geschlossen hatte, rief ich meinen Arzt an.

»Ich bin sicher, es ist nur eine Erkältung«, erklärte ich Dr. Erickson in seinem Sprechzimmer. »Vor ein paar Tagen bin ich dummerweise in den Regen geraten, mein Körper wehrt sicher bloß den Virus ab.« Zumindest hatte ich mir das in den letzten Tagen eingeredet.

Ich erkannte die Sorge in Dr. Ericksons Augen, nachdem er einige Tests durchgeführt hatte. Sie machten mir klar, dass die Angst, vor der ich weggelaufen war, mich eingeholt hatte. Die Medizin reichte nicht mehr aus, um mich zu stabilisieren. Meine Organe waren nicht mehr stark genug, um meinen Körper weiter in Gang zu halten.

»Leider ist es nicht nur eine Erkältung, Aaliyah.«

Er zog sich einen Stuhl heran und lächelte mich traurig an, während er kurz seine Brille abnahm und sich in die Nase kniff. »Es sieht bedauerlicherweise so aus, als wären wir mit unseren Behandlungsmöglichkeiten am Ende. Wir müssen nun zu aggressiveren Behandlungsmethoden greifen.«

»Sie meinen eine Operation?«

»Bei Ihrem Zustand ist ein chirurgischer Eingriff ein zu großes Risiko. Wir müssen eine Herztransplantation in Erwägung ziehen. Das ist im Moment die einzige Möglichkeit. Ohne sie …« Er stockte und lächelte mich wieder trügerisch an. »Sie klettern auf der Transplantationsliste weiter nach oben. Es dauert sicher nur noch Tage.«

»Tage oder Wochen? Oder Monate? Oder Jahre?«, fragte ich. Immerhin stand ich schon lange auf dieser Liste. Seitdem waren bereits über dreihundert Tage vergangen, und bis jetzt war nichts passiert.

»Sie wissen, dass man das nicht sagen kann, Aaliyah, aber Sie stehen kurz davor. In der Zwischenzeit müssen wir Ihren Zustand, so gut es geht, stabilisieren. Ich habe ein paar neue Medikamente, die Sie nehmen müssen. Der nächste Schritt könnte auch ein Krankenhausaufenthalt sein, bis wir ein Transplantat für Sie haben, denn …«

»Nein.« Verwirrt zog ich eine Augenbraue hoch und schüttelte den Kopf. »Ich fliege in ein paar Tagen nach Kentucky.«

Dr. Erickson sah mich an, als wäre ich verrückt. »Oh, das ist nicht möglich, Aaliyah. Es tut mir leid, aber Sie können im Moment nicht reisen. Zum einen besteht in Ihrem Zustand ein erhöhtes Risiko für Blutgerinnsel, da ist es nicht ratsam, in einem engen Flugzeug zu sitzen. Hinzu kommt die Gefahr einer Infektion, und die Begegnung mit anderen Reisenden ist nicht sicher. Und dann ist da noch der wichtigste Grund – Sie stehen ganz oben auf der Spenderliste. Sie müssen in der Nähe sein, wenn der Anruf kommt. Es tut mir leid, aber eine Reise nach Kentucky wird nicht möglich sein.«

Mein geschädigtes Herz brach noch ein wenig mehr. »Was?«

»Es tut mir leid. Eine Reise kommt nicht infrage.«

Er redete weiter, doch ich schweifte gedanklich ab.

In den letzten Wochen hatte ich mich in Connor verliebt. Ich hatte meinen Gesundheitszustand vergessen und mich in ihn verliebt. Er war die Flucht, nach der ich mich gesehnt hatte, die mich jeden Tag weiterträumen ließ. Kentucky war nur ein weiterer Teil dieser aufregenden Fantasie, doch diese Träume und Illusionen brachen nun zusammen, als Dr. Erickson mir erklärte, wie schlimm es um mich stand.

Mir lief die Zeit davon, und es war möglich, dass mein Herz aufhörte zu schlagen.

Das war zu viel für mich. Ich hatte mein Bestes gegeben, um das zu verdrängen, aber jetzt musste ich den Tatsachen ins Auge sehen. Mir blieb nur noch wenig Zeit, und wenn ich kein Transplantat bekam, gab es keine Hoffnung mehr.

Ich würde sterben.

Ich fuhr nach Hause und legte mich für den Rest des Tages auf das Sofa. Maiv sagte, ich könnte im Homeoffice arbeiten, aber ich war überhaupt nicht in der Lage, irgendetwas zu tun. Die neuen Medikamente machten mich sehr müde. Mir blieb nichts anderes übrig, als mich auszuruhen und zu hoffen, dass sich alles zum Besseren wenden würde.

Besorgt betrat Connor das Haus. Als er mich auf dem Sofa liegen sah, eilte er zu mir. »Hey.«

»Hi«, antwortete ich und setzte mich ein wenig auf.

»Geht es dir immer noch so schlecht?«

»Ich fühle mich immer noch furchtbar.«

Er nickte langsam und lächelte mich besorgt an, was eher wie ein Stirnrunzeln wirkte. »Gott, wir hätten auf dem Dach nicht im Regen bleiben sollen. Das hat es sicher nicht besser gemacht.«

»Es ist nicht deine Schuld.«

»Ich weiß. Es ist nur so, dass …« Er hielt einen Moment inne und sah zu Boden, bevor seine blauen Augen meinen braunen begegneten. In diesen Augen stand so viel Schmerz, dass es mir in der Seele wehtat. Als er seine Sprache wiedergefunden hatte, sagte er: »Aber wenn etwas mit dir wäre, würde es mir das Herz brechen.«

Ich liebte ihn.

Es war nicht die Art von Liebe, die ich in der Vergangenheit erlebt hatte. Nein, diese Liebe war authentisch. Sie war sowohl aufregend als auch beängstigend. Kraftvoll und doch ruhig. Ich wusste, wenn ich sterben müsste, wäre ich glücklich, denn zum ersten Mal in meinem Leben erfuhr ich wahre Liebe. Connor schenkte sich mir jeden Tag. Ich konnte mir keinen besseren Menschen zum Lieben vorstellen.

»Connor«, sagte ich und spürte die Tränen in meinen Augen. Ich wollte ihm sagen, was ich für ihn empfand, dass er mir in einer unsicheren Welt das Gefühl von Sicherheit gab. Dass er die Risse in meiner gebrochenen Seele heilte. Dass es mir auch das Herz brechen würde, sollte es ihm je nicht gut gehen.

Stattdessen presste ich bloß ein Lächeln hervor und versuchte, die Gefühle zu ignorieren, die mich übermannten. »Danke, dass du dich um mich kümmerst«, sagte ich und beugte mich zu ihm hinüber. Ich fühlte mich schwach, wollte aber nicht, dass er es merkte. Denn in unserer Fantasiewelt war ich nicht krank. Dort tat mir nicht alles weh, und meine Brust brannte nicht.

»Ich werde mich immer um dich kümmern.« Er bewegte sich ein wenig auf dem Kissen. »Brauchst du etwas? Eine Suppe? Kekse und Limonade?«

Ich schüttelte den Kopf. Ehrlich gesagt, hatte ich nichts bei mir behalten. Bei der Vorstellung, etwas zu mir zu nehmen, drehte sich mir der Magen um.

»Mir geht's gut.«

»Willst du dich auf dem Sofa ausruhen?«

»Ja. Ich habe es heute kaum verlassen.«

»Brauchst du jemanden, der sich mit dir auf dem Sofa ausruht?«

Dieser Mann erweckte Gefühle in mir, von denen ich nicht gewusst hatte, dass ich dazu fähig war. Hätte seine Fürsorge ausgereicht, um mich zu heilen, hätte mein Herz ewig gelebt.

Ich nickte, und innerhalb von Sekunden hielt er mich umschlungen.

Wir lagen auf der Couch, er wurde zu meinem Kissen und schlang seine starken Arme um mich. Connor war die Therapiedecke, die ich mir immer gewünscht hatte. Allein dadurch, dass er mich hielt, gab er mir das Gefühl von Sicherheit in einer unsicheren Welt.

»Kommt heute Abend nicht *The Bachelor?*«, fragte er und sah auf die Uhr.

»Ja, aber ich weiß, dass du die Sendung nicht magst. Ich nehme sie auf und schaue sie mir später an.«

Ohne zu fragen, nahm er die Fernbedienung und schaltete *The Bachelor* ein. Ich atmete durch den Mund, weil meine Nase verstopft war.

»Wie war die Arbeit?«, fragte ich und versuchte, meinen schmerzenden Körper zu ignorieren. Mir tat alles weh. Es war sogar anstrengend, die Augen offen zu halten.

»Ich konnte mich nicht konzentrieren.« Er schüttelte den Kopf. »Ich habe mir zu viele Sorgen um dich gemacht.«

»Bitte nicht. Bitte mach dir keine Sorgen um mich, Connor.«

»Zu spät, Red. Das mache ich schon.«

Ich kuschelte mich an ihn, und bereits nach zehn Minuten war ich in seinen Armen eingeschlafen. Als ich mitten in der Nacht aufwachte, um auf die Toilette zu gehen, war er zu meiner Überraschung immer noch da.

Nachdem ich krank geworden war, wollte Connor mich nicht aus den Augen lassen. Er hatte unsere Reise nach Kentucky abgesagt, da er eine Reise für keine gute Idee hielt, solange ich mich nicht gut fühlte. Ich war ihm dankbar, denn ich wollte ihm nicht sagen, dass ich gar nicht hätte reisen können, selbst wenn ich gewollt hätte.

Ich versuchte immer noch, so zu tun, als wäre es nichts weiter als eine Erkältung, aber der Ernst der Lage lastete schwer auf mir. Mir war klar, dass ich besser früher als später wichtige Entscheidungen treffen und mich der Realität stellen musste. Stattdessen verliebte ich mich immer mehr in Connor. In seine Wärme, in den Hafen, den er für mich geschaffen hatte. Ich wollte eine Weile so tun, als wäre ich nicht krank. Und das war am einfachsten, wenn ich in seinen Armen lag.

Eines Nachts, als wir ineinander verschlungen dalagen, blickte Connor auf sein Handy und runzelte die Stirn.

»Was ist los?«, fragte ich, als ich seine Besorgnis bemerkte.

»Es ist die Arbeit. Es gibt wohl Probleme an unserem Standort an der Westküste.«

»Den Jason leitet?«

Er nickte. »Ja. Ein paar Geschäfte sind geplatzt, und es scheinen wichtige Unterlagen zu fehlen. Ich muss hinfliegen und mich darum kümmern.«

Er wandte sich mir zu und verzog das Gesicht. »Wie sehr würdest du mich hassen, wenn ich morgen nach Kalifornien fliegen müsste? Ich will nur dafür sorgen, dass er die Firma nicht vor die Wand fährt.«

»Das ist in Ordnung. Warum ist es wichtig, was ich denke?«

»Ich habe ein schlechtes Gewissen, dich hier allein zu lassen, wenn es dir so schlecht geht.«

Ich lachte. »Connor, ich bin eine erwachsene Frau. Ich komme zurecht, auch wenn es mir nicht gut geht.« Als ich zu husten begann, runzelte er die Stirn.

»Das klingt aber nicht gut.«

»Ich komme schon klar.«

»Das solltest du auch. Sonst trete ich dir in die Pflaume.« Er zog mich an sich und schloss mich in die Arme. Ich schmiegte mich an ihn, als wären wir schon immer füreinander bestimmt gewesen.

»Ich hoffe, Jason hat da drüben nicht zu viel kaputt gemacht«, sagte ich, um das Thema zu wechseln.

»Ist schon gut. Egal, was er kaputt macht, ich werde es reparieren. Keine große Sache. Ich habe gerade überhaupt keine Lust, über ihn zu reden. Ich will jetzt nur hier bei dir sein.«

Jetzt hier sein.

Auch wenn ich mich immer noch schrecklich fühlte, kuschelte ich mich an ihn und genoss den Moment. Ich lag in den Armen eines Mannes, in den ich mich immer mehr verliebte. Und nur das zählte.

35

CONNOR

Ich ärgerte mich, dass ich Jasons Unfähigkeit ausbügeln musste, anstatt bei Aaliyah zu sein. Mehr denn je wünschte ich mir, Walter zu sagen, wie miserabel sein Sohn in seinem Job war. Doch das würde nichts bringen. Also würde ich tun, was ich tun musste und Jason aus dem Loch ziehen, das er sich selbst gegraben hatte.

Wenn der Kerl sein Chaos jemals selbst ordnen müsste, wäre es mit ihm auf der Stelle vorbei. Oder er würde dann endlich erwachsen werden.

Nach der Landung in Los Angeles checkte ich im Hotel ein und fuhr dann ins Büro, um mich mit Jason zu treffen. Ich wollte keinen Tag länger in Kalifornien verbringen als nötig. Ich wollte nur zurück zu Aaliyah, mit ihr schmusen und glücklich sein.

Als ich das Gebäude betrat, überraschte mich ein bekanntes Gesicht an der Rezeption. »Rose. Was machst du denn hier?«, fragte ich verwirrt. Bei unserer letzten Begegnung in meinem Büro hatte sie mir ihr wahres Gesicht gezeigt, nachdem ich sie gefeuert hatte.

Sie grinste süffisant, zuckte mit den Schultern und drückte ihre übermäßig entblößten Titten zusammen. »Ich bin dahin gegangen, wo man mich schätzt.«

»Das kann nicht dein Ernst sein.«

Sie kaute schmatzend auf ihrem Kaugummi, zwirbelte ihr Haar mit dem Finger und grinste wie die böse Stiefmutter im Märchen. »Wie sich herausgestellt hat, kann man einen guten Job bekommen, wenn man gewisse Informationen über gewisse Leute hat.«

»Und über wen haben Sie Informationen?«

»Über Sie.« Der Sinn ihrer Worte wurde mir nicht sofort klar.

Denn was hätte sie über mich wissen können?

»Sie haben nicht geglaubt, dass Damian der Einzige ist, der irgendwelchen Mist über Leute herausfinden kann?«, höhnte sie.

Mein Gott. Ihre Gegenwart war mir echt zuwider. Ich konnte nicht glauben, dass ich auf ihre Vorstellung des unsicheren Mädchens hereingefallen war.

Bravo, Rose, bravo.

»Was haben Sie denn herausgefunden?«, fragte ich.

»Ich habe Ihre TikToks gesehen. Sie haben Jasons Ex-Verlobte dazu gebracht, mit Ihnen zu tanzen. Es war offensichtlich, dass Sie mit ihr gevögelt haben. Niemand sieht sich so an, wenn da nichts läuft. Dann haben Leute Fotos von Ihnen beiden aufgetrieben, wie Sie im Central Park während des Fotoshootings rumgemacht haben. Mich haben Sie verurteilt, weil ich mit Jason gevögelt habe, aber Sie treiben es mit seiner Ex. Was für eine Doppelmoral.«

»Sie wissen doch gar nicht, was Doppelmoral ist. Außerdem geht Sie das überhaupt nichts an.«

»Tja, nachdem Sie mich gefeuert haben, ging es mich sehr wohl etwas an.«

»Für so etwas habe ich keine Zeit«, sagte ich, ich hatte es satt, mit einem Kind zu reden. Ich marschierte an der Rezeption vorbei in Jasons Büro.

»Connor. Ich habe dich nicht vor der Mittagspause erwartet«, bemerkte Jason, als ich hereinkam. Auf seinem Schreibtisch stapelten sich Unterlagen, und er blickte mich selbstgefällig an. Für einen Versager hatte er wirklich Nerven. »Nimm Platz«, sagte er und wies auf den Stuhl vor seinem Schreibtisch.

Ich tat es und klatschte in die Hände. »Du meintest, dass einige Unterlagen fehlen und ein paar Geschäfte geplatzt sind?«, fragte ich.

Er winkte ab. »Nee, das habe ich nur gesagt, damit du dich in ein Flugzeug setzt und herkommst. Geschäftlich ist alles in Ordnung.«

»Was soll das, Jason? Warum bin ich dann hier?« Ich war wütend, aber das war kein Wunder. Jasons Anwesenheit brachte mich in Rekordzeit auf die Palme.

Er lehnte sich zurück und verschränkte die Hände hinter dem Kopf. »Hast du geglaubt, ich käme nicht dahinter? Du und Aaliyah? Rose hat mich über alles ins Bild gesetzt.«

»Deshalb hast du mich quer durch die verdammten Staaten fliegen lassen? Weil du wegen ein paar TikToks und Fotos von uns sauer bist?«

»Du sagst ›uns‹, als ob zwischen dir und Aaliyah etwas wäre. Aber das ist ja eine lächerliche Vorstellung.«

Ich schwieg, weil ich Jason nichts beweisen musste.

Er zog eine Augenbraue hoch und beugte sich vor. »Das gibt's doch nicht. Du bist wirklich mit ihr zusammen?«

»Mein Privatleben geht dich nichts an.«

»Und ob, wenn du mit meiner Aaliyah zusammen bist.«

»Sie gehört dir nicht, und wie du dich vielleicht erinnerst, hast du sie am Tag eurer Hochzeit sitzen gelassen. Das war das Ende jedweder Beziehung zwischen euch.«

»Und du meintest, du könntest meine Reste verwerten?«

Ich holte tief Luft, schüttelte den Kopf und stand auf. »Für so etwas habe ich keine Zeit. Ich kann nicht glauben, dass du mich den ganzen Weg hierher hast kommen lassen, weil du sauer bist, dass Aaliyah mit dir abgeschlossen hat.«

»Um mit dir neu anzufangen. Das ist einfach respektlos.«

Ich verdrehte die Augen. »Wir müssen nicht so tun, als würden wir uns nahestehen. Wir wissen beide, dass das nicht stimmt.«

»Aber wo bleibt da der Ehrenkodex? Der Respekt?«

»Wir sind erwachsen. Wir sind Geschäftspartner, keine Freunde. Zwischen uns gibt es keinen Ehrenkodex.«

»Du bist ein verdammtes Arschloch.«

»In diesem Sinne, ich bin dann mal weg.« Ich wandte mich zum Gehen, doch als er weitersprach, hielt ich inne.

»Viel Spaß bei den Krankenhausbesuchen«, zischte er.

Ich drehte mich um und zog eine Augenbraue hoch. »Was?«

»In ihrem Zustand hat sie ständig irgendwas. Das ist so anstrengend. Ich hatte keine Lust, jedes zweite Wochenende in der Notaufnahme zu verbringen, aber ich habe es hierfür getan«, sagte er und deutete mit weit ausholender Geste auf sein Büro.

»Wovon redest du?«, fragte ich.

Er hob eine Braue. »Du wusstest es nicht? Oh, Mist, du weißt es nicht. Sie hat es dir nicht gesagt. Kumpel, Aaliyah ist, du weißt schon …« Er verzog das Gesicht. Was für ein Scheißkerl.

»Was?«

»Sie ist buchstäblich dem Tode nah.«

»Was? Nein, das stimmt nicht.«

»Äh, doch. Ich kann kaum glauben, dass es dir nicht aufgefallen ist. Ich habe die Anzeichen schon früh erkannt, ihre feisten Knöchel, das schwere Atmen. Ich wusste, dass etwas nicht stimmt, aber meine Mom war diejenige, die es mir gesagt hat.«

»Was hat sie dir gesagt?«

»Sie hat eine Herzinsuffizienz. Sie wurde vor etwa zwei Jahren festgestellt. Die Ärzte meinen, sie hat nur noch ein paar Jahre zu leben. Deshalb war ich sofort bereit, sie zu heiraten, als meine Eltern sagten, dass ich dann diese Stelle bekäme. Die Unternehmensleitung war mir ein paar Jahre mit der Kranken wert, doch leider konnte ich nicht bei der Stange bleiben. Außerdem waren da die Verträge schon unterschrieben. Ich habe also auch ohne das kranke Mädchen gewonnen.«

Als er immer wieder von ihrer angeblichen Krankheit sprach, wäre ich ihm am liebsten an die Gurgel gegangen. Sie war nicht krank. Sie hatte bloß eine Erkältung. Es war nur eine Erkältung. Es war nichts weiter als eine …

Mein Verstand raste und verknüpfte die Anzeichen, die ich ignoriert hatte, weil meine Gefühle für Aaliyah zu stark geworden waren.

Sie war oft müde.

Sie war schnell erschöpft.

Nein, das konnte nicht sein. Das hätte sie mir doch gesagt …

»Wie auch immer, Mann. Verwerte meine Reste, solange du es noch kannst. Bei der tickt die Uhr, also sei nicht überrascht, wenn du bald auf einer Beerdigung stehst. Die ich nicht bezahle, weil ich die Schlampe nicht geheiratet habe.«

»Fick dich!«, brüllte ich, stürmte auf ihn zu und packte ihn am Kragen. Er starrte mich an und fing an zu kichern, als würde er es genießen, dass ich herausgefunden hatte, dass die einzige Frau, die mir je etwas bedeutet hatte, nicht mehr lange bei mir sein würde.

»Ja, fick mich. Pfoten weg, sonst rufe ich den Sicherheitsdienst«, warnte er und riss sich los. Er glättete mit den Handflächen sein Hemd und räusperte sich dann. »Nun geh schon – flieg zurück nach New York zu deinem beschissenen Hauptgewinn. Ich wollte dir nur ins Gesicht sagen, dass es ein Fehler war, eine Beziehung mit ihr einzugehen. Am Ende hast du verloren, Kumpel.«

Ich fuhr zurück ins Hotel und nahm meinen Laptop. Seit dem Gespräch mit Jason raste unaufhörlich mein Herz. Ich suchte nach Stauungsinsuffizienz. Ich las über jedes Symptom, jede Ursache, jede Behandlung. Ich sah mir YouTube-Videos von Erkrankten an, sah Videos von Hinterbliebenen. Je mehr ich über den Schweregrad ihrer Herzschwäche las, desto panischer und besorgter wurde ich.

Dann fand ich heraus, wie lange den Erkrankten nach der Diagnose blieb.

Und mein Herz zerbrach in tausend Stücke.

Die meisten leben nicht länger als fünf Jahre.

Sie hatte die Diagnose vor zwei Jahren erhalten.

Wer wusste, wie viel Zeit ihr noch blieb?

Wie war das möglich?

Warum hatte sie mir nichts gesagt? Zum Teufel, warum hatte ich nichts bemerkt?!

Doch dann fiel es mir wie Schuppen von den Augen: Verdammt, ich hatte es gewusst. Unterbewusst war es mir klar gewesen, ich hatte nur die Anzeichen ignoriert, weil ich es nicht wahrhaben wollte. Der Schmerz aus meiner Vergangenheit sollte nicht in meine Gegenwart zurückkehren. Und doch saß ich hier und tat genau das, was ich als Kind getan hatte. Ich suchte nach Antworten. Nach einem Silberstreif. Nach einem Heilmittel für das Unheilbare.

Ich saß in meinem dunklen Hotelzimmer und brach zusammen, während mein Gesicht vom Licht des Bildschirms erhellt wurde, und mir wurde bewusst, dass die Frau, die ich liebte, sterben würde.

Und ich konnte nichts dagegen tun.

36

CONNOR

Zehn Jahre alt

Mom versuchte, nicht zu weinen, als sie mir von dem Krebs er-zählte.

Ich wusste nicht einmal, was das war, aber ich wusste, dass es schlimm war, wenn sie es mir nicht sagen wollte. Ich wusste, dass sie krank gewesen war, aber ich wusste nicht, wie schlimm. Ich dachte, sie hätte nur eine schlimme Erkältung oder so, weil sie ständig ab-hustete.

»Verstehst du, Connor? Verstehst du, was ich dir sagen will?«, fragte sie, und ein paar Tränen liefen ihr über die Wangen. Schnell wischte sie sie weg und tat so, als hätte es sie nicht gegeben, aber ich hatte sie trotzdem gesehen.

»Stirbst du?«, fragte ich, und meine Eingeweide fühlten sich an wie erstarrt. Mir tat der Bauch weh, weil Mom dieses Wort gesagt hatte. Krebs. Es hat ihr wehgetan. Es brachte sie zum Weinen, doch sie wollte es vor mir verbergen, weil sie nicht wollte, dass ich weinte. Obwohl ich am liebsten zusammengebrochen wäre.

Aber ich konnte nicht, weil Mom schon genug geweint hatte, als Dad uns verließ, und immer, wenn ich weinte, weinte sie auch. Das wollte ich ihr nicht antun, deshalb durfte ich nicht weinen. Ich musste stark sein.

»Nein, mein Schatz«, sagte sie und legte mir die Hände an die

Wangen. »Nein, ich werde nicht sterben. Wir werden dagegen an-kämpfen, okay? Wir werden kämpfen und gewinnen.«

Ich schniefte ein wenig, nickte und wollte stark sein, aber ich war nur ein Kind, und Kinder können nicht immer stark sein. Ich um-armte sie und hielt sie fest. Dann zog ich mich zurück. »Kann ich ins Bett gehen?«

»Bist du schon müde? Es ist noch ziemlich früh.«

»Ja. Ich will nur noch schlafen.«

Sie runzelte die Stirn, nickte aber.

Ich ging in mein Zimmer und schloss die Tür. Ich legte mich in mein Bett, drückte mir das Kissen auf den Kopf, damit Mom mich nicht hören konnte, und dann fing ich an zu weinen. Mein gan-zer Körper bebte, als ich daran dachte, dass Mom krank war. Sie durfte nicht krank sein. Ich brauchte sie doch. Sie war meine bes-te Freundin. Ich konnte nicht damit umgehen, dass etwas mit ihr nicht stimmte, und ich hasste es, dass ich es nicht in Ordnung brin-gen konnte. Ich hätte ihr helfen, sie heilen, der Mann im Haus sein müssen.

Ich konnte nicht aufhören, wie ein dummes Kind zu weinen, da-bei hätte ich es besser machen und stark sein müssen, weil Mom mich brauchte. Aber ich hatte Angst und wusste nicht, was ich tun sollte, wenn es ihr nicht gut ging. Sie musste wieder gesund werden. Sie musste wieder gesund werden. Sie musste …«

»Connor Ethan«, sagte Mom, als sie mein Zimmer betrat. Ich behielt das Kissen auf dem Kopf, weil sie sonst sehen würde, dass ich traurig war, und das wollte ich nicht. Ich musste stark sein. Für sie. Für uns. Denn Dad war weg, und sonst gab es niemanden mehr, der stark sein konnte.

»Schätzchen, sieh mich an«, sagte Mom, kam an mein Bett und setzte sich neben mich. Sie zerrte an dem Kissen, und ich zerrte zurück.

»Nein!«

»Connor, bitte. Alles ist gut.«

»Nein. Ist es nicht! Nichts ist gut! Das kann es nicht sein, wenn es dir nicht gut geht!« Ich weinte, die Tränen liefen mir über das Gesicht und durchnässten den Kopfkissenbezug. Ich klang wie ein großes Baby, aber wie hätte ich auch sonst klingen sollen? Mom war krank. Es ging ihr nicht gut, und das machte mir wirklich Angst.

Sie entwand mir das Kissen, und legte es auf die andere Seite des Bettes. Ich setzte mich auf, zog die Knie an die Brust und schlang die Arme um meine Beine.

»Sieh mich an, Con.«

Ich konnte nicht. Ich konnte sie nicht ansehen, weil es mich nur daran erinnern würde, dass es ihr nicht gut ging.

Aber sie brachte mich dazu. Sie umfasst mein Gesicht mit den Händen und zwang mich, ihr in die Augen zu sehen. Dann nahm sie meine Hände und legte sie an ihr Gesicht.

»Mir geht es gut. Siehst du? Fühlst du mein Gesicht? Fühlst du meine Haut? Ich bin immer noch hier, und mir geht es gut. Verstehst du? Mir geht es gut. Dir geht es gut. Uns wird es gut gehen. Verstehst du das?«

Ich nickte, während ich weiter schniefte.

»Soll ich heute Nacht bei dir schlafen?«, fragte sie.

Ich schüttelte den Kopf. »Nein. Ich bin schon groß.« Auch wenn ich wollte, dass sie in dieser Nacht bei mir blieb. Ich wollte nicht allein sein. Ich wollte am Morgen aufwachen und sehen, dass es ihr noch gut ging.

Sie lächelte. »Soll ich heute Nacht bei dir schlafen?«

Ich zuckte mit den Schultern. »Würdest du dich dann besser fühlen?«

»Auf jeden Fall. Ich glaube, ich brauche dich heute Nacht.«

»Na gut, aber wir gehen in dein Zimmer, dein Bett ist größer.«

»Klingt gut.« Sie wischte mir die Tränen weg und küsste mich auf die Stirn. Wir gingen in ihr Schlafzimmer, und es dauerte nicht *lange, bis sie einschlief. Nachdem sie eingeschlafen war, schlich ich mich aus dem Bett und holte mir ihren Laptop. Ich setzte mich in ihren Schrank und schloss die Tür, damit das Licht des Bildschirms sie nicht aufweckte.*

Ich rief die Suchmaschine im Internet auf, tippte mit einem Finger und das Herz schlug mir bis zum Hals.

Was ist Krebs?

Was passiert, wenn meine Mutter stirbt?

Wie lange wird meine Mutter mit Krebs leben?

Stirbt meine Mutter?

Bei jedem Wort, das ich tippte, schmerzte mein Bauch noch mehr. Wer würde sich um mich kümmern, wenn Mama starb?

Wo würde ich hingehen? Wie könnte ich ohne sie leben?

Das konnte ich nicht.

Ich konnte nicht ohne sie leben.

Nachdem ich zu viele Worte getippt hatte und noch trauriger war als zuvor, kletterte ich wieder zu Mom ins Bett und schlang die Arme um sie. Ich legte meinen Kopf auf ihre Brust, um mich davon zu überzeugen, dass ihr Herz noch schlug und ihr Brustkorb sich noch hob und senkte.

»Mom«, flüsterte ich, weil ich wusste, dass sie mich nicht hören konnte. Tränen liefen mir über die Wangen, als ich mich an sie schmiegte. »Bitte, tu's nicht, okay? Bitte, bitte stirb nicht.«

37

AALIYAH

Heute

Seit seiner Nachricht, dass er in Kalifornien gelandet war, hatte ich nichts mehr von Connor gehört. Ich hatte ihm zahllose Nachrichten geschickt, und als ich mir langsam Sorgen machte, hatte er einmal zurückgeschrieben. Die Antwort war vage und kurz.

Connor: Mir geht's gut. Bin beschäftigt. Wir sehen uns, wenn ich wieder in der Stadt bin.

Ich hasste es, dass seine Nachricht Sorgen und Zweifel in mir weckte.

Mach dir nicht zu viele Gedanken, Aaliyah. Wahrscheinlich hat er nur zu viel um die Ohren, um ausführlicher zu antworten.

An dem Tag, an dem er nach New York zurückkommen sollte, bereitete ich das Abendessen für ihn vor. Ich machte seine Lieblingsspeisen und stellte ein Tablett mit sämtlichen Sorten Cheetos bereit, die ich finden konnte.

Er kam zwei Stunden später als angekündigt und sah völlig fertig aus. Seine Krawatte war gelockert, und seine Lider waren schwer. Er roch nach Whiskey, und ich konnte mir beim besten Willen nicht erklären, was los war. Hatte Jason das Gebäude in Kalifornien bis auf die Grundmauern niedergebrannt? Was lastete so schwer auf Connors Schultern?

»Hey«, sagte ich und ging auf ihn zu.

Er lächelte gezwungen. »Hey.« Er ging an mir vorbei, ohne mich mit einem Kuss zu begrüßen, ohne Umarmung. In mir schrillten alle Alarmsirenen, doch dich versuchte, mir nichts anmerken zu lassen.

»Ich dachte, du wärst nach der Reise vielleicht hungrig, vor allem, nachdem du dich mit Jason und seinem Mist auseinandersetzen musstest. Deshalb habe ich dir einige deiner Lieblingsgerichte hingestellt und …«

»Wirst du sterben?«, stieß er hervor und sah mich zum ersten Mal an, seit er das Haus betreten hatte.

Ich war schockiert.

Ich wollte etwas sagen, aber ich brachte keinen Laut hervor. Dann flüsterte ich. »Was?«

Er trat ein paar Schritte auf mich zu und senkte den Kopf, dann sah er mich schmerzerfüllt an. »Stirbst du, Red?«

»Wie hast du …«

»Jason. Er hat wohl herausgefunden, dass zwischen dir und mir … etwas läuft. Er hat mich nach Kalifornien fliegen lassen – um mir vorzuwerfen, dass ich seine Reste verwerte, wie er sich ausgedrückt hat, und dann hat er mir gesagt, dass du an einer Herzinsuffizienz leidest. Also bin ich hergekommen, damit du mir sagst, dass es nicht stimmt. Bitte, sag mir, dass es nicht stimmt«, bat er mit brechender Stimme.

Ich öffnete den Mund, konnte aber meine Gedanken nicht sammeln, um etwas Sinnvolles zu erwidern. »Es tut mir leid, ich …«

Mein Kopf war leer.

Er sah aus, als würde er jeden Moment zusammenklappen.

Das hatte ich ihm angetan.

Ich hatte ihm ein Messer ins Herz gerammt.

Ich trat einen Schritt auf ihn zu, doch er hob die Hand. Er ließ den Kopf hängen und starrte zu Boden, dann schob er die Hände in die Taschen.

»Es … es tut mir leid«, sagte ich, unsicher, was ich sagen sollte.

Mir fiel nichts anderes ein. Mit glasigen Augen sah er zu mir auf, als wäre meine Entschuldigung das Eingeständnis meiner tödlichen Krankheit. In diesem Augenblick sah ich, wie sich ein Schalter umlegte. Wie er sich von mir entfernte.

»Hör mal, ich glaube, wir haben alles etwas überstürzt«, begann er.

Nein …

Nein, tu das nicht …

»Wahrscheinlich ist es am besten, wenn wir Freunde bleiben, anstatt uns noch mehr anzunähern. Ich bin sowieso mit der Arbeit im Rückstand und muss mich dringend wieder auf die aktuellen Projekte konzentrieren. Ich habe eigentlich keine Zeit für …«

»… mich«, flüsterte ich mit zitternder Stimme. »Du hast keine Zeit für mich.«

Er verzog das Gesicht und rieb sich den Nacken. »Vermutlich ist es am besten, aufzuhören, bevor Gefühle ins Spiel kommen. Wir können einfach wieder Freunde sein. Das geht alles zu schnell, und ich brauche Zeit, um mich zu sammeln.«

Wie konnte er das sagen? Wie konnte er so tun, als hätten wir nicht schon Gefühle füreinander entwickelt, nach allem, was wir geteilt hatten?

»Ich, äh, ich muss arbeiten«, sagte er dann. Und das war es. Mehr gab es nicht zu besprechen. Er ging in sein Büro und schloss die Tür hinter sich.

Für den Rest des Abends bekam ich ihn nicht mehr zu Gesicht. Ich konnte nicht schlafen. Mir schwirrte der Kopf. Alles, was ich wollte, war über den Flur zu gehen und an Connors Tür zu klopfen, ihm alles zu erklären, ihm zu sagen, wie leid es mir tat, dass ich über meine Krankheit gelogen hatte. Also tat ich es. Ich ging zu seinem Büro und klopfte. Als ich keine Antwort bekam, drehte ich den Knauf und öffnete die Tür. Er war nicht da. Ich sah in seinem Schlafzimmer nach, doch auch da war er nicht. Ich suchte im ganzen Haus, auch auf dem Dach, doch ich fand ihn nicht.

Er war fort.

Ein paar Tage vergingen, und Connor kam nicht nach Hause. Nach vier Tagen des Schweigens tauchte ich bei Connors Arbeit auf, um mit ihm zu reden. Unser letztes Gespräch war nicht gut gelaufen, aber ich war nicht bereit, uns aufzugeben. Ich wollte zu ihm durchdringen, damit er verstand, dass ich ihn nicht hatte anlügen wollen und in Zukunft so offen wie möglich sein wollte. Ich musste unter vier Augen mit ihm sprechen, da er nun von meinem Gesundheitszustand wusste.

»Jason?«, keuchte ich, als ich die Lobby von Roe Real Estate betrat und meinen Ex-Verlobten dort stehen sah. Er drehte sich zu mir um. Zuerst wirkte er schockiert, doch das wich schnell einem Blick voller Verachtung.

»W-was machst du denn hier?«, würgte ich hervor. Seit ich aus dem Penthouse ausgezogen war, hatte ich ihn nicht mehr gesehen und gehofft, dass ich ihm nie wieder über den Weg laufen würde. Es hätte es vorgezogen, wenn er zu einem vergangenen Albtraum verblasst wäre.

Mit selbstgefälliger Miene befingerte er die Designer-Manschetten seines Designer-Anzugs. »Als Teilhaber sollte ich eher dir diese Frage stellen. Bin hergeflogen, um ein Gespräch mit Connor zu beenden.« Er schob die Hände in die Hosentaschen und zog neugierig eine Braue hoch. »Und was willst du hier?«

Ich dachte daran, warum ich in Connors Büro gekommen war. Um mit ihm zu reden. Um herauszufinden, wie wir unsere Beziehung retten konnten. Doch Jason konnte ich das unmöglich sagen. Auch wenn es mir hätte egal sein sollen – schließlich hatte er mich am Tag unserer Hochzeit sitzen gelassen –, war es mir absolut nicht egal.

Ein gemeines Grinsen umspielte seine Lippen. »Die Gerüchte sind also wahr?«

»Wovon redest du?«

»Du hast meinen Partner gevögelt? Neuigkeiten verbreiten sich schnell. Ich hätte es dir bloß nicht zugetraut.«

»Es ist nicht so, wie du denkst, Jason.«

»Oh, Schätzchen, es ist genau so, wie ich denke. Ich denke, dass du eine Hure bist, deren Gefühle verletzt wurden und die sich jetzt an alles klammert, was sie kriegen kann.«

»Das stimmt einfach nicht.«

»Wolltest du dich an mir rächen, weil ich dich sitzen gelassen habe? Hast du geglaubt, ich würde mich kümmern, wenn du meinen Partner vögelst?«

»Was? Nein, ich …«

»Hier sind die Fakten, Aaliyah«, sagte er und trat näher, und ich fühlte mich bedrängt, obwohl wir mitten in der Lobby standen. »Mir ist völlig egal, wen du fickst, weil du mir völlig egal bist. Für mich warst du nie mehr als schmückendes Beiwerk, nichts von Bedeutung. Du bist ein hübsches Mädchen und ein anständiger Fick, aber keine Frau, die man heiratet.«

»Du hättest es fast getan«, presste ich hervor, und Tränen brannten in meinen Augen. »Du wolltest mich heiraten.«

»Ja, aber ich habe zum Glück bemerkt, dass es ein Riesenfehler gewesen wäre. Wenn man bedenkt, wie gespenstisch du aussiehst, könntest du wahrscheinlich jeden Tag tot umfallen – und *die* Rechnung wollte ich nicht bezahlen. Für mich warst du nur Teil eines Geschäfts. Durch die Heirat mit dir würde ich die Abteilung an der Westküste bekommen. Das war's. Ich wollte nichts mit dir zu tun haben. Und Connor sieht das sicher genauso.«

»Du irrst dich. Connor ist anders.«

Er lachte freudlos. »Glaubst du wirklich, dass Roe sich einen Dreck um dich schert? Ich kenne den Kerl. Ich habe jahrelang mit ihm gearbeitet. Wenn du ihm kein Geld einbringst, bist du seine Zeit nicht wert – am allerwenigsten jemand wie du. Connor ist Geschäftsmann, er macht keine schlechten Geschäfte. Sehen wir den Tatsachen ins Auge: Du bist ein schlechtes Geschäft. Du bist nur eine Belastung. In seinem Imperium ist kein Platz für dich.« Jason rückte näher und strich mir über die Wange. »Kapierst du es nicht, Aaliyah? Du bist für niemanden die Liebe des Lebens. Du bist nur eine Zwischenlösung. Nach allem, was Connor mit seiner kranken Mutter durchgemacht hat, ist es außerdem das Letzte, dass du ihm deine Krankheit aufbürden willst. Du tauchst hier auf, um womöglich vor seinen Füßen tot umzufallen. Sehr stilvoll, Aaliyah.«

Ich schlug seine Hand weg und wich einen Riesenschritt zurück. Meine Gedanken rasten. Tränen brannten mir in den Augen, und meine Sicht verschwamm. Ich wandte mich von Jason ab und rannte durch die Tür auf die Straßen von Manhattan.

Ich hasste Jason. Ich hasste ihn und alles, wofür er stand. Ich hasste, dass er mich am Tag unserer Hochzeit sitzen gelassen hatte. Ich hasste seine Lügen. Ich hasste, dass er mich betrogen hatte und es dass mir dadurch noch schwerer fiel, anderen Menschen zu vertrauen. Ich hasste seine Wut, seinen Charakter, seine Grausamkeit.

Aber was ich am meisten an ihm hasste, war, wie folgerichtig er mir erklärt hatte, dass kein Mann mit einem Mädchen zusammen sein wollte, dessen Zeit begrenzt war.

Ich hasste, wie sehr sich seine Worte mit Connors Ängsten deckten.

Ich hasste, dass Jason recht hatte.

38

CONNOR

»Was glaubst du eigentlich, was du tust?«, blaffte Marie, als sie in mein Büro stürmte.

Ich hatte die letzten Tage auf Hochtouren gearbeitet, um Aaliyah aus dem Weg zu gehen, und dass Marie in mein Büro gestürmt kam, machte mich fassungslos. Sie bemerkte nicht einmal Damian, der auf meinem Bürostuhl saß.

Ich hob eine Augenbraue. »Tut mir leid, habe ich etwas verpasst …?«

»Triffst du dich mit Aaliyah?«

Jason musste seine Mutter ins Spiel gebracht haben, und damit wollte ich mich wirklich nicht auseinandersetzen. Ich wollte nicht wahrhaben, dass Aaliyah krank war und sterben würde. Ich wollte nicht, dass sie irgendwann nicht mehr da sein würde. Und dass Jason Rollsfields Mutter mich wegen Aaliyah anschrie, konnte ich überhaupt nicht gebrauchen.

»Hör zu, Marie, das ist jetzt kein guter Zeitpunkt.«

»Doch, und du musst es beenden, okay? Was auch immer zwischen dir und Aaliyah ist, muss ein Ende haben.«

Das hatte es schon, aber das musste sie nicht wissen. Ich wollte nur, dass sie mein Büro verließ.

»Was zwischen Aaliyah und mir ist, geht dich nichts an, Marie.«

»Und ob«, zischte sie und lief in meinem Büro auf und ab,

als hätte sie den Verstand verloren. »Nein. Nein. Sie muss mit Jason zusammen sein. Sie sind füreinander bestimmt! Ich habe das alles nicht durchgemacht, damit sie bei dir landet!«

»Was soll das heißen, du hast das ›nicht durchgemacht‹ …«

»Lass sie in Ruhe, Connor. Sie gehört dir nicht. Ich habe dafür gekämpft, ich habe um *sie* gekämpft, und ich will verdammt sein, wenn du mir das kaputt machst!«, schrie sie mit Tränen in den Augen. »Beende es, sonst …«, sagte sie ernst, bevor sie den Riemen ihrer Handtasche auf ihrer Schulter zurechtrückte, auf dem Absatz kehrtmachte und aus meinem Büro marschierte.

Damian blickte ihr mit einer hochgezogenen Augenbraue nach, sagte aber kein Wort. Dann sah er mich verwirrt an.

»Verdammt, was war das denn?«, fragte er.

»Ich habe keinen blassen Schimmer.«

»Na ja, unabhängig davon siehst du echt übel aus«, stellte er fest. Ich wusste, dass ich verheerend aussah. Ich hatte seit Tagen nicht geschlafen. Mein Verstand arbeitete auf Hochtouren, und ich konnte mich auf nichts anderes konzentrieren als darauf, dass Aaliyah sterben würde. »Was ist los?«

»Nichts. Mir geht's gut.«

»Blödsinn. Was ist los?«

»Nur die Arbeit.«

»Wieder Blödsinn. Ich weiß, wie du aussiehst, wenn du Ärger bei der Arbeit hast. Das ist es nicht.«

»Lass mich in Ruhe, Damian. Ich will nicht darüber reden«, schnauzte ich. Ja. Ich schnauzte ihn an. Und ich fühlte mich sofort schuldig. »Tut mir leid. Ich habe letzte Nacht kaum geschlafen.«

»Offensichtlich. Wie ich schon sagte – du siehst beschissen aus. Ist etwas mit Aaliyah?«

»Ich möchte nicht darüber reden.«

»Na dann, lass uns darüber reden. Was ist passiert?«

Ich kniff mir in den Nasenrücken und zuckte mit den Schultern. »Nichts. Was auch immer zwischen uns war – ich habe es beendet. Ich hielt es für das Beste, mich auf die Arbeit, anstatt auf anderes zu konzentrieren.«

Er lachte leise. Ohne Scheiß, Damian lachte. »Du hast Angst bekommen, stimmt's?«

»Du weißt nicht, wovon du redest.«

»Aber ja, ich bin ja nicht blöd.« Er hielt inne und räusperte sich. »Liegt es daran, dass du herausgefunden hast, dass sie krank ist?«

Fassungslos sah ich in an. »Was? Du wusstest davon?«

»Ja.«

»Woher?«

»Ich habe dir gesagt, dass ich über sie recherchiert habe. Als ich gemerkt habe, dass du sie magst, habe ich nachgeforscht, um sicherzugehen, dass sie keine Leichen im Keller hat.«

»Und du hast herausgefunden, dass sie krank ist?«

»Ja.«

Es machte mich wütend, dass er so ruhig blieb. »Verdammt, warum hast du mir nichts gesagt?!«

»Weil du sie dann abgewiesen hättest, und so ist es ja auch gekommen.«

Ich raufte mir die Haare. Mein Blut kochte, als Damian mir das erzählte, als hätte ich nicht schon früher davon erfahren müssen. Hätte ich gewusst, dass Aaliyah krank war, hätte ich meine Gefühle nicht so stark werden lassen. Ich hätte mich ihr nie geöffnet. Ich hätte mich nie in sie verliebt.

Ich hatte es gewusst.

Ich hatte gewusst, dass ich niemanden so nah an mich heranlassen durfte.

»Du hättest es mir sagen müssen«, sagte ich.

»Ich bin froh, dass ich es dir *nicht* gesagt habe.«

»Was zum Teufel meinst du damit? Wolltest du, dass es mir so beschissen geht?«, brüllte ich, immer wütender.

»Nein. Ich wollte nur, dass du etwas fühlst.« Er beugte sich vor. »Ich hab's verstanden, Mann. Ich bin herzlos. Ich empfinde für niemanden etwas. So bin ich einfach nicht. Aber du bist anders. Du bist für die Liebe geschaffen, aber du lässt dich von der Angst ausbremsen, du könntest jemanden verlieren. Ich wusste, wenn du herausfindest, dass Aaliyah krank ist, würdest du sie aus Angst wegstoßen.«

Ich verzog das Gesicht. »Deshalb habe ich es nicht beendet. Der Grund war, dass sie mich deswegen angelogen hat.«

»Aber das hat sie nicht.«

»Das Weglassen der Wahrheit ist eine Lüge.«

»Ich sage dir nicht, wenn ich kacken gehe, aber das heißt nicht, dass ich gelogen habe. Ich habe es dir nur nicht erzählt.«

»Ich meine es ernst, Damian.«

»Ich auch. Tu nicht so, als wäre sie der Teufel höchstpersönlich, weil sie dir nicht gesagt hat, wie schlecht es ihr geht. Du verhältst dich wie ein Arschloch.«

»Verpiss dich, Damian.«

»Nee. Hier ist es grad so gemütlich.« Er machte es sich auf seinem Stuhl bequem. »Wir analysieren das jetzt mal.«

»Da gibt es nichts zu analysieren.«

»Schon wieder lügst du. Du hast ein ordentliches Päckchen zu tragen, vielleicht ist es sogar schwerer als meins.«

»Und was willst du hören?«

»Dass du Aaliyah weggestoßen hast, weil du fürchtest, sie könnte sterben.«

Ich schob einige Unterlagen auf meinem Schreibtisch hin und her. »Für so etwas habe ich wirklich keine Zeit, Damian. Wenn du also nichts Geschäftliches zu besprechen hast …«

»Nein, habe ich nicht.«

»Dann kannst du gehen. Und weißt du was? Fick dich, dass du mir nichts gesagt hast. Das war wirklich beschissen.«

»Was soll ich sagen? Ich bin ein entsetzlicher Mensch. Nur zu, sei sauer auf mich, es ist mir scheißegal. Lass deine Wut so lange an mir aus, wie du willst, wenn es dich glücklich macht. Aber irgendwann musst du dich der Tatsache stellen, dass du aus Angst etwas Gutes wegwirfst.«

»Was soll ich denn tun? Sie wird sterben, Damian …«

»Wir sterben alle, verdammt noch mal!«, versetzte er und warf verärgert die Hände in die Luft. »Wir fangen an dem Tag an zu sterben, an dem wir unseren ersten verdammten Atemzug tun. Im Leben ist nur sicher, dass wir eines Tages vor unserem Schöpfer stehen. Die Uhr des Lebens tickt für uns alle, Mann. Wir könnten draußen von einem Sattelschlepper überfahren werden und unser Leben wäre in einem Sekundenbruchteil beendet. Das Einzige, was uns diese Welt verspricht, ist der Tod. Aber mit Aaliyah hast du eine echte Chance auf ein Leben davor. Eine Menge Arschlöcher sind am Leben, aber sie leben nicht wirklich. Sie werden nie ein derart tiefes Glück erfahren, aber mit Aaliyah könntest du das, ganz gleich, wie kurz die Zeit wäre.«

»Du verstehst nicht …«

»Doch, und zwar sehr gut. Bevor du mich kennengelernt hast, habe ich nicht gelebt. Ich habe nur existiert, aber dann kamst du und gabst mir Auftrieb. Du gabst mir eine Familie. Behaupte also nicht, ich würde es nicht verstehen. Egal, Mann. Sei so lange sauer, wie du musst, aber verzichte wegen deiner Angst nicht auf dieses Glück. Die meisten Menschen bekommen die Chance auf eine wahre Liebe nie. Sei nicht wie diese Leute.« Er stand auf. »Klopf, klopf.«

»Wer ist da?«

»Sei nicht so ein Arsch, und rede mit Aaliyah.«

Ich senkte den Kopf und stieß einen gewichtigen Seufzer aus. Er hatte recht, aber ich wusste nicht, wie ich es anstellen sollte.

»Hey, Damian?«

»Ja?«

»Kannst du ein paar Nachforschungen über Marie Rollsfield anstellen?«

Meine Bitte schien ihn zu überraschen. Als wir uns das erste Mal trafen, machte ich ihm klar, dass er nichts über Menschen ausgraben sollte, die ich vor ihm kennengelernt hatte. Aber irgendetwas an Marie war komisch. Ich wusste, dass an der Geschichte um Jason etwas nicht stimmte, konnte aber ich nicht den Finger darauflegen.

Damian nickte, ohne nachzufragen. »Bin schon dabei.«

Ich musste mit Aaliyah reden, Damian hatte recht. Der Kerl lag selten falsch. Ich musste nur den Mut aufbringen, um nach Hause zu gehen und ein Gespräch mit Aaliyah zu führen. Doch als ich nach Tagen nach Hause kam und sie in ihrem Schlafzimmer beim Kistenpacken fand, löste sich dieser Plan in nichts auf.

»Hey«, sagte ich und ging zu ihr. Sie hielt inne und sah mich an. »Was ist denn hier los?«

Anscheinend verwirrt, blinzelte sie ein paarmal. Mich nach meiner tagelangen Abwesenheit hier zu sehen hatte sie wohl aus dem Gleichgewicht gebracht.

»Ich packe meine Sachen.«

»Warum?«

»Ich habe eine neue Wohnung gefunden und ziehe am Wochenende um.«

Mir zog sich der Magen zusammen. Verdammt. Ich musste mich meinen Dämonen stellen, denn ich wollte nicht, dass sie ging. Ich wollte, dass sie blieb. Ich wollte es so sehr, doch in den letzten Tagen hatte ich mich wie ein Idiot verhalten. »Du musst nicht ausziehen.«

Sie sah mich nicht an, als sie mit den Schultern zuckte. »Nein, ist schon gut. Meine Chefin hat mir eine Gehaltserhöhung gewährt, und ich habe genug für eine anständige Wohnung gespart. Dass ich bei dir gewohnt habe, war ja sowieso nur vorübergehend, nicht wahr? Deshalb schlage ich jetzt das nächste Kapitel auf.«

Ich wollte sie bitten zu bleiben. Ich wollte ein Mann und kein Arsch mehr sein und ihr sagen, dass ich nur Angst gehabt hatte. Dass ich nicht wusste, wie ich damit umgehen sollte, dass sie nicht für immer da sein würde. Ich wollte ihr sagen, dass ich nicht wusste, was ich tun und wie ich mit meinen Gefühlen umgehen sollte.

Stattdessen fragte ich bloß: »Und was ist mit dem Interview?«

Als ich den Schmerz in ihrem Blick sah, wünschte ich, ich hätte es nicht gesagt.

»Was?«

»Das Interview ist noch nicht fertig. Komm mit nach Kentucky, und schau dir meine Vergangenheit an.«

»Tja, das wird wohl nicht gehen. Außerdem raten mir meine Ärzte davon ab, in meinem Zustand zu reisen.«

In ihrem Zustand.

Eine weitere Erinnerung an ihre lebensbedrohende Krankheit. Dass ihre Zeit immer schneller verrann. *Bitte, stirb nicht ...*

Die Gefühle schnürten mir die Kehle zu. Ich stand kurz vor einem Zusammenbruch, doch ich konnte es nicht. Ich konnte mich nicht ausdrücken; ich konnte ihr nicht sagen, was ich empfand, also schwieg ich wie ein Idiot.

»Außerdem habe ich genug für den Artikel. Ich habe alles, was ich brauche«, erklärte sie.

Ich wusste, was ich sagen wollte, aber ich war nicht Manns genug, es auch auszusprechen. Ich hätte sie bitten sollen, bei mir zu bleiben. Ich hätte ihr sagen sollen, dass ich für sie da sein würde, gleichgültig, was geschah. Ich hätte sie in die Arme nehmen und sie trösten sollen, denn sie musste wahnsinnige Angst vor dem haben, was ihr bevorstand.

Ich hätte sie anflehen sollen zu bleiben, doch stattdessen ließ ich sie gehen.

39

CONNOR

Ich verließ New York und flog mit eingezogenem Schwanz nach Kentucky. Ich wusste, dass es ein großer Fehler war, mit Aaliyah Schluss zu machen, aber ich wusste nicht, wie ich es hätte richtig machen sollen. Und der Gedanke, sie zu verlieren, belastete mich immer noch. Seit ich davon erfahren hatte, konnte ich nicht aufhören, über Herzversagen zu recherchieren. Ich suchte nach Behandlungen, rief Spezialisten an und hasste das Universum dafür, dass es Aaliyah in mein Leben zurückgebracht hatte, nur um sie mir wieder wegzunehmen.

Das war einfach nicht fair.

Nachdem der Flieger in Kentucky gelandet war, wurde ich am Gepäckband von Mom begrüßt. Sekunden später hatte sie die Arme um mich geschlungen und drückte mich fest. Vor Rührung brachte ich kein Wort heraus. Mir war nicht klar gewesen, wie sehr ich ihre Umarmung gebraucht hatte.

»Oh, Schätzchen! Ich bin so froh, dich zu sehen!« Sie schaute sich mit großen Augen hoffnungsvoll um.

Mir wurde fast schlecht, als mir klar wurde, dass sie nach Aaliyah suchte. »Sie ist nicht hier, Mom.«

»Was? Aber ich dachte, du wolltest sie mitbringen, um ihr zu zeigen ...«

»Sie ist todkrank«, stieß ich hervor. Ich konnte es nicht mehr zurückhalten und verschluckte mich an meinen Worten. Tränen liefen mir über die Wangen, als ich flüsterte. »Sie wird sterben, Mom.«

Wir kamen zu Hause an, und der Gedanke an Aaliyah stürzte mich in eine tiefe Depression. Ich hasste mich dafür, dass ich so ein erbärmlicher Feigling war. Ich hasste mich dafür, dass ich solche Angst hatte, sie zu verlieren. Ich hasste mich dafür, dass ich sie im Stich gelassen hatte.

»Herzversagen? Aber sie ist doch noch so jung«, sagte Mom, während sie eine Kanne Kaffee kochte. »Das ist eine Tragödie.«

»Ja«, sagte ich. Mehr brachte ich nicht heraus.

Bevor sie noch mehr sagen konnte, wurde die Tür geöffnet, und ein Mann betrat das Haus meiner Mutter, als gehöre es ihm.

»Schatz, ich bin wieder zu Hause!«, trällerte er. Er kam hereinmarschiert, und als er mich sah, klatschte er in die Hände. »Oh, meine Güte! Connor! Schlag ein!«, rief er, griff nach meiner Hand und schüttelte sie energisch. Das musste dieser Danny sein, den Mom immer wieder erwähnt hatte. Na toll.

Offensichtlich hatte er kein Gespür für die Schwingungen im Raum, denn er grinste und war nach wie vor bester Laune. Er trug ein Hawaiihemd mit rosa und gelben Blumen, eine neongrüne Hose und einen bunten Hut. Der Kerl war weit über sechzig und kleidete sich wie ein Kleinkind, das sich seine Klamotten zum ersten Mal selbst ausgesucht hatte.

Wirklich, Mom? Der?

»Ja, freut mich auch, dich kennenzulernen, Dan.«

»Danny«, sagte er. »Also, wo ist diese besondere Dame, die du mitbringen wolltest?«, fragte er.

Er meinte es sicher nicht böse, aber die Frage traf mich wie ein Schlag.

Mom kam herüber und schlang ihre Arme um Dannys Taille. Ich versuchte, nicht hinzusehen. »Ich wünschte, es wäre anders, aber Aaliyah hat ernsthafte gesundheitliche Probleme. Sie konnte nicht kommen.«

»Wird sie wieder gesund?«, fragte Danny überrascht und sichtlich besorgt.

»Nein. Das wird sie nicht. Sie wird sterben, und ich kann sie nicht retten. Ich habe mit ihr Schluss gemacht, weil ich nicht dasitzen und ihr beim Sterben zusehen kann.«

Moms Miene fiel in sich zusammen. »Du hast mit ihr Schluss gemacht? Ihr zwei wart zusammen?«

»Ja, waren wir, und ja, das habe ich. Sie zieht gerade aus meiner Wohnung aus. Es ist vorbei.«

»Nein … Connor. Das kannst du nicht machen … ich weiß, das ist alles sehr viel, aber du kannst sie nicht im Stich lassen … Ich weiß, du hast Angst, aber …«

»Ich habe keine Angst, Mom. Ich habe eine Scheißangst. Aber ich schaffe das nicht noch einmal. Ich kann nicht dasitzen und zusehen, wie jemand, der mir wichtig ist, den Kampf um sein Leben verliert. Ich kann das nicht. Ich habe dir zweimal beim Kämpfen zugesehen, und das schaffe ich nicht noch einmal.«

Mom standen Tränen in den Augen, und sie schlug schluchzend die Hand vor den Mund. Ich wollte sie nicht zum Weinen bringen, ich war nur ehrlich. Ich konnte dieses Trauma nicht noch einmal durchleiden. Ich konnte nicht nächtelang wach bleiben und mich fragen, ob Aaliyah noch atmete. Ich konnte mich nicht ständig fragen, ob heute der Tag war, an dem ich mich von ihr verabschieden musste. Ich konnte nicht zusehen, wie sie starb.

Danny trat vor und lächelte Mom schief an. Er war nun viel ernster und nicht mehr so aufgedreht. »Kann ich kurz allein mit ihm sprechen, Schatz?«

Mom nickte und verließ den Raum. Der Gedanke, allein mit Danny zu sprechen, beunruhigte mich. Ich kannte den Kerl doch gar nicht.

Er setzte sich zu mir an den Tisch und seufzte gewichtig. »Das Leben ist manchmal beschissen, oder?«

»Nichts für ungut, Dan, aber ich …«

»Danny.«

»Richtig. *Danny.* Nichts für ungut, aber ich will nicht darüber reden. Und schon gar nicht mit jemandem, den ich so gut wie gar nicht kenne.«

»Das verstehe ich, aber ich verstehe auch deine Situation.«

»Nein, tust du nicht.«

»Doch, tue ich, Connor. Wahrscheinlich mehr, als du denkst.«

»Nein. Du hast keine Ahnung, was ich durchgemacht habe. Du hast keine Ahnung, wie schwer es ist, jemanden, den man liebt, zweimal gegen den Krebs kämpfen zu sehen. Du hast keine Ahnung, was das in deinem Kopf anrichtet. Und wenn man dieses Trauma überwunden hat, macht man sich keine Vorstellung, wie es ist, sich in jemanden zu verlieben, der dieselben Ängste auslöst. Du hast absolut keine Ahnung.«

Er strich mit dem Daumen über seinen Nasenrücken und lehnte sich zurück. Er starrte durch mich hindurch, und sein gezwungenes Grinsen enthielt nicht ein Quäntchen Glück. »Du meinst, ich wüsste nicht, wie es ist, aber ich weiß es, junger Mann. Bevor ich deine Mutter kennenlernte, war ich verheiratet. Sie hieß Jules, und sie war phänomenal. Ich war an ihrer Seite, als sie zum ersten Mal an Krebs erkrankte, und beim zweiten Mal auch, als es sie das Leben kostete.«

Danny runzelte die Stirn, legte die Hände in den Schoß und spielte mit seinen Fingern.

Als er sich mir offenbarte, wurde mir das Herz schwer und ich kam mir wie ein Volltrottel vor.

»Niemand leidet mehr als die Opfer dieser hässlichen Krankheit, eigentlich von jeder Krankheit. Keiner kennt den Schmerz, den diese Menschen durchmachen. Aber ich weiß noch, dass ich zu Gott betete, er möge mir ihre Schmerzen geben, damit ich sie für sie ertragen konnte.«

Ich blieb ruhig, aber aufmerksam.

Dieses Gebet kannte ich nur zu gut.

»Aber wer leidet fast so sehr wie die Erkrankten? Ihre Angehörigen. Ich habe meinen Kummer vor ihr verborgen, weil ich sie nicht noch mehr belasten wollte. Ich wusste, dass sie zehnmal trauriger und ängstlicher war als ich. Sie litt mehr, als Worte beschreiben könnten. Was wäre ich für ein Arschloch gewesen, wenn ich ihr gesagt hätte, dass ich auch leide. Ich habe stattdessen im Auto geweint. Vor der Arbeit. Nach der Arbeit. In der Mittagspause. Wann immer ich die Möglichkeit hatte, allein für mich zusammenzuklappen. Ich brach zusammen, weil die Frau, die ich von ganzem Herzen liebte, mir entglitt und ich keine Kontrolle darüber hatte.«

Er holte tief Luft und klatschte in die Hände. »Bitte, glaub mir, dass ich deine Ängste um Aaliyah nachvollziehen kann. Als ich deine Mutter kennenlernte und von ihrer Vergangenheit erfuhr, zögerte ich genau wie du. Ich fragte mich, was wäre, wenn der Krebs wiederkäme? Was wäre, wenn sie mich früher verließe, als ich gehofft hatte? Was wäre, wenn ich wieder in meinem Auto Rotz und Wasser heulen müsste? Die Fragen, was wäre wenn, sind das Schlimmste, denn darauf gibt es keine Antwort.«

»Wie bist du darüber hinweggekommen?«

»Mit ihrem Lächeln, mit ihrem Herzen«, sagte er leichthin, als sei es das Einfachste, meine Mutter zu lieben. »Wenn man eine Frau wie deine Mutter trifft, lässt man die Chance auf das Glück nicht sausen, weil man Angst vor dem Verlust hat. Nein, man schaltet auf stur. Man hält sie fest, weil man weiß, dass ihre Liebe es wert ist, immer und immer wieder. Ich erkannte, dass ich mein Leben nicht in Erwartung des Unbekannten leben konnte, sondern den Sprung wagen musste. Außerdem …«, er atmete geräuschvoll aus und lächelte. »Was bin ich doch für ein Glückspilz, dass ich zweimal so außergewöhnliche Frauen kennenlernen durfte? Wenn es einen Sinn für unsere Existenz gibt, dann ist es die Liebe.«

Verdammt.

Ich wollte den Kerl wirklich hassen.

»Das mit Aaliyah habe ich vermasselt«, sagte ich und war völlig am Boden zerstört. Verflucht, ich vermisste sie so sehr. Ich vermisste sie so sehr, dass ich nicht wusste, wie ich damit umgehen sollte. Ich hatte nicht gewusst, dass mein Herz so etwas konnte. Ich hatte nicht gewusst, dass es jeden Tag aufs Neue in tausend Stücke zerspringen konnte. Und dass ich sie von mir gestoßen hatte, war allein meine Schuld. Wegen meiner Sorgen. Meiner Ängste. Meiner Vergangenheit.

»Liebst du sie?«, fragte Danny.

»Ja, ich liebe sie.« Das war das erste Mal, dass mir diese Worte über die Lippen kamen, obwohl ich sie schon seit Wochen in meinem Herzen trug.

»Macht es dir Angst?«

»Es macht mir Angst.«

»Gut.« Er nickte. »Manchmal muss man Angst vor dem haben, was man liebt, um dafür zu sorgen, dass man es nie wieder verliert.«

»Sie ist schon weg. Ich kann es ihr nicht mal verübeln,

weil ich sie zurückgewiesen habe, als es ihr am schlechtesten ging.«

»Glaubst du, dass sie dich auch liebt?«

Ich nickte langsam. »Ich glaube schon. Ich hoffe es jedenfalls.«

»Dann ist es noch nicht vorbei. Wenn man sich liebt, überwindet man alle Schwierigkeiten. Man kämpft füreinander. Man gibt nicht auf. Jetzt musst du nur noch einen Weg finden, ihr zu beweisen, dass, was auch passiert und wie hart es auch wird, du nicht weglaufen wirst. Wie es sich anhört, ist das arme Mädchen schon oft in ihrem Leben verlassen worden. Beweise ihr, dass du da bist, um zu bleiben.«

Als ich am nächsten Morgen aufwachte, war ich noch erschöpfter als am Abend zuvor. Vielleicht war es nicht die beste Idee gewesen, mit meinem neuen Freund Danny-Boy eine halbe Flasche Whiskey zu leeren, aber wenigstens hatte ich nicht allein getrunken.

»Connor! Besuch für dich!«, rief Mom, und ich stöhnte auf.

Mit hämmernden Kopfschmerzen quälte ich mich aus dem Bett und ging ins Wohnzimmer. Als ich aufblickte, sah ich ein vertrautes Gesicht, das mich schief angrinste.

»Hey, Kleiner«, sagte Jax und runzelte die Stirn. Er schob die Hände in seine ölverschmierte Jeans. »Habe gehört, du bist in der Stadt.«

»Meine Mom hat dich angerufen?«

»Ja.« Er räusperte sich. »Sie sagte, du machst gerade eine Menge durch.«

»Ja.«

»Wie du weißt, kann ich nicht gut mit Emotionen und so umgehen. Wie wäre es also, wenn wir es stattdessen altmodisch

367

machen und du mich heute Morgen zu einem Klempnerjob begleitest?«

»Wie in den guten alten Zeiten?«

»Genau. Komm schon. Ich habe Proteinshakes gemacht.«

Ich verzog das Gesicht. »Können wir uns nicht einfach ein paar Donuts holen?«

»Niemals. Zieh dich schnell an, ja? Du bist spät dran.«

Ich eilte los und machte mich fertig. Ungefähr fünfzehn Minuten später kletterte ich auf Jax' Beifahrersitz und fühlte mich sofort in die Zeit zurückversetzt, als ich mit siebzehn täglich mit ihm unterwegs gewesen war. Manchmal wünschte ich mir, ich könnte in diese Zeit zurück, nur damit ich mich nicht so fühlen musste wie heute.

»Wie geht's Kennedy und Elizabeth?«, erkundigte ich mich nach seiner Frau und seiner Tochter.

»Gut, gut. Elizabeth macht jetzt rhythmische Sportgymnastik, und ich kann dir sagen, das ist nicht gerade ein preiswertes Hobby. Aber ich kann ihr nichts abschlagen, auch wenn sie sich kurz vor der Pubertät in einen Satansbraten verwandelt. Kennedy ist wieder schwanger. Wir wissen es erst seit letzter Woche. Ich darf es noch niemandem sagen, aber du bist ja nicht niemand, du bist du.«

»Ich, dein bester Freund auf der Welt.«

Er verdrehte die Augen. Ich grinste.

Manche Dinge änderten sich nie.

Wir kamen zu Old Man Mikes Haus, was verdammt ekelhaft war. Mike war ein Messie, und in seinem Haus liefen mindestens dreizehn Katzen herum. Jeder in der Stadt wusste, dass es die Hölle war, Mikes Haus zu betreten. Immer wenn er Kuchen für die Stadtfeste backte, lächelten ihn die Leute an, wenn sie sich ein Stück nahmen, doch dann warfen sie es in den nächsten Mülleimer.

Wir arbeiteten an Mikes Toilette, die aussah, als sei sie schon jahrelang verstopft. Die Farbe des Wassers und der Geruch drehten mir fast den Magen um.

»Ich vermisse diesen Job nicht«, gestand ich und hielt mir mein Shirt vor die Nase. Jax wirkte unbeeindruckt.

»Ich konzentriere mich meistens auf den Landschaftsbau, aber ab und zu übernehme ich auch noch einen Klempnerjob. So bleibe ich mit meinen Wurzeln verbunden«, erklärte er. »Weißt du, Mikes Rohre sind alt, und er hat sich zu lange nicht um die Scheiße gekümmert. Anstatt etwas zu unternehmen, hat er weggeschaut.«

Er brummte, während er die Rohrreinigungsspirale durch den Abfluss einführte und durch das Rohr drehte, während er weitersprach. »Aber es ist nie zu spät, die Scheiße zu beseitigen, die sich mit der Zeit angesammelt hat. Die Scheiße, die er verdrängt hat, die Scheiße, von der er vorgegeben hat, es gäbe sie nicht …« Er musste die Verstopfung gelöst haben, denn die Toilette spülte automatisch. »… kann durch Zeit, Vergebung und Fürsorge beseitigt werden.«

Ich verengte die Augen. »Versuchst du mir eine Kacke-Analogie unterzujubeln, Jax?«

»Ich bin ein Mann aus einer Kleinstadt. Ich weiß nicht mal, was eine Analogie ist«, scherzte er.

»Nein. Du willst damit sagen, dass meine Seele voller Scheiße ist und ich das Trauma von meiner Mutter verarbeiten muss, damit ich das Zeug wegspülen und für Aaliyah da sein kann.«

Er schnappte sich einen Lappen und wischte sich die Hände daran ab. »Hast du das dem entnommen, was ich gesagt habe?«

»Ja. Du hast gesagt, ich rede bloß Blödsinn.«

»Das liegt daran, dass du selbst nur Blödsinn von dir gibst.« Er zuckte mit den Schultern. »Kennedy ist meine beste Freundin. Wenn ich herausfinden würde, dass uns nur noch der heutige Tag bleibt, würde ich alles dafür geben, jede Sekunde mit ihr zu verbringen. Auf geht's, Con. Bring deinen Scheiß raus.«

»Schütteln alle Männer mittleren Alters dieser Stadt so eindrucksvolle Weisheiten aus dem Ärmel?«

Er stand auf und klopfte mir auf die Schulter. »Nenn mich noch einmal Mann mittleren Alters, und ich schlage dir die Zähne aus.«

»Wie du meinst, alter Mann.« Ich hielt einen Moment inne. »Hast du mich gerade mit deiner Scheißhand angefasst?«

»Ja, habe ich.«

»Das ist genau der Grund, warum ich diesen Job nicht vermisse, aber dich schon.«

»Sei nicht so schmalzig, Junge.«

»Ich liebe dich auch, Jax.«

Mein Handy meldete eine Nachricht von Damian. Als ich nachsah, zog sich mir das Herz zusammen.

»Was ist los?«, fragte Jax, der meinen panischen Blick bemerkte.

»Es ist wegen Aaliyah. Ich muss zurück nach New York.«

40

AALIYAH

Erschöpfung reichte nicht aus, um zu beschreiben, wie ich mich in letzter Zeit fühlte. An jedem Morgen war es schlimmer als am Tag zuvor. Am liebsten wäre ich im Bett geblieben und in tiefen Schlaf gefallen, aber ich musste noch einen Job erledigen. Ich gab mein Bestes, um irgendeine Art von Normalität aufrechtzuerhalten, auch wenn das von Tag zu Tag schwieriger wurde.

An dem Tag, an dem ich Maiv meinen Artikel über Connor zur Freigabe einreichte, tauchte er in meinem Büro auf. Greta benachrichtigte mich sofort, nachdem er das Gebäude betreten hatte. Als er in mein Büro kam, wäre ich vor Nervosität fast ohnmächtig geworden.

»Hi«, sagte er leise, nur ein paar Tage nachdem er nach Kentucky gereist war.

Ich hatte das für das Ende unserer Geschichte gehalten. Es musste das Ende sein. Ich durfte ihm nicht noch mehr von mir aufhalsen. Das war nicht gut für uns. Es war nicht richtig.

»Du solltest nicht hier sein«, sagte ich und versuchte meine Gefühle zu verbergen. Ich durfte ihm nicht zeigen, wie gern ich ihm nähergekommen wäre. Ich durfte ihm nicht zeigen, wie sehr ich ihn vermisste, wie sehr ich ihn zurückhaben wollte. Wie sehr ich mich immer noch nach ihm sehnte.

»Ich habe dich verletzt.« Er seufzte. »Es tut mir leid, Aaliyah. Ich geriet in Panik, da habe ich mich zurückgezogen.«

»Ich bin darüber hinweg.«

Mit gerunzelter Stirn sah er mich an. Meine Kälte ihm gegenüber verwirrte ihn sicher, doch ich konnte es nicht ändern. Ich musste kalt sein, damit ich stark sein konnte.

»Gib mir noch eine Chance, Red. Bitte.«

Ich wollte weinen, aber ich tat es nicht. »Du kommst zu spät.«

»Ich liebe dich«, hauchte er mit brüchiger, schmerzerfüllter Stimme.

Ich sah ihn an und war mir sicher, dass ich meine Gefühle nicht würde beherrschen können. Dann flüsterte ich: »Ich habe dich auch geliebt.«

»Geliebt?«

»Ja. Geliebt.«

Vergangenheit. Es war eine Lüge, aber eine notwendige Lüge.

»Aaliyah …«

»Bitte geh«, sagte ich streng.

»Aber ich … ich habe dich verletzt«, flüsterte er, und seine Miene spiegelte den Schmerz des Vergangenen.

Ich nickte. »Ja.«

»Lass es mich noch einmal versuchen.«

»Nein.«

»Warum nicht?«

»Weil du mir beim ersten Mal wehgetan hast. Beim zweiten Mal würde ich mich nur selbst verletzen.«

»Aaliyah …«

»Für so etwas habe ich keine Zeit, Connor. Ich habe keine Zeit mehr zu verschwenden. Dieses Hin und Her kann ich nicht mitmachen.«

Er nickte und wollte etwas sagen. Doch das konnte ich nicht zulassen. Ich konnte ihm nicht erlauben, noch etwas zu sagen, denn seine Stimme ließ mein Herz höherschlagen. Seine Stimme brachte mich dazu, ihm verzeihen zu wollen. Sie machte mich schwach.

Aber ich durfte nicht mehr schwach sein.

Aber seine Stimme …

Sie berührte mich …

Ich wollte nur ein bisschen mehr Zeit mit ihm.

»Ich weiß, du bist wütend auf mich, und ich weiß, ich bin ein verdammter Idiot, aber ich muss dir etwas sagen, Aaliyah, etwas sehr Wichtiges«, drängte er.

»Bitte, geh jetzt«, sagte ich, auch wenn ich es nicht wollte, musste es doch sein.

»Das werde ich, aber du musst wissen, dass …«

»Connor, ich meine es ernst, bitte …«

»Sie ist deine Mutter«, platzte er heraus, und ich erstarrte.

»Wie bitte?« Er kam einen Schritt auf mich zu, und ich wich einen Schritt zurück. Ich hob eine Hand. »Halt, was meinst du damit? Wer ist meine Mutter?«

»Marie. Sie ist deine Mutter. Ich, äh …« Er räusperte sich und rieb sich den Nacken. »Ich habe Damian Nachforschungen über sie anstellen lassen, nachdem sie in meinem Büro auftauchte und sich wie eine Verrückte aufgeführt hat. Sie hat ständig davon gesprochen, dass sie das alles nicht durchgemacht hat, damit du mit einem anderen als Jason zusammenkommst. Das war verrückt und ergab keinen Sinn, bis Damian mir den Beweis brachte.«

»Welchen Beweis?«, schnaubte ich und schüttelte ungläubig den Kopf. Warum tat er das? Warum erzählte er mir das? Marie konnte unmöglich meine Mutter sein. Ich hätte es gewusst, wenn sie meine Mutter gewesen wäre.

Das war nicht möglich …

Mir wurde schwindelig, als ich mir meine Begegnungen mit Marie ins Gedächtnis rief. Ich hatte sie bei meinem Barista-Job kennengelernt, und sie war immer so nett zu mir gewesen. Sie hatte mich Jason vorgestellt und gesagt, dass sie sich immer eine Tochter wie mich gewünscht hatte. Jedes Mal, wenn ich sie eine gute Mutter nannte, hatte sie geweint.

Nein.

Das konnte einfach nicht sein.

»Ich will, dass du gehst«, stieß ich hervor und fühlte mich, als stünde ich kurz vor einem Nervenzusammenbruch. Das war alles zu viel für mich. Ich hatte schon Probleme genug. Mich auch noch damit auseinanderzusetzen überstieg meine Kräfte.

»Aaliyah …«

»Bitte«, flehte ich und schloss die Augen, damit der Schwindel aufhörte. Als ich sie wieder öffnete, war sein Blick immer noch auf mich gerichtet. »Bitte geh, Connor.«

Er schluckte schwer und nickte langsam. »Es tut mir leid, Aaliyah. Alles. Diese Neuigkeit ist sicher ein Schlag für dich, aber ich fand, du solltest es wissen. Ich liebe dich, Aaliyah. Das werde ich immer tun, und ich hoffe, dass du das weißt.« Unsere Blicke trafen sich, dann schob er die Hände in die Hosentaschen und flüsterte: »Ich werde dich niemals aufgeben. Ich werde uns niemals aufgeben. Ich werde weiterhin für dich da sein. Ich liebe dich, Aaliyah.« Er drehte sich um und ging.

Hätte mein Verstand mich nicht aufgehalten, hätte mein Herz ihn angefleht, zu bleiben. Ich ließ ihn nicht gehen, weil ich ihn hasste. Ich ließ ihn gehen, weil ich ihn liebte. Ich wusste, dass es ihm leidtat, und ich wusste, dass er geblieben wäre, wenn ich es zugelassen hätte. Aber das wollte ich ihm ersparen. Ich wollte nicht, dass er litt, weil sich mein Leben dem Ende näherte.

Ich kannte seine Traumata, und ich konnte ihm nicht noch mehr zumuten. Ich log ihn an, damit er mich gehen lassen konnte. Und als er ging, wusste er nicht, dass er ein Stück von mir mitnahm.

Ich sackte auf meinem Stuhl zusammen und versuchte, gegen meine Gefühle anzukämpfen. Meine Gedanken kehrten zu Marie zurück. Während sich die Gedanken an sie in meinem Kopf ausbreiteten, fiel mir das Atmen immer schwerer. Bevor ich alles verarbeiten konnte, stand Maiv mit strengem Blick in meiner Tür. Was nicht weiter verwunderlich war, der strenge Blick war ihr eingewachsen.

»Aaliyah. Ich habe den Artikel gelesen«, sagte sie.

»Oh? Wenn du noch irgendwelche Änderungswünsche hast ...«

»Glückwunsch zur Beförderung. Du wirst eine gute leitende Redakteurin sein.«

Mein Herz wusste nicht, wie es darauf reagieren sollte. Es war nach dem Verlust von Connor gebrochen, trotzdem war ich irgendwie stolz auf mich. Ich wusste, dass ich den Artikel gut geschrieben hatte, denn er kam trotz allem direkt aus meinem Herzen. Ich hatte den Artikel mit Herzblut geschrieben und Connor auf die einzig mir mögliche Art dargestellt – als den hellsten aller Sterne.

Es war leicht, über jemanden zu schreiben, der so besonders war wie er.

»Ich denke, wir werden ihn ›Der moderne Gentleman‹ nennen. Das ist einer der besten Artikel, der je in diesem Magazin erschienen ist. Sie können stolz auf Ihre Arbeit sein. Aber in Zukunft erwarte ich nicht weniger als das.«

»Sie haben mein Wort«, sagte ich. Sie verließ mein Büro, während ich mich hinsetzte und über den Titel nachdachte. »Der moderne Gentleman« beschrieb Connor Roe perfekt.

Nach der Arbeit sprang ich in ein Taxi und fuhr zu Marie und Walter. Ich musste ihr in die Augen sehen und ihr die Frage stellen, die so schwer auf mir lastete.

Als ich ankam, war sie nicht zu Hause, also setzte ich mich auf ihre Veranda und wartete.

Stunden vergingen, die Dämmerung brach herein, und ich wartete immer noch. Als ihr Auto vorfuhr und sie ausstieg, wirkte sie erstaunt, mich dort sitzen zu sehen. Alarmiert eilte sie zu mir. »Aaliyah, Liebes, geht es dir gut?«, fragte sie; offenbar hatte sie meine Traurigkeit bemerkt und wie blass ich war.

Ich stand auf und sah sie unverwandt an, während ich am ganzen Körper zu zittern begann. »Bist du meine Mutter?«

Ihr Zögern und die Schuldgefühle in ihrem Blick verrieten mehr, als Worte es hätten tun können.

Oh, Gott, mir wurde schlecht.

»Das kann nicht dein Ernst sein!«, schrie ich, meine Stimme überschlug sich, und ich raufte mir die Haare. Mein Herz hämmerte in einer unglaublichen Geschwindigkeit gegen meinen Brustkorb, ich stand kurz vor einer Panikattacke.

Marie traten Tränen in die Augen, und sie kam ein paar Schritte auf mich zu. »Liebes …«

»Nicht«, unterbrach ich sie und hielt eine Hand hoch. »Nenn mich nicht *Liebes.*«

»Ich weiß nicht, wie du es herausgefunden hast, aber …« Sie schluckte, und ihre Hände zitterten. Dann schlug sie sich die gefalteten Hände vor den Mund und schüttelte sie den Kopf. »Du hättest es nicht herausfinden dürfen. Ich hatte alles so geplant, dass du es nie herausfinden würdest, wir aber trotzdem eine Familie sein würden. Durch die Heirat mit Jason hättest du zu meiner Familie gehört. Es klingt verrückt, aber mir war klar, dass ich dich nicht wieder in mein Leben holen konnte, ohne die Schuldgefühle, die damit verbunden sind, weil …«

»… du mich im Stich gelassen hast. Du hast mich nach der Geburt im Stich gelassen.«

Tränen liefen ihr über die Wangen, aber ich erlaubte mir keine Tränen. »So einfach ist das nicht.«

»Mach es nicht einfach, aber sag mir die Wahrheit.«

»Ich bin aufgewachsen wie du. Ich war jung und allein. Als ich Walter traf, hatte ich zum ersten Mal das Gefühl, jemandem wichtig zu sein. Jemand wollte mich. Am Anfang war es magisch. Dann arbeitete Walter immer länger. Er war besessen vom Erfolg und tat alles, um bis ganz nach oben zu kommen. Als ich herausfand, dass er eine Affäre hatte, brach meine Welt zusammen, und ich fühlte mich verraten. Ich war angewidert von ihm, und von mir selbst auch. Ich glaubte, ich müsste eine bessere Frau für ihn sein. Also versuchte ich, schwanger zu werden, aber es klappte nicht. Weil er mich ständig betrogen hat, gab ich mich einem anderen Mann hin. Ich dachte, wenn er mich betrügt, kann ich das auch.«

Ich wartete, dass sie fortfuhr. Ich brauchte alle Teile des Puzzles, das ich mein ganzes Leben lang zusammenzusetzen versucht hatte. Wie sehr es mich auch verletzen würde.

»Ich, ähm, ich traf einen Mann in einer Bar. Sein Name war Cole Simms. Er war sanft, und witziger als alle, die ich je getroffen hatte. Er war Jazzmusiker und spielte jeden Samstagabend im Ralph's in Queens. Wochenlang ging ich dorthin, um ihn spielen zu hören. Ich fiel in sein Bett und kam schwanger mit dir wieder heraus. Ich erzählte Walter davon. Er sagte, dass er mich nur zurücknehmen würde, wenn ich das Baby nach der Geburt weggab. Er sagte, er würde mich ohne einen Penny sitzen lassen und mein Leben ruinieren. Ich weiß, es klingt verrückt, aber ich hatte nichts, Aaliyah. Ich war nur ein armes

Mädchen, und ich hatte nicht damit gerechnet, schwanger zu werden. Ich wollte nur, dass Walter etwas von dem empfand, was er mich fühlen ließ.«

»Also hast du mich abgegeben, um bei einem Mann zu bleiben, der dir untreu war.«

»Es ist so viel schwieriger zu erklären …«, sagte sie, aber ich wusste, das war gelogen.

»Nein. Ist es nicht. Du hast mich im Stich gelassen, du hast mich allein gelassen, dann hast du einen kleinen Jungen adoptiert, den du deinen Sohn nennst.«

Sie senkte den Kopf. »Ich weiß, wie das klingt …«

»Es klingt, als wärst du der Teufel«, pflichtete ich ihr bei, und das Atmen fiel mir schwer.

Ich kriege keine Luft …

»Damit wollte Walter mich wohl bestrafen. Nachdem ich dich hatte abgeben müssen, sprach er plötzlich davon, wie sehr er sich ein Kind wünschte. Einen Jungen. Er sagte, dass er dann auch eine Therapie mit mir machen würde. Also haben wir Jason adoptiert … einen Fünfjährigen, weil Walter keine Lust auf Windeln und Geschrei hatte.«

»Ihr habt Jason mir vorgezogen.«

»Du musst verstehen …«

»Da gi-gibt es ni-nichts zu ve-verstehen«, stammelte ich, und ein stechender Schmerz fuhr mir in die Brust.

Ich trat einen Schritt zurück, und Marie kam auf mich zu.

»Aaliyah, du setzt dich besser hin. Du bist ganz blass«, befahl sie.

»Was i-ist mit meinem Vater pa-passiert?«, stieß ich hervor und fühlte mich einer Ohnmacht nahe.

Synkope.

Ich sah es kommen, als mein Blick abwechselnd verschwamm und wieder scharf wurde.

»Aaliyah, bitte«, drängte sie.

»Sag es mir.«

Sie schnitt eine Grimasse, und neue Tränen liefen ihr über die Wangen. »Vor ein paar Jahren, als Walter und ich eine schwere Zeit durchmachten, bin ich zurückgegangen, um zu sehen, ob Cole immer noch Musik machte. Aber ich fand heraus, dass er inzwischen verstorben war.«

»Woran?«

Sie schluckte schwer. »Er hatte einen Herzinfarkt. Die Ursache war eine Erbkrankheit, und …« Sie schüttelte den Kopf und hielt sich die Hand vor den Mund.

»Es tut mir so leid, Aaliyah. Es tut mir so leid. Als ich von seinem Zustand erfuhr, machte ich mich auf die Suche nach dir. Ich fand heraus, wo du arbeitest, und nachdem ich dich kennengelernt hatte, konnte ich dich nicht wieder gehen lassen.«

So viele Gedanken schossen mir durch den Kopf. So viele Gefühle, so viele Emotionen, so viele Qualen.

Qualen.

Ich litt Qualen.

Ich fiel rückwärts und fing mich auf der Stufe zu Maries Veranda. Langsam sank ich zu Boden, presste die Hand auf meine Brust und kämpfte um jeden Atemzug.

»Marie?«

»Ja?«

»Ruf den Notarzt.«

41

AALIYAH

Vor Maries Haus fiel mein Blutdruck rapide. Ich wurde sofort ins Krankenhaus gebracht und bekam Sauerstoff. Jeder Atemzug fiel mir schwer. Als Dr. Erickson von meinem Zustand erfuhr, kam er ins Krankenhaus, um nach mir zu sehen. Sein blasses Gesicht verriet mir, wie schlimm es um mich stand. Doch er brauchte mir nicht zu sagen, was mein erschöpftes Herz mir schon so längst gesagt hatte.

Ich lag im Sterben.

Marie wollte mich besuchen, aber ich erlaubte es nicht. Ich wollte mich nicht mit ihr auseinandersetzen, während ich zu verstehen versuchte, dass mein Leben zu Ende ging.

Mir war klar, dass ich das Krankenhaus nicht mehr verlassen würde. Nicht in meinem Zustand. Einen ganzen Tag lang wurde ich überwacht. Das Zimmer wirkte kalt, und Ärzte und Schwestern lösten sich ständig ab. Sie gaben mir Spritzen, legten mir Zugänge und überwachten meine Werte, um sich davon zu überzeugen, dass ich noch stabil war.

Aber ich war die ganze Zeit müde.

Ich wollte nur noch schlafen.

Nur die Augen schließen und die Schmerzen loswerden.

Zu meiner Überraschung bekam ich am zweiten Tag meines Krankenhausaufenthaltes Besuch – von jemandem, mit dem ich wirklich nicht gerechnet hätte.

»Damian. Was machen Sie denn hier?«, fragte ich, als er mein Zimmer betrat. Wie immer sah er bedrückt und verdüstert aus. »Woher wussten Sie, dass ich hier bin?«

»Ich bin ziemlich gut darin, Dinge herauszufinden. Darf ich reinkommen?«

»Sicher, aber … was machen Sie hier?« Es war kein Geheimnis, dass Damian und ich uns nicht nahestanden. Wir waren uns nur ein paarmal über den Weg gelaufen.

»Ich bin im Auftrag von Connor hier«, sagte er schroff.

»Das verstehe ich nicht.«

»Er liebt Sie. Sie wollen ihn wahrscheinlich nicht sehen, weil er Sie verletzt hat. Aber ich bin hier, weil er Sie liebt, und er nicht wollen würde, dass Sie allein sind, also werde ich Ihnen Gesellschaft leisten.«

»D-das ist verrückt«, hauchte ich erschöpft.

»Ja, ich habe gehört, dass die Liebe ziemlich verrückte Sachen anstellen kann.« Er kratzte sich am Kinn. »Sie müssen ihm noch eine Chance geben.«

»Damian …«

»Bitte, ich will Ihnen keinen Stress machen oder so. Sie machen gerade schon genug durch. Aber ich muss das sagen. Ich verstehe Sie. Ich bin auch im Heim und bei Pflegeeltern aufgewachsen. Ich habe eine eher schlechte Meinung von Menschen und ein Problem damit, anderen zu vertrauen. Ich habe Verlustängste, die ich nicht mal ansatzweise erklären kann, aber Connor ist kein übler Kerl, Aaliyah. Was man vom Rest dieser beschissenen Welt nicht sagen kann.«

»Ich weiß nicht …«

»Ich kann Sie verstehen. Sie sind verletzt. Seien Sie verletzt. Aber geben Sie ihm noch eine Chance.«

»So einfach ist das nicht, Damian.«

»Muss es aber sein. Das ist etwas Persönliches für mich.«

»Wieso?«

Er klatschte in die Hände und beugte sich vor. »Sie haben mich gerettet.«

Ich zog eine Augenbraue hoch. »Was?«

»Sie haben mir das Leben gerettet. Vor fast drei Jahren war ich an einem Tiefpunkt. Ich habe darüber nachgedacht, mir das Leben zu nehmen. Ich war verloren und allein. Niemand scherte sich einen Dreck um mich, und auch mir selbst war ich scheißegal, also dachte ich, was soll's. Dann, wie aus dem Nichts, trat dieser Verrückte mit den schlechten Witzen in mein Leben und hat mich bearbeitet, mich ihm zu öffnen. Er hat auch nicht lockergelassen. Er ging mir mit seiner guten Laune und seiner schmalzigen Art so lange auf die Nerven, bis ich mich auf ihn eingelassen habe. Er gab sich so wahnsinnig viel Mühe, dass ich ihn fragte, warum es ihm so wichtig war. Er erzählte mir, er habe Rotkäppchen kennengelernt, und sie habe sein Leben verändert. Er wollte das Gleiche für jemand anderen tun. Wenn Sie nicht gewesen wären … wenn Sie Connors Leben nicht verändert hätten, hätte er meines niemals verändern können. Ohne Sie wäre ich heute nicht mehr am Leben, Aaliyah. Sie haben jemanden in mein Leben gebracht, der daran geglaubt hat, dass mein Leben lebenswert ist, der mir eine Chance gab, etwas aus mir zu machen, als der Rest der Welt mich ignorierte. Deshalb ist es für mich etwas Persönliches.«

Seine Worte berührten mich. Ich konnte kaum glauben, was er mir da erzählte, andererseits beschrieb er genau, was für ein Mensch Connor war – einer der anderen half. Trotzdem hatte ich Angst, mich wieder auf ihn einzulassen.

»Waren Sie schon einmal verliebt, Damian?«

»Nein«, antwortete er ohne Verzug. »Aber ich will verdammt sein, wenn ich weglaufe, falls ich je so eine Chance bekomme. Denn auch wenn unser Start nicht glücklich war, heißt das nicht, dass wir kein Happy End verdienen.«

Dass Damian zu mir gekommen war, um mit mir zu sprechen, musste ihn Überwindung gekostet haben. Damian sprach nicht oft mit anderen Menschen. Bisher hatte er nur hier und da andeutungsweise gelächelt, wenn wir uns begegnet waren, und sich dann wieder seinen eigenen Angelegenheiten gewidmet.

»Aaliyah«, sagte er und trat näher. »Tun Sie das nicht.«

Obwohl er sonst immer so hart und kalt wirkte, waren seine Augen nun voller Mitgefühl. Voller Fürsorge. Seine Erscheinung strahlte eine Wärme aus, die ich schon sehr lange nicht mehr erlebt hatte.

»Was soll ich nicht tun?«

»Vor etwas Gutem weglaufen, weil Sie Angst haben, dass jemand eines Tages zuerst fortgehen könnte? Connor ist kein Feigling. Ja, er hat es versaut und gezögert, aber verdammt, er ist ein Mensch. In seiner Kindheit hat er gefürchtet, seine Mutter könnte sterben. Als er herausfand, dass Sie krank sind, ist er in alte Muster verfallen. Er ist verängstigt, Aaliyah. Der Kerl hat eine Scheißangst, er könnte Sie verlieren, aber er wollte nicht weglaufen. Er ist nur ein bisschen vom Weg abgekommen.«

»Ich weiß, wie schwer es für ihn ist, Damian. Ehrlich. Ich habe es kapiert. Und deshalb kann ich ihm das nicht antun.«

Er sah mich verwirrt an. »Was?«

»Ich liege im Sterben, Damian. Ich weiß, dass ich nicht mehr lange habe, und ich will ihm das nicht antun. Er soll mich nicht leiden sehen, das würde ihm das Herz brechen.«

»Sie liegen hier und machen sich Sorgen, dass sein Herz brechen könnte, während Ihres buchstäblich auseinanderfällt. Wenn das keine Liebe ist, dann weiß ich es auch nicht. Er sollte hier sein.«

»Das kann ich ihm nicht antun … Es tut mir leid, Damian. Ich kann nicht zulassen, dass er mich sterben sieht.«

Damian runzelte die Stirn und kniff sich in den Nasenrücken. Dann setzte er sich auf einen Stuhl.

»Was machen Sie da?«, fragte ich.

»Ich sitze.«

»Warum?«

»Damit Sie nicht allein sind.«

»Verdammt …«

»Ich hab's verstanden. Sie wollen ihn davor schützen, verletzt zu werden. Das ist nobel. Total bescheuert, wenn Sie mich fragen, aber nobel. Doch deshalb müssen Sie nicht allein sein. Wenn Sie sterben, dann sterben Sie. Das ist beschissen und beängstigend und ungerecht, weil ich tausend Leute wüsste, die es mehr verdient hätten. Die Welt ist ein beschissener Ort, und gute Menschen bedeuten ihr gar nichts. Es tut mir leid, dass sie Ihnen das antut, Aaliyah, aber Sie müssen das nicht allein durchstehen. Alles klar? Ich werde hier sitzen und …« Er griff in seine Tasche und holte ein Comicheft hervor. »… ich werde Ihnen Comics vorlesen, weil Connor das auch getan hätte.«

»Damian. Sie müssen nicht hierbleiben. Wirklich nicht. Mir geht's gut.«

»Das stimmt nicht, und es ist okay. Es muss Ihnen nicht gut gehen. Sie müssen mir nur erlauben, Ihnen Comics vorzulesen, damit Sie nicht alleine sind.«

»Hören Sie …«

»Aaliyah«, sagte er beherrscht und mit leiser Stimme. »Hören Sie einfach zu.«

Ich seufzte und tat, was er sagte.

Bevor er mit dem Lesen beginnen konnte, betrat Marie verwirrt und voller Sorge das Zimmer.

»Meine Güte, Aaliyah. Geht es dir gut?«, stieß sie hervor.

»Was machst du denn hier?«, fragte ich und setzte mich ein wenig auf, weil es mir in dem Moment, als sie mein Zimmer betrat, den Magen umgedreht hatte.

»Na ja, nachdem der Krankenwagen dich hergebracht hatte, musste ich meine Sachen zusammensuchen, es war die Hölle, die Leute dazu zu bringen, mich zu dir zu lassen. Und da ich deine Unterstützungsperson bin …«

»Sie sind ganz schön frech, Lady«, schnauzte Damian und warf ihr einen Blick zu, mit dem er sie hätte töten können.

»Was wollen Sie denn hier? Sie geht das überhaupt nichts an«, erwiderte Marie.

»Nein, *dich* geht es nichts an«, sagte ich.

Unsere Blicke kreuzten sich. Ihrer war voller Traurigkeit, doch in diesem Moment hasste ich ihre Augen, weil sie mich so sehr an meine eigenen erinnerten.

Wie hatte ich das übersehen können?

»Aaliyah. Ich kann verstehen, dass du wütend auf mich bist, aber so sind die Regeln für die Transplantation. Du brauchst nach der Operation eine Unterstützungsperson. Ohne mich bekommst du kein Transplantat. Du brauchst mich.«

»Ich brauche …« Ich holte tief Luft. »Ich brauche dich nicht.«

»Doch, Liebes«, widersprach sie.

»Wie wäre es, wenn Sie sie nicht ›Liebes‹ nennen würden. Das ist herablassend«, fuhr Damian sie wie ein Pitbull an.

»Wie wäre es, wenn Sie sich um Ihre eigenen Angelegenheiten kümmern«, höhnte Marie.

»Mein Bruder ist in diese Frau verliebt, was es zu meiner Angelegenheit macht«, gab er ungerührt zurück. »Und offensichtlich will sie Sie weder hier haben noch als ihre Unterstützungsperson, also können Sie genauso gut wieder verschwinden.«

»Sie hat sonst niemanden«, sagte Marie.

»Das stimmt nicht. Sie hat mich. Also, wenn sie es will.« Damian bat mit einem Blick um meine Zustimmung. Ich nagte an meiner Unterlippe und nickte. Da wandte er sich wieder Marie zu. »Sehen Sie? Ihre Dienste werden nicht länger benötigt.«

Marie lief vor Wut rot an und starrte Damian durchdringend an. »Ich weiß nicht, für wen Sie sich halten, junger Mann, aber in den letzten zwei Jahren war ich während ihrer gesundheitlichen Probleme immer für sie da. In den letzten zwei Jahren habe ich mich, wann immer sie mich brauchte, Tag und Nacht um sie gekümmert. Ich begleitete sie zu jedem Krankenhausbesuch, und sie hat sich an meiner Schulter ausgeweint ... Ich habe das zwei Jahre lang mitgemacht; Sie haben ja keine Ahnung wie viel Verantwortung ich für sie übernommen habe.«

»Vierundzwanzig«, erwiderte er trocken.

Marie zog eine Augenbraue hoch. »Was?«

»Sie hätten vierundzwanzig Jahre lang für sie da sein sollen, nicht bloß zwei.«

Diese Aussage traf Marie wie ein Schlag ins Gesicht. Erschrocken stolperte sie zurück. Auch ich spürte die Wirkung von Damians Worten, schwieg aber.

Denn was hätte ich sagen sollen?

»Hören Sie, Lady, ich bin nicht hier, um mir Ihre rührselige Geschichte anzuhören, dass Ihr Leben nicht so gelaufen ist, wie Sie es wollten. Ich bin wegen Aaliyah und Connor hier. Also wäre ich Ihnen sehr verbunden, wenn Sie ihnen keinen Stress machen würden. Wenn Ihnen wirklich etwas an ihr liegt, kommen Sie jetzt mit, um mich als Unterstützungsperson eintragen zu lassen. Und danach lassen Sie sie in Ruhe«, erklärte Damian.

Marie sah mich an, und Tränen stiegen ihr in die Augen. »Willst du das auch, Aaliyah?«

Ich nickte. »J-ja.«

Niedergeschlagen schob Marie sich den Riemen ihrer Handtasche auf die Schulter und wandte sich wieder an Damian. »Sie werden einige Formulare ausfüllen müssen.«

»Ich kann schreiben.«

Sie runzelte die Stirn. Er verzog das Gesicht.

Dann gingen sie los, um die Formalitäten zu erledigen.

Fünfundzwanzig Tage.

Damian kam fünfundzwanzig Tage hintereinander zu mir, um mir vorzulesen und dafür zu sorgen, dass ich nicht allein war. Er hatte sich über die Aufgaben der Unterstützungsperson informiert, und er hatte sich vorgenommen, die ganze Zeit an meiner Seite zu bleiben. Manchmal hätte ich ihn gern gefragt, wie es Connor ging, aber ich brachte nicht den Mut dazu auf. Ich vermisste ihn zu sehr, um nach ihm zu fragen.

42

CONNOR

Fünfundzwanzig Tage.

Seit Damian mir erzählt hatte, dass Aaliyah eingeliefert worden war, saß ich in der Lobby des Krankenhauses. Sie wollte nichts mit mir zu tun haben, also leistete ihr Damian jeden Tag Gesellschaft. Sie wusste nicht, dass ich vor ihrem Zimmer wartete, aber ich musste in ihrer Nähe sein. Ich hatte mir nicht vorstellen können, irgendwo anders zu sein.

Ich wünschte mir so sehr, dass sie gesund wurde. Sie musste sich wieder ganz erholen, damit sie zu mir zurückkommen konnte.

Jeden Abend kam Damian zu mir und informierte mich über Aaliyahs Zustand. Ich gab ihm neue Comics, die er ihr vorlesen konnte. Er versicherte mir, dass sie eine Kämpferin war, und versuchte, den Mut nicht zu verlieren, obwohl es ihr offensichtlich schlecht ging.

Er sagte, dass sie mich vermisste – er wusste es, obwohl sie es nicht gesagt hatte.

Er erzählte mir davon, weil er wusste, dass ich es hören musste. Doch ich wollte so sehr, dass es stimmte.

Eines Abends, als ich auf Neuigkeiten von Aaliyah wartete, erhielt ich eine E-Mail von Maiv Khang.

An: ConnorXRoe@roeenterprises.com
Von: maivkhang@passion.com
Betreff: Artikel-Freigabe
Hallo Connor,

ich hoffe, es geht Ihnen gut. Im Anhang finden Sie den Artikel, den Aaliyah Winters über Sie geschrieben hat. Ich möchte Sie bitten, ihn durchzusehen und freizugeben, damit wir ihn in der September-Ausgabe veröffentlichen können. Vielen Dank, dass Sie sich die Zeit für das Interview genommen haben. Wir bei *Passion* danken Ihnen außerdem für Ihre Freundlichkeit und Offenheit während der Zusammenarbeit.

Falls Sie Bedenken oder Änderungswünsche haben, lassen Sie es mich bitte wissen. Nachdem ich den Artikel gelesen habe, gehe ich jedoch nicht davon aus.

– Maiv

P.S. Ich habe einige Bilder des Fotoshootings angehängt. Mein Favorit ist das Foto, auf dem sie Sie ansieht. Danke, dass Sie mir und Aaliyah bewiesen haben, dass es auch gute Männer gibt.

Ich öffnete die Fotos im Anhang der E-Mail, und mein Herz zersprang fast, als ich Aaliyah und mich zusammen sah, Arm in Arm, lächelnd und lachend. Auf den Fotos war die Welt stehen geblieben, und ich wünschte mir so sehr, noch mehr Momente wie diese erleben zu dürfen. Noch mehr Momente, in denen unsere Welt in Ordnung war. Ich brauchte mehr Zeit mit ihr. Ich brauchte mehr Zeit für uns.

Nachdem ich die Fotos viel zu lange angesehen hatte, öffnete ich den Artikel und tauchte tief ein in alles, was Aaliyah über mich geschrieben hatte.

Der moderne Gentleman:
Meine Zeit mit Connor Roe, von Aaliyah Winters

Connor lächelt und trinkt einen Schluck Kaffee.

Es ist unser drittes Treffen, nachdem er diesem Interview zugestimmt hat, und alles an ihm strahlt aus, dass er nicht weiß, wie mächtig er ist – im besten Sinne. Er lehnt sich zurück und legt das rechte Bein über sein linkes Knie. Seine breiten Schultern sind entspannt, er fühlt sich offensichtlich wohl.

Er trinkt seinen Kaffee mit einem Spritzer Kokosmilch und drei Stück Zucker.

Seine Ausstrahlung nimmt sofort für ihn ein. Es ist erfrischend zu sehen, wie ruhig und gelassen er in einer Stadt ist, die sich immer mit Lichtgeschwindigkeit bewegt und auf das nächste große Ding zustrebt. Connor Roe ist nicht in Eile. Er schaut nie auf die Uhr, als gäbe es nichts Wichtigeres als das Hier und Jetzt.

Das ist das Wichtigste, was ich aus meinen Wochen mit Connor mitnehme – er ist ein Mann, der für den Moment lebt. Und jeden Moment mit ihm möchte man für die Ewigkeit festhalten. Als die Kellnerin unser Frühstück bringt, stolpert sie, und die Schüssel mit den Haferflocken wäre fast auf dem Boden gelandet. Aber Connor bewegt sich schnell, hellwach, und fängt die Schüssel in Rekordgeschwindigkeit. Er verschüttet dabei keinen einzigen Tropfen und verbrennt sich auch nicht die Finger. Die Kellnerin errötet verlegen, doch Connors umwerfendes Lächeln nimmt ihr die Befangenheit.

»Keine Sorge«, sagt er freundlich. Sie errötet noch tiefer – was in der Nähe dieses Mannes leicht zur Gewohnheit wird.

Keine Sorge – sein Motto habe ich schnell vom modernen Gentleman übernommen.

Connor glaubt an die Magie, der Welt etwas zurückzugeben. Er gibt mehr, als er nimmt, er kämpft mehr für andere als für sich selbst. Tagein, tagaus gibt er alles, um denjenigen ein besseres Leben zu ermöglichen, die ohne Reichtum und Privilegien geboren wurden. Er träumt von einer Welt, in der ältere Menschen fair behandelt werden, in der Menschen mit geringem Einkommen sich keine Sorgen um die nächste Miete machen müssen, und in der sich Pflegekinder keine Sekunde einsam fühlen.

Er träumt von einer Welt, in der kein Kind hungern und keine alleinerziehende Mutter ohne Strom auskommen muss. In der kein älterer Mensch misshandelt und allein gelassen wird.

Mit seinem Engagement bei *Adopt a Grandparent, Twisted Food Trucks* (ein Programm, das Kindern im Sommer kostenloses Mittagessen anbietet) und *A.C.T.L.* (act, care, teach, love), setzt sich Connor Roe für eine bessere Zukunft ein, indem er sich auf die Probleme von heute konzentriert.

Er kämpft für das Gute, tagein, tagaus, er ist der Inbegriff eines guten Menschen – und deshalb ist er nicht nur New Yorks moderner Gentleman mit einer Riesenportion Südstaaten-Charme – er ist der Superheld dieser Generation. Ein Kämpfer für das Gute. Ein Sendbote der Hoffnung.

Ich weiß, was Sie denken, denn das dachte ich anfangs auch. Er ist zu gut, um wahr zu sein. Er muss doch irgendeinen Makel haben. Doch ich muss Ihnen sagen, ich habe an ihm keinen Makel gefunden.

Connor Roe ist vom Glauben getragen, angetrieben von der Liebe. Alles, was er tut, entspringt seiner Fürsorge und Sanftmut. Selbst seine Ängste haben ihren Ursprung in der Liebe.

Und das ist beileibe kein Makel. Das ist Roes Superkraft. Seine Kraft ist die Liebe.

Wenn Sie jemals das Glück haben, Connor Roe zu begegnen, wird er Ihnen seine Liebe schenken. Auch wenn es nur für einen kurzen Moment ist. Als würde ein Liebesblitz einschlagen. Er wird Ihnen die Tür aufhalten und den Kaffee des Kunden hinter ihm in der Schlange bezahlen. Er wird Ihnen richtig schlechte Witze erzählen, über die Sie sich trotzdem vor Lachen ausschütten werden. Er wird sich jede Geschichte anhören, die Sie ihm erzählen – auch wenn sie unzusammenhängend ist. Er wird Sie umarmen, wenn Sie es brauchen, und auch, wenn Sie es nicht brauchen. Er wird Sie ansehen, als wären Sie der Sonnenaufgang und der Sonnenuntergang.

Er wird Ihr Freund sein, wenn Sie niemanden zum Reden haben. Er wird Ihr Anker sein, wenn Sie fürchten, davongetragen zu werden. Er wird Sie zum Lächeln bringen.

Meine Güte, und wie Sie lächeln werden.

Das ist die Superkraft, die er der Welt schenkt. In einer Gesellschaft, die auf Wettbewerb und Existenzangst aufgebaut ist, bringt er Millionen zum Lächeln. Er schätzt jede einzelne Person, jedes einzelne Leben, und er macht es unmöglich, sich nicht Hals über Kopf in ihn zu verlieben.

Am Ende bin ich seinen Kräften zum Opfer gefallen. Ich falle, und ich falle ohne Angst, und weil ich weiß, dass er mich auffangen wird, was auch passiert.

In seinen Armen bin ich sicher.

In seinen Armen werde ich geliebt.

Und in seinen Armen liebe ich.

Ich bin so wahnsinnig verliebt in meinen Superhelden.

Das alles ist Connor Roe: ein mächtiger Geschäftsmann, jemand, der sich vom Tellerwäscher zum Millionär hochgearbeitet hat, und eine Größe, mit der man in der Immobilienwelt rechnen muss. Doch das Beste an ihm ist seine Liebe.

Connor Roe ist Liebe.

Niemand, dem auf seinem Weg die Liebe begegnet, wird jemals wieder derselbe sein. Das trifft auch und ganz besonders auf mich zu.

Connor lächelt, als er einen weiteren Schluck Kaffee trinkt.

Und ich kann nicht anders, als ebenfalls zu lächeln, als ich einen Schluck von meinem eigenen Kaffee nehme.

-AW, leitende Redakteurin

Sie hat mich geliebt.

Sie hatte den Artikel eingereicht, nachdem ich sie verlassen hatte, und trotzdem hat sie mich geliebt.

Liebt mich.

Präsens.

Nachdem ich den Artikel gelesen hatte, machte ich mich auf eine Reise, die ich nicht aufschieben konnte. Ich konnte nicht nach Hause gehen und in ein Bett kriechen, in dem Aaliyah nicht mehr lag. Ich brauchte Hilfe von jemandem, der größer war als ich, größer als die Ärzte, größer als das Leben.

»Hallo«, hauchte ich und ließ mich vor Grants Grabstein nieder. »Wir haben uns nur kurz kennengelernt, aber da ich weiß, wie viel Sie Aaliyah bedeuten, muss ich es mit diesem Gespräch versuchen. Ihr geht es gerade nicht so gut, Grant«, sagte ich und schnäuzte mir die Nase. Dass ich es aussprach machte Aaliyahs Leiden noch realer. »Unser Mädchen ist in keiner guten Verfassung. Und ich habe eine Scheißangst. Sie will mich nicht um sich haben. Sie will nichts mit mir zu tun haben, und ich kann es ihr nicht verdenken. Ich wusste, wie sehr es sie verletzt, wenn sie verlassen wird, aber als es schwierig wurde, habe ich mich wie ein Feigling verhalten. Ich kann es nicht rückgängig machen, aber Sie müssen mir glauben, Grant, was ich getan habe, tut mir unendlich leid.«

Ich strich mir mit dem Daumen über den Nasenrücken. »Sie schulden mir keinen Gefallen. Aber ich bin hier … weil ich Ihre Hilfe brauche. Für Aaliyah sind Sie so etwas wie ein Vater, deshalb möchte ich Sie um etwas sehr Wichtiges bitten. Wenn das hier vorbei ist und Aaliyah wieder gesund wird, werde ich sie fragen, ob sie meine Frau werden will. Ich habe keinen Zweifel daran, dass sie die Frau ist, die ich für den Rest unserer Zeit auf diesem Planeten an meiner Seite haben will. Wie lange das auch sein wird. Deshalb muss sie wieder gesund werden, Grant. Selbst wenn sie mich eine Weile nicht will, werde ich nicht aufgeben. Ich werde *uns* nicht aufgeben. Ich bleibe. Hören Sie mich? Obwohl ich Angst habe, werde ich bleiben. Ich brauche also Ihre Hilfe. Wahrscheinlich vermissen Sie sie, aber Sie müssen sich eine Weile zurückhalten, okay? Ich bitte Sie hiermit um die Erlaubnis, um ihre Hand anzuhalten. Ich will sie heiraten, Grant, also bitte ich Sie …« Ich holte tief Luft und kniete mich wie zum Beten hin. Ich legte meine Hand auf den Grabstein und flüsterte, während der Wind über meine Haut strich, mir die Tränen über die Wangen liefen und ich vor Angst zitterte: »Bitte, Grant, bitte …« Ich räusperte mich und sagte dann leise: »Bitte, nehmen Sie sie noch nicht zu sich.«

Nach dem Gespräch mit Grant ging ich zu meinem Auto, wo Luis wartete, um mich nach Hause zu fahren.

»Geht es dir gut, Connor?«, fragte er mich.

»Nein«, antwortete ich.

Es würde mir niemals gut gehen, wenn es ihr nicht gut ging.

Bevor er antworten konnte, begann mein Telefon zu klingeln, und ich sah Damians Namen auf dem Display.

Ich ging dran. »Hey, was gibt's?«

»Du musst sofort ins Krankenhaus kommen, Connor. Und zwar schnell.«

Luis hätte schneller fahren können, aber er tat sein Bestes. Ich hatte Panik vor dem, was mit Aaliyah geschah. Damian hatte so beunruhigt geklungen. War es schlimmer geworden? Entglitt sie mir? Würde ich sie verlieren?

Bitte, lass nicht zu, dass ich sie verliere. Nicht auf diese Weise. Nicht jetzt.

Ich sprang aus dem Wagen und lief auf das Krankenhaus zu, ohne die Autotür hinter mir zu schließen. Ich konnte es keine Sekunde länger aushalten, nicht zu wissen, wie es ihr ging. Als ich in der Lobby ankam, wartete Damian schon auf mich. Er stand auf und kam auf mich zu.

»Was ist los? Geht es ihr gut? Ist sie …« Ich schluckte schwer, und Tränen brannten mir in den Augen. »Ist sie …«

Gestorben? War sie tot? Verflucht, ich bekam keine Luft. Wenn sie nicht mehr am Leben war … Wenn ich sie verloren hatte …

»Beruhige dich, Kumpel. Entspann dich.« Damian legte mir die Hände auf die Schultern und sah mich mit seinen dunklen Augen an. Dann zuckten seine Mundwinkel, und er begann zu grinsen. »Sie haben eines gefunden.«

»Was?«

»Sie haben ein Herz für Aaliyah gefunden.«

43

AALIYAH

Ein Herz.

Ein Herz für mich.

Damian war dabei, als Dr. Erickson mir die Nachricht überbrachte. Ich war froh, denn ich brauchte eine Hand, die ich halten konnte, und Damian bot mir seine ohne Zögern an.

Ich dachte immer, wenn ich herausfinden würde, dass es ein Herz für mich gibt, würde ich eine überwältigende Freude empfinden, stattdessen hatte ich Schuldgefühle, dass jemand sein Leben verlieren musste, damit ich weiterleben konnte. Dass andere nun den Verlust eines geliebten Menschen betrauerten. Dass die Quelle ihrer Verzweiflung mein Triumph war.

Das machte mich krank. Als ob ich dem Tod ein Schnippchen schlagen würde. Das erschien mir nicht fair.

»Kreis des Lebens«, sagte Damian, der immer noch meine Hand hielt. Er sagte es so ruhig, als wüsste er, worum meine Gedanken kreisten. »Jeder Anfang hat ein Ende, und nach jedem Ende beginnt etwas Neues. Das ist etwas Gutes, Aaliyah. Es ist gut.«

Ich nickte, als Dr. Erickson mir die nächsten Schritte erklärte. Er erklärte mir, dass die Familie sich endgültig verabschiedete und dass sein Team, nachdem die lebenserhaltenden Maßnahmen abgeschaltet wurden, mich mit Hochdruck für die Operation vorbereiten würden. Und innerhalb weniger Stunden würde ich ein neues Herz haben.

Das kam mir alles so surreal vor, als lebte ich in einem Traum, der mich in eine Zukunft führte, an die ich kaum glauben konnte.

Damian entschuldigte sich, während Dr. Erickson mir weiter das Vorgehen erläuterte. Danach wurde ich eine Weile allein gelassen, damit ich die Neuigkeiten verarbeiten konnte. Ich dachte darüber nach, was es für mich bedeutete, dieses Herz zu bekommen, was es für die andere Familie bedeutete, dieses Herz zu verlieren. Das Leben war so kompliziert, und ich würde es nie verstehen.

Es klopfte an meiner Tür, und ich war überrascht Damian und Connor zu sehen.

Ich setzte mich ein wenig auf und legte verwirrt den Kopf schief. »Was machst du denn hier?«, fragte ich Connor, dann sah ich Damian an. »Haben Sie es ihm gesagt?«

»Ich konnte nicht anders«, gestand er. »Er ist mein Bruder.« Er klopfte Connor auf die Schulter und nickte. »Ich lasse euch mal allein.«

Damian verließ den Raum, und Connor trat ein.

»Hi«, flüsterte er.

»Hi«, erwiderte ich, und mir war unbehaglich, wie wohl ich mich bei ihm fühlte. Ich hätte ihn hassen müssen. Ich hätte ihn auffordern müssen, zu gehen. Ich hätte ihn zurückweisen müssen. Stattdessen schwieg ich und wartete, was er zu sagen hatte.

Er räusperte sich. »Du bekommst ein neues Herz.«

»Ja.«

»Das ist unglaublich.«

Ich schwieg.

Er kam näher.

Die Maschinen piepten lauter.

Er trat einen Schritt zurück.

»Hör zu, ich will dich nicht noch mehr stressen, Aaliyah. Ich habe kapiert, dass du mich nicht mehr willst, und ich kann es dir nicht verübeln. In den letzten Wochen habe ich mich mehr gehasst als je zuvor, aber, bitte, Aaliyah, lass mich heute Nacht bleiben. Du wirst bald operiert, und ich kann nirgendwo anders sein als hier. Ich muss nicht mal mit dir reden. Ich sehe dich nicht mal an, wenn du es nicht willst. Wenn du willst, dass ich die Wand anstarre, dann starre ich die ganze Nacht die Wand an, aber ich kann dich jetzt nicht alleinlassen, okay?

Ich kann dich nicht alleinlassen, falls bei der Operation etwas schiefgeht, und, und, Gott bewahre, falls du mich verlässt … Also, bitte, Aaliyah. Bitte lass mich bleiben, denn die Vorstellung, dich allein zu lassen, frisst mich von innen auf. Bitte, Red. Bitte …« Er schloss kurz die Augen, und als er sie wieder öffnete, liefen ihm Tränen über die Wangen. Er presste die Zunge in seine Wange und begann am ganzen Körper zu zittern. Er brach vor meinen Augen zusammen. »Bitte, lass mich bleiben.«

Er stand am Boden zerstört da. Er zeigte mir seine Wunden und offenbarte mir seinen Schmerz. Ich sah seine Angst, ich sah seine Panik, aber vor allem sah ich seine Liebe. Die Liebe zeigte sich nicht nur an sonnigen Tagen. Nein. Manchmal, die meiste Zeit, kam die Liebe wie ein heftiges Gewitter.

Die Liebe erforschte die Welt in der Dunkelheit. Sie kroch durch Schmerz, focht Kämpfe aus und ging mit tausend Wunden zu Boden. Liebe war nicht nur der Regenbogen. Die Liebe leuchtete aus den Blitzen und grollte während des Donners. Und in diesem Moment regnete die Liebe auf Connor herab, und seine Liebe war auf mich gerichtet. Roh. Entfesselt. Wahr.

Ich drehte mich in meinem Krankenhausbett um und starrte auf meine Hände.

Auch ich fragte mich, was wäre, wenn ich die Operation nicht überlebte. Wenn die Herztransplantation nicht erfolgreich verlief. Wenn die Sanduhr meines Lebens ablaufen würde. Wenn ich Connor nie wiedersehen würde. Wenn ich ihn bei unserer letzten Begegnung gebeten hätte, zu gehen.

Während ich immer nur gewollt hatte, dass er bei mir blieb.

»Liest du mir etwas vor?« Ich sprach leise und schaute in seine Richtung. »Liest du mir einen Comic vor?«

Er folgte meinem Blick zu dem Beistelltisch mit dem Stapel Comics, den Damian gebracht hatte.

»Ja«, sagte er, ohne zu zögern. »Darf ich mir einen Stuhl zu dir heranziehen?«

»Ja«, sagte ich, ohne zu zögern.

Ich wollte ihn in meiner Nähe haben.

Ich brauchte seine Nähe.

Ich vermisste seine Nähe.

Er schnappte sich eines der Comic-Hefte und zog einen Stuhl an mein Bett. Er las mir vor, und ich schlief zu seinen Worten ein. Als ich in der Nacht aufwachte, schlief er mit an die Bettkante gelehntem Kopf. Eine Hand lag in seinem Schoß und umklammerte etwas. Ich streckte den Arm aus, um zu sehen, was er festhielt, und wurde von meinen Gefühlen übermannt, als ich lauter Vierteldollarmünzen entdeckte.

Kurz darauf schlief ich wieder ein und wurde am Morgen von einer Krankenschwester geweckt. Connor saß nicht mehr neben mir, aber die Münzen lagen auf meinem Schoß. Ich schaute mich um und sah, dass mein Zimmer voller Haftnotizen war. Sie bedeckten die Wände und das Bettgestell. Der Fernseher war übersät von ihnen. Ich war fassungslos.

Ich hob einen Zettel neben mir auf und erkannte sofort Connors Handschrift.

Ich wünsche mir mehr Zeit mit Aaliyah.

Ich las noch einen.

Mehr Zeit mit Red.

Ich wünschte, ich könnte sie heiraten.

Ich wünschte, ich könnte sie küssen.

Ich wünsche mir noch eine Minute mit ihr.

Ich wünsche mir, dass sie gesund wird.

Im Zimmer mussten Hunderte von Wünschen kleben. Hunderte winziger Haftnotizen mit seinen Worten, die mich tief berührten.

»Guten Morgen, Sonnenschein«, sagte eine Krankenschwester beim Betreten des Zimmers. »Wie ich sehe, haben Sie Ihre Liebesbriefe schon entdeckt. Der junge Mann, der hier jeden Tag auftaucht, muss Sie wirklich sehr lieben.«

Ich schüttelte den Kopf. »Damian ist nur ein Freund.«

»Oh, nein. Ihn meine ich nicht. Ich meine Connor. Der Typ, der jeden Tag draußen in der Lobby sitzt. Das Personal nennt ihn den modernen Romeo. Er sagte, dass Sie ihn wahrscheinlich nicht sehen wollen, aber er hat trotzdem die ganze Zeit draußen gewartet. Wenn Sie geschlafen haben, kam er herein und setzte sich leise neben Sie. Wirklich süß, wenn Sie mich fragen.«

Ihre Worte verblüfften mich. Er war jeden Tag da gewesen? Ich lag schon seit fünfundzwanzig Tagen im Krankenhaus. Wie hatte er es geschafft, so lange zu warten, ohne dass ich ihm eine zweite Chance signalisiert hatte?

Als es Zeit für den OP war, sagten mir die Schwestern, dass draußen jemand auf mich wartete, um sich von mir zu verabschieden. Als ich mich umdrehte, um Damian zuzuwinken, schlug mein kaputtes Herz schneller, denn ich blickte in die blauesten aller blauen Augen. Er war geblieben.

Wer hätte gedacht, dass selbst gebrochene Herzen noch aus Liebe schlagen konnten?

»Ich liebe dich«, formte ich lautlos mit den Lippen und sah ihm direkt in die Augen. Ich musste es aussprechen. Ich musste es ihm sagen.

Was auch geschah, er musste wissen, dass ich ihn liebte. Denn jenseits all dieses Schwachsinns, jenseits aller Dramen, wusste ich, dass er mein Licht war. Er war wie die Lichter der Stadt, die kurz über mir leuchteten und mich so lebhaft daran erinnerten, dass ich nicht allein war. Er war das Licht, das meine Dunkelheit erhellte, und dafür wurde er mit ewiger Liebe belohnt.

Vor der Operation betete ich. Ich wusste nicht, zu wem ich betete. Zu Gott, zum Universum, zu Aliens. Was auch immer da draußen war. Ich betete, dass Connor noch ein wenig länger bleiben durfte. Damit wir uns streiten konnten. Damit wir schreien konnten. Damit wir uns wieder versöhnen konnten. Damit wir das, was sich zwischen uns entwickelt hatte, noch vertiefen konnten.

Mir kamen die Tränen, als Connor den Mund öffnete und flüsterte: »Ich liebe dich mehr.«

44

AALIYAH

Bodomm, bodomm.

Bodomm, bodomm.

Bodomm, bodomm …

Meine Brust hob und senkte sich.

Ich spürte sie. Ich spürte die Herzschläge. Die Herzschläge waren meine und doch nicht ganz meine.

Geliehene Zeit. Das Versprechen auf ein Morgen. Ein Segen, von dem ich nicht sicher war, ob ich ihn verdiente, den ich aber nie als selbstverständlich ansehen würde.

Ich danke dir, William.

Die Transplantation war außerordentlich gut verlaufen, und ich wunderte mich, wie wenig Schmerzen ich danach hatte.

Ich musste noch ein paar Wochen im Krankenhaus bleiben, aber schon bald wurde ich entlassen und konnte in meine Wohnung zurückkehren. Damian war jeden Tag an meiner Seite, kümmerte sich um meine Medikamente und unterstützte mich bei jedem Schritt. Meine Genesung verlief gut, doch auch wenn ich ein neues Herz hatte und es schlug, half es mir nicht über meine tiefe Traurigkeit hinweg. Ich musste neben der Genesung noch manch anderes Trauma verarbeiten – zum Beispiel Marie.

Außerdem vermisste ich Connor, wusste aber, dass es noch zu früh war, ihm die Hand zu reichen. Ich musste mich vollständig erholen, bevor ich zu ihm gehen und ihm meine Gefühle offenbaren konnte.

Als es also an der Tür klingelte und ich sah, dass er mit einem Blumenstrauß unten stand, war ich einigermaßen überrascht. Ich ging die Treppe hinunter und öffnete.

»Hi«, sagte ich und verschränkte die Arme, während die kühle Herbstluft über meine Haut strich.

»Hi«, antwortete er leise. »Du willst mich jetzt wahrscheinlich nicht sehen, und das kann ich auch verstehen, Aaliyah, aber ich musste vorbeikommen. Ich musste mich davon überzeugen, dass es dir gut geht, dass du dich erholst. Dass du noch hier bist. Es tut mir leid, aber ich konnte nicht anders.«

»Ist schon gut.«

Er runzelte die Stirn. »Ist es nicht. Nichts von dem, was zwischen uns vorgefallen ist, ist okay. Ich habe eine Million Fehler gemacht. Ich wusste nichts über Liebe, nichts über Liebeskummer, ich wusste gar nichts, Aaliyah. Ich wusste nichts über die Liebe, bis ich dich traf. Du verdienst alles, und ich will nicht, dass du meinetwegen unglücklich bist. Aber … ich muss dir etwas sagen.«

»Connor …«

»Bitte, Aaliyah. Ich verspreche dir, dass ich dich dann in Ruhe lasse, aber ich muss dir die Wahrheit sagen.«

Ich sah kurz zu Boden, dann hob ich den Blick und nickte, um ihm zu bedeuten, fortzufahren.

»Du hast mich verändert. Du hast Teile meiner Seele geweckt, von denen ich nicht wusste, dass sie schliefen. Ich habe erkannt, dass ich keine Angst vor Liebe oder Bindung habe. Ich habe Angst vor dem Tod. Ich habe Angst, die Menschen zu verlieren, die mir mehr als alle anderen am Herzen liegen. Während meiner Kindheit hatte ich die meiste Zeit wahnsinnige Angst davor, eines Morgens aufzuwachen und meine

Mutter tot aufzufinden. Bis zum heutigen Tag kämpfe ich gegen diese Angst an, dass der Krebs zurückkommen und stärker sein könnte als je zuvor. Ich habe wahnsinnig Angst, sie zu verlieren – oder dich zu verlieren. Ich habe Angst vor dem Unbekannten. Ich habe Angst davor, wieder an einen Punkt zu kommen, an dem die Menschen, die ich liebe, leiden müssen, ohne dass ich etwas dagegen tun kann. Ich habe Angst. Aaliyah. Ich habe Angst.«

»Das verstehe ich vollkommen. Doch es besteht die Möglichkeit, dass mein Körper das Transplantat abstößt. Es gibt so viele Ungewissheiten darüber, wie mein Leben verlaufen wird, und ich kann dir die Angst nicht nehmen, Connor.«

»Das verlange ich ja gar nicht. Ich bitte dich nur, dass ich trotz meiner Angst bleiben darf. Denn die Vorstellung, ohne dich zu leben, ist beängstigender als jedes Was-wäre-wenn. Möchte ich mit dir alt werden? Ja. Möchte ich alle deine grauen Haare zählen und mich in einigen Jahren darüber lustig machen? Auf jeden Fall. Möchte ich mich in deine Falten verlieben? Zu einhundert Prozent. Aber wenn ich nur das Hier und Jetzt bekomme, will ich auch das, Red. Ich will dich und mich, und zwar jetzt. Ich möchte jeden Moment, den Gott mir schenkt, mit dir teilen.

Ich bitte dich also, nein, ich flehe dich an, dass du mir noch eine Chance gibst. Ich werde nicht perfekt sein, aber ich werde nicht weglaufen. Selbst wenn ich Angst habe, werde ich bleiben. Selbst wenn ich das Gefühl habe, dass die Welt um mich herum zusammenbricht, werde ich bleiben. Wenn ich ewig leben müsste, würde ich gerne für immer mit dir leben. Aber wenn ich nur den heutigen Tag hätte, würde ich gerne auf einem Dach sitzen und mit dir die Lichter der Stadt anschauen. Es spielt keine Rolle, wie viele Tage, Wochen oder Jahre uns noch bleiben, ich bin dabei. Nur heute oder für immer, ich will nur dich.«

Ich nagte an meiner Unterlippe, seine Worte hatten mich tief berührt. »Willst du meine neue Wohnung sehen?«

Ein Ausdruck der Verwirrung huschte über sein Gesicht, doch er nahm die Einladung an. Ich führte ihn nach oben, und als ich die Tür öffnete und er sich umsah, leuchteten seine Augen. Weil ich auf diesen Moment gehofft hatte, hatte ich in den letzten Wochen Hunderte Haftnotizen beschrieben. Ich hatte auf den Tag gehofft, an dem er zu mir zurückkommen würde.

Ich schnappte mir eine Haftnotiz und hielt sie ihm hin.

Ich wünsche mir, dass Connor zu mir zurückkommt.

»Siehst du?«, flüsterte ich und trat näher an ihn heran. Ich schloss die Augen, als er die Arme um mich schlang und seine Stirn an meine legte. »Ich habe mir dich auch gewünscht.«

Das Leben garantierte uns nicht die Ewigkeit. Es versprach uns nur die Gegenwart. Also achtete ich darauf, für den Moment zu leben, in der Gegenwart, denn etwas anderes gab es nicht. Es gab kein Gestern, es gab kein Morgen, nur diesen Moment. Wenn ich nur eine Stunde, eine Minute, eine Sekunde hatte, würde ich sie nutzen. Ich würde den Rest meiner Zeit in Liebe verbringen, mit ihm, mit uns, mit unseren Liebesblitzen.

45

CONNOR

Seit Aaliyah mich wieder in ihr Leben eingeladen hatte, hatte ich jeden Moment in ihrer Wohnung verbracht. Ich versprach mir und ihr, dass ich unsere Liebe nie als selbstverständlich ansehen würde. Dass ich Tag und Nacht für sie da sein würde, gleichgültig, wie viel Angst ich hatte. Und ehrlich gesagt, hatte ich noch immer Angst, doch wenn man mutig genug war, sich ihr zu stellen, war es okay.

Aaliyah erinnerte mich jeden Tag daran, warum ich mich meinen Ängsten stellte. Ich stellte mich ihnen für ihr Lächeln. Für ihr Lachen. Für ihre Liebe. Wenn ich sie lieben konnte, würde mich nie wieder irgendetwas abschrecken.

»Geh zur Arbeit.« Aaliyah grinste, als sie mir die Lippen auf die Stirn presste. Ich hatte den Kopf sanft an ihre Brust gelehnt, um keinen Druck auf ihre Narben auszuüben. Ich liebte es, jeden Morgen ihrem Herzschlag zu lauschen. Und abends tat ich dasselbe.

»Aber hier ist es viel schöner«, murmelte ich und kuschelte mich an sie.

»Damian hat schon fünfmal angerufen«, sagte sie und setzte sich auf. Sie zuckte ein wenig zusammen und erregte damit meine Aufmerksamkeit. Sie hatte immer noch Schmerzen von der Operation, aber sie war eine Kämpferin. Ich machte mir mehr Sorgen als sie. Und das würde sich wohl so bald nicht ändern. Auch das gehörte zur Liebe – man sorgte sich um die Menschen, die man am meisten liebte.

Ich stöhnte auf.

Sie lachte und küsste mich auf die Lippen. »Irgendwann musst du in die Realität zurückkehren, Connor. Du kannst nicht die ganze Zeit bei mir bleiben.«

»Sagt wer?«

»Ich. Du willst doch deinen Traum verwirklichen.«

»Das habe ich doch schon«, sagte ich und zog sie auf meinen Schoß.

»Sei nicht so schmalzig.« Sie kicherte und küsste mich aufs Kinn. »Ich meine es ernst. Du hast ein Unternehmen zu leiten. Geh duschen und dann zur Arbeit. Ich bin hier, wenn du nach Hause kommst.«

Zuhause.

Der Ort, an dem sie war.

Widerwillig hörte ich auf sie, überwand mich und fuhr ins Büro. Damian hielt mir eine Standpauke, weil ich mich so lange nicht hatte blicken lassen, aber ich wusste, dass er es verstand.

»Ich weiß, du warst gerade total glücklich und so, Glückwunsch übrigens, ich bin froh, dass ihr beide noch die Kurve gekriegt habt, aber ich konnte das hier nicht länger für mich behalten«, sagte Damian und ließ einen Ordner auf meinen Schreibtisch fallen.

Sofort wurde mir unbehaglich zumute. Das letzte Mal, als er einen Ordner auf meinen Schreibtisch fallen ließ, hatte ich erfahren, dass Marie Aaliyahs Mutter war – und Aaliyah hatte diese Katastrophe immer noch nicht verarbeitet.

»Was ist das?«

»Walter Rollsfields Leichen. Du hast mich zwar nicht beauftragt, in seinem Keller danach zu graben, aber nachdem ich diesen Mist über seine Frau herausgefunden habe, konnte ich nicht anders. Ich bin stinksauer, dass ich es nicht schon früher gemacht habe. Das hätte uns einiges erspart.«

Ich schlug den Ordner auf, und mir wurde dermaßen schlecht, dass ich fast in Ohnmacht gefallen wäre. Damian hatte alte E-Mails von Walter gesammelt. Verträge. Neue Immobilien, die er unter einem anderen Geschäftsnamen gekauft hatte.

Meine Immobilien.

Walter Rollsfield hatte jede Immobilie gekauft, die ich ihm für mein Herzensprojekt vorgeschlagen hatte, und er hatte insgeheim geplant, sie in Luxus-Eigentumswohnungen zu verwandeln. Jede. Einzelne. Meiner. Immobilien.

»Er war also das Arschloch, das sich deiner harten Arbeit in den Weg gestellt hat. Er hat jede deiner Immobilien aufgekauft, um Profit daraus zu schlagen. Er hat dich verraten, Kumpel. Es würde mich nicht wundern, wenn der Deal mit der Queens-Immobilie auch noch platzt.«

Warum hatte er mir das angetan? Walter war von Anfang an eine Art Vaterfigur für mich gewesen. Er hatte mir alles über das Geschäft beigebracht. Er hatte in mich, in meine Träume investiert. Warum sollte er mich bestehlen? Lügen und betrügen? Mir etwas wegnehmen, das ich liebte, an das ich glaubte, und es sich unter den Nagel reißen?

Zur Hölle, er hatte neben mir gestanden, erstaunt und verärgert darüber, dass die Geschäfte scheiterten! War das alles nur gespielt? War ich eine Art Bauer in seinem verdrehten Schachspiel?

Ich hatte ihm vertraut.

Mehr als jedem anderen in diesem Geschäft. Die ganze Zeit hatte ich mich gefragt, wie er so einen Monstersohn hatte großziehen können, doch in Wirklichkeit war Jason ein Spiegelbild seines Vaters.

Nachdem ich alles durchgelesen hatte, ging ich zu Walters Büro hinüber. Seine Sekretärin sagte, er sei in einer Besprechung, doch das war mir egal. Ich stürmte in den Konferenzraum, und es kümmerte mich einen Dreck, wobei ich gerade störte.

Als ich die Tür aufstieß, drehten sich etwas zehn Männer in meine Richtung und blickten mich an. Am Kopfende des Tisches saß Walter. Verwirrt verengte er die Augen und sah mich an.

»Connor, was machst du denn hier?«

»Ist es wahr?«, brüllte ich, und mein Brustkorb hob und senkte sich heftig, als ich in die Augen des Mannes blickte, dem ich so viele Jahre vertraut hatte.

Walter lachte nervös und schüttelte den Kopf. »Ich bin mitten in einer Besprechung. Wir reden später darüber, Sohn …«

»Nenn mich nicht ›Sohn‹«, zischte ich. »Hast du die Immobilien gekauft, die mir angeblich durch die Lappen gegangen sind?«

Walter verzog das Gesicht und räusperte sich. Er sah die Männer ringsum an und grinste angestrengt. »Tut mir leid. Wenn Sie mich für einen Moment entschuldigen würden, ich muss dieses Gespräch in meinem Büro führen«, sagte er, stand auf und marschierte an mir vorbei. »Ich bin gleich zurück.«

Er steuerte auf sein Büro zu, ich blieb ihm dicht auf den Fersen. Nachdem wir eingetreten waren, knallte er die Tür zu und drehte sich wütend zu mir um. »Bist du verrückt, Junge? Weißt du, wie wichtig dieses Treffen ist?«

»Weißt du, wie wichtig mir diese Immobilien waren?«, schrie ich kochend vor Wut. Je länger ich das Arschloch ansah, desto wütender wurde ich.

Er trat an seine Bar, seufzte gewichtig und schenkte sich ein

Glas Whiskey ein. »Ich kann nicht glauben, Connor, dass du mit diesem Schwachsinn zu mir kommst. Nach allem, was ich für dich getan habe.«

»Ich habe auch viel für dich getan, Walter«, gab ich zurück. »Zum Beispiel habe ich Jason eingestellt.«

»Wenn du glaubst, dass du irgendetwas für mich getan hast, dann machst du dir etwas vor. Ich habe dich erschaffen, Kleiner. Ohne mich und meine Investitionen gäbe es Roe Real Estate gar nicht. Ich warne dich – beiß nicht die Hand, die dich füttert.« Er ging zu seinem Schreibtisch, zog seinen Stuhl hervor und setzte sich. Er blieb so ruhig, als hätte er meine Träume nicht ruiniert.

»Du hast mich verarscht und so getan, als wäre es jemand anderes.«

»Ehrlich gesagt, bin ich schockiert, dass du so lange gebraucht hast, um das herauszufinden. Die Hinweise waren alle da. Aber du weißt ja, man kann ein Pferd zum Wasser führen, aber man kann es nicht zum Trinken bringen.«

»Warum hast du das getan?«

»Ist das nicht offensichtlich? Weil ich Geld liebe. Versteh mich nicht falsch, die Grundstücke, die du entdeckt hast, sind hervorragend. Dort werden bald großartige Häuser für sehr reiche Leute stehen. Was wiederum mich sehr reich machen wird. Es ist eine Win-win-Situation.« Er nippte an seinem Whiskey und hielt dann inne. »Tja, für dich ist es eine Lose-lose-Situation. Aber zum Teufel, ich bin glücklich.«

»Du Wichser«, zischte ich, ich hätte ihm am liebsten die Visage poliert. Seine Selbstgefälligkeit machte mich rasend. »Du hast mich hintergangen.«

»Tja, willkommen im richtigen Leben. Menschen lügen, um zu bekommen, was sie wollen. Hast du wirklich geglaubt, ich hätte es mit Ehrlichkeit so weit gebracht? Du hast mir sehr geholfen. Und wenn die Kasse klingelt, schicke ich dir einen Scheck.«

»Ich will nichts mehr mit dir zu tun haben. Ich bin fertig mit dir. Hast du verstanden, Walter? Wir sind fertig miteinander.«

»Ich wünschte, es wäre so einfach, aber es gibt Verträge, du kannst also leider nicht einfach so aussteigen. Mit deiner Unterschrift für unsere Zusammenarbeit hast du mir vierzig Prozent des Unternehmens überschrieben. Wir sind immer noch Geschäftspartner, auch wenn du sauer auf mich bist.«

»Ich habe immer noch die Mehrheit. Ich werde wie der Teufel arbeiten, um dich loszuwerden.«

»Oh, nein.« Er schüttelte den Kopf. »Du hast wohl nicht das Kleingedruckte in Jasons Vertrag gelesen, was? Ach, die Jungen und Naiven vergessen immer, das Kleingedruckte zu lesen. Doch mit der Unterschrift für Jasons Leitung der Abteilung an der Westküste hast du ihm zwanzig Prozent der Firma überschrieben. Dir bleiben also nur noch vierzig Prozent. Sieht so aus, als gehöre die Mehrheit von Roe Real Estates den Rollfields. Pech gehabt, Junge.«

»Der Vertrag bleibt nur bestehen, wenn Jason ein Jahr lang durchhält«, sagte ich.

»Ja, und das wird er. Ich habe ihm einen fetten Scheck versprochen, wenn er ein Jahr dort arbeitet, und dann überschreibt er mir seine Anteile und macht mich zum Mehrheitseigentümer. Außerdem wird Jason nun definitiv in der Position bleiben, da er weiß, dass du sein Mädchen vögelst. Was das angeht, ist er kleinlich. Er wird dich dort treffen, wo es am meisten wehtut – in deiner Brieftasche. Bleib also schön weiter auf Spur. Ich will dich nicht feuern müssen, Sohn, aber wenn es sein muss, tue ich es.«

»Das war schon immer dein Plan, stimmt's? Du wolltest

schon vor Jahren mein Geschäft übernehmen. Du hast mich nur benutzt.«

»Jetzt begreifst du es. Du hast doch nicht ernsthaft geglaubt, dass ich an deine kleinen Träume glaube, oder? Du hattest ein charmantes Gesicht, und ich wusste, die Leute würden dich mögen. Du warst meine Marionette, vielen Dank, dass du es mir so leicht gemacht hast, die Fäden zu ziehen. Ach komm, Connor, du hast doch nicht wirklich geglaubt, Luxusimmobilien für Einkommensschwache würden ein Erfolg werden, oder? Das ist ein Witz, kein Konzept. Das würde niemand auch nur mit der Kneifzange anfassen.«

»Ich habe zu dir aufgeschaut. Du warst für mich wie ein Vater«, gestand ich und kam mir dabei vor wie ein Idiot.

»Und genau das ist das Geheimnis! Als du mir erzählt hast, dass dein Vater dich verlassen hat, war mir klar, wie ich an dich herankommen würde. Tut mir leid, ist nichts Persönliches, Junge. Nur etwas rein Geschäftliches.«

Ich war am Boden zerstört.

Alles, was dieser Mann in der Vergangenheit für mich getan hatte, diente nur dem Zweck, seine eigenen Taschen zu füllen. Ich fühlte mich missbraucht, er hatte kein Problem damit, mein Leben zu zerstören.

Alles, was ich aufgebaut hatte, alles, was ich hatte aufbauen wollen, brach über mir zusammen. Und ich konnte nichts dagegen tun, weil ich meine Seele an den Teufel verkauft hatte, der mir als mein Schutzengel erschienen war.

»Das kann doch nicht legal sein, oder? Das ist auf keinen Fall legal,« sagte Aaliyah, als wir auf ihrer Couch saßen. Nach dem Gespräch mit Walter war ich auf dem kürzesten Weg zu ihr gefahren. Ich kam mir vor wie der letzte Idiot. Wie hatte ich so blind sein und die Wahrheit vor meiner Nase übersehen können? So lange hatte ich Walter für einen Heiligen gehalten, der an einen jungen Kerl und dessen alberne Träume glaubte. Tatsächlich hatte er nur eine Chance gewittert, Profit zu machen.

»Selbst wenn es nicht legal wäre, befürchte ich, dass er damit durchkommen könnte. Das ist sein Geschäftsmodell – er kommt mit jedem Scheiß durch und profitiert davon. Ich bezweifle, dass ich sein erstes Opfer war und sein letztes sein werde.«

»Ich hasse ihn.« Sie seufzte, rückte an mich heran und lehnte den Kopf an meine Schulter.

»Ich auch«, erwiderte ich. »Ich kann nicht glauben, dass er mich so lange getäuscht hat. Hätte ich Damian doch nur früher recherchieren lassen ...«

»Es ist nicht deine Schuld, Connor. Walter Rollsfield ist ein pathologischer Lügner. Wie hättest du das wissen können? Das mit Marie wusste ich auch nicht. Um an ihr Ziel zu kommen, haben sie sich für etwas ausgegeben, das sie nicht sind. Wahrscheinlich ist ihre ganze Beziehung auf Lügen aufgebaut. Sie können nicht ehrlich zueinander sein, weil sie nicht ehrlich zu sich selbst sind. Es ist traurig, was sie für ein Leben führen. Wir sollten uns glücklich schätzen, dass wir es überhaupt herausgefunden haben. Ich bin mir sicher, dass es immer noch Leute gibt, die große Stücke auf sie halten.«

Ich seufzte und legte meine Stirn an ihre. »Was soll ich jetzt machen? Ich kann unmöglich weiter mit ihm zusammenarbeiten. Ich muss Roe Real Estate an ihn abtreten.«

»Nun.« Sie verschränkte ihre Finger mit meinen. »Wenn du neu anfangen musst, fangen wir gemeinsam neu an. Du bist nicht allein, Connor. Du hast dir in den letzten Jahren einen Namen gemacht und dir etwas aufgebaut. Das machen wir noch einmal. Was auch passiert, ich bin hier, und unterstütze dich.«

»Danke, Red«, flüsterte ich und küsste sie.

»Gern, Cap.«

Später gingen wir ins Schlafzimmer, und sie schlief vor mir ein. Ich schmiegte den Kopf an ihre Brust und lauschte ihrem Herzschlag. Meinem Lieblingsschlaflied. Ich wusste nicht, wie alles wieder gut werden sollte, aber solange ihr Herz schlug, war ich mir sicher, dass wir einen Weg finden würden, der Welt gemeinsam zu begegnen.

46

AALIYAH

»Aaliyah, was machst du denn hier?«, fragte Marie, als ich auf ihrer Eingangstreppe stand. »Geht es dir gut? Ist es dein Herz?«

Ich hatte sie nicht mehr gesehen, seit sie im Krankenhaus aufgetaucht war. Ich hatte noch nicht verarbeitet, dass sie meine leibliche Mutter war, aber ich war nicht wegen mir hier, ich war wegen Connor hier.

»Mir geht's gut«, sagte ich und schlang die Arme um mich. »Darf ich reinkommen?«

»Ja, natürlich.«

Sie trat zur Seite, um mir Platz zu machen, und ich betrat ihr Haus. In den letzten Jahren hatte ich viel Zeit in diesen Wänden verbracht. Ich hatte von den Familientreffen geträumt, die wir gemeinsam erleben würden. Ich hatte an die Feiertage gedacht, die wir zusammen verbringen würden. Manchmal war es gut, wenn sich Träume nicht erfüllten.

Hätte ich Jason geheiratet, wäre mein Leben eine Tragödie geworden.

»Möchtest du etwas trinken? Wasser? Tee?«, fragte sie. Ihre Hände zitterten, sie war offensichtlich nervös. Ich empfand einen Anflug von Schuld, aber davon durfte ich mich nicht beeindrucken lassen. Für das, was ich von ihr verlangen würde, musste sie sich unwohl fühlen.

»Nein. Vielen Dank.«

Sie spielte mit ihren Fingern und lächelte gezwungen. »Ich wusste nicht, ob ich nach unserer letzten Begegnung noch einmal mit dir sprechen könnte. Und nachdem Damian meinen Posten übernommen hatte, durfte ich dich nicht mehr besuchen.«

»Natürlich nicht. Das durften nur Freunde und Familie.«

Das saß.

»Nun, worüber wolltest du mit mir sprechen? Willst du unsere Unterhaltung fortsetzen?«, fragte sie.

»Nein. Nicht jetzt. Ich bin nicht meinetwegen hier. Ich bin wegen Connor hier.«

»Connor? Was hat er damit zu tun?«

»Walter droht, Roe Real Estate zu übernehmen, und du musst ihn aufhalten.«

»Was?«

»Stell dich nicht dumm, Marie. Wir wissen alles. Walter hat Connor erzählt, dass er die Firma übernehmen und Connor hinausdrängen will. Ich möchte, dass du ihm sagst, dass er das unterlassen soll.«

»Es tut mir leid, Aaliyah, ich hatte keine Ahnung …«

»Ich habe dich nie um etwas gebeten«, unterbrach ich sie. »Ich habe dich nie um etwas gebeten, aber du hast mich immer für deine Zwecke benutzt. Du schuldest mir etwas. Ich verlange, dass du das für mich tust, Marie.«

»Warte. Wie sollte Walter die Firma übernehmen können? Das ergibt doch keinen Sinn.«

Sie wirkte fassungslos, aber ich konnte nicht sagen, ob sie lediglich so tat als ob. So war das, wenn man jemanden beim Lügen erwischte – auch wenn er die Wahrheit sagte, glaubte man diesem Menschen kein Wort mehr.

»Ist Walter hier?«, fragte ich.

»Ja. Er ist in seinem Arbeitszimmer. Ich kann nicht glauben, dass er Connor das antun würde. Nicht einmal nach allem, was zwischen dir, Connor und Jason passiert ist, kann ich glauben, dass Walter so etwas tun würde.«

»Wie gut kennst du deinen Mann?«, fragte ich.

Ich sah ein Zögern in ihren Augen. Sie öffnete die Lippen, um etwas zu sagen, hielt dann aber inne, bevor sie sich räusperte und rief: »Walter. Kommst du bitte mal ins Wohnzimmer?«

»Du weißt genau, dass ich es nicht ausstehen kann, wenn du so durch das Haus brüllst. Was soll das?«, grummelte Walter, als er das Wohnzimmer betrat. Als er mich sah, verengten sich seine Augen. »Aaliyah. Was machst du denn hier?«

»Ich habe etwas zu erledigen«, erklärte ich.

Marie drehte sich zu Walter um und blickte ihn allem Anschein nach irritiert an. »Stimmt es, dass du Connors Unternehmen übernehmen willst?«

Walter runzelte die Stirn. »Wegen dieses Unsinns hast du mich herbestellt? Für so etwas habe ich keine Zeit, Marie.«

Ihr fiel die Kinnlade runter. »Warum solltest du das tun? Warum solltest du dem Jungen sein Unternehmen wegnehmen wollen?«

»Ich habe ihn erschaffen. Er hat sein erfolgreiches Unternehmen ausschließlich mir zu verdanken, und das gibt mir das Recht, es ihm auch wieder wegzunehmen.«

»Du hast ihn nicht *erschaffen*«, fuhr ich ihn an. »Connor hat Roe Real Estate selbst aufgebaut. Du hast lediglich davon profitiert.«

»Er mag gut gewesen sein, aber ich bin besser, Kleines. Und ehrlich gesagt, weiß ich nicht, warum du mit mir darüber reden willst, das geht dich gar nichts an.«

»Es geht mich sehr wohl etwas an. Ich liebe ihn, und ich bin hier, um für ihn zu kämpfen.«

Walter verdrehte die Augen. »Du liebst ihn jetzt. Warte, bis ich ihm alles weggenommen habe. Glaubst du, ich weiß nicht, was du für eine Frau bist? Du bist ein armes Mädchen, das sich in reiche Männer verliebt, um ein einfaches Leben führen zu können.«

»Das ist nicht wahr, Walter. Du weißt, dass Aaliyah ein guter Mensch ist«, stärkte Marie mir den Rücken.

»Das habe ich auch gedacht, bis sie nach meinem Sohn so schnell mit einem anderen Mann ins Bett gesprungen ist«, zischte er.

»Dein Sohn hat mich am Tag unserer Hochzeit sitzen gelassen! Nachdem er mich Gott weiß wie oft betrogen hat. Und jetzt gibst du mir die Schuld, weil ich mich in einen Mann verliebt habe, der mich gut behandelt?«

»Er kann dich nicht so gut behandeln, wenn er dich erst wollte, nachdem du ein neues Herz bekommen hast«, sagte er kalt.

»Walter!«, rief Marie, aber ich ließ seine Worte an mir abprallen. Ich wusste, dass er ein grausamer Mann war, der grausame Dinge tat.

Er brachte sie mit einer Geste zum Schweigen. »Spar dir die Hysterie, Marie. Du musst nicht so tun, als würde dich schockieren, was ich sage. Als du mich geheiratet hast, wusstest du, wer ich bin. Deshalb hast du mir auch verheimlicht, dass Aaliyah deine Tochter ist.«

Und einfach so wurde Marie der Wind aus den Segeln genommen, und sie fuhr ohnmächtig zurück. »Du wusstest es?«

»Glaubst du wirklich, ich wäre so blöd, und könnte nicht zwei und zwei zusammenzählen? Ich habe es erlaubt, weil ich dachte, die Heirat mit Aaliyah könnte unseren schwachsinnigen Sohn in ein gutes Licht rücken. Ich wog das Für und Wider ab und kam zu der Erkenntnis, dass es der richtige geschäftliche Schritt war.«

»Du bist ein böser Mensch«, sagte ich, mein Hass auf ihn wuchs mit jeder Sekunde.

»Tja, wenigstens habe ich meine Tochter nicht vor der Feuerwehr abgelegt, um reich zu bleiben«, sagte er und krempelte sich die Ärmel hoch. »Sind wir hier fertig?«

Marie liefen Tränen über die Wangen, und fast wollte ich sie trösten. Andererseits wusste sie, wen sie geheiratet hatte. Sie wusste, neben wem sie jeden Abend ins Bett kroch. Sie hatte sich ihr Bett gemacht, und musste selbst entscheiden, ob sie darin schlafen oder allein weiterleben wollte.

»Wir sind noch nicht fertig.« Ich griff nach meinem Handy. Ich wählte und sagte: »Hey, ja, es hat nicht geklappt, du kannst hereinkommen.«

Innerhalb von Sekunden betrat Damian das Haus. Mit einem Stapel Unterlagen kam er zu mir.

»Was hat das zu bedeuten?«, fragte Walter. Wenn ihn irgendjemand einschüchtern konnte, dann Damian. Connor strahlte Liebe und Freundlichkeit aus. Doch Damian konnte jemanden mit seinem Blick töten.

»Wir spielen nur ein wenig ›Guter Bulle, böser Bulle‹«, erklärte ich. »Du hättest besser mit mir kooperiert – ich war nämlich der gute Bulle.«

»Und ich bin der böse«, fiel Damian ein und ließ den Stapel auf den Couchtisch fallen.

»Glaubst du wirklich, ich hätte Angst vor dir und deinem Getue als harter Bursche? Du bist noch ein Kind. Du kannst mir gar nichts …« Walter nahm eine Akte, schlug sie auf und verstummte. »Wo zum Teufel hast du das her?«

»Ich bin der Totengräber«, erklärte Damian ruhig. »Ich grabe Leichen aus.«

»Du wirst Connor sämtliche Roe-Immobilien überschreiben. Er wird die Kontrolle über alle Geschäftsangelegenheiten zurückerhalten. Und du wirst ihn nicht mehr übers Ohr hauen«, sagte ich.

»Sonst wird sich das FBI sicher für Ihre Geldwäsche-Angelegenheiten interessieren«, sagte Damian.

»Geldwäsche?«, keuchte Marie. Es wurde immer deutlicher, dass sie nicht gewusst hatte, wie Walter hinter ihrem Rücken die Geschäfte zu führen schien.

Walter wirkte am Boden zerstört, weil Damian Skandale aufgedeckt hatte, von denen ihn einige für sehr lange Zeit ins Gefängnis bringen würden. Allerdings wollten wir ihn nicht zerstören. Wir wollten nur, dass Connor bekam, wofür er so hart gearbeitet hatte.

Walter lief brummend auf und ab und blätterte die Unterlagen durch. Dann sah er mich an. »Ich lasse mein Team die Verträge aufsetzen, damit alles auf Connor übergeht.«

»Einschließlich des Grundstücks in Queens«, sagte ich, denn Connor hatte es verdient, seinen Traum mit der Immobilie wahr werden zu lassen, in die er sich verliebt hatte.

»Na schön«, murmelte Walter wenig amüsiert.

»Und hundert Millionen Dollar, die er in diese Immobilie investieren kann«, erklärte Damian.

Ich bemühte mich, nicht auf diese hohe Forderung zu reagieren, während Walter fast die Augen aus dem Kopf quollen.

»Das ist lächerlich!«, rief er.

»Seite fünf. Willst du wirklich, dass das rauskommt, Walty-Walt?«, fragte Damian trocken.

Walter schlug die Seite fünf auf. Schockiert klappte er den Ordner zu. »Na schön. Abgemacht.«

Damian lächelte breit und dreist. »Es war großartig, mit Ihnen Geschäfte zu machen, Rollsfield. Ich wünsche Ihnen noch ein beschissenes Leben. Komm, Aaliyah, lass uns abhauen.«

Als wir uns zum Gehen wandten, kreuzten sich Maries und meine Blicke. Ich sah die Traurigkeit in ihren Augen. Ich spürte ein leichtes Ziehen, wollte mich aber nicht damit auseinandersetzen, was es bedeuten mochte. Ich wollte mich nicht mit ihren Verletzungen befassen, während ich noch meine eigenen Wunden leckte.

Damian und ich traten nach draußen, und ich sah ihn ein wenig verwirrt an. »Was stand auf Seite fünf?«

»Ich sage nur, es ging um seinen Poolboy in den Hamptons und Plastik-Hotdogs.«

Nun denn. Mehr wollte ich nicht wissen.

47

CONNOR

»Heilige Scheiße.« Ich starrte auf meinen Laptop, während Aaliyah mit ihrem auf dem Schoß neben mir saß. Wir hatten den Samstag im Schlafanzug verbracht, um die Arbeit nachzuholen, mit der wir im Rückstand waren. Als eine gewisse E-Mail in meinem Posteingang landete, fragte ich mich, ob ich halluzinierte.

»Was ist denn?«

»Walter Rollsfield … er überschreibt mir seine Unternehmensanteile. Und er nimmt Jason die Abteilung an der Westküste weg und überträgt sie mir.«

»Oh, wow, das ist ja toll«, sagte Aaliyah, klappte ihren Laptop zu und rutschte zu mir herüber. »Ist das alles?«

»Nein, eigentlich nicht. Er überlässt mir auch die Immobilie in Queens und gibt mir hundert Millionen Dollar, um sie dort zu investieren.«

»Das ist ja irre!«, rief Aaliyah ein bisschen zu aufgeregt.

Ich kniff die Augen zusammen. »Was hast du angestellt?«

»Wer, ich?«

»Ja, du. Warum habe ich das Gefühl, dass du mir etwas verheimlichst? Raus damit.«

»Es könnte sein, dass Damian und ich Walter ein bisschen aufgeschreckt und bedroht haben.«

»Ihn bedroht? Seid ihr jetzt Mafiosi, oder was?«

»Nein, Dummerchen. Ich war der gute Bulle, und Damian war der böse Bulle. Wir haben ein bisschen auf den Putz gehauen und bekommen, was wir wollten – was du verdient hast.«

Fassungslos, dass sie das für mich getan hatten, saß ich da. Ich stellte meinen Laptop ab, nahm sie bei der Taille und zog sie auf meinen Schoß. Ich liebte, wie sie sich an mich schmiegte, als wäre sie dafür bestimmt.

»Du bist zu gut für mich«, flüsterte ich und legte meine Stirn an ihre.

»Ich glaube, ich bin genau richtig«, widersprach sie.

»Das bedeutet mir mehr, als du dir vorstellen kannst, Aaliyah. Du hast meine Karriere gerettet. Aber vor allem hast du mich vor einem Dasein als ewiger Junggeselle bewahrt.«

»Ich liebe dich.«

»Ich liebe dich mehr.« Ich küsste sie sanft und streifte mit den Zähnen ihre Unterlippe. »Auch wenn es mich ein bisschen ärgert, dass du ohne mich Polizei gespielt hast.«

»Ich habe sogar Handschellen gekauft, für den Fall, dass er sich danebenbenommen hätte«, scherzte sie. »Wenn du willst, können wir heute Abend Guter Bulle, böser Bulle spielen.«

»Ach, ja?«

»Ja.« Sie formte mit den Fingern eine Pistole. »Hände hoch!« Ich rieb meine Hüfte an ihrer, und sie errötete leicht. »Das sollte nicht hoch, ich habe doch Hände gesagt.«

»Kannst du es mir verübeln? Ich vermisse es, mich in dir zu spüren«, murmelte ich. Es war wichtig, dass Aaliyah sich vollständig erholte, deshalb durfte sie sich eine Weile nicht verausgaben. Dementsprechend war unser Sexleben auf Eis gelegt. Aber ich vermisste es, sie zu schmecken, tief in sie einzudringen und zu hören, wie sie meinen Namen stöhnte.

Sie biss sich auf die Unterlippe und begann sich langsam an meinem Schwanz zu reiben. »Vermisst du mich sehr?«

Ich stöhnte vor Verlangen. Verdammt, das fühlte sich gut an. »Und wie.«

Sie beugte sich vor und fuhr mir langsam mit der Zunge über die Unterlippe, bevor sie sanft daran saugte.

»Willst du mich sehr?«

Verdammt. »Und wie.«

»Wie langsam kannst du es angehen lassen? Damit ich mich nicht überanstrenge?«

»Baby, vertrau mir, ich übernehme die ganze Arbeit. Du musst mich nur machen lassen. Du musst mir nur ein Zeichen geben.«

Sie griff nach dem Saum ihres T-Shirts und zog es sich über den Kopf. Ihre schönen nackten Brüste blickten mich an, und mein Schwanz pochte noch heftiger. Mein Blick fiel auf die schöne Narbe auf ihrer Haut. Diese Narbe bedeutete mir alles. Sie bedeutete mehr gemeinsame Augenblicke wie diesen. Sie bedeutete mehr Augenblicke der Liebe. Mehr Augenblicke des Lachens.

Mehr Zeit.

Zeit war etwas so Seltsames. Wie schnell Sekunden und Minuten verflogen. Hätte ich zaubern können, hätte ich gern die Zeit angehalten, um die schönsten Momente länger zu genießen.

Aber die Zeit ging unaufhörlich weiter, und das war auch gut so. Jeder Moment war ein Segen, denn viele hatten nie die Chance, so etwas zu erleben. Ich war dankbar, dass ich mehr Zeit mit Aaliyah verbringen durfte. Jede Sekunde war bedeutsam. Ich würde keine einzige verschwenden.

An diesem Abend führte ich sie ins Schlafzimmer und legte sie hin. Ich zog ihr die Hose aus und erkundete mit den Händen ihre Brüste. Ich küsste jeden Zentimeter, tastete mich sanft und langsam Schritt für Schritt vor.

An diesem Abend machte ich Liebe mit meiner besten Freundin.

Und ich hatte keine Angst, mir Zeit zu lassen.

Am nächsten Morgen standen wir vor Sonnenaufgang auf und machten das, was wir jeden Sonntagmorgen machten. Wir packten etwas zu essen ein und fuhren los, um Grant zu besuchen. Jeden Sonntag, seit Aaliyah und ich wieder zusammen waren, genossen wir mit Grant. Wir saßen am Grab, lachten gemeinsam und lasen Comics, während die Sonne unsere Haut küsste.

Ich liebte nichts so sehr, wie mit Aaliyah den Sonnenaufgang zu beobachten und sie beim Sonnenuntergang in den Armen zu halten. Es kam mir vor, als hätte ich es Grant zu verdanken, der mir Aaliyah nicht zu früh genommen hatte, und dafür würde ich ihm für den Rest meines Lebens dankbar sein.

Ich las aus dem Captain-America-Comic vor. Aaliyah war vollkommen in die Geschichte vertieft. »Als er Rotkäppchen kennenlernte, wusste Captain, dass er sein Happy End gefunden hatte«, sagte ich und brachte Aaliyah damit zum Lachen.

»Was?«

Ich las weiter. »Weil Captain erkannte, dass das Geheimnis des Lebens nicht in seinen Superkräften lag. Das Geheimnis des Lebens bestand darin, zu lieben. Liebe war die größte Superkraft, die ein Mensch haben konnte. Und dann ging Captain auf die Knie.« Ich schlug den Comic zu und zog lächelnd den Ring aus meiner Gesäßtasche.

»Connor«, flüsterte Aaliyah fassungslos und blickte den Diamanten an.

»Du bist alles Gute auf der Welt, Aaliyah Winters. Du bist der Himmel auf Erden und meine allerbeste Freundin. Ich würde es sehr schätzen, wenn du mir den Gefallen tun würdest, meine Frau zu werden. Denn wie sich herausgestellt hat, brauche ich mehr als Liebesblitze. Ich brauche deine Vollzeitliebe, denn du machst mich erst vollständig. Deine Liebe ist mein Schicksal. Willst du mich heiraten, Red?«

Im nächsten Moment lagen ihre Lippen auf meinen und sie hauchte: »Ja.«

Mit einem Wort wurde mein Leben unendlich viel heller. Ein Wort machte mich vollständig.

48

AALIYAH

Im Dezember fand ich den Mut, Marie anzurufen.

Schneeflocken rieselten sanft vom Himmel herab und schmolzen Sekunden, nachdem sie auf den Straßen der Upper East Side gelandet waren. Die letzten Monate waren ein einziges Durcheinander, in dem ich mich erholte und mich immer mehr in Connor verliebte. Ich verliebte mich immer mehr in mich selbst. Wenn ich im letzten Jahr etwas gelernt hatte, dann, dass sich selbst zu lieben die beste Möglichkeit der Rebellion war.

Ich war nicht perfekt. Ich besaß immer noch Schwächen. Manchmal urteilte ich über andere, manchmal über mich selbst. Ich haderte mit meinen Narben und manchmal mit der Anzeige der Waage. Doch die größte Entdeckung der Selbstliebe war die Erkenntnis, dass man nicht perfekt sein musste, um der Liebe, des Respekts und der Fähigkeit, jeden Tag zu wachsen würdig zu sein.

Die wahrhaftigste Form der Liebe begann, wenn man in den Spiegel schauen konnte, die Makel sah und sich trotzdem als vollwertigen Menschen akzeptierte, der das höchste Maß an Glück verdient.

Ich wusste, dass ich an mir arbeiten musste, bevor ich mich meiner Vergangenheit stellen konnte. Ich musste stark genug werden, damit andere mich nicht mehr verletzen konnten.

Wir wollten uns in unserem Lieblingscafé treffen.

»Und ich soll wirklich nicht mit reinkommen?«, fragte Connor, als wir auf dem Rücksitz seines Autos saßen.

Ich lächelte schief. »Ja. Da muss ich alleine durch. Aber wartest du auf mich? Ich bin mir nicht sicher, wie das Gespräch verlaufen wird oder ob ich gleich wieder rauskomme. Aber …«

»Ich bin hier. Ich warte, wie lange es auch dauert.«

Meine Lippen landeten auf seinen, und sein Kuss gab mir eine Extraportion Mut. Denn das war es, was Connors Liebe für mich tat. Sie machte mich jeden Tag stärker.

Ich stieg aus dem Auto und ließ den Schnee über meine Wangen streichen, während ich den Gürtel meines Wollmantels festzog. Marie saß bereits im Café und blickte auf ihre Hände, die sich um eine Tasse Kaffee schlossen.

Als ich die Tür aufstieß, klingelte eine Glocke über mir und kündigte meine Ankunft an. Marie schaute zu mir, ihre Augen waren voller Schmerz.

Diese Augen.

Wie hatte ich übersehen können, wie sehr sie den meinen ähnelten?

Ihre Augen, ihre Nase, das Grübchen am Kinn.

Mir wurde übel, aber ich rannte nicht weg. Ich ließ das Unbehagen zu, denn jedes Gefühl hatte seine Berechtigung.

»Hallo«, hauchte sie und wollte aufstehen.

»Nein, ist schon gut. Bleib sitzen«, sagte ich und glitt auf den Stuhl ihr gegenüber.

Sie lehnte sich zurück und legte ihre Hände wieder um ihre Kaffeetasse. »Ich wollte dir etwas bestellen, aber ich war mir nicht sicher, ob du kommen würdest.«

»Ist schon gut. Ich möchte nichts.«

»Deine Nachricht hat mich überrascht.«

»Ja. Tut mir leid, dass es so lange gedauert hat. Ich brauchte Zeit.«

»Ich kann dich verstehen, Aaliyah. Ich bin nur froh, dass du angerufen hast. Ich will gar nicht wissen, was du über mich denkst. Und meine Argumente klingen auch nicht besonders logisch, aber …«

»Bist du noch mit ihm zusammen? Mit Walter?«

In ihren Augen erkannte ich Schuldgefühle. Das genügte als Antwort. Sie musste nichts sagen.

»Das wirkt sicher erbärmlich …«, setzte sie an.

»Er ist ein Monster.«

»Ich kann verstehen, dass du das denkst, aber … ich meine, er …« Sie holte tief Luft und atmete langsam wieder aus. »Ich habe nie etwas anderes kennengelernt als das Leben mit ihm.«

»Dann schlag ein neues Kapitel auf. Lerne etwas Neues.«

»Das ist nicht so einfach.«

»Ich habe nicht gesagt, dass es einfach ist, aber es lohnt sich immer.« In den vergangenen Wochen hatte ich überlegt, was ich sie fragen würde. Ich hatte an meine Fragen gedacht, den Schmerz, den ihre Antworten lindern mochten, und dass sie die noch fehlenden Puzzleteile für mich hatte. Doch als ich vor ihr saß, wurde mir klar, dass es in unserem Gespräch nicht um mich ging. Es ging um sie.

Ich hatte gelernt, mich selbst zu lieben. Marie wusste nicht einmal, wo sie anfangen sollte. Selbstliebe kam offenbar nicht einfach mit einem bestimmten Alter. Manche Menschen lernten sich nie selbst kennen. Einige würden nie in den Spiegel schauen und wissen, dass sie geliebt wurden.

Dieser Gedanke machte mich traurig, denn ein paar andere Entscheidungen hätten genügt, um so zu werden wie sie. Ich war nicht besser als die Menschen, die nicht wussten, wie man sich selbst liebt.

»Ich vergebe dir«, flüsterte ich. »Die Entscheidungen, die du getroffen hast. Dass du mich aufgegeben hast. Dass du intrigiert hast, um mich zurückzuholen. Die Lügen, den Skandal. Ich vergebe dir.«

Ihre Augen blitzten hoffnungsvoll, und sie streckte die Arme aus und legte ihre Hände auf meine.

»Du weißt gar nicht, wie viel mir das bedeutet, Aaliyah. Das kann ein neuer Anfang für uns sein. Wir können …«

»Nein.« Ich zog meine Hände langsam weg. »Du hast mich missverstanden. Ich vergebe dir, Marie. Aber das heißt nicht, dass ich dich wieder in mein Leben lasse.«

Jemandem zu verzeihen hieß nicht, dass man ihn wieder in seine Welt einladen musste. Manchmal bedeutete Vergebung, endlich loszulassen.

»Ich hoffe, du findest dein Glück, Marie. Ich hoffe, du wirst lernen, dich selbst zu lieben. Ich hoffe, du hast mehr gute als schlechte Tage, und ich hoffe, du findest Gründe zu lachen. Ich hoffe, du findest Freude in der Dunkelheit. Und ich hoffe, du verlässt Walter, denn auch wenn du mich verletzt hast, hast du es nicht verdient, auch verletzt zu werden. Wenn du es zulässt, wird er dich verletzen, bis zu dem Tag, an dem du stirbst.«

»Vielleicht verdiene ich das.« Sie senkte den Kopf und blickte auf ihre Hände.

Ich legte meine auf ihre. »Niemand hat das verdient.«

Mit Tränen in den Augen sah sie mich an. »Ich habe so viele Fehler gemacht.«

»Das ist in Ordnung. Fang neu an. Darf ich fragen, warum du bei einem Mann wie ihm bleibst?«

»Er war mal mein Ein und Alles. Ich habe darauf gewartet, dass er zu mir zurückkommt, um wieder der Mann zu sein, für den ich ihn einst gehalten habe. Ich warte auf etwas, das vermutlich schon immer eine Lüge war.«

»Stell dich der hässlichen Wahrheit«, sagte ich und dachte an das Gespräch, das Connor und ich vor Monaten geführt hatten. »Es ist besser, sich der hässlichen Wahrheit zu stellen, als in den schönsten Lügen zu ertrinken.«

Sie lächelte mich halbherzig an und wischte sich die Tränen aus den Augen. »Es tut mir leid, Aaliyah. Dass ich dir wehgetan habe. Dass ich dich verlassen habe. Dass ich all die schlechten Entscheidungen getroffen habe.«

Ich lächelte. »Ich danke dir.« Ich schaute zum vorderen Fenster, wo Connors Auto wartete. »Ich sollte gehen …«

»Er hat dir einen Antrag gemacht«, sagte sie und musterte den Ring an meinem Finger.

»Ja. Vor ein paar Monaten.«

»Glückwunsch. Er ist ein guter Mann.«

»Ja. Das ist er.« Ich erhob mich. »Ich wünsche dir alles Gute, Marie.«

»Das wünsche ich dir auch.«

Ich wandte mich zum Gehen und hielt inne, als Marie meinen Namen rief. Ich blickte zurück und sah sie mit zitternden Händen dort stehen.

»Cole war ein guter Mann. Ein kraftvoller Musiker, der das geschriebene Wort liebte. Sein Lächeln war wie die Sonne und seine Liebe wie der Mondschein. Er lachte wie du und warf dabei den Kopf zurück. Du hast seine Nase und seinen Amorbogen. Er probierte gern Neues aus, und wenn er von dir gewusst hätte, hätte er dich nie verlassen.« Tränen liefen ihr über die Wangen. »At Your Best, You Are Loved«, sagte sie dann, und ich zog verwirrt eine Augenbraue hoch. »Das Lied hat Cole an dem Abend gespielt, als ich die Jazz-Bar betrat. Es gibt eine Version von den Isley Brothers, aber ich kannte die Version von …«

»… Aaliyah«, murmelte ich und wurde von Gefühlen übermannt. Ich hatte mir den Song tausendmal angehört und mich gefragt, ob er für mich geschrieben worden war.

Sie schluckte schwer und nickte. »Aaliyah, du wirst geliebt.«

Was ich über meine Mutter wusste, konnte ich an meinen Fingern abzählen. Sie trug Chanel No. 5 und mochte ihren Kaffee schwarz. Sie las gern, und wenn sie lächelte, sah man ihre sämtlichen Zähne. Ich hatte meine Augen von ihr und meine Ohren. Sie hatte mich nach der viel zu früh verstorbenen Musikerin Aaliyah genannt, die ich als Teenager gehört hatte. Sie widmete mir »At Your Best, You Are Loved«.

Meine Mutter liebte Brunch und hasste Erbsen – wie ich. Sie weinte während der Werbespots und aß zu jeder Mahlzeit einen Salat. Sie konnte Rosenkohl nicht ausstehen. Und wie liebte sie? Wahrscheinlich liebte sie so sehr, dass es ihr wehtat. Sie liebte Menschen, die es nicht verdient hatten. Sie hatte Fehler – wie alle Menschen.

In meiner Vorstellung hatte sie tiefschwarze kleine Korkenzieherlocken. Ihr Lachen war so ansteckend, dass es andere vor Vergnügen zum Kichern brachte. Sie tanzte – genauso schlecht wie ich, aber wie sie ihren Körper wiegte. Und sie war traurig. Vielleicht trauriger als die meisten. Vielleicht auch einsamer.

Ich umarmte sie. Ich zog sie an mich und hielt sie fest. Sie hielt mich auch, und als sie an meiner Schulter zu weinen begann, schloss ich sie noch fester in die Arme. Nach dieser Umarmung würden wir wahrscheinlich nie wieder miteinander sprechen. Ich würde mit meinem Leben weitermachen, und sie würde hoffentlich anfangen, ihr eigenes zu entdecken.

Also hielt ich sie noch ein wenig länger, denn ich war noch nicht bereit, sie loszulassen.

»Ich danke dir, Aaliyah«, flüsterte sie.

»Du bist mir wichtig«, erwiderte ich leise. »Du bist wichtig, Marie.«

Ich sagte die Worte, die ich als Kind gern gehört hätte. Ich sagte ihr die Worte, nach denen ich mich in meiner Einsamkeit gesehnt hatte. Ich sagte ihr die Worte, die sie mir nie hatte sagen können. Dann ließ ich sie los.

Ich ging zum Auto zurück, und Connor sprang heraus und öffnete mir die Tür. Er musterte mich besorgt. Seine Fürsorge fügte die Splitter meiner Seele wieder zusammen.

Er sprach kein Wort, aber er schlang die Arme um mich, während der Schnee auf uns herabrieselte. Er wusste, dass ich Trost brauchte, und er gab ihn mir, ohne zu fragen. Als wir zu Hause ankamen, war ich immer noch ein wenig emotional.

Ich hatte Connor noch nichts über das Gespräch mit Marie erzählt und ich würde auch nicht alle Details berichten müssen. Zumindest noch nicht. Zuerst musste ich es selbst verarbeiten, aber ich ließ »At Your Best« über die Boxen im Wohnzimmer laufen. Die Musik erfüllte das Penthouse, und ich stand von der Couch auf. Ich schloss die Augen und bewegte mich langsam zur Musik.

Tränen liefen mir über die Wangen, als mich die Ereignisse des Tages übermannten, doch bevor ich zusammenbrechen konnte, bevor der Schmerz unerträglich wurde, fing Connor mich auf. Er zog mich in seine Arme und tanzte langsam mit mir. Er stellte keine Fragen. Er tanzte einfach mit mir.

Er tanzte zu einem Lied, dessen Hintergrund er nicht einmal erahnte. Ich legte meinen Kopf an seine Schulter und ließ den Tränen freien Lauf.

»Lass die Gefühle zu, Aaliyah, hier bist du sicher«, sagte er und hielt mich ganz fest. Das Lied lief in Endlosschleife, und wir tanzten die ganze Nacht. Er legte die Lippen an meine Stirn und flüsterte. »Du wirst geliebt, Aaliyah.«

Er heilte mich durch seine Gegenwart. Er war mein Seelenverwandter.

Mein Geliebter.
Mein Freund.
Meine Familie.
Und auch er wurde geliebt.

EPILOG

CONNOR

Ein Jahr später

Sie war nervös, und ich konnte es ihr nicht verdenken. Es war ein großer Tag für sie, und ihre Angst war gerechtfertigt. Verdammt, ich war selbst ein emotionales Wrack. Wie musste sich erst Aaliyah fühlen.

Wir saßen im Konferenzraum von Roe Real Estate und warteten auf die Familie.

»Denkst du, das ist eine blöde Idee?«, fragte Aaliyah, die einen riesigen Teddy im Arm hielt. »Oh, Gott, das ist so albern.«

»Es ist perfekt«, sagte ich ihr zum fünfzigmillionsten Mal.

Es machte mir nichts aus, dass sie sich die verschwitzten Handflächen an meiner Hose abwischte.

»Hey, sie sind da«, sagte Damian, der den Kopf ins Zimmer steckte. Nach dieser Ankündigung betraten dreizehn Personen den Raum. Eine Frau, sechs Erwachsene und sechs Kinder.

Aaliyah war sich lange unsicher gewesen, ob sie die Familie des Spenders treffen sollte. Sie hatte Angst, dass sie es ihr übel nehmen und wütend sein würden, dass sie lebte, während ihnen ein geliebter Mensch genommen worden war. Doch nachdem sie sich lange über das Spenderprogramm, das die Privatsphäre schützte, geschrieben hatten, wollten sie sich schließlich kennenlernen.

Der Name des Spenders war William Brick, und er wurde geliebt.

Als seine Familie das Zimmer betrat, war die Atmosphäre von Dankbarkeit erfüllt.

Williams Frau, Addie, brach sofort in Tränen aus und zog Aaliyah an sich, woraufhin sie ebenfalls zu weinen begann. Und auch mir kamen bei ihrem Anblick die Tränen. Es dauerte nicht lange und wir waren alle aufgelöst.

»Meine Güte, du bist so jung«, sagte Addie und legte ihre Hände an Aaliyahs Wangen. »Das ist gut. Das ist so gut.«

Aaliyah lächelte nervös. »Ich hatte Angst davor, Sie kennenzulernen.«

»Das verstehe ich, aber wir sind Ihnen einfach nur dankbar. Dass wir sehen dürfen, wie jemand wegen William überlebt hat – wenn das nicht magisch ist, dann weiß ich es auch nicht.«

»Bitte, nehmen Sie doch Platz«, sagte ich und deutete auf die Stühle, die den Tisch umgaben. Wir setzten uns und lachten und waren alle aufgewühlt. Und Aaliyah erzählte, wie es dazu gekommen war, dass sie eine Herztransplantation brauchte. Und dann erzählten Addie und ihre Familie von William.

Aaliyah und ich wollten alles wissen. Sie erzählten uns von seinem Militärdienst. Sie erzählten uns von seinem schlechten Musik- und Filmgeschmack. Von seinen albernen Parodien.

»Er konnte Jim Carrey nachmachen wie kein anderer«, sagte seine Tochter Becca, deren Sohn auf ihrem Schoß saß. Sie kicherte bei der Erinnerung. »Wenn ich als Kind sauer war, hat er immer Ace Ventura nachgemacht und mich damit zum Lachen gebracht.«

»Das war unser Grant.« Addie nickte. »Er war das Licht in jedem Raum.«

»Entschuldigung, was haben Sie gesagt?«, fragte Aaliyah und setzte sich ein wenig auf. »Haben Sie Grant gesagt?«

»Ja. Das war Williams zweiter Vorname. Die meisten Leute nannten ihn Will, aber wir nannten ihn Grant. Ich nannte ihn so seit dem Tag, an dem wir uns kennengelernt hatten.«

Aaliyah sah mich an, und ich spürte die überwältigende Liebe, die unser Grant uns schickte. Unter dem Tisch drückten wir einander die Hände.

»Ich möchte Sie nicht zu lange aufhalten, aber ich habe ein Geschenk für Sie. Genauer gesagt haben wir nebenan dreizehn Geschenke. Hier, bitte«, sagte Aaliyah, stand auf und ging mit dem Teddybär zu Addie hinüber.

Addie schaute etwas verwirrt, als Aaliyah ihn ihr überreichte. »Äh, danke, Liebes«, sagte sie, immer noch ein wenig ratlos.

»Drücken Sie ihn«, sagte Aaliyah und nickte ihr zu.

Addie tat es, und als Williams Herzschläge aus dem Teddy erklangen, liefen ihr die Tränen über die Wangen.

»Ist das …«, fragte Addie, und ihre Stimme brach.

»Ja. Ich wollte, dass Sie ihn auf diese Art bei sich haben«, erklärte Aaliyah.

Am Ende des Besuchs waren alle in Tränen aufgelöst, aber es waren Tränen der Liebe, der Dankbarkeit und des Friedens. Nachdem Williams Familie gegangen war, stand ich zufrieden im Büro.

Aaliyah kam zu mir und fiel mir in die Arme. »Sein Name war Grant«, strahlte sie.

»Natürlich, das war Grant.« Ich lachte, warf einen Blick auf die Uhr und richtete mich auf.

»Oh, verdammt, wir müssen los. Es ist schon Mittag, und wir dürfen nicht zu spät kommen. Immerhin ist es unser Hochzeitstag.«

Wir begingen unseren Hochzeitstag nicht wie die meisten

Paare, und das war auch gut so, weil wir nicht wie die meisten Paare waren. Wir schrieben unsere eigene Geschichte, unser eigenes Abenteuer, unser eigenes Happy End.

Vom Büro fuhren wir dorthin, wo die Magie begonnen hatte – zu Oscar's Bar. Vor ein paar Jahren war ich ein Superheld und sie eine Dame in Rot gewesen. Sie hatte nach einem Ausweg gesucht und ich, ohne es zu wissen, nach ihr.

Meine Mutter und die Leute aus meiner Stadt, die alle nach New York gekommen waren, um mit uns zu feiern, hatten Oscar's festlich geschmückt. Als wir die Bar betraten, stürzten sich Jax und Damian auf mich und zogen mich in die Herrentoilette, damit ich mich fertig machen konnte. Mom und Kennedy zogen Aaliyah auf die Damentoilette.

»Du bist spät dran,« sagte Jax und reichte mir mein Outfit, das an einer der Kabinen hing. »Du hättest heute nicht zu spät kommen dürfen.«

»Na ja, ohne mich gäbe es keine Show«, sagte ich und zog mir die Hose aus, um in mein Hochzeits-Outfit zu schlüpfen. »Aber wie wäre es mit einem Witz, bevor wir loslegen?«

Jax und Damian stöhnten unisono auf.

Da war ich nun mit meinen beiden besten mürrischen Freunden. Aber ich hätte es nicht anders haben wollen.

»Ein Superheld geht in eine Bar und heiratet eine Frau in Rot. Und sie lebten glücklich und zufrieden bis ans Ende ihrer Tage«, sagte ich.

Jax kniff die Lider zusammen. »Bist du gerade extrem schmalzig?«

»Ich bin gerade extrem schmalzig. Ich liebe sie, Jax.«

»Das will ich hoffen, wenn man bedenkt, dass ich mich dumm und dämlich bezahlt habe, um zu dieser Hochzeit zu fliegen. Weißt du, wie teuer Direktflüge sind? Das ist völliger Wahnsinn.«

Ich lachte. »Ja, ich würde ja sagen, dass ich es dir zurückzahle, aber das werde ich nicht.«

»Warum überrascht mich das nicht.« Er zog eine Augenbraue hoch. »Willst du das wirklich tragen?«

»Er trägt es wirklich«, sagte Damian trocken und beobachtete, wie ich mein Outfit anzog.

Mein Captain-America-Kostüm.

Es passte immer noch wie eine zweite Haut.

Eine sehr, sehr enge zweite Haut, aber trotzdem eine zweite Haut.

»Was? Sieht doch gut aus. Und was sollte ich sonst bei einer Hochzeit an Halloween tragen?«

»Man kann deine Eier darunter sehen«, sagte er wenig amüsiert.

»Wäre ja nicht das erste Mal, dass du die siehst, oder?«, scherzte ich und gab ihm einen Klaps auf den Arm.

Jax warf Damian einen Blick zu. »Ich habe die Eier von diesem Kerl noch nie gesehen.«

»Ich weiß. Connor ist einfach total bescheuert.«

»Aber aus irgendeinem Grund liebt ihr mich trotzdem.« Ich grinste.

»Wir haben Mitleid mit dir. Wir wären schlechte Menschen, wenn wir dich im Stich lassen würden«, sagte Jax und klopfte mir auf die Schulter.

Ich holte tief Luft, und Nervosität breitete sich in mir aus. Ich würde es tun. Ich würde meine beste Freundin heiraten.

»Irgendwelche Ratschläge für einen nervösen Bräutigam?«, fragte ich Jax. »Du bist jetzt seit Jahren mit Kennedy zusammen. Was für weise Worte hast du für mich und meine Ehe?«

»Du liegst immer falsch«, sagte er, ohne nachzudenken. »Egal, worum es geht, selbst wenn du recht hast, liegst du falsch.«

Bevor ich etwas erwidern konnte, steckte Kennedy den Kopf zur Tür herein. »Jax, ich brauche die Windeln, und sie waren nicht da, wo du gesagt hast.«

»Hast du hinter der Bar nachgesehen?«, fragte er.

Sie seufzte. »Von hinter der Bar hast du nichts gesagt.«

»Ich habe gesagt …« Jax hielt inne. Er sah mich an, dann drehte er sich zu seiner Frau um und lächelte gezwungen. »Du hast recht. Das habe ich nicht gesagt. Ich habe mich geirrt.«

Sie nickte. »Natürlich, ich habe recht. Ich habe immer recht. Jetzt komm und hilf mir. Trevors Windel ist explodiert.«

Jax grinste mich an und zuckte mit den Schultern. »Siehst du, Kleiner? Du liegst immer falsch. Merk dir das, und alles wird gut. Ich bin gleich wieder da.«

Er ging hinaus und ließ mich mit Damian zurück, der noch in sich gekehrter wirkte als sonst. Er hatte den Blick auf einen Brief in seinen Händen gesenkt.

»Was ist los, Kumpel? Geht es dir gut?«, fragte ich und ging zu ihm.

Er verzog das Gesicht, faltete das Blatt zusammen und schob es in die Tasche zurück. »Es ist nichts.«

»Du kannst deinen Bruder an seinem Hochzeitstag nicht anlügen«, warnte ich.

»Ich will euch nicht die Stimmung verderben.«

»Wir können die Stimmung kurz dimmen, und dann drehen wir sie wieder voll auf. Also, was ist los?«

Er seufzte und reichte mir den Brief. »Er ist von meinem Vater. Na ja, wenigstens wurde er in seinem Namen geschickt. Er war die ganze Zeit in Kalifornien. Er wusste die ganze Zeit, wo ich bin. Er ist wohl vor Kurzem abgekratzt. Aber vor seinem Tod hat er mir diese Nachricht geschrieben. Die Beerdigung ist nächste Woche.«

»Heilige Scheiße.« Ich las den Brief und war fassungslos. Der Name seines Vaters war Kevin Michaels, und Damian war nach Kalifornien eingeladen, um die Antworten zu finden, nach denen er sein Leben lang gesucht hatte.

»Fährst du hin?«, fragte ich.

»Ich muss wohl, aber ich weiß nicht, wie lange ich bleiben werde. Ich weiß nicht, wie lange es dauert, um die Antworten zu bekommen, die ich will. Die ich verdammt noch mal verdiene.«

»Ja. Ich verstehe.«

»Ich kann nicht hinfahren und auf der Suche nach den fehlenden Teilen meiner verkorksten Geschichte Zeit und Geld verschwenden.«

»Es sei denn, du würdest eine Immobilienfirma an der Westküste leiten.«

Er wandte sich mir zu und zog eine Augenbraue hoch. »Was?«

»Unsere Niederlassung an der Westküste ist seit der Sache mit Walter und Jason geschlossen. Ich habe nach der richtigen Person für die Wiedereröffnung gesucht und komme mir dumm vor, weil ich so lange gebraucht habe, um zu erkennen, dass du schon immer der Richtige dafür warst.«

Damian runzelte die Stirn. »Du musst mir keinen Gefallen tun, Connor.«

»Doch, muss ich. Das machen Familien so. Wir passen aufeinander auf. Fahr da hin und finde deine Antworten, Damian. Du verdienst es, deine eigene Geschichte zu erfahren.«

Er schniefte ein wenig, und so den Tränen nah hatte ich ihn noch nie erlebt. »Klopf, klopf«, sagte er.

Ich grinste. »Wer ist da?«

»Du.« Er zuckte mit den Schultern. »Du bist da. Du warst für mich da, seit du aufgetaucht bist, und du weißt sicher gar nicht, wie viel mir das bedeutet. Du bist der Bruder, den ich mir immer gewünscht habe.« Ich war den Tränen nahe und er verdrehte die Augen. »Jetzt werde mal nicht sentimental, Connor.«

»Nein, ich heule ja gar nicht.«

»Doch, du heulst.«

»Tja, du kannst nicht einfach so einen Scheiß sagen und erwarten, dass ich nicht zu heulen anfange, Damian! Darf ich dich umarmen?«

»Nein.«

»Darf ich sagen, dass ich dich liebe, ohne dass du dich unwohl fühlst?«

»Eher nicht.«

»Na gut, ich hasse dich.«

Er grinste. »Ich hasse dich auch.«

Ich kratzte mir den Bart. »Aber wir müssen uns irgendwann mal treffen und an deinen Pointen arbeiten. Das war ein sehr merkwürdiger Witz.«

»Das Witzeerzählen überlasse ich dir, wo du doch selbst so ein Witz bist.«

Ich lachte leise und stupste ihn an. »Siehst du? Das ist ein lustiger Witz.«

»Das war kein Witz. Ich finde echt, du bist ein Witz.«

Ich lächelte und klopfte ihm auf den Rücken. »Ich hab dich auch lieb.«

Er straffte sich und schüttelte die Gefühle ab. »Genug von mir. Dann verheiraten wir dich mal, alter Mann.«

Ich drohte ihm mit dem Finger. »Nenn mich nicht ›alter Mann‹! Jax ist ein alter Mann, nicht ich!«

»Ja. Was auch immer du sagst, alter Mann.«

Auf dem Dach von Oscar's Bar standen Stühle für die Gäste. Alles war mit Sonnenblumen dekoriert – ihre Lieblingsblumen.

Ich stand vor dem Altar mit meinen besten Freunden neben mir. Die Sonne, die langsam hinter mir unterging, war ihr Zeichen, herauszukommen, in ihrem wunderschönen roten Kleid, in dem ich mich all die Jahre zuvor in sie verliebt hatte. Aufrecht und mit einem Strauß Sonnenblumen schritt sie einen mit Vierteldollarmünzen bestreuten Gang entlang. Ihre Haut schimmerte, als das Licht auf sie fiel, und betonte jeden wunderschönen Zentimeter ihrer Gestalt.

Als Aaliyah bei mir ankam, reichte sie ihren Strauß an meine Mutter weiter und wandte sich mir zu.

Ich nahm ihre Hände in meine, denn ich hätte es nicht ertragen, sie nicht zu berühren.

»Hi«, flüsterte sie.

»Hi«, gab ich zurück.

»Bereit?«

»Bereit.«

Sie lächelte mich an, und ich lächelte zurück und genoss die allumfassende Liebe, die sie ausstrahlte.

Mein Anfang, meine Mitte, mein Ende.

Sie nahm an diesem Abend meinen Namen an, und wir tanzten mit unseren Liebsten die Nacht durch.

Wir feierten das Leben. Wir feierten den Beginn von etwas Magischem, das für die Ewigkeit gemacht war.

Nach der Feier blieben Aaliyah und ich noch stundenlang auf dem Dach und warteten, um uns gemeinsam den Sonnenaufgang anzuschauen. Als die Sonne dieses Mal unsere Haut wärmte, ließ ich sie nicht los. Diesmal war ich klug genug, sie fest in meine Arme zu schließen. Diesmal würde ich so lange wie möglich bleiben. Es war mir egal, ob es Stunden, Monate oder Jahre sein würden. Ich ließ mich vollständig auf sie ein, auf unsere Geschichte und jedes einzelne Abenteuer, das wir noch erleben würden.

Jeder Zentimeter von mir gehörte meinem Rotkäppchen, und sie war ganz und gar mein.

Und wir lebten glücklich bis an unser Lebensende.

Die COMPASS-Reihe von
Brittainy C. Cherry
geht weiter!

(erscheint 22.12.2021)

*Grey hatte Spuren in meinem Herzen hinter-
lassen. Und ich hoffe so sehr, dass ich auch
welche in seinem hinterlassen habe*

Brittainy C. Cherry
WIE DIE RUHE
VOR DEM STURM
Aus dem amerikanischen
Englisch von
Katja Bendels
448 Seiten
ISBN 978-3-7363-1279-1

Als ich meinen neuen Job als Nanny einer reichen Familie antrat,
ahnte ich nicht, dass es Greysons Kinder waren, die ich betreu-
en würde. Und auch nicht, dass aus dem Jungen, den ich einmal
geliebt hatte, ein Mann geworden ist – ein eiskalter, einsamer,
unnahbarer Mann. Greys Lachen ist verschwunden. Alles an ihm
ist in Schmerz versunken. Doch ab und zu erkenne ich noch den
Jungen von damals in seinen sturmgrauen Augen – und ich weiß,
dass es sich um ihn zu kämpfen lohnt.

»Brittainy C. Cherry ist für mich die Königin der Worte und
Emotionen.« BERENIKES BÜCHERHIMMEL

LYX

Triggerwarnung

Dieses Buch enthält Elemente, die triggern können.

Diese sind:
Krebs, tödliche Krankheit, Gewalt gegen Frauen, toxische
Beziehung, Herzinsuffizienz, Herztransplantation, Adoption
und die Suche nach leiblichen Eltern.